Contents
目录

第一章
重度洁癖
···
001

第二章
拆礼物
···
037

第三章
齿　痕
···
073

第四章
家　规
···
113

第五章
永不枯萎的小浪花
···
149

第六章
玉虎手串
···
187

第七章
吾妻平安
···
233

第八章
我要你的心
···
269

商屿墨靠在车椅上，神色平静地听陆尧汇报这三个月宁迦漾的行程。

她拍过的每一张杂志照都如数出现在商屿墨面前的平板电脑上。

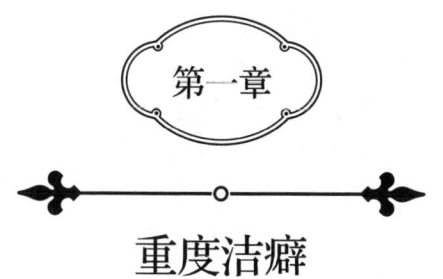

重度洁癖

时间临近零点，天幕恍若被泼上浓淡相宜的水墨，夜色幽沉。一轮皎白的弯月撕裂黑暗，让一切无所遁形。

　　月光下，宁迦漾躺在湛蓝色的大床上，任由肩膀上的绸质睡袍滑落至腰际，湿润的红唇微微张开，眼睛雾蒙蒙的，像极了一只搁浅在海边的美人鱼。

　　宁迦漾看向身侧，入目的是男人修长冷白的脖颈，喉结微微滚动时，皮肤上清晰可见一道细细的指甲划痕，这让他原本清冷的神色瞬间绮丽蛊惑起来，仿佛神仙沾染凡欲。

　　若非如此，根本看不出来方才他本人刚刚经历了什么。

　　察觉到宁迦漾的视线，商屿墨长指漫不经心地钩起她的睡袍腰带，淡金色的绸缎细带缠绕在男人屈起的手指上，弯弯绕绕，一圈一圈，缠得人心痒痒。

　　宁迦漾目不转睛地欣赏着，男人回望她，轻描淡写地问："继续？"

　　"……"

　　宁迦漾听到他这交差似的语调，立刻回过神来，半晌，面无表情地从唇间溢出四个字："存着，下次！"

　　不知过了多久，乌团似的云缓慢移动，再次将皎月遮蔽，整栋别墅也跟着寂静下来。

　　"咚咚咚"，敲门声有规律地响了三下。

　　宁迦漾睫毛轻颤了两下，才挣扎着睁开双眸。

　　临近盛夏，太阳升起得格外早，阳光穿过落地窗半开的窗帘，刺得她眼睛酸涩了几秒，眼尾也染上了桃花色，似有水波荡漾的双眸转动，恍若透着万种情丝。

　　她晨起嗓音有些慵懒的哑："有事？"

　　说话间，随意地向左侧扫了眼，果然早就没有了人影，仅留下一室清冷缥缈的暗香。

　　门外，女管家恭恭敬敬："您的经纪人言女士来访。"

　　宁迦漾揉了揉眉梢，眉眼怠惰地捡起掉在床尾的睡袍，披在单薄的肩上，"嗯"了声："让她进来吧。"

凝脂般的皮肤太滑，同样滑的绸子布料在她肩头时不时地往下掉，宁迦漾找了半天，才在枕头底下摸到那条系腰的绸带。

她脑海中莫名其妙浮现出昨晚商屿墨那修长如玉的手指把玩绸带的画面。

宁迦漾红唇冷冷地弯起弧度，手指陡然一松，绸带顺势滑落至浅灰色的菱形地毯上。她无视滑到臂弯的睡袍，莹白纤足随意踩过绸带，气定神闲地朝浴室走去。

言舒在客厅喝了一壶花果茶，又吃了一盘焦糖薄饼，才等到了光芒四射的女明星。

只见她穿着一袭黑色露背长裙，覆在楼梯扶手上的那双手极美，皓腕上缠绕着的两圈细细的钻石手链紧贴着女人精致雪白的皮肤。

下楼时，她的裙摆拖至地面，美得耀眼夺目。作为极端精致的完美主义者，即便是在家里会客，宁迦漾依旧打扮得明艳华美，即使直接去参加晚宴，都不会失礼。

言舒心里装着事，没心思欣赏美人，见她终于下楼，猛地站起来："大明星，您可算是下来了！"

相较于言舒，宁迦漾淡定如斯，甚至还有心思让管家给她炖碗红枣燕窝补补身体。

言舒："……"

宁迦漾慢条斯理地抚平裙摆落座，长睫微微上翘："冷静点，什么事情？"

言舒立刻将旁边还亮着的平板电脑递过去："还不是因为江导演昨晚跟人喝醉了，说你拍戏不敬业，合理的艺术尺度都拒绝，被人把录音爆出来了！

"现在铺天盖地都是说你不敬业的言论。"

宁迦漾扫了眼热门的帖子——

江云憨导演的戏，宁迦漾不想为艺术而"艺术"，多的是人排队等着，就她娇贵。

别说，是真娇贵，我听给她化过妆的朋友说过，没一个女明星能比得过宁迦漾那完美无瑕的皮肤。

有一说一，身为专业演员，敬业是最低标准吧，不然进什么演艺行业？

大概是各路粉丝掺和的缘故，整个页面都是在说她不敬业的评论，偏偏有不明所以的路人相信后会下意识以为这个女演员不敬业，不会深究。

作为演艺行业里资深的女演员，宁迦漾这几年什么妖魔鬼怪没见识过，这点小事她还不至于放在心上。

宁迦漾纤长白皙的手指敲了敲屏幕，笑声略带散漫："就这？"耽误她睡美容觉。

言舒没好气道："这还不够？千里之堤，溃于蚁穴啊。"

细如涓流的谣言也能汇聚成滔天巨浪，毁了一个演员。尤其是她进步太快，行业里盯着的对家比比皆是，恨不得她翻车时都来踩上一脚。

言舒签约宁迦漾前，一手带起来的获奖无数的"最佳女主演""最佳男主演"双双从公司出走，攀了高枝。遭受了这样的打击与背叛，言舒一度想要离开这个行业，就在这时，她遇见了宁迦漾。

宁迦漾天生有一张美人脸，骨相绝佳，美得招摇肆意，仿佛为了荧幕而生。这样的美人就该站在最璀璨华丽的舞台上。

那一刻，言舒知道，宁迦漾才会造就她职业生涯的巅峰，原本寂灭的野心再次被点燃。

后来，宁迦漾也没有让她失望。这些年，宁迦漾从靠脸吃饭的花瓶美人，一步步成长为业内公认的新晋小花，演技榜单中排名前几的女演员。她靠的不单单是美貌，更是常人难以企及的演艺天赋。

如今为了彻底转型成电影演员，她们好不容易拿下大导江云愁的这部电影，准备冲刺有分量的奖项，却遭遇滑铁卢。

签合同前，她们看过剧本，没有大尺度的戏份。谁知，拍到中途，江导灵感大发，觉得戏剧张力不够，要求宁迦漾进行适当的艺术提炼——拍一场真的亲密戏，试试画面。

拍是不可能拍的，宁迦漾脾气上来，直接要求解约，就有了江导醉后的言论。

言舒愁眉不展："你知道吧，江导是电影行业的资深导演，被他开口说了'不敬业'，以后哪个导演敢用你。咱们口碑、人脉双崩塌事小，以后没戏拍才严重。"

听到言舒的分析，宁迦漾散漫的表情终于沉重了些，眉头轻轻蹙着："确实挺让人担心的……"

见她明白重要性，言舒放松了一瞬，还安慰她："你倒也不用太担心，还是有转圜……"余地。

话音未落，便听到宁迦漾慢悠悠地补上一句："万一在演艺行业混不下去，我岂不是要回家继承家产。"

要是真混不下去，最开心的应该就是她爸妈，他们得连办几场宴会庆祝，毕竟他们早就祈盼她磕得头破血流后收心回家当继承人。

言舒哽了几秒，没好气地念叨："说好的一起走向巅峰呢，你这就放弃了？你梦想——"

怕被念叨，宁迦漾打断她的话："好好好，不放弃，绝不放弃。"

反应快而敷衍。

言舒想掐她脸，然而对上那张美人脸，伸出的手恨恨地收了回来："算了，今晚江导在'今夜白'攒了个局，我好不容易拿到了入场资格，你趁着这个机会好好跟江导解释解释，客气点，看看还有没有挽回的机会。"

　　"知道啦……"宁迦漾拉长了语调，很闲适地靠在沙发上，明艳漂亮的眉眼之间满是困倦。

　　言舒觉得自己像一个恨铁不成钢的老母亲，偏偏这位小祖宗毫不上心。见她眼尾沁出生理性的泪珠，言舒视线移到宁迦漾那张像是吸饱了水的"春意盎然"的脸蛋上。

　　言舒忽然想到什么似的，下意识看向二楼，细看几秒后，没发现神秘人物出现，有些可惜："我记得你老公出差回来了，这是小别胜新婚？"所以今天才这么没精神。

　　宁迦漾懒洋洋地抬了抬眼皮："是呀，他两个月没回来，'还债'还了一夜，好不容易还完呢。"

　　言舒："噗……"她没忍住，差点喷出一口果茶来。

　　宁迦漾抬起纤细的手，重新给她倒了杯茶，推过去："压压惊。"袅袅雾气升腾，模糊了她眼尾那不自觉的艳丽风情。

　　言舒这颗心脏，迟早被宁迦漾吓停。她抿了口水，望着宁迦漾那张明艳动人的小脸蛋。

　　演艺行业是公认的美男云集之地，偏偏这些年宁迦漾一个都看不上，私生活干净到不可思议。

　　所以，言舒很好奇宁迦漾的那位到底是什么神仙，能让这位完美主义的小祖宗同意商业联姻，可惜她运气不好，一次都没碰到过那个比女明星还要忙的男人。

　　傍晚的陵城，市中心早已华灯璀璨。

　　宁迦漾准时抵达"今夜白"会所，在工作人员的指引下，提着裙摆，摇曳生姿地走向约好的包厢。

　　她换了身白色绸缎裙，肩带与抹胸边缘零星点缀着大小不一的圆润珍珠，卷长的乌发松松绾起，露出纤长优雅的天鹅颈，走动时，美丽如蝶翼的蝴蝶骨若隐若现。

　　言舒快走几步跟上，想到这位的脾气，她压低声音提醒："据说江导这次请的都是各行各业的顶尖人物，你可千万别得罪人！"

　　宁迦漾敷衍地"嗯"了声："好的，没人惹我，我干吗要得罪人。"

　　她又不傻。

"不过，江导搞这么大场面是要干吗？"

言舒还真知道："M台最近在筹备一档寻找各个行业顶尖人物的访谈节目，任命江导为总导演。"

这次来的基本是节目拟邀人选。包厢内没有想象中的烟酒气，反而有种淡淡的木质调檀香，倒是与古色古香的装修风格相得益彰。

绕过雕刻精美的丹青屏风，便有一张极大的桌子，除了主位和角落的座位空着，其他座位都已坐满，基本上坐着的都是说得上名号的各个行业里的人。

靠门口的角落里已经坐了几位，其中还有知名度极高的演员。如宁迦漾一般的人物，自然也只能坐在这里。

言舒压低了声音跟宁迦漾八卦："败绩几近于零的知名大律师顾渊安都排在中间。

"江导这个东道主居然没有坐在主位！主位到底安排给了谁？"

宁迦漾兴致缺缺："爱谁谁……"

这时，坐在主位左边的江导对服务生招手点菜。

等点完菜后，他随手将菜单还回去，补了句："我勾的这些，今晚其他包厢不要再上了，算在我账上。"

话音一落，全场莫名静了一瞬。

常年混迹于这个行业中的人，皆知晓一二，也只有商家那位有这样的规矩。

众人恍然地扫向主位：原来是留给这位的啊！

江导见大家错愕，素来严肃的脸庞带着点笑："理解一下，毕竟学医的，总有点特殊洁癖。"

"当然，理解！"

在场的，谁敢直言不理解呢？角落那些蹭交际场面的人不明白他们打什么哑谜，也不敢露出其他表情。

倒是言舒，隐约听到有人提到是不是商家那位，忽然发出一声低呼："医学界，姓商？难道是他？！"

"嗯？你认识？"宁迦漾侧眸看过去。

言舒打开手机找到昨晚的头条新闻，放到她眼皮底下："这位凭着这张记者拍的医疗援助照片一夜爆红，我从业这么多年，从没见过皮相这么完美的男人。"

宁迦漾眼眸低垂，视线完全被屏幕上的照片吸引。

照片背景是偌大的飞机机翼，男人穿着一身黑色衬衣站在几个穿白大褂的研究员之间，神色清冷，仿若透着寒意的冰雕。

男人漆黑如墨的短卷发凌乱肆意地搭在额头，皮肤透着常年不见天日般的冷感苍白，极致的黑与白中，那张脸却生得极邪、极艳，浅褐色的瞳仁不经意看向

镜头时，都透着绮丽和妖异，仿佛能将人旋吸进去。

宁迦漾顿了几秒，心想：有点眼熟。

再看一眼——嗯，还是熟，熟透了的熟。

言舒感叹："商医生被誉为'医学界独一无二的无冕之王'，研究出来的医学成果巨多，救了无数人。这次医疗援助，更是功德无限。

"大家都说商医生是谪仙下凡度劫的，你看看啊，长成这样，没有七情六欲，智商奇高，救人无数，这能是人？"

"谪仙下凡度劫"，这个形容绝了。

宁迦漾想到昨晚躺在她床上的"谪仙"，一时之间不知道该做什么样的表情，忍不住小声吐槽了句："的确挺不是人的。"

言舒没听清："你说什么？"

宁迦漾懒洋洋地抬了抬眼睛："没什么。"顺势滑开评论。

热评第一：愿谪仙庇佑。

热评第二：而我只想看谪仙坠入爱河后是什么样子！！！

几秒后。

宁迦漾看着热评第二："网友们真爱凑热闹！"

言舒很诚实道："对于网友而言，无主的人都可以用来幻想。"

"谁说无……"主。

宁迦漾话音未落，忽然被言舒推了下。

"江导叫你。"

主位那边，江导点完菜，就听坐在他旁边的周钦岩调侃："老江，你从哪儿挖来这么个人间尤物，本人倒是比电视上更美。"

江导反应过来他指的是谁，想着宁迦漾虽不敬业，但那张脸生得无可挑剔。

闻弦歌知雅意，江导便招手把人喊过来："迦漾，过来给周总敬个酒。"

宁迦漾被言舒提醒后才看向主位，入目的便是向她招手的江导和他身边似笑非笑的中年男人，暗示性很强。

言舒低声提醒："那位是国内传媒界知名人物，周钦岩周总。"

意思非常明显，绝对不能得罪！毕竟宁迦漾还要在演艺行业混的！

周钦言见她不动，问道："宁小姐不愿给周某这个面子？"气氛一下子沉了下来。

感受到旁边言舒攥着她手腕的掌心都出汗了，宁迦漾终于弯起色调极艳的红唇，端起面前的酒杯道："怎么会呢？"

随即宁迦漾穿着细细的高跟鞋，不急不慢地走向主位。

周总看着她,又说:"劳烦宁小姐帮忙倒酒。"

言舒捏了把汗,生怕这个小祖宗暴起把酒泼到男人脸上,谁知宁迦漾竟然听话地拿起酒瓶。

可以,祖宗长大了,懂得忍辱负重了!言舒这口气还没松,只见透明的酒液从玻璃酒杯中溢了出来,宁迦漾像是没看到般,态度极端正,继续倒。

酒水沿着桌面流到了周总的西装裤上,欣赏美人倒酒的周总差点维持不住风度,脸色极难看:"你……"连忙扯了纸巾擦拭。

宁迦漾站直了身子,满脸无辜:"太抱歉了,我没经验。"一语双关,她几乎恶劣地点明了潜在规则。

言舒:是我低估了这位祖宗的搞事能力……

江导脸都黑了,在场的旁人更是将隐晦的目光投射了过来。

就在言舒心急火燎站起来圆场时——

包厢门再次被打开,经理的声音传来:"您这边请。"

大家起身迎接,自然也就把宁迦漾晾在原地,而她顺势看向门口微怔:还真是他。

商屿墨绕过屏风,一副颠倒众生的绮丽容貌就那么明晃晃地出现在众人面前,工整精致的衬衣领口处解开了两颗扣子,他的手臂上挂着脱下来的西装外套,仿佛刚从医学论坛上赶来。

偏偏他神色极淡,不疾不徐走来时,给人平添了几分侵略性极强的压迫感。当真像极了高高在上、俯瞰众生的谪仙。

江导最先上前,亲自拉开主位椅子,邀请他入席:"就等你了。"众人纷纷附和。

谁知商屿墨视线停在宁迦漾身上,没动。

下一刻,他当着所有人的面,忽然伸出冷白如玉的长指指了指那张椅子,云淡风轻地吐出几个字:"你坐这儿。"

男人声音清朗,却清晰地传进每个人耳中。

包厢内,连空气中蔓延的檀木香似乎都凝固了。

众人错愕地看着男人的那双手,手指修长,干干净净,处处透着不沾染纤尘的矜贵优雅。

但,他指的是主位啊!

江导以为商屿墨是有风度地给女士让座,解释道:"她有自己的位子。"

同时间,商屿墨却对屏风边上的经理道:"再添把椅子过来。"

江导:"……"行吧。

最先打破静默的居然是宁迦漾,她淡定自若地走到被江导拉开的主位上落座。而后迎着众人的目光,旁若无人地伸手扯了张桌上的湿巾,擦着指尖上不小心沾上的酒水,漂亮眉梢犹带几分嫌弃。

言舒远远地看着这一幕,眼皮狂跳。这小祖宗到底知不知道她身边是什么人啊!

完了,宁迦漾今晚不会又要得罪人吧。

宁迦漾丝毫不知自家经纪人内心的焦灼,就算知道,她也不怕。慢悠悠地擦干净指尖后,她才微微翘起睫毛,抬眸看向商屿墨,很有礼貌地道谢:"多谢。"

刚好,她倒酒倒累了。

商屿墨极淡的眼神不动声色地落在她身上,片刻后,声音沉稳,答:"不客气。"

众人:好像认识?又好像不熟?

大家虽然心里好奇极了,但碍于面子、修养,也不会当面八卦。

这时,经理搬了张椅子过来,很有眼力见儿地加在了宁迦漾旁边。

江导看向宁迦漾那张美得不须掩饰的漂亮脸蛋,心下有些猜测。

等商屿墨落座后,江导主动调节气氛。很快,席间恢复热闹。宁迦漾隐约听到江导提到那个访谈节目,忽然反应过来,侧眸看向正在跟江导交谈的男人。

商屿墨黑色衬衣袖子微微挽起,露出冷白色的手腕,手腕上没有任何配饰,修长的手指随意搭在酒杯上。

宁迦漾柔软细嫩的指尖往下探,在桌子底下偷偷碰了一下他的膝盖,隔着薄薄的西裤布料碰触男人的骨节。

她像是在闲聊似的问他:"你也是江导那个访谈节目的拟邀嘉宾?"

商屿墨感受到那轻微得像撩拨的触碰,眼眸低垂,似是漫不经心地推开她不老实的手指,偏平的声音不轻不重:"嗯。"

还真是。宁迦漾那双似有水波潋滟的双眸轻闪过困惑,诧异又忍不住好奇——她这联姻的老公平时一副无欲无求、无悲无喜、不食人间烟火的性子,怎么看都不像是会参加那种被许多人关注的节目的人。

宁迦漾还想继续问,于是又蠢蠢欲动地对男人的膝盖伸出罪恶的"小狼爪"。这次还没来得及动作,就被男人那双清冷的眼眸捕捉到。

宁迦漾指尖在半空中停了会儿,将手拐了个弯,假装无事发生地看向酒桌。从她这个位置,几乎能将所有人的表情纳入眼里。她觉得这群戴着虚假面具的人推杯换盏,无聊极了。

这时,宁迦漾忽然远远地与对角线位置的经纪人四目相对。言舒比画着指向门外,用口型说:"出、来!"

宁迦漾看着平时还挺稳重的经纪人此刻快要急得跳起来,终于在她期待的目光下，迤迤然站起身："失陪。"而后提着裙摆，一如来时般闲适坦然，绕过桌子，往门口走去。

包厢外。

言舒在走廊里来回走以缓解不安，相较而言，宁迦漾仿佛在自家后花园里，饶有兴致地欣赏壁灯的雕刻。

好半晌，言舒终于试探着憋出一句："你说，商家这位是不是看上你了？"

宁迦漾视线终于从雕刻纹样上移开，气定神闲地纠正："大胆点，把'看'换个字。"

想到什么，言舒瞳孔缓慢放大——不愧是她！可真敢想！

言舒还真认真想了两秒，而后果断否定："不对不对，这位一看就是那种没有世俗欲望的'神仙'。"

宁迦漾听着言舒笃定的语气，轻哼了声，漫不经心从红唇溢出来一句："实不相瞒，这位'神仙'他有世俗欲望。"

言舒震惊："你怎么知道？"

宁迦漾戏谑地将唇角弯起弧度，拉长了语调："当然是因为……

"我试过啊。"

一秒……两秒……五秒。

好半晌，被宁迦漾云淡风轻扔下的这颗炸弹炸得魂飞魄散的言舒精神飘忽，张了张嘴："啊……你出轨了？"

宁迦漾难得无语——在自家经纪人心里，自己到底是一个怎么样的形象。

言舒自然不傻，看到宁迦漾这个表情，心里突然生出非常大胆的猜测！难道——

"商医生就是给你'还债'的……"

言舒小心翼翼地给出关键词，而宁迦漾云淡风轻地摆摆手，谦虚道："倒也不是'还债'啦。"

言舒：这是重点吗？

得到确定答案之后，言舒像是进入了"贤者模式"，彻底冷静了下来。

没感情的女强人模式开启，言舒拉了下宁迦漾的手腕，压低声音凑在她耳边提议："江导到了这个地位，谁的面子都不给，但看今天的状况，要不求你老公伸个援手？"

宁迦漾懒洋洋地抬了抬眼皮，眼神满是拒绝："本仙女绝不低三下四求人。"

言舒动之以情："求自己老公怎么能算是求呢，这叫夫妻情趣！

"一举两得。"

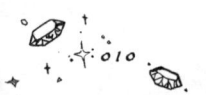

宁迦漾漫不经心地强调:"对不起,我们是商业联姻,感情不深!"

除了完成任务似的深夜交流,根本没有其他互动。

但言舒就很放得下身段,为了成功,一切人脉都可以拿来用,面子是什么,可以吃吗?

"感情不深更好,把他当作一个不带感情的工具用,不快乐吗?合法还不用负责。"

宁迦漾喷了声:"没看出来,舒姐你还挺有经验。"

言舒坦然点头:"就商医生这远在平均线之上的男神级别,你不吃亏。"

宁迦漾揉揉眉梢,道理她都懂,但怎么实践?纯情仙女真的没经验呀!

就在这时,包厢门被再次打开,随之而来的是热络的寒暄声。只见江导与方才酒桌上几位说得上名号的人簇拥着一人出来,男人面容俊美,清贵挺拔,俨然就是她们正在讨论的对象。

背后讨论人,就算是言舒都有点心虚。倒是宁迦漾双手抱着纤细的手臂,正不眨眼地望着他。美人的红唇微微抿着,整个人透着些旖旎的冷艳。

走廊灯光泛着柔和的昏黄,男人已经将西装外套穿好,过分优越的容貌弱化了眉眼间的淡漠,徐徐回看过来时,恍若一幅丹青圣手都难以描摹的靡丽画卷。

单单这位的脸,宁迦漾也是百看不厌的。

不然当初也不会同意选择父母选的这位联姻对象,但凡丑一点点,宁迦漾想,自己宁可回家继承家业,也不选择联姻换取自由追梦!

就在宁迦漾思绪不知道飞到哪里时,忽然听到一道清冽到几乎邈远的嗓音响起:"回家吗?"

宁迦漾的乌睫迟钝地颤了下,有些没反应过来。

下一秒,言舒往商屿墨方向推了宁迦漾一把,语速极快地替她答:"她回!"

"麻烦您送她了。"

宁迦漾被稳稳地推到了商屿墨身边,她无语地睨了言舒一眼。

言舒回之口型:"加、油!"见商屿墨颔首,在场其他人的目光落在他们身上时,忍不住露出若有所思的探究。

清鹤湾坐落在陵城景色最宜人的地段,位于中轴线上的蓝顶白色别墅是商家给宁迦漾的聘礼之一,也是他们的婚房。

宁迦漾率先进门,习惯性地踹掉高跟鞋,赤着一双莹白精致的小脚,踩上干净透亮到几乎反光的地板——外面真的太闷热了!

跟在她身后的商屿墨目光低垂,忍不住轻皱了下眉。

宁迦漾余光瞥到他的视线，没好气道："地面很干净，不脏！"

商屿墨没答，只是平静地看向被保姆拿过来的薄荷绿色拖鞋，意思非常明显。

要换作以前，宁迦漾肯定不会听他的。但想到言舒的交代，她将顶撞人的话在唇齿间绕了一圈后咽了回去，无辜又乖巧地把脚伸进拖鞋中，朝着商屿墨微微一笑："我穿好了。"

她有求于人。不就是重度洁癖吗？仙女忍了！

这时，管家手捧着平板电脑走来："下个季度的新品给您送来了，放在衣帽间。"

"还有前天您在线上拍卖会拍到的那套玉雕白兔手持珠串，给您收进了收藏室。"

宁迦漾径自往二楼主卧走去："好，我去看看。"

衣帽间与主卧相连，从内部的旋转楼梯绕上三楼，那里是她的私人收藏室，收藏着从世界各地搜集而来的玉雕艺术品。

宁迦漾欣赏完自己的新藏品，又在浴室折腾了一个半小时，才慢悠悠地带着袅绕淡香回到主卧。

商屿墨早已洗完澡，靠在宽大柔软的枕头上，修长冷白的手拿着一本极厚的医学书。

宁迦漾站在床边，垂眸看了眼，上面的字她都认识，连起来读就开始怀疑自己可能是个文盲。

随着她低头的动作，乌黑的如瀑发丝顺势滑过纤细精致的天鹅颈，有几缕微卷的头发不经意垂落在书页上。

就在宁迦漾绞尽脑汁地想要跟这男人找个话题切入正题时——

"啪"，一道低沉书本合上的声音响起。

男人低沉的嗓音响起："睡觉吗？"

宁迦漾鼓起来的那口气顿时烟消云散。

"睡！"

说完，她越过外侧男人的长腿，从床尾爬进了床内侧，拉上被子，安静地闭上眼睛。

别的什么，忘了吧。

安静的卧室里，一点点动静都清清楚楚。宁迦漾清晰听到男人关灯后躺回床上的细微声音。才晚上十点，年轻人的夜生活刚刚开始，宁迦漾根本睡不着，打算刷一下微博助眠。

谁知，她刚上微博就被时刻关注她的经纪人逮到，言舒的微信聊天框弹了出来："你们夫妻生活这就完事了？"

小浪花漾呀漾："这时间你侮辱谁呢？"

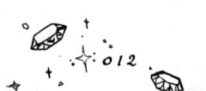

言舒秒懂，想到宁迦漾平时那精致劲，在浴室就得浪费几个小时的时间，估计也是刚到床上，立刻反应过来："所以，你还没哄？"

"祖宗，求你走走心吧！我刚还接到公司消息，上周谈下的时尚资源，对方看到你'不敬业'的微博热搜后，已经打算换人了。"

"所以！要么求江导帮你澄清，要么求你老公，你选一个吧。"

这还用选吗？！答案显而易见！宁迦漾挂断电话，暗吸了一口气，顺着柔滑的真丝床单，慢慢将手伸到商屿墨那侧，想要碰他的指尖："我想要……"求你个事。

话音未落，原本安安静静睡觉的男人，蓦地扣住她柔若无骨的手腕。宁迦漾猝不及防，卷长的睫毛快速颤了几下，入目的便是商屿墨那张在黑暗中绮丽得几乎妖冶的俊美容颜，她顿住了。

听他用略沉稳的声音说："好，接着'还债'。"

好什么？我话还没说完呢！

宁迦漾错愕地睁大眼睛——这人想哪儿去了！竟以为她在"催债"！

…………

五十分钟后，她照常被商屿墨抱到浴室。

再次回到主卧，宁迦漾眼尾微微透着桃花色。

商屿墨提醒："还欠着。"

男人原本偏冷淡的声音添了点磁性的哑意，那双浅褐色的眼眸看人时，没有女人能拒绝这样的蛊惑。

三个小时后，宁迦漾第三次被抱到浴室，浴室雾气浓重，她连睫毛都是濡湿的，此时仰头望着站在浴缸旁边的男人，忍无可忍："昨晚你给我洗了四次澡，今晚你又给我洗了三次澡！"

这是什么重度洁癖啊！

商屿墨用浴巾擦着头发，大概是湿了的缘故，男人额前的乌发看起来更卷了些，隐约可见冷白的额头，极为精致，湿漉漉的，莫名有种少年感。若非他这样居高临下地垂眼淡淡看她，就更有了。

宁迦漾认真想了会儿，忽然用细嫩的指尖在荡漾的水面划了两下，诚心诚意地提议："以后在浴缸里吧。这样就不用一次一次洗了，多有效率。"

商屿墨原本没什么波澜的眼神略顿了下，用怜惜傻子的语气道："商太太，我以为'浴缸水不流通，更不干净'是常识。"

宁迦漾唇角笑弧迅速消失：这也不行，那也不行，所以就必须把她洗秃噜皮了是吧！

翌日清晨。

半梦半醒之间，宁迦漾听到床边细微的声响，忍不住蹙了蹙眉头，恨不得将耳朵埋进蓬松如云朵的枕头里。

片刻后，她还是挣扎着睁开双眸，蒙眬间，看到男人正在穿衬衣，线条漂亮完美的腹肌轮廓半隐半现。

原本还迷迷糊糊的宁迦漾猛地跪坐起身来。起得太急，眼前黑了一瞬，差点忘了重要的事！

都怪商屿墨，睡前给她灌输什么活水、死水的知识，她又不是真的文盲。不就是重度洁癖的自我催眠吗？！

对，她现在有求于他，暂时先忍忍。宁迦漾快速地给自己做好心理暗示，一扭头，见他已经穿到裤子了，不过衬衣扣子还没扣，连忙伸手去拽他衣角："我来！"扣扣子！

"这是完美太太应该履行的'义务'！"

没想到，她跪坐着的真丝被套太滑，身子陡然往前倾，猝不及防间掉下床，指尖瞬间错开衣角，钩住了男人的西裤边缘。

下一秒，"砰"的一声，她整个人跪坐在了厚厚的地毯上，纤薄的肩颈陡然僵住，慢半拍地往上看，漂亮的小脸蛋假装凝重："我说不是故意的，你信吗……"

实不相瞒，她自己都不信……

商屿墨没想到她突然一早起来就折腾，一根手指一根手指地把她的手掰开，干脆利索地将裤子穿好。

宁迦漾又薄又嫩的耳朵浮上一片浅浅的绯色，可爱得让人想要捏一下。

商屿墨眉目低垂，用一如既往平平淡淡的声音道："商太太，倒也不必青天白日急着履行太太的'义务'。"说着，长指搭在她温热滑嫩的手臂上，在宁迦漾反应过来之前，将她滑下来的真丝睡裙的细细肩带重新挂回她纤瘦雪白的肩头上。

"我是这个意思吗？"宁迦漾戳弄了一下被他碰得有些痒的肩膀，没好气地反问。

商屿墨短暂地"嗯"了声，直起身子，从容不迫地将衬衣扣子从下到上一颗一颗地扣好，云淡风轻地给出结论："哦？那就是，无事献殷勤。"

宁迦漾愣了几秒——倒也不是无事。

"若是没事，我先走了。"说完，他气定神闲地转身，似是准备出门。

"别别别，有事！"宁迦漾一改之前懒散坐在地毯上的状态，赶紧探身去捉他的手。

蓦地，商屿墨搁在床头上的手机响起一道很刺耳又特殊的铃声——是医院的紧急电话。

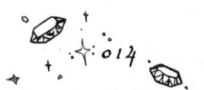

宁迦漾看到素来没什么情绪的男人神色微凝，以最快的速度接起电话，听到那边的话后，一刻不耽误地往外走："好，我这就过去。"

虽然商屿墨大部分时间都在研究院的实验室里搞科研，但近几年，每周会有两天时间到陵城第一医院坐诊。

商屿墨完全遗传了母亲温喻千超高的智商，在医学上天赋惊人。

小时候他在天才班一骑绝尘，以远超同龄人的速度早早完成学业，后来进入国家医学科学院，研究各种疑难杂症，主攻神经外科。

自从第一次拿起手术刀，商屿墨没有任何手术失败记录。起初不少患者因为他过分年轻而不信任，到如今，更多的患者把他当作最后一根救命稻草。

商屿墨用实际行动证明了医术与年龄无关，也证明了所谓的"医学界独一无二的无冕之王""上天送给医学界的宝藏财富"这些称号，并不是虚而不实的沽名钓誉。

宁迦漾隐约听到他说什么脑出血、出血点之类的，一听就很严重，人命关天，她自然不会任性娇气。

随着商屿墨离开，卧室恢复清静。

宁迦漾坐在床边，思索着要不要睡个回笼觉时，余光不经意瞥到自个儿小腿，裸粉色的真丝睡裙衬得肌肤白皙通透，这场景却让她激灵了下。

仙女每天醒来第一件事是什么？必然是涂身、体、乳！

要说他们家里什么东西消耗最多，身体乳和沐浴露绝对占据榜一和榜二。尤其是前者，宁迦漾恨不得像一日三餐加下午茶和消夜一样地涂。

宁迦漾懒得想其他，什么导演，什么男人，都被她抛在脑后，都没她的美貌重要！

言舒来接宁迦漾时，见她这么早下来，有些惊讶。毕竟这位精致的完美主义者出门前保底需要两个小时来折腾，务必从头发精致到脚，才舍得出门。

现在不过才九点，居然就收拾好了？

宁迦漾今天有一个护肤品广告拍摄。她的皮肤是出了名的娇嫩，雪白光滑，恍若毫无瑕疵的白色丝绸，称一句"冰肌玉骨，吹弹可破"绝不夸张，所以化妆品商家都喜欢请她代言。

既然言舒误解了，宁迦漾也没去解释，探身进了保姆车，车内还有宁迦漾的生活助理小鹿。

小鹿顺势扶了把穿着高跟鞋上车的宁迦漾："姐，小心。"

今天宁迦漾穿着白色短T恤配烟灰色百褶裙，露出一双纤细漂亮的大长腿，格外惹眼。

言舒的视线却定在随宁迦漾动作露出一截的腰肢上，细白柔软的腰肢两侧隐约有淡淡红痕。她看了几眼道："看起来，昨晚过得非常充实。"

宁迦漾闲闲道："不是为了求人吗？"

谁都不知道她的牺牲多大！

这话一出，本来对她的"工作进展"没抱什么希望的言舒顿时坐直了身子："真成了？"

对上经纪人那双充满期待的眼睛，宁迦漾从唇间溢出两个字："没有。"

干脆利索，完全不拖泥带水。

言舒听说商医生一早去拯救病人了，暂时歇下心思。

"公司虽然已经将你的负面热搜压下去了，但你知道的，名声这种东西，一旦被贴上了标签，就很难摘下来。"

"目前已经有不少谈好的资源方开始摇摆不定。"

越高级的品牌，对代言人的形象要求就越高，不能有任何负面新闻。言舒打开平板电脑，找到微博热搜，点了点屏幕："你看，你的对手梁予琼已经踩着你立敬业人设了，肯定要趁机抢资源！"

形势越来越不利，偏偏江导那边完全没有动静，俨然不打算就他醉后被爆出的录音进行解释。如果江导不解释，她们这边跳出来澄清，立敬业人设，会越描越黑。

所以这件事除了在江导这里突破，基本是无解的。

宁迦漾自然也清楚，扫了眼屏幕。

热搜第三——

被敬业代言人梁予琼圈粉了。

词条下面是梁予琼拍戏敬业集锦小视频，然而热评前几全都在讽刺宁迦漾不敬业。

"这些资源向来是僧多粥少。"言舒有些无奈地叹道，再次将希望放在商屿墨身上，"不是说商医生谪仙下凡度劫，拯救完苍生回归仙位，你作为谪仙的枕边人，插个队让他先救救你。"

宁迦漾用指腹慢条斯理地在平板电脑边缘滑动，懒懒地睨她一眼："舒姐，少看点网上的非主流文学，还谪仙下凡？"

"本仙女下凡，不也得操心失业问题？"

言舒：话说得没错，但总觉得哪里不对劲。

然而宁迦漾已经窝在最后排车椅上，睫毛懒洋洋地耷拉着，只差把"拒绝聊天"四个字写在脸上。

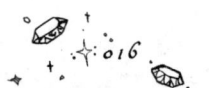

真是祖宗。

拍摄地点在海边。

宁迦漾换上了拍摄时要穿的正红色长裙，腰间垂下两条长长的飘带，与绮丽裙摆交融，柔顺长发披散在肩膀上。她戴着玫瑰形状的红宝石发箍，远远望去，恍若细碎宝石散落乌发之间，被海风一吹，她美得锋芒毕露，光彩照人。

这样的美貌，其他人很容易变成背景。这也是很多女明星不喜欢跟宁迦漾同时走红毯、参加颁奖礼的原因，谁愿意被三百六十度无死角地艳压呢。

就在宁迦漾跟摄影师准备好拍摄时，却见言舒匆匆而来，脸色有些难看："先不用拍了。"

宁迦漾提着裙摆的指尖微顿，漂亮红唇微微抿着，在炽热的太阳光下，带着清冽的冷艳感。

"怎么了？"

言舒拉着宁迦漾去换衣服，语调很沉："刚才负责人说他们总公司要跟你解约，并且以你有负面新闻为由，不单单解约，还要告你违约，让你赔违约金。

"现在人家新签的代言人已经要来拍摄广告了。"

"就是梁予琼。"

话音刚落，宁迦漾便远远地看到被众多工作人员簇拥着从远处走来的同样穿红裙的女明星。

梁予琼远远地便扬起胜利者的笑容："宁老师，下午好，好久不见呢，您气色不错我就放心了。"

宁迦漾眼神挑剔地看了她一会儿："梁老师，下午阳光烈，注意防晒。"擦肩而过时，略顿了几秒，恍若随口提醒，"对了，你穿饱和度高的红色衣服有点显黑呢。"

阴阳怪气，谁不会呢。

梁予琼差点维持不住表情，唇角的笑都凝固了。她最恨别人说她皮肤黑。她天生黄皮，成为演员之后，为了美白不知道做了多少努力！平时看到那些天生肤白的女明星嫉妒得不行，宁迦漾因为皮肤过分好，被她盯了好久。

十分钟后，回到保姆车的言舒终于舒坦了点："活该！"

抢人资源还跳到对方面前，活该被自家祖宗奚落。

不过看着被画掉了一大半的行程表，言舒揉揉眉头："我接到消息，公司那边把你这周大部分活动都暂停了。

"我再问问。"

小鹿气愤道:"那这跟封杀有什么区别!"

"姐,你有钱,家里也有钱,可以自己投资拍戏呀,气死梁予琼!"

宁迦漾这些年确实赚了不少,但她对金钱没有概念,到手的钱除了偶尔买点喜欢的东西,大部分都拿去给那个"烧钱"的爱好了。

至于家里……没到走投无路的地步,她绝不灰溜溜地用家里的钱追梦。她也是有骨气的!说不靠家里就不靠。

宁迦漾捏了捏指尖,透过车窗,看向外面快速闪过的风景,视线在几栋错落的白色建筑物上停顿了几秒,忽然勾起红艳艳的唇角,说了句毫不相干的话:"既然放假了,就去看看我在外辛苦工作养家的老公吧。"

言舒是最了解宁迦漾真实情况的人,跟公司那边据理力争的同时,抬起眼皮,啧了声:"你终于下定决心了!"

这么好的机会不好好用,真的可惜。言舒一直觉得宁迦漾之前对求商医生这件事懒懒散散,不动真格。

宁迦漾斜倚在舒服的车椅上,红唇翘起弧度,带着浓丽艳色,哼笑了声:"本仙女作为全世界最贤良淑德的完美妻子,去看望老公,怎么到你嘴里就变了味道,我是那种人吗?"

言舒怀疑自己:"啊,你不是吗?"

宁迦漾满脸正直,诚心诚意地回答:"我是。"

言舒和小鹿:不愧是你!

陵城第一医院,神经外科办公室。

商屿墨刚结束了几个小时的手术,回到办公室的第一件事就是去洗手间重新洗手。炽白色的灯光下,清澈的水顺着男人如同玉雕的手腕流至修长漂亮的指尖,即便是洗个手,都透着极端干净的矜贵感,男人不紧不慢地用洗手液将手洗了一遍又一遍,直到外面传来电话铃声。

商屿墨一刻不耽误地边擦手边往外走。毕竟是内线电话,万一病人有什么紧急情况出现。

谁知,电话那边传来神经外科同事秦望识神秘兮兮的声音:"商医生,有个超级漂亮的小姐姐找你,现在就在楼上呢。"

商屿墨语调冷淡:"不认识,不见。"说着便要挂断电话。

下一秒,那边传来他极熟悉的声音,像是带着几波细微电流,徐徐穿过电话线而来:"我是他债主,来讨债的,必须见。"

商屿墨准备挂电话的手一顿。

是宁迦漾。

神经外科楼。

宁迦漾站在走廊尽头,她戴着口罩和奶白色的渔夫帽,虽然将脸蛋遮挡得严严实实,但从容悠闲的气质让人移不开眼睛。

想到刚才商屿墨答应见面,秦望识神色错愕——商医生居然真的肯见她!难道这位还真是债主?带宁迦漾去商屿墨办公室途中时,他没忍住问:"商医生欠你多少钱?"

宁迦漾随口编了句:"一点点吧。"

秦望识听她这么坦然,更信了几分,自言自语:"你们关系很好吗,他怎么跟你借钱都不跟我借?"

他自认是全医院里跟商医生关系最好的同事!

没细听秦望识的话,因为宁迦漾注意力放在几个年轻实习生擦肩而过时的轻声交谈内容上——

"真不愧是本院最牛'神仙手',商医生做手术,成功率直接提升一大截。"

"商神的手太稳了,不愧是我每天拜一拜的外科之神!"

"羡慕你们能近距离观摩'神仙手'做手术。"

…………

宁迦漾拉低了帽檐,挡住桃花眸中闪过的笑意,心想:神仙手?

她认真想了想那双手,表示认可——确实挺像神仙的。

忽然,耳边传来秦望识惊讶的话语:"嚯,不愧是债主待遇,商医生居然亲自出来迎接。"宁迦漾下意识望去,视线陡然顿住。这是她第一次亲眼看到商屿墨穿白大褂。他黑色卷曲的刘海因为手术,梳到了脑后,此时略微凌乱,完整露出那张极邪、极艳的容貌。

偏偏白衣衬得他淡漠的眉眼清寒至极,恍若烈日都照不暖的珍稀瓷器,尊贵却永远冰冷彻骨。

只见他眼眸缓缓上抬,遥遥看过来,薄唇微启:"进来。"

一分钟后,想要拿到本院第一冷美人商医生的第一手新闻的"好心带路人"秦望识看着紧闭的办公室门,满脸蒙。

他摸了摸鼻子,嘀咕:"怎么感觉像是情债。"

"什么债?"

"秦医生,你欠债了?"

这时,一个护士路过,随口问道。

秦望识抬了抬下巴："是本院第一冷美人欠债了。"疑似情债。当然，这话他没说出口，便双手插着兜溜走了。

护士目瞪口呆：谁！

宁迦漾一点都不把自己当外人，摘了口罩、帽子，直接霸占了唯一舒服的办公椅，还踮着脚转了个圈，好整以暇地撑着下巴，欣赏商医生的美色。

商医生神色平静地给她倒了杯水，缓缓推过去："债主？"

刚抿了一口水的债主，差点呛住了。

女人本就殷红的唇瓣上沾了点湿润的水珠。她灵光一闪，忽然翘了翘唇角，意味深长地看着他："有错吗？你本来就欠我的债呀。"

商医生略一挑眉。他又不真是不食人间烟火的仙人，沉吟几秒，便反应过来这"欠债"是什么意思了。

宁迦漾见他懂了，黑白分明的灵动眸子眨了眨："其实这个债呢，我也不是非要你还，这样吧，你答应我一件事，当抵债。"

刚好她受够了每晚被他抱着洗好几次澡——这什么债，她一点都不想要！

宁迦漾把手臂撑在微凉的办公桌上，仰头望着站在她面前的男人，眸底带着不易察觉的期待。

商屿墨眼眸低垂，清晰地看到她的表情。

男人素来清冷如月的眉目沉静，嗓音徐徐："这样啊。"

宁迦漾迅速点头："没错，是这样！"

等他用事抵债。

下一刻，商屿墨慢条斯理地从薄唇溢出轻而清晰的七个字："我选择继续还债。"

宁迦漾气得不想喝水，没好气嘟囔："重度洁癖不应该抗拒这事吗……"她给了这么好的下台阶的机会，商屿墨居然不把握住！

看出她小心思的商屿墨扫了眼挂在墙壁上的钟："还不说是什么事？"

宁迦漾拒不承认自己别有目的："能有什么事，就是来给赚钱养家的老公送温暖罢了。"

商屿墨打量她几秒："温暖呢？"

什么都没准备并且扬言是来要债的"贤良太太"陷入了诡异的沉默。宁迦漾反应极快，朝着商屿墨伸出两只手臂，扬了扬精致的下巴："来，仙女老婆的温暖抱抱。"

漂亮眼睛写满：你占大便宜了。

商医生表示拒绝这个大便宜，并旁若无人地将身上这件让宁迦漾移不开眼睛

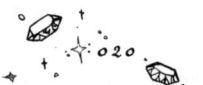

的白大褂脱掉，露出里面解开了两颗扣子的白色衬衣，随意整理了下绣有银灰色精致暗纹的袖口。他俯身拿起桌上一个鼓鼓囊囊的牛皮信封，神态自若："走吧。"

宁迦漾一点都不尴尬地收回手——早知道他不会抱，抱了就不是重度洁癖了。

见他开门，宁迦漾重新把自己捂严实才跟上去："去哪儿？"

商屿墨瞥她一眼，忽然很轻地笑了声："商太太，今天周五。"

宁迦漾终于想起来，早在商屿墨出差回来之前就定好，这周五晚上要回她娘家吃饭。所以，这臭男人是在嘲讽她？！

算了，仙女大度。宁迦漾使劲攥了攥最近的心头爱，白玉手持。雕刻成一颗颗圆滚滚兔子形状的珠子压进细嫩的掌心，微硌的触感让她心情平复了许多。

商屿墨倒是注意到了她这串白玉手持，无论是雕工还是玉的品质，都是上上等。想到她那"烧钱"的爱好，闲谈道："钱够花？"

临近下班时间，医院里人并不多。宁迦漾跟着商屿墨一起走向停车场，听到商屿墨的话，宁迦漾渔夫帽下的小脸一喜："不够！失业仙女在线求职。"

宁迦漾顺势提了一下自己失业的事情，没想到，这臭男人不按常理出牌，完全不过问她的事业情况，忽然俯身捉起她垂在身侧的小手，将拿了一路的牛皮信封拍到她掌心上："医院刚发的奖金。"

厚厚一沓，沉甸甸的，宁迦漾拆开看了眼，还真装着满满当当的粉红色纸币，有些好奇："这是多少钱？"

商屿墨思索了两秒，果断放弃："不知道。"

"大概一万？"

连自己奖金多少都不知道？不过也正常，宁迦漾想着这位又不是靠医院这点钱活。

这时，秦望识小心翼翼地搬着一个几乎等人高的纸箱走来，刚过来就目睹"还债"场景，替商屿墨回答："一万六。"

"这真是你欠钱的债主？"

商屿墨没答，看向箱子："这什么？"

秦望识示意他把后车门打开，然后艰难地斜塞了进去："神经外科全体同事送你的复工礼物！"

幸好商屿墨今天开了辆车体较宽的车，不然真塞不进去。送完礼物，秦望识果断离开。

上车之后，宁迦漾扭头看了眼后面那系着蝴蝶结的大箱子，语气像是成精的小柠檬："你人缘还挺好，复工都有人送礼物。"

像她，因为这美貌，在业界就没遇见什么真心朋友，周围都是求利与陷害，步步惊心。瞧，她一遇到麻烦，不知道多少圈中"好朋友"争相踩上几脚。

商屿墨基本猜到他们送的是什么，听她这话，专注开车的同时随口道："你喜欢可以放在衣帽间。"

宁迦漾坐在副驾驶座捏着钱，趁机"挖坑"："我们夫妻之间还分什么你我，我的不就是你的，你的不就是我的。"

早知她别有目的，不然怎么会主动来医院。

难得见傲娇嘴硬的大小姐有求于人，商屿墨也难得升起了几分逗弄她的兴致，薄唇翘起浅浅的弧度："所以？"

见他终于接茬儿，宁迦漾立刻坐直了身子，乌黑的瞳仁清清透透："就是上次看你跟江导好像很熟？"

商屿墨漫不经心"嗯"了声："还行，我爸年轻时跟他有些关系。"

商屿墨的父亲商珩，当年也是演艺行业里空前绝后的神级演员，后来回去继承家业，商氏自他接手后，越发显赫。

原来这么熟啊。宁迦漾趁着等红灯，悄悄戳了戳身旁男人的手腕："那你能不能请江导在网上帮我澄清一下不敬业的谣言呀——"

拉长的尾音，像是挂着缕糖丝，任是哪个男人都舍不得拒绝。随着她的动作，掌心那串玉兔手持晃来晃去，偶尔撞到男人线条分明、精致冷白的手腕。

商屿墨手指屈起，漫不经心地弹了弹那串胖兔子手持："哦？为什么要帮你？"

宁迦漾理直气壮："我们是夫妻呀！"

"商业联姻，感情不深。"商屿墨言简意赅地将她经常挂在嘴边的八个字还给她。

宁迦漾沉默：这八字箴言有点耳熟。

几秒后，她不死心地继续："你不是下凡拯救苍生来度劫的谪仙吗，像我这样的，算苍生之一，帮一帮功德无量。"

商屿墨云淡风轻："我不是。

"我是披着白衣天使皮的商人，商人不做赔本买卖。"

宁迦漾：这话也耳熟！

商屿墨这个臭男人是不是会读心术？！她表情几乎写在脸上了。

商屿墨平平淡淡地回望着她，似笑非笑："商太太，你不知道自己偶尔会说梦话吗？"

啊啊啊！宁迦漾心态崩了，面无表情地指着路边高大繁茂的梧桐树："撞上去，今天我们俩必须死一个。如果不能，那就共赴黄泉做对死鸳鸯！"

商屿墨轻描淡写地回绝"死亡邀请"："还有十分钟到家。"

绿灯恰好亮了。

十分钟半秒不差，准时抵达宁家。宁家别墅外观是砖红色的，大门两侧有雕刻精美的廊柱，从外表看有种复古的底蕴感。

大门从中间打开，身着居家旗袍的宁夫人亲自出来迎接，看到他们，优雅笑道："快进来。

"屿墨，爸爸在楼上书房，等你过来谈什么医药投资。"

商屿墨颔首上楼："好，我这就去。"

宁夫人越看这个女婿越满意："今天晚上让厨房做了你爱吃的，你们爷俩别光顾着工作。"

商屿墨声音沉稳几分："谢谢妈。"

"不客气，去吧。"

见自家妈妈望着商屿墨一脸笑意，宁迦漾故意酸溜溜地道："完了完了，我已经不是你最爱的小宝贝了，商屿墨才是。"

"这么大的人，还跟你老公争宠。"宁夫人拍了女儿手背一下，没用力，带着宠溺。

宁迦漾顺势抱住宁夫人的手臂撒娇，母女两个在沙发上说悄悄话。

这时，茶几上的手机振动了一下又一下，宁夫人拿起自己手机调成静音，恰好被宁迦漾看到最新消息——

宁元州："大嫂，您让大哥再好好考虑考虑，把行昀过继给你们当儿子，你们老了也好有个依靠。漾漾已经嫁人，总不能把那么大的家产给了外人吧。"

宁迦漾一改之前懒散闲适的模样，明艳好看的脸蛋浮上冷色，嗤笑一声："二叔还没打消过继他儿子的想法呢，想得美。"

宁夫人同意："确实想得挺美。"

家产再大，他们也就漾漾一个宝贝女儿，不留给她留给谁。宁家祖辈皆是高雅清贵之士，偏偏出了宁迦漾她爷爷这一脉，酷爱经商赚钱，如今已经累积相当可观的财富。他家这一脉也从当时被众多族人唾弃，发展到现在，被诸多族人巴结地捧着。

尤其在宁迦漾出生后，宁家父母决定不再生二胎，更是让族人们看到希望，过继儿子给他们家已经成了每年必要话题之一。

宁迦漾结婚后，更是愈演愈烈，最近天天发消息。这下就是在宁迦漾父亲那边碰了钉子后，把主意打到宁夫人身上了。料准了宁夫人性子温柔，是典型的江南女子，不会跟他们红脸。

这时，宁夫人伸手摸女儿平坦的小腹："还没动静？"

宁迦漾忙躲开，窝回沙发里，恢复之前慵懒闲适的样子："哪有那么快。"

"你不会阳奉阴违吧？"宁夫人怀疑地望着自己的女儿，"说好的，要早点生个继承人继承咱们家家产，不然赶紧给我回公司帮你爸，免得那些人天天惦记着。"

"怎么可能，我们可努力了！"宁迦漾想到自己差点被洗秃噜皮都要完成的"指标"，没人比她牺牲大。

"真的？"

"比我爸送您的钻石还要真！"

为了获得自家亲妈的信任，等商屿墨下来时，宁迦漾坚持跟他牵手不松开，表示他们特别恩爱。

掌心敏感的肌肤突然相触，商屿墨略顿了几秒，手指才放松地任由她握着。

宁迦漾没关注商屿墨的反应，她想到二叔那条消息，忽然有了主意，晃了晃两人相牵的手："妈，你给我们拍张照片。"

宁夫人不知道她要做什么，但乐得给女儿、女婿拍照。

等拍完之后，宁迦漾接过宁夫人的手机，编辑图片发朋友圈：

"找个天才女婿改善下一代基因。"

设置仅宁家族人可见，发送——就差指着他们鼻子嫌弃他们孩子基因不好，不配送来过继。

宁迦漾一系列动作利索得很，一看就没少干。发完之后，宁迦漾桃花眸都弯成月牙状了。商屿墨若有所思地多欣赏了几眼，觉得她像是一只刚做了坏事正偷偷得意的小天鹅，傲娇又可爱。

宁廉沉没阻拦女儿发朋友圈反击那些族人，不过他忍不住问："咱们家基因怎么了？我跟你妈都是顶级学府毕业的……"

宁迦漾答得理所当然："那也只能说是正常人基因啊，又不是天才，看我就知道啦，只能靠美貌吃饭。"

人家天才是拯救苍生的谪仙，又是万人敬仰的"神仙手"，他们家顶级学府的基因可是高攀了呢！

偷瞄了眼商屿墨，宁迦漾想：希望这位谪仙看在她这么努力夸夸的分儿上，能拯救拯救她。

宁廉沉无言以对，最后他吐出句："我倒是想看看，你们俩能生出来个什么。"

由于明天商屿墨还要去医院，于是他们吃过一顿热闹晚餐后便直接回家了。

而此时，陵城一院的论坛也极为热闹。

《劲爆新闻！本院第一冷美人被债主讨上门来，是道德沦丧还是人性扭曲，请紧跟记者小秦走进吃瓜现场》。

下边配的照片正是医院停车场里，商屿墨将牛皮信封交到宁迦漾手里的画面。

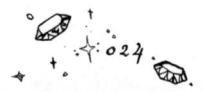

1楼：我们愿众筹替商神还债！

2楼：大哥同上。

5楼：商神的"神仙手"是我院无价之宝，怎么能为此等铜臭发愁，我也愿出钱替男神还债！

…………

往下近百楼全都是喊着替商神还债的。

直到——某科室知名妻管严主任：这画面有点眼熟，我平时向老婆上交工资就这样。

楼下：……

临近中午，炽烈的阳光被厚重密实的窗帘挡在窗外，唯有一缕细微的光线透过缝隙艰难地照射进来，昭示着天色已经不早。

宁迦漾最近身心俱疲，难得睡了个完整的美容觉。自然醒后，她懒洋洋地下床，往衣帽间走去，挑选今天的仙女搭配。真丝裙摆在半空掀起微小弧度，细细肩带挂在精致好看的肩头，随着走动摇曳，显露着慵懒的旖旎感。

衣帽间与主卧相连，以两扇极高的香槟色浮雕大门隔开，这大概是整个别墅装修最花心思、最华丽的房间。

刚绕过尽头奶白色沙发去日常穿搭区，宁迦漾忽然顿住，原本慵懒低垂着的眼睛缓缓地、慢慢地，如慢动作回放般眨动几下——她以为自己出现幻觉了。

炽亮的灯光下，一副精致的人体骨架就那么端端正正"坐"在沙发上，森森的白骨，连骨骼纹路都纤毫毕现。

宁迦漾瞳孔陡然放大，大脑"宕机"几秒，条件反射般猛然后退，转身。谁知，刚一转身，蓦地便撞进了温热坚硬的胸膛，还未来得及发出惊叫，呼吸间发现是熟悉的清冽气息，是商屿墨。

宁迦漾连忙手忙脚乱地扑过去："有鬼有鬼有鬼！！！"

赤裸纤细的手臂猛地圈住男人脖颈跳了上去，两条白皙的小细腿顺势缠在他劲瘦的腰侧，用力收紧。

突如其来的软玉温香，商屿墨反应了一秒才顺着她跑来的方向看过去，是早晨被他拆了放到沙发上的复工礼物。

随手托住她的双腿，商屿墨抱着"挂件"往事发地点走过去。宁迦漾被吓得发白的小脸蛋埋到他修长脖颈处，死都不抬起来："啊啊啊！别过去，真的有鬼！"

商屿墨已经抱着她重新走回沙发边："不是鬼，是同事昨天送的礼物，你不是想要吗？"怎么吓成这样。

"别怕，只是一个骨骼模型。"

男人难得温软的声音让她逐渐平复下来，宁迦漾偷偷睁开一只眼睛，直接跟骷髅头那双巨大的黑洞眼睛对上。下一秒，她额头用力抵着男人肩膀，坚决不睁眼："我不看！"

不过，复工礼物？宁迦漾脑海中顿时浮现出昨天被秦望识塞进后备厢里的巨大礼盒，慢半拍地反应过来——啊啊啊！她昨晚居然跟骨头架子共乘一车！

隔着薄而滑的布料，商屿墨甚至能清晰听到她的心跳声，又急又快。没想到宁迦漾平时一副天不怕地不怕的性子，居然怕这个。

商屿墨单手抱着她走出衣帽间，顺手关上香槟色的大门，隔绝了里面所有的光线。

主卧床上，宁迦漾深呼吸好几下，紊乱跳动的小心脏缓了缓，一双黑白分明的眼瞳此时犹带粼粼水光，仿佛劫后余生，不可置信地看向商屿墨："你们学医的都这样吗，送礼物送人体骨架？"

"不怕主人半夜来找你们索命呢？"

"这是模型不是人骨，就算是人骨，主要成分也只是碳酸钙。"

"所以，商太太，相信科学，远离迷信。"商屿墨给她倒了杯温水递过去，平平淡淡的嗓音似是能驱散一切恐惧。

宁迦漾抿了口水，盯着他看了几秒，慢吞吞地从唇间溢出句："所以，你以为是模型就正常了吗？"

房间内光线暗淡，还没来得及将窗帘全部拉开。

此时，宁迦漾穿着绸白色的睡裙，漂亮的唇瓣沾了点温水，唇色殷红艳丽，乌黑如墨的长发披散在单薄的肩膀上。那双桃花眸微微抬起，凝望着人时，更像是等待着猎物上钩的靡丽勾人的妖精。

商屿墨蓦地拉开窗帘，盛大的阳光倾洒进来，他不紧不慢道："既然害怕，你随意处理。"

于他们医生而言，这些骨骼模型已司空见惯，可谁让这位从头到尾都写满娇气的太太害怕。

宁迦漾眉眼怠惰地侧躺在床上，已经完全不想起床了，脸颊朝向落地镜，见他穿戴整齐，忽然想起："你今天不是要去医院吗，还没走？"

还是回来了？

商屿墨长指抵在腕骨处，扣上表带，语调带着点他独有的慢条斯理："下午去。"

"我当司机送你去上班。"宁迦漾顿时来了精神，将早晨惊魂之事抛之脑后，想到了自己还没哄得这人帮她呢，决定补救一下摇摇欲坠的贤良太太形象。

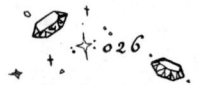

商屿墨顿了顿，侧眸看她，浅褐色眼瞳在阳光下折射出令人微醺的光："嗯？"似笑非笑道，"不是商业联姻，感情——"

没等他说完，宁迦漾便迅速截住，强买强卖："好，你答应了！"

"我很快就收拾好，一定要等我！"

宁迦漾一改往常慵懒的样子，迅速洗漱化妆，出门时，依旧光彩照人。薄薄的真丝衬衫配包臀长裙，露出两截雪白精致的脚踝，穿着C牌最经典的黑白编织平底鞋，走得稳稳当当，可见很重视今天的"司机"职位。

下午两点。

商太太一个帅气的刹车，准时把车停在医院门口，降下车窗，看向下车的男人。她指尖推了推鼻梁上几乎遮了半张小脸的墨镜，唇角翘起弧度："怎么样，我的车技很好吧？"

"你几点下班，我来接你。"

想到商太太那"神出鬼没"的车技，商屿墨扶着车门，微微俯身，越过大开的车窗，薄唇擦着她的耳垂轻轻落下声音："车技很好，以后别来了。"

宁迦漾："……"

等等，他这是讽刺？哄男人再次失败。

宁迦漾目送商屿墨进入医院，纤细的食指灵巧地钩下墨镜，对着遮阳板上的镜子看来看去，镜子映出她那张漂亮明艳的脸蛋。小巧的鼻尖轻皱了下，宁迦漾陷入自我怀疑：是她不够有魅力，还是哄的方式不太对？怎么商屿墨的反应这么不对劲呢，一点都不期待仙女老婆接送。

"车神"绝不怀疑她车技有问题，就在这时，车里响起手机铃声，宁迦漾怏怏地接起。

耳边传来个年轻男人带笑的声音："听说咱们女明星失业啦，那是不是该好好庆贺一下？"

庆贺？姜燎这货怕不是想看她热闹。宁迦漾果断拒绝，重新发动车子准备回家："没空，忙着呢。"

姜燎可不信，还想游说。宁迦漾握着方向盘的手指定了定，忽然想起自己这个发小可是哄人方面的高手啊。

从小到大，就没有他追不到的女孩，并且跟每个女朋友都是和平分手，偶尔遇见了还能喝茶聊天，甚至有的直接发展成他刺青店的骨灰级粉丝客户，他在这方面绝对是天赋异禀。

宁迦漾变脸很快："地址给我。"

二十分钟后，宁迦漾抵达姜燎的刺青工作室。还没进门便看到悬挂在店内最显眼灯光下的朴实无华、红底白字的横幅：

热烈庆贺小宁总失业后即将继承家业。

她停都没停，脚尖一转，头也不回地走人——丢不起这个脸！姜燎眼疾手快地抓住她，笑道："来都来了，跑什么。"

宁迦漾挣开他的手，指着那辣眼睛的东西："赶紧拆下来，你这什么品位？"

"好好好。"

姜燎目的达到，喊员工过来拆了。作为刺青工作室的大老板，姜燎非常任性，今天因为宁迦漾过来，直接停止营业。

他这个工作室占据了寸土寸金的市中心金融中心的一座三层小楼——一楼大厅，二楼文身区，三楼贵客区。

姜燎出身于清流世家，兄弟皆有成就，唯独他，从小就桀骜不驯，毕业后舍弃家人给他安排好的从教育人之路，玩儿票似的开了间刺青工作室。

大家等着看他笑话，谁知他将刺青这个小众文化做成了高级定制，预约他亲手设计刺青的客人排到了三年后。

会客区，姜燎给她倒了杯果酒赔罪："喝喝看，我亲自酿的，不醉人。"

冷色调的灯光下，男人长相出众，头发极短，眉目深邃，棱角分明，薄唇无意勾起弧度，眼角、眉梢都透着玩世不恭的痞坏感。他低头倒酒时，露出刻在颈侧皮肤上的黑色刺青，看不清图案，但面积极大，透过男人微微敞开的领口，隐约可见它从胸口一路伸至颈侧。

宁迦漾往沙发上一坐，乌睫低垂，漫不经心地扫过那冒着泡泡，看起来漂亮剔透的粉色果酒，忍住了："不喝，开车。"

姜燎不以为然："还需要小宁总亲自开车？到时候让人帮你开回去。"

宁迦漾睨了他一眼："那不行，我等会儿要接我老公下班呢。"

姜燎刚抿起一口酒，乍然听到她这话，以为自己听错了："接谁？"

"你老公？"

"感情不深的那个？"

"对呀。"宁迦漾懒得解释，晃了晃在漂亮指尖转圈的车钥匙，"还不是为了哄他帮我个忙。"

没等姜燎细问，宁迦漾随手搁在桌上的手机陡然响起铃声，她漫不经心地看向屏幕，目光僵住——是经纪人。

这位是真"催债"的，一接电话，言舒直奔主题："我刚才接到消息，江导把那个神秘的金牌编剧NN请出山重整剧本，这是铁了心冲奖的。剧组那边说，如

果你不坚持解约，女主角还是你的，但为了电影进行必要的艺术牺牲是一定的。

"不少女演员都盯着这张大饼，咱都拍一半了，要就这么吹了，我都不甘心。"

"最好就是你跟江导各退一步。江导别执着于艺术灵魂，你继续拍戏，那么之前说你不敬业的谣言也会不攻自破。"

宁迦漾怠惰地揉了揉眉梢："江导太黑心了。"

居然用这种方式引她上钩屈服！明知道是个演员都舍不得跟 NN 这样的金牌编剧擦肩而过。

"所以，赶紧搞定你老公！"言舒这次极为认真。

"知道了……"

挂断电话后，宁迦漾像是没骨头般倒在软绵绵的沙发里，一双桃花眸苦恼地望着姜燎："你以前女朋友那么多，一定有很多哄人的绝招，传授几招给我。"

姜燎听完了电话，再联想她最近发生的事，便能猜到。

不过，她要哄的是那位啊。

姜燎想到商屿墨素来的风评——那就是一个不食人间烟火的人。

"首先本人已经'金盆洗手'，从良许久；其次，打谁的主意不好，一下子挑战这么地狱级的难度，我觉得你不行，建议换个人选，例如，求求你亲爹？"

仙女怎么能被说不行？宁迦漾一改之前的怠惰，冷冷地睨着他："我怎么不行？不就是个男人。"

姜燎举起酒杯，碰了碰她面前没有碰过的酒杯，表示崇高敬意："您随意，我干了。"

为了小宁总的勇气而干杯。

宁迦漾惦记着哄人，没跟姜燎聊太久便回家了。进门就见到客厅茶几上摆满首饰盒。

管家上前解释："这是下季度的首饰，还没来得及放到衣帽间。"

宁迦漾打开几个盒子，都是还没上市的新款，有些让她眼前一亮。

"对了，您衣帽间那副骨架已暂时移到储藏间，要处理吗？"

怎么着都是医院同事送的，处理掉岂不是不尊重人家的心意。宁迦漾摇头，忽然余光瞥向这些珠宝，若有所思地捏着下巴，小脑瓜里生出一个大胆想法。

"别丢，重新抬回衣帽间。"

十分钟后，衣帽间里，宁迦漾有保姆和管家壮胆，完全不怕被重新放回奶白色沙发上的骨架子了。

此时她的面前摆着许多打开的珠宝盒，任由挑选。宁迦漾看了眼森白的骨架，觉得搭配艳丽点比较好。于是选了最显眼的镶嵌了大颗红宝石的项链，挂在了骨架脖子上，又挑了十枚五颜六色的宝石戒指，戴到那两只骨骼分明的手上。

钻石手链、大金镯子全部安排上。华丽的脚链也不能缺少！对，还有那颗空荡荡的脑袋。宁迦漾选了个粉红色流苏发带，戴到光溜溜的骷髅头上，亲手打了个超大蝴蝶结。望着那幽深的眼洞，她把今天戴的那副墨镜奉献出来。

看着花里胡哨，宛如大型首饰展架的人体骨架，宁迦漾红唇翘了翘，忍了忍，还是没忍住，笑出了声。她一笑，衣帽间里的保姆和管家也都笑了。

管家夸赞："您这一打扮，这有点恐怖的东西，居然变成艺术品了。"

宁迦漾越看越满意，用手机拍了几张照片，还费了心思加滤镜修图，顺手发微博。

宁迦漾V：新来的小可爱。

同时发布了刚刚拍的几张照片。宁迦漾时隔半个月的营业，让粉丝们开启狂欢模式。

傍晚六点，陵城第一医院正逢下班时间。有些空荡的走廊里，商屿墨的出现，仿佛将背景灰白寂寥的医院都衬得生机勃勃。

他干净的长指松松地捏着个病历夹，步伐不疾不徐，身旁是正在说医院同事们打算给他众筹还债的秦望识。

商屿墨懒得搭理这些八卦，偏秦望识根本不需要有人配合，自己一个人就能说完整场。

直到路过护士台，同样准备下班的女护士笑眯眯地跟他们打招呼："商医生好，秦医生好。秦医生，你女神今天发微博啦。"

全医院都知道，秦望识的女神是宁迦漾。秦望识立刻闭嘴不缠着商屿墨了，掏出手机，打开微博。

几秒后，他"嚯"了声，乐了："不愧是我的女神，审美太好了吧！"

瞧瞧这色彩搭配，堪称艺术。他还把手机放到商屿墨眼皮底下安利（诚意推荐）："我从来没觉得骨骼模型这么可爱，被女神这一打扮，简直可爱疯了。"

商屿墨目光不经意落在屏幕上，入眼的便是挂着五颜六色宝石的骨架，视线顿了几秒。

这时，秦望识习惯性地放大照片打算细细品味，忽然嘀咕了句："这骨架怎么有点眼熟。"

"咦，你再看看，像不像昨天送你那个，尾指也断了一截呢。"

不知不觉，他们已经走出了医院。夕阳余晖逐渐从天边灼烧而来，几乎染红

了半边天。

商屿墨眼睫微微抬起,目光越过马路,看到对面嚣张地停着一辆科技感十足的银蓝色跑车。极为眼熟,毕竟是他上周新提的车。

听到秦望识的话,男人眉目依旧如往日般清冷、淡漠,语气平静:"哦,或许是同一副。"

一秒……三秒……十秒。

"哈哈哈哈哈。"秦望识倏地大笑出声,"如果是同款,那说明我跟女神是天定的缘分呀,连断了的尾指都是我们缘分的见证。

"你说是不是?"

恰逢人行道红灯变绿,临走之前,商屿墨难得善心大发,提醒了句:"建议你去耳科做个诊断。"

"同一副"和"同款",这两个毫不相干的词都能听错。秦望识没听出他的言外之意,下意识捂住耳朵,满脸惊恐:"我是得什么严重耳疾了吗?!"

他一点都不怀疑商屿墨在医术上的造诣,能被他开口提醒自己有病,那肯定是八九不离十了。

商屿墨背对着他晃了晃病历夹,径自穿过马路,上了那辆停放得嚣张跋扈的跑车的副驾驶座。宁迦漾特意开了这辆扎眼的车,好让商屿墨下班第一眼就能看到。

等人期间,她正百无聊赖地靠在椅背上刷微博,唇角无意识地翘起,被微博评论逗笑。

作为微博热度靠前的女明星,宁迦漾一发微博,不到一小时,评论便破万了。

一碗饭:哈哈哈,骨头架子表示从来没这么好看过,谢谢。

Jaki:小仙女老婆不是一般人的脑回路,竟然给人骨打扮,哈哈哈。

福星许:仙女打扮的骨骼模型堪称艺术品。

因为宁迦漾关注度极高,有什么动静,她的名字便能蹿上热搜。相较于她微博粉丝们调侃的言论,热搜下的评论尖锐多了,每句话都带着攻击性——

不敬业的女明星又为复出营销啦。

既然不热爱演戏,你为什么当演员?

听说你被封杀啦,真是太好了呢,以后别出来挣烂钱了!

宁迦漾眼睫低垂着,让人看不清神色,商屿墨就是这个时候打开车门的,入目的便是穿着一袭黛青色薄绸旗袍的女人,正慵懒地坐在真皮座椅上,一双纤嫩的长腿在侧摆处露出雪白肌肤,娇润欲滴的红唇轻勾着,似是在嘲弄。

极致娇艳的旗袍美人与清冷科技感的银蓝跑车,组合成一幅极具冲击力与艺术张力的画卷。

尤其是美人一抬眸，睫毛微微上抬起来时，原本极致的艳色瞬间染上几分无辜的勾人感，露出丝毫不吝啬的漂亮笑容："你下班啦。"

变脸之快，让人怀疑刚才一闪而过的嘲弄感是幻觉。商屿墨淡淡看她一眼，觉得今日来接他的商太太很赏心悦目。他漫不经心般沿着脖颈扯松了领带，顺势解开两颗衬衣扣子，明明是极为蛊惑的动作，偏偏他鼻梁上架着的淡金色细边眼镜使他透着股禁欲意味。

宁迦漾忽然俯身压过来，馥郁的清甜香气顿时覆盖了男人身上清冽气息。商屿墨露出来的喉结无意识滚动了下，没动，任由她动作。

下一刻，宁迦漾将副驾驶座的安全带扯了过来，亲自给商屿墨扣上。清脆一声响，她很满意地拍了拍男人的胸口："好了。"

透过薄薄的镜片，商屿墨看到薄绸旗袍将她玲珑曼妙的身躯显露得清清楚楚，略一顿，他看似随意地将高挺鼻梁上的细边眼镜摘下，以偏轻的嗓音说出第一句话："开车吧，先去趟科学院。"

这腔调。宁迦漾眨眨眼睛，不可思议道："我是你司机？"

她都这么明示了，这臭男人还真把她当司机使唤？商屿墨薄唇弯着若有若无的弧度，手指屈起，敲了敲方向盘："哪个司机开这么贵的跑车乱跑。"

宁迦漾想要罢工了，不过，"忍辱负重"这种事，有第一次就有第二次。习惯就好，习惯就好。不就是当司机吗？不想当司机的仙女，不是成功搞定地狱级难度的好仙女。然而商屿墨的下一句话，差点又让她平复好的心态崩了。他云淡风轻问："忘记怎么发动车子了？"

呸！臭男人，竟敢小看"车神"。

晚上九点，卧室只开了一盏壁灯，昏黄的光线将空气都晕上浅浅的旖旎感。商屿墨提前处理完工作，回到主卧时，视线在梳妆台前护肤的美人身上略停了几秒。

宁迦漾身上披了件宽松丝滑的睡袍，正弯腰将掌心的护肤品往腿上涂抹均匀，她动作不紧不慢，普通的护肤流程被她做出了仿佛烙印在骨子里的慵懒感，举手投足都像是带着小钩子。

商屿墨神色自若地取了睡袍进浴室，十五分钟后，宁迦漾正准备涂第二遍身体护肤品时，浴室门开了。商屿墨带出一室热腾腾的水汽，黑色的真丝睡袍带随意系在腰间，灯光下，肌肉线条清晰分明。

他径自关闭了那唯一亮着的壁灯，偌大的房间陡然陷入黑暗之中。视觉短暂消失，其他感官却更加敏锐，呼吸间淡香越发浓郁，满溢出来。

宁迦漾猝不及防，指尖还有没涂完的护肤品，下意识惊呼了声："你干吗？"

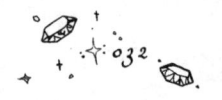

没等到回答，忽然身后一双劲大有力的手臂环了过来，随之而来的是男人长指扣进她滑腻的指间，将残存的护肤品涂抹均匀。

宁迦漾刚想挣扎，怪他涂的位置不对！这里她都涂过两次了！

随即，整个人被横抱起来，伴随而来的是男人克制压低的磁性嗓音："继续还债。"

宁迦漾熟悉了黑暗，仰头看向男人如玉雕的下颌，原本不食人间烟火的淡漠疏离被浓重如墨的夜色全部藏匿，只留那张动人心魄的瑰丽美颜。

宁迦漾忽然发现，她的那些玉雕藏品，不及商屿墨分毫，他才是全天下最想让人珍藏的玉雕。

就这么失神的半响，她已经陷入柔软如云朵的床被之间。大脑开始运转，想到即将到来的事情，宁迦漾抵着他胸口的两只手忍不住抗拒："等等。"

商屿墨与她对视几秒，难得退让了："今晚两次洗一次澡。"

…………

不知过了多久，宁迦漾觉得自己吃大亏了，双手钩着商屿墨的肩膀胡乱地问："你的仙女老婆牺牲这么大了，你还不帮忙解决江导吗？"

商屿墨："专心点。"

宁迦漾不配合："到底帮不帮？"

半响，男人按住她，素来平淡的嗓音带了低哑："别动，我考虑考虑。"

宁迦漾醒来时，感觉自己浑身像是被用力碾过，骨头都散架了，大概还不如衣帽间沙发上那骨头架子结实。

她跟商屿墨原本的夫妻生活可以用一句话来形容，那就是"为了完成夫妻任务"，但昨晚不同，更像是烙印进骨髓的耳鬓厮磨。

月白色的真丝薄被悄悄掀开个小小的口子，宁迦漾伸出纤细的手腕，摸索着从床头拿到手机，一看时间，上午十点半。动动脑子，她便猜到商医生已经上班了。

这次没去送人，可不是自己的懈怠。宁迦漾顿时把心放下了，忽然想到临睡前与商屿墨的对话，她迅速调到微信页面。

小浪花漾呀漾："商医生，别忘了昨晚答应我的事。"

宁迦漾直接当商屿墨说的"考虑"两个字不存在。等了几分钟，宁迦漾手都有点僵了，又敲了几个字过去："医生不能说谎！"

宁迦漾翻了个身，趴在软乎乎的枕头上，白净如珍珠般的小脚一跷一跷的，格外悠闲。她举着手机等了半小时，还是没等到回复。眉头轻轻蹙起，下意识想：难道今天有手术？

最后发了条:"今晚我接你下班。"

而后宁迦漾拾起丢在沙发上的睡袍,懒散地披着往浴室走去。直到医院下班时间,宁迦漾都没收到回复。她也没在意,毕竟医生忙起来不看消息也正常,所以照常去医院接他。

昨天开了辆炫酷的跑车差点引起围观,今天她从车库挑了辆低调点的车子。谁知,今天不知道是不是出门没看皇历。快要抵达医院前一个路口时,忽然一辆红色的轿车从对面横冲直撞而来,吓得宁迦漾条件反射地急刹车,往左转方向盘避开,猛踩刹车。"嘭"的一声,车身侧着撞到了中间护栏上,安全气囊倏地弹出来。

两个小时后,宁迦漾恹恹地靠坐在医院病床上,左手臂被包扎得严严实实。

她运气好,撞得不严重,只是车门凹进来擦到了半条手臂,幸而都是外伤,没骨折。

不过因为宁迦漾皮肤又白又薄,上面青紫痕迹显得格外让人心惊。言舒处理好车祸后便马不停蹄地赶来医院。此时宁迦漾身边已经围满了小护士嘘寒问暖——这些护士都是她的小粉丝。

宁迦漾还贴心地用右手给她们签名,好不容易等病房空了,言舒心疼地捧着宁迦漾的手臂看了又看。

宁迦漾之前疼得麻木,现在刺疼的感觉密密麻麻地浮了上来,让她额头都冒出细密的薄汗,却说:"幸好不会留疤。"

她绝对不能接受自己完美的皮肤留下任何瑕疵!

言舒没好气地吐槽那个酒驾的司机,忽然环顾四周:"你伤得这么严重,你老公呢,怎么没看到人影?"

毕竟宁迦漾是来接他的,现在距离下班时间都过去两个小时了,总不能还在上班吧。

宁迦漾精致眉间染了点倦怠,乌睫轻耷着:"电话打不通,可能在做手术吧。"

就在这时,半开的病房门传来礼貌的敲门声,是一个抱着束花的年轻医生。宁迦漾半合的双眸轻轻睁开,认出来这是她找商屿墨时带路的那位神经外科的医生。

显然,秦望识当时并没有认出摘下帽子、口罩的她。此时眼睛晶亮,小心翼翼地试探:"女神,打扰了,我是您的忠实粉丝,我叫秦望识。"

言舒原本想要婉拒粉丝打扰,却没想到宁迦漾开口:"秦医生请进。"

秦望识激动之余,并没有听出来女神的声音跟上次来找商屿墨的债主是同一个人!

"太打扰了,听说您受伤了,我来看看。"他原本已经在下班路上了,谁知值班同事说今天他女神受伤进了医院,立刻掉头回来。

"没关系，你要签名吗？"

她刚才签了很多，还有几张，想着秦望识毕竟是商屿墨同科室的同事，看起来关系还不错。

秦望识没想到还有意外惊喜，接过签名时忍不住感叹："可惜商神出差去了，不然可以让他亲眼见见我女神本人有多美、多温柔！"

商神？出差？宁迦漾漂亮脸蛋上的表情陡然淡下来，红唇紧抿着，在炽白的灯光下，透着几分清冷的美艳。

秦望识就是只傻狍子，完全没意识到女神情绪变化，以为女神就应该这样高冷。

"你说的商神是你们医院的商屿墨医生吗？"言舒忽然问。

秦望识惊讶道："没想到我院第一冷美人商神已经火到连演艺行业的经纪人都知道了！

"不过您别想了，商医生是不会当演员的。"

宁迦漾乌黑眼睛越发清冷，红唇冷嘲地勾起弧度。他今天出差，居然完全不跟她说一声，自己还傻乎乎地跑来接他下班。

秦望识离开之后，不知道过了多久，原本安静的手机振动了下，是商屿墨终于回复的微信消息："不必接我，我去外地出差，为期一周。"

宁迦漾定定地看了几秒，而后指尖动了动，直接把人拉入黑名单。眼不见心不烦。接什么，没有以后了！

陵城国际机场。

前往鹿城的飞机上，商屿墨他们依旧在探讨即将研究的新型特殊病例。直到讨论结束，他才想起静音多时的手机。

宁迦漾发给他几条微信，以及打来一个电话，商屿墨随手回复了最近的那条。

想到商太太这几天的努力，男人用指腹慢慢摩挲着微凉的手机边框，若有所思。耳边陡然响起空姐提醒"飞机即将起飞，请关闭电子产品"的声音。

商屿墨再次轻敲屏幕："江导那边，等我回来解决。"

点击"发送"后，随手按了关机，他并未注意到，屏幕卡顿几秒后弹出来显示"发送失败"的红色感叹号。

Ni bu guai

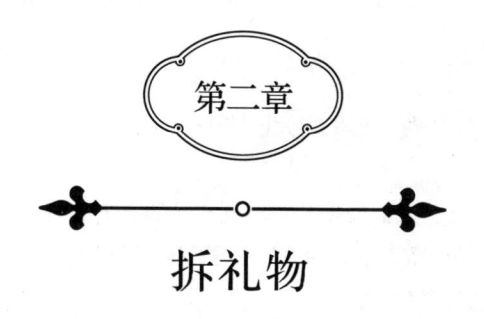

第二章

拆礼物

陵城第一医院论坛最近很热闹——

宁女神又来换药了，这次还给外科的幸运鹅（人）们送下午茶了。

配图是一张偷拍宁迦漾换药的照片。照片上，少女那张明艳动人的脸蛋在苍白的医院走廊墙壁的映衬下，竟有种活色生香的氛围感。光影交错间，纤细手臂上那条缠绕几圈的纱布尾端散开，顺着指尖垂落，病娇感十足。

近距离感受这令人窒息的美貌！

美得好像是瓷娃娃，不像是真人。

整容科：专业人士告诉你们，这脸绝对天生，骨相好绝。

神经外科护士：看到这张图，我有个大胆的想法。

随即附了一张商屿墨站在同样位置的照片，绮丽如画的俊美面容，正微微低垂着眼眸看病历本，乌黑卷发与冷白的皮肤，让人过目难忘。

般配吗？

八竿子打不着！！！

颜值是很般配，但再配也是八竿子打不着的两个人，师兄妹情侣才是最厉害的！

话说，商神的小师妹真要来咱们医院坐诊？

神经外科秦望识：停停停，别歪楼，这是宁女神的楼，谁还有女神的照片，都发上来……

…………

宁迦漾重新包扎完手臂，正坐在大厅椅子上等甜品店的工作人员给大家发下午茶。

这段时间，她隔三岔五需要换药，就连小鹿也跟护士小姐姐们混得很熟了，此时正拿着手机刷他们医院论坛，恰好刷到了宁迦漾这个帖子，忍不住笑道："陵城第一医院的医护人员都好可爱。"

宁迦漾对此倒是赞同，医护人员都是最可爱的人。

"咦，原来商医生还有个师妹呢。"

"好像也要……"

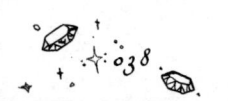

小鹿侧眸看过来时，却见宁迦漾纤细的手腕搭在长椅扶手上，漂亮卷翘的睫毛微微垂着，表情淡淡的，似乎觉得这个话题索然无趣，并不想聊。

小鹿忽然消音，知道宁迦漾这是不想提到商医生，不过……商医生都出差快要一星期了，漾漾姐的胳膊都快好了，居然还没有任何关心的消息。

想到这里，小鹿心里都有些埋怨素未谋面的商医生。太过分了！拥有他们宁仙女这么美的老婆，哪个男人不好好捧在手心上，这位商医生到底凭什么这么做！

脑海中陡然浮现出在医院论坛刷到的那张照片，小鹿哽了哽："……"

凭的难道是美貌？就在小鹿不知道怎么逗宁迦漾开心时，言舒的电话解救了她。

小鹿接通电话，几分钟后，带着兴奋的表情拉起宁迦漾完好的一只手臂："姐！刚才舒姐说江导约你今晚在御澜宫见面，重新商量电影的事情。"

"江导？"

宁迦漾指尖钩着手腕上有些松散的纱布蝴蝶结，重新系紧，随即抬了抬眼，若有所思：上次江导放风出来说请了NN当编剧，便重新筛选女主角了，还找她干吗？

"姐，不去吗？"

见宁迦漾不动，小鹿疑惑地问。

宁迦漾忽然懒洋洋地从椅子上起身，轻抚裙摆细微的折痕，冷冷地将唇角勾起弧度："去呀，为什么不去。"

她倒是想看看江导还能卖什么关子。

晚上七点，御澜宫，宁迦漾从保姆车上弯腰下来，穿着一袭国风渐变长裙，宽袖窄腰，浓烈的殷红色从上到下越发淡，一直到裙摆尾部过渡成霜色的白。她将一头乌黑顺滑的长发用根雕刻精美的白玉簪绾起，走得闲适淡然。

宽宽的袖子将宁迦漾受伤的手臂遮挡得严严实实，她双手交叠，眉眼处有慵慵懒懒的冷艳，完全没有有求于人的谨小慎微，更像是来砸场子的。

言舒无奈，却没有拦住她："算了，有时候低三下四也不管用。"

"进去吧。"

实不相瞒，自从在商医生这里"翻车"之后，她已经对宁迦漾还能重新拿回电影拍摄机会不抱希望了。

因为江导只邀请了宁迦漾一个人，所以言舒和小鹿在外面等她。

御澜宫是陵城知名的娱乐场所，来往的人眼神下意识落在宁迦漾身上，大概是没见过来这里还穿得这么古色古香的人，风格与富丽堂皇的大厅相比，透着十足的违和感。

侍者引她去包厢时，都忍不住多看几眼。宁迦漾将玉兔手串拿在掌心盘了两圈，细白柔嫩的指尖打圈把玩着，浑然不在意其他人的目光，就那么闯入包厢众人视野之中。

包厢内，相较于上次江导约大佬们去的会所，这里显得热闹多了。烟雾弥漫，隐约还有酒气，呛得宁迦漾眉头蹙了下，下意识环顾四周找人，忽然，她视线顿住。

隔着薄薄白雾，只见里面光线昏暗的牌桌上，江导对面坐着个熟悉的人影。男人修长有力的身躯怠惰地倚在椅子上，肤色冷白的长指夹着张牌，透着股漫不经心的劲。

宁迦漾红唇上扬起淡淡弧度，捏着珠串的指尖不自觉用力，指腹边缘泛起浅淡的苍白。

有些人忙得连家都不回，却有时间来这种地方娱乐。

江导率先看到宁迦漾，立刻招手道："迦漾，来这里坐。"

说着，他示意商屿墨旁边的顾续生让开位子给宁迦漾。商屿墨抬眸看过来时，一双眼眸清冷如月，即便是看到宁迦漾，也不过是略微动了瞬，便恢复往昔的样子。

宁迦漾不想跟他坐。她活了二十三年，第一次跟男人献殷勤，没成功也就算了，还完全没被人放在眼里。以后，这种老公还是继续维持表面关系算了。可以偶尔出现，让双方父母定下心。

谁知，顾续生看出了江导用意，没动弹，反而笑着调侃："江导这是乱牵的什么红线，咱们商神可是不食人间烟火的'高岭之花'，可不是什么女明星随随便便就能玷污的。"

这话简直跟捅了马蜂窝似的，宁迦漾嗤笑了声——谁玷污谁？分明是这个男人玷污了仙女一次又一次，玷污完了就跑路。

"你笑什么？"顾续生是最近江导力捧的男演员，拿过几次演员奖，素来有些清高，对于宁迦漾这种靠脸吸粉的女明星，从来都看不太起。

宁迦漾刚打算随便找个地方落座，听到这话，忽然转了个弯，用柔软无骨的身子"掰"开"高岭之花"的手臂，懒洋洋地坐在他怀里，一双刚做了仙女美甲的白皙纤手顺着艳丽的宽袖环了上去。

她指尖搭在男人的衬衣上，桃花眸里水波流转，故意望着商屿墨，拉长的语调又软又甜："今晚，去我那里吗？"

一副娇气至极的小妖精模样，像是不知死活地想要拉高高在上的谪仙一同在红尘里滚几圈。

俨然在告诉全场所有人：本小姐就玷污了，怎么样？

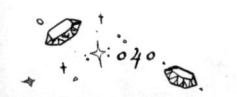

嚯！全场震惊地望着他们，仿佛下一秒就能看到这只妖精被丢飞出去的画面。

然而商屿墨素来克制、从容的面容毫无变化，仿佛早就习惯了。干净修长的手指顺势松开牌，随意抛在牌桌上。而后身体往后仰，仪态散漫，任由宁迦漾坐在他膝盖上撒野，完全没有推开的意思，并且简单地"嗯"了声，算是答应。

偌大的包厢里一片哗然，众人看看商屿墨，再看看宁迦漾，恍然大悟——如果小妖精长成宁迦漾这样，谪仙下凡，好像也不是那么难以理解。

不过，这两位这么旁若无人，当面就勾搭上了？当他们不在？

顾续生满脸涨得通红，有种被当众"打脸"的憋屈感。

江导目光落在商屿墨身上，脸庞带着笑意，今天请宁迦漾是请对了，商屿墨果然对她是不同的。于是，他开口圆场："续生你开什么玩笑，还不快点给宁小姐道歉。"

顾续生听得出导演话中的重视，加上商屿墨的表现过于耐人寻味。他身为演员，虽然清高，但也不是傻的，心中再不屑也得顺势给宁迦漾倒酒递台阶："宁小姐，我为之前的口不择言道歉。"

宁迦漾瞥了眼他递过来的酒杯里透明的液体，隐约能嗅到淡淡的酒香，她没碰。

"宁小姐还怪我？"

这要说怪，传出去岂不是觉得她为人小家子气。宁迦漾自然不会刻意为难他，语气很淡："不怪。不过我前几天受了点伤，暂时不能喝酒。"

宁迦漾"打"完了脸，立刻把商屿墨抛之脑后。说完，便提着长长的裙摆，气定神闲地重新换了个座位，并且挑了个离商屿墨最远的沙发。

眼不见，心不烦，她将"过河拆桥"四个字诠释得明明白白。

下一刻，商屿墨终于说了今晚第一句话："伤哪儿了？"

他刚下飞机便被江导接到这里，其间没有休息，清冽的嗓音染上零星倦怠的低哑。宁迦漾装作没听到——早干吗去了，假惺惺。

这时江导也跟着关心了句："怎么弄的？"

宁迦漾并不太想回忆自己受伤那天，精致的脸对江导微侧，轻描淡写道："胳膊，快好了。"

见宁迦漾不想多谈，很快江导就转移了话题，就电影和新编剧跟她聊起来。为了讨商屿墨欢心，他都拉下面子请宁迦漾过来了，自然要做做样子。

毕竟，前几天宁迦漾还跟他团队谈电影合同的事情，铁了心要解约。宁迦漾把玩着酒杯，不喝酒，低垂着睫毛，出神般地看着晃出波纹的水面。红色渐变色的裙摆铺散在黑色沙发上，迤逦至地，平添了几分神秘。

她并没有看向牌桌方向，依旧能感受到来自牌桌主位的那道毫不掩饰的目光，看似随意，却牢牢锁定她的手臂。

宁迦漾用受伤的手臂晃了下酒杯，那人目光似是顿了几秒，却并未移开，让人无法忽略。

商屿墨见她不搭理自己，漂亮修长的手指端起瓷白的茶盏，慢条斯理地抿了口茶水，入口苦涩，倒是提神，将一整杯清茶喝完，原本有些懈怠的大脑略微清醒了。

谈话不知不觉进行到后半场，江导还在大谈他的艺术灵魂。商屿墨耐心终于告竭，看向全程都不看他一眼，只与江导谈笑风生的宁迦漾，此时江导正在与她说话——"我跟你说的那件事，你再……"考虑考虑。

江导话音未落，却见原本安静坐着的商屿墨忽然站起身。商屿墨神色自若地理了理袖口上的折痕，嗓音极轻："累了，回家醒酒。"

大家有点蒙：这么……这么突然吗？

更突然的来了，走到门口的男人蓦地顿了几秒，转身看向还泰然自若坐在沙发上的漂亮女人，不疾不徐道："还不过来。"

众人默契地看向牌桌上唯一的那盏通透瓷白的竹纹茶杯，集体蒙了：醒酒？

今晚这位沾酒了吗？还得让人陪着醒？

道路两侧华灯璀璨，黑色的豪车如同暗夜中伺机而动的猛兽，线条流畅凌厉，疾驰时，车身仿佛镀上了冰冷的乌光。

开车的是商家自小给商屿墨培养的左膀右臂，陆尧，现在主要工作是负责打理商屿墨名下的大部分资产。

当然，作为万能特助，偶尔也负责其他业务，例如……司机。然而今天，向来对任何事情都能做到面不改色的万能陆特助，差点控制不住表情。

后排宽敞的车内，某对夫妻各坐在一侧，宛如民政局门口即将领离婚证的夫妻，寂静无声，气氛凝重。

宁迦漾宽大的袖口搭在膝盖上，露出一点细腻纤白的指尖，肩颈挺得很直，坐姿优雅。

她没有给自己用什么懒散舒服的姿势，精致的下巴微侧，看向窗外，将"生人勿近"这四个字诠释得淋漓尽致。

商屿墨连续在保密性极高的研究院工作七天，每天睡眠时间不足五小时，这对于他本人自小就嗜睡的习惯而言，堪称酷刑。片刻后，商屿墨用指腹揉了揉犹带倦色的眉宇，开口喊她："漾漾。"

宁迦漾通过车窗的反射，隐约看到商屿墨那张俊美的面庞。沉默几秒，她长

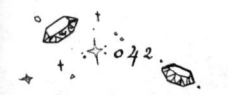

睫轻轻抬起，转过身子，湿润的红唇勾起，似笑非笑："您有事？"

商屿墨察觉那双漂亮眼睛中不达眸底的笑意后，突然换了种口吻，溢出薄唇的嗓音很低："你在生气。"

哦，所以她该夸夸他吗？还能看出自己生气。宁迦漾闲闲地瞥了他一眼，轻嗤了声："你哪只眼睛看到我生气了？"

下一秒，她恍然大悟般："哦，差点忘了，商医生喝茶喝醉了呢。"

噗。前方陆尧差点没握紧方向盘。喝茶喝醉了？

宁迦漾越是心里有气，语气越温柔且慢："陆特助，路过药店记得停车，给他买个'醒茶药'。"

陆尧心想：您这语气，更像是要给您先生买七步断肠散，好想问问他感不感动？

说完，宁迦漾绷着张小脸，重新将视线放到外面风景上，免得越看商屿墨这张脸越生气。

难得见她气成这样，商屿墨用仅存的耐心思考了几秒，随即将目光移到她肩侧——方才在包厢里便听说她手臂受伤了。

商屿墨伸出一只修长如玉的手，松松握住她搁在膝盖上的手腕："伤得怎么样，我看看。"

宁迦漾没想到他突然的动作，下意识挣脱："有什么好看的！"

商屿墨云淡风轻地扣紧，长指顺势顺着她宽大的袖口探了进去："我是医生。"

这人到底要不要脸！他是医生就要给他看？

宁迦漾一双潋滟如水的桃花眸睨着他，语带嘲弄："你是看伤呢还是趁机吃豆腐？"

前方陆特助恨不得把耳朵闭上。两人僵持几秒，对上商屿墨那双似是宣告耐心告竭的眼眸，宁迦漾唇角冷笑弧度越来越明显。

然而没想到，下一秒，商屿墨竟直接掐住她的细腰，往上用力一提，她唇角笑弧陡然僵住。

宁迦漾猝不及防，蓦地跌坐在男人膝盖上："你……"

她没说完，脸色忽然变了，只见纤腰处那条宽宽的刺绣腰带不知道挂到哪里，突然松散开来。

宁迦漾顿时僵在原地不敢动了，光线暗淡的车内，女人的红色渐变长裙铺在男人西裤上，极致艳丽的颜色与神秘清冷的黑色碰撞出肆意的张力感。

前方陆尧不小心从后视镜瞄到这一幕，吓得迅速升起前后挡板——这场景是他能看的吗？！

他反应快，恰好错过商屿墨抬眸看过来的视线，透着冷漠、无情。他如同精雕细琢的冰雕，只可远观，逼近了便会被寒气侵袭。

男人手指捏着女人纤细又赢弱的敏感后颈。宁迦漾仿佛是一只被捏住后脖颈的猫，再也翻腾不起什么浪花。

宁迦漾生无可恋，恨不得咬上去，不断地平复呼吸：仙女冷静。

冷静，不要跟这个男人一样！

商屿墨轻轻松松地从散开的绸缎布料中扒出她那条纤细如玉的藕臂，手臂上的纱布格外显眼，他慢条斯理地拆开绑成蝴蝶结形状的纱布。

宁迦漾呼吸几下，没忍住："你拆礼物呢？"

商屿墨用长指轻轻摩了摩蝴蝶结，余光瞥到她那铺满自己膝盖的裙子，意味深长："确实在拆礼物。"

宁迦漾嘲讽没成功，被噎了下，气得偏过头，将那张气鼓鼓的小脸转了个方向，不看他。

看着雪白手臂上那道刺眼的伤痕，虽然确定伤快要痊愈了，但商屿墨眼神依旧沉了几分，想碰一下，最后停住了。男人视线往上看，只见她乌睫垂着，似乎不想搭理人。

他薄唇抿起极淡的弧度，缓缓开口："很有想象力，不愧是演员。"

宁迦漾眼睫颤了颤——像是在嘲讽她？又好像不是？总不能是这位不食人间烟火的谪仙没话找话吧？

没等宁迦漾想太多，这位谪仙已经慢条斯理地重新将纱布系好，并且打了个比之前更漂亮的蝴蝶结。整整齐齐，当真像是只振翅欲飞的蝴蝶。

商屿墨原本还打算给宁迦漾穿好衣服，然而看着层层叠叠的衣裙，男人修长手指握着那条刺绣精美的腰带，似乎在考虑要从哪里开始穿。离得近了，宁迦漾甚至能感受到那寸寸逼近的清冽气息，夹杂着点淡淡的酒气，不知道什么时候会贴上来。她呼吸一紧，心脏都跟着加速，"怦怦怦"地跳。

然而那气息却像悬在她后颈皮肤上，久久不曾落下。直到她终于按捺不住看过去，男人才把她从膝盖上拉起来，顺势将那长长的腰带放到她掌心："自己会穿吗？"

宁迦漾终于明白他在自己身后磨磨蹭蹭半天干什么了，勾着唇冷笑："你以为我是你。"

她没有刻意压低声音，前方陆特助听得清清楚楚，忍不住惆怅地叹了一口气——他听到了太多秘密……

宁迦漾打定主意不搭理商屿墨，回家之后径自洗澡睡觉，还特意在床上多加了两床被子——一床卷起来当三八线，另一床自己盖。

商屿墨上床时，入目的便是床内侧往上拉高的湛蓝色真丝被子，只露出一个背对着他的小脑袋。

直到第二天商屿墨去上班，发脾气的商太太都没跟他主动说一句话。

翌日，陵城第一医院。商屿墨连续一周没有来，这周他要连续坐诊四天。密集的工作让商屿墨没有时间去思考商太太到底在气什么。

午休时，医院食堂。商屿墨刚落座，秦望识便端着餐盘跟过来："一个人吃饭有什么意思。"

随即便很自来熟地在他对面落座，一边玩手机一边吃饭。商屿墨扫了眼对方身为医生却不健康的饮食习惯。

秦望识正在刷医院论坛，想到昨天女神送下午茶时告别，就知道她以后不会再来医院换药了，忍不住叹了声："唉……"

忽然看到商屿墨那张其他男人看了怨声载道的俊美面庞，脑海中浮现出论坛上说他和女神般配度很高的内容。

"就你这样，除了一张脸，整天没什么情趣的样子，怎么可能博得女神欢心。"

这不可能，论坛上的话莫名其妙。

商屿墨没看他，自顾自地吃午餐，坚决贯彻食不言寝不语的好习惯。谁知，秦望识下句话让他放下了筷子。

秦望识："你跟女神是真的无缘，刚好女神受伤那天你出差去了，现在女神快要痊愈了不需要来医院，你却回来了。"

商屿墨知道秦望识的女神是宁迦漾，静默几秒，忽然开口："她什么时候出的车祸？"

"啊，就你出差那天啊。你说巧不巧，女神出车祸的地点刚好离咱们医院最近。"秦望识想想就觉得这大概是自己跟女神天定的缘分。

不然女神在陵城哪家医院附近出车祸不好，偏偏就在陵城第一医院附近。天定缘分，"实锤"！

他不小心看到商屿墨清隽的眉毛轻折，心里警铃倏地大响："你怎么突然关心我女神，不会偷偷摸摸起了什么心思吧？"

这人平时对任何八卦都不关心，今天居然破天荒地关心他女神，不怪秦望识忧心忡忡。商屿墨薄唇翘起淡淡的弧度，语调是素来的清冷漠然："你想多了。"

他若是想要做什么，还需要偷偷摸摸？

下一刻，商屿墨起身离开食堂。望着他桌上没吃完的午餐，秦望识怀疑自己

045

了。问题是——真是他想多了吗？

医院门诊楼后的一株西府海棠下，商屿墨坐在长椅上，修长的双腿散漫地支着，淡金色的薄光透过枝叶，洒在他冷白硬朗的侧脸上，光影交叠，映出男人沉静自若的眉眼的影子。他从口袋里拿出手机，打算给宁迦漾发微信。

一般来说，只要开始研究，商屿墨都很专注，几乎不碰手机，更何况是闲着没事刷微信。

谁知一打开，他视线蓦地定在屏幕中的红色感叹号上。

商屿墨眼睫低垂，浅褐色的瞳仁淡淡的，看不出表情。用干净的指腹戳着薄薄的屏幕，漫不经心地点了点那条显示"消息发送失败"的话。

清鹤湾，二楼落地窗前。

此刻夕阳正好，宁迦漾趴在专用瑜伽垫上日常练习，受伤这么多天，她深深怀疑自己腰围粗了！精致的完美主义者，自然身材也得是最完美的！即便失业在家，也绝对不懈怠。

旁人眼中身材依旧纤细的宁迦漾摆出一个个熟练的瑜伽动作，舒展曼妙，仿佛一幅绝美的动态画卷。

又白又薄的皮肤在阳光下，清透到近乎泛着浅光。

没等宁迦漾做完最后一组动作，管家带着言舒她们上楼了。言舒平时在工作方面很是稳重，此时难得喜形于色："好消息！

"江导答应收紧艺术尺度了！

"并且 NN 编剧重新调整了剧本，这部戏，绝对爆红！"

旁边小鹿补充道："不过导演要求立刻进组，尽快开拍。姐，我先帮你收拾拍戏用的日常品！"

听到这个令人振奋的好消息，宁迦漾漂亮脸蛋上没什么表情，继续不紧不慢地把所有瑜伽动作都完成，这才坐起身来，接过保姆递过来的柔软毛巾擦拭薄汗，非常具有"临危不乱"的大将风度。

言舒觉得，单单凭这个心态，宁迦漾就必须站在行业巅峰位置。大概因为她太冷静了，让言舒缓解了几分兴奋，跟着冷静下来。

宁迦漾眉眼怠惰地坐在地毯上，伸直了一双纤细完美的长腿放松，这才慢悠悠地抬起睫毛，看向言舒："江导怎么突然改变主意了？"

如果宁迦漾是极端精致的完美主义者，那么江导就是极端狂热的艺术爱好者，要让他改变自己的想法，无疑难如登天。

电影圈地位超然的江导，谁的威胁都不怕，怎么会突然放弃自己的坚持？

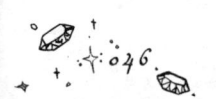

言舒想了想,说道:"可能是 NN 编剧的新剧本让导演有了其他的艺术灵魂?
"不得不说,这位编剧不愧是金牌编剧。新剧本整合修改之后,虽然少了亲密戏,却更具张力感。"

接过言舒递过来的剧本,宁迦漾翻看了几页,发现她真没有夸张。经过重修的剧本使整部戏的主线更清晰了,角色之间的对手戏更加有意思。

真是因为新剧本?

宁迦漾用白皙指尖摸了摸下巴,若有所思:难道,是她锦鲤附体了?

果然,仙女保持幸运的秘诀就是——远离男人!想到还在黑名单里的商某人,宁迦漾决定,让他一辈子待在那儿算了!

这时,小鹿已经推着行李箱走了进来:"晚上九点的机票,现在可以走了吗?"

宁迦漾气定神闲地站起身,捏着那厚厚的剧本,眼眸转动时,恍若有碎光闪过:"当然。"

她见小鹿收拾出来的那两个行李箱,啧了声:"都不够装我的睡衣。"

小鹿默默地让开。门外走廊处有七八个最大号的行李箱,女管家立在旁边:"已经为您全部收拾好了。"

众人:"……"

您这是搬家呢,还是去工作呢?宁迦漾满意了——商屿墨也不是毫无作用,最起码给了她一个超级专业且合她心意的管家。

盛夏夜色如墨,陆尧拿着江导的合同来见商屿墨时,发现偌大的别墅空荡荡的。保姆们连走路都不敢发出太大声音,一改商太太在时的热闹气氛。

商屿墨洗过了澡。乌黑短发吹干后蓬松微卷,搭在冷白色的额头上。偏偏他神色淡淡的,透着几分少年感的清冷淡漠,偏轻的声音一如既往:"拿来。"

"哦?哦!"陆尧连忙将合同放到客厅茶几上,递上签字用的钢笔。

商屿墨坐在沙发上,低垂着眉眼翻看着合同,从陆尧的角度能隐约看到合同上的字——行业顶尖人物访谈节目签约。

想到商屿墨素来我行我素,除了自小就嗜睡,做任何事情都兴致不高。

就连医学,也不过是因为他智商太高,天赋太高,兼医学是目前人类最具研究价值的学科之一,攻克的难度高,有挑战性,他才学的。

没想到,一进入医学界,年纪轻轻就达成了业内顶级人物的成就……当时被邀请参加这个节目,他自然果断拒绝,即便是由官方领头,是重点项目,以及有商总的老朋友江云愁导演执导并多次邀请,这位都没有任何考虑的意思。可以说,谁的面子都不给。

此时，陆尧看着手持钢笔、眼睫低垂、安静签字的男人。客厅里只有沙发旁边开了盏落地灯，昏黄色的光线打在商屿墨那张侧脸上，竟然让陆尧品出了点其他味道。仿佛商屿墨签的不是访谈嘉宾的合同，而是……卖身契？为了哄老婆回家，不惜卖身的那种？

这时，商屿墨漫不经心地抬起眼眸，灯光下，瞳色更淡了，却让人不由得感受到从尾椎骨升起的迫人寒意。陆尧暗暗打了个寒战——不敢想不敢想，这人自小无情无欲、无欲无求，堪称真正的神仙脾性，为老婆签卖身契什么的，绝对是他想太多！

对此一无所知的宁迦漾，连夜赶到拍戏所在地南城。

这次拍摄的是民国电影《白露为霜》，而宁迦漾饰演的这位女主角，是妥妥的民国第一旗袍美人，尤擅长一手琵琶，清冷旖旎，风情万种。她作为卧底，周旋在南城军、政、商的三大人物之间，游刃有余。这部电影非常考验演技，也考验女主角的身材与颜值，毕竟几乎场场戏都穿旗袍。

这也是江导选不到合他心意的女主角人选的原因——宁可停拍，或不拍了，也绝对不凑合。在电影艺术上，江导对电影完美的追求，可以说是登峰造极。

电影重新开拍，宣传照也需要重新拍摄。因此次日，趁着江导还没来剧组，副导演安排主要演员拍摄宣传照。

宁迦漾无论到了什么地方，喜好精致、追求完美的性子都变不了，所以小鹿前一天晚上去布置好了她要用两个多月的化妆间。按照宁迦漾的喜好，很多东西都是从家里带来的。

然而，第二天一早，宁迦漾被剧组工作人员带到化妆间门口时，入目的是不足十平方米的狭窄空间，堆满了她这段时间要用的戏服，以及其他用品，凌乱到甚至没有化妆的空间。

工作人员："您的化妆间就在这里，等会儿有化妆师过来帮您化妆。"

看似语气温和，实则眼神带着十足的敷衍感和应付感。工作人员交代完毕便转身走人。

"等等。"宁迦漾好听的声音带着凉意，"你说，这是我的化妆间？"

纤白如葱段的指尖指着里面，带着不加掩饰的嘲弄："怎么？江导穷成这样了？"

工作人员脸色一变，刚打算解释时，小鹿突然气呼呼地冲过来："姐，梁予琼把我给你布置好的化妆间占了！"

好气啊，她昨晚布置了好几个小时呢！宁迦漾眼神淡淡地看向工作人员："所以，我的化妆间到底在哪儿？"

工作人员想到梁予琼的话，坚持道："您的化妆间就在这里！"

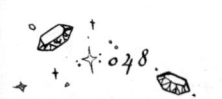

"昨晚不知道谁弄错了,那边是梁老师的,这边才是您的。"

宁迦漾看都不看他一眼,懒洋洋地捏了捏挂在纤白手指处的玉兔手串,转而对小鹿道:"带我过去,顺便把保镖都带上。"

小鹿的身体瞬间支棱了:"姐,在这边!"

一边走,一边小声碎碎念:"我把你最喜欢的地毯都铺上了呢。"

工作人员连忙跟在后面:"宁老师……哎,宁老师,那边真不是您……"却被宁迦漾的保镖拦下了。

这几个保镖是她进入这个行业后,她爸爸亲自安排的,以免女儿遇到什么意外。

化妆间很近,几分钟后,宁迦漾没打招呼,直接走了进去,吓了正在化妆的梁予琼一跳。

"你干吗?"

宁迦漾没答,双手环抱,漫不经心地望着这个明显被精心收拾过的豪华化妆间。确实如小鹿所言,日常用品都是她惯常喜欢的。连被梁予琼踩在脚下的地毯,都是从家里带来的。

梁予琼出道以来就是那种精致白皙的大美女人设,每次提到最美女明星,定然是她的名字。然而自从宁迦漾出道以来,所有人提到美貌,第一个想起的人变成了宁迦漾。

尤其是某次走红毯,她被宁迦漾从身材到脸蛋,再到皮肤,全方位"碾压",粉丝们再吹嘘梁予琼美貌,都成了笑话,从此梁予琼就恨上了宁迦漾。

宁迦漾想起这段时间的风波,大部分都出自梁予琼的团队,现在梁予琼又来抢她早就准备好的化妆间,这人是抢东西上瘾了?

在梁予琼质问的眼神中,宁迦漾抬了抬精致下巴,艳丽的红唇勾起淡淡的弧度:"把这里面脏了的东西都处理了。"

保镖们跟了宁迦漾很长时间,自然明白她的言外之意。为首的保镖直接扯掉了窗帘,然后用窗帘将梁予琼卷了卷包起来,丢到化妆间外,梁予琼发出一声尖叫。

"宁迦漾,你这个疯子!"

宁迦漾嗤笑,很满意那个保镖:"给你涨工资。"

而后另外三个保镖一听,立刻使出浑身解数,将原本布置好的化妆间拆得七零八落。这些都是她的东西,但被"脏东西"弄脏了,她自然也不会稀罕,宁愿毁了也不会留给梁予琼。

旁边工作人员看到宁迦漾强盗般的行为,满是震撼,没想到会有女明星这么不讲究,直接动手啊。

女明星之间,不都是阴阳怪气吗?怎么这位不按常理出牌?

宁迦漾没继续看，直接带着小鹿去找副导演。她来这里拍戏，又不是来受气的。弄个十平方米的简陋程度堪比毛坯房的化妆间，恶心谁呢？

而梁予琼终于在别人的帮助下，从宽大的窗帘中挣脱出来，眼睛都气红了。看到原本漂亮豪华的化妆间被拆成另一个毛坯房，忽然眼泪大颗大颗地流下来："宁老师太欺负人了，我又不知道这些是她的东西。"

不少来看热闹的剧组演员，不明真相的还来安慰她。他们觉得宁迦漾确实过分了，有什么事情不能好好商量，第一天来剧组就把同组女演员惹哭了。

等所有人离开之后，梁予琼眼泪立刻止住，喊来助理："过来帮我开直播。"

助理："啊，老师您眼睛都哭红了，还开直播吗？"

梁予琼用手把眼睛揉得更红了些，表情泫然欲泣，眼神却很冷静地瞥着化妆间："就是红了才要开。"

剧组这边还没正式复拍，便热热闹闹地闹了一场。

与此同时，陵城第一医院的论坛，在失去了他们的"流量密码"宁迦漾之后，迎来了新的"流量密码"商美人。

午休时间，"前线记者小秦"再次带来商屿墨的特大新闻：

《惊！我院第一冷美人微信惨遭拉黑，凶手竟是"小浪花"！》。

男神居然有微信！！！对不起我的关注点有点奇怪。

我的天，"小浪花"是何方天仙？

就冲商神那张脸，他要什么我都给他！

我也！所以居然有人有商神微信不说，还拉黑商神？！

发布陵城一院本季度首个通缉令，全院通缉"小浪花"。

前线记者小秦：家人们！重点是咱们商神今天上午已经看过三次手机了！！！

商屿墨上班时，基本不会看手机。

嚯？

嚯！

嚯嚯！

…………

护士长大胆发言：所以，"小浪花"或许是……商神的女朋友？

帖子像是卡了一样，一条回复都刷不出来，直到半分钟后，几十楼同时冒了出来。

其中有层楼特别显眼——科普个热知识：商神的小师妹叫裴淼淼！

六个水？这么多水，不就是小浪花？

众人：破案了。

神经外科某护士："师兄妹果然很甜，我粉的'养鱼（漾屿）'还没开始，就已经结束了。"

南城，《白露为霜》剧组。

副导演给宁迦漾重新准备了化妆间，新的，很大，保证符合这位的要求。对于争抢化妆间，副导演心知肚明是下面的工作人员踩一捧一，这种事情并不少见，如果演员自己撑不起来，那就算是被欺负了，旁人也不会说什么。

但宁迦漾这样天不怕地不怕地直接硬来，副导演更头疼。早晨的意外让拍摄时间改到下午。

宁迦漾过来时，发现提前到的演员都很默契地看她一眼便各自说话，仿佛没看到她这个人。

梁予琼不知道正在说什么，笑得花枝乱颤，看向宁迦漾时，眼底闪过得意。

小鹿唾弃："他们太过分了，居然孤立咱们。"

宁迦漾根本没当回事，闲闲地坐下。一身优雅风情的复古旗袍，掩不住她眉眼之间那种漫不经心的调。偏偏她长相极美，骨子里都透着不自觉的旖旎慵懒。她对于这种程度的孤立，提不起半点兴致，倒是把小鹿气得不轻。

这边，梁予琼挑衅完，觉得宁迦漾此时一定很心酸，开心了好一会儿，没有白白花钱让助理买一堆下午茶讨好组里其他人。

梁予琼微露着得逞的笑，将注意力放在唯一没有搭她腔，也没碰下午茶的编剧 NN 身上。

梁予琼亲自拿着一杯奶茶走过去，笑意盈盈："NN 老师，休息会儿吧。"

NN 原名贺清奈，是江导特意请来的神秘金牌编剧。除了偶尔合作过的演员，极少有人见过她的真面目。梁予琼想借着自己曾经跟贺清奈合作过一部戏的交情，也拉着她一起孤立宁迦漾。却没想到，贺清奈微微苍白的面容上没有任何表情："谢谢，我不喝垃圾饮料。"

贺清奈耿直到梁予琼握着奶茶的手都尴尬得僵住了，半晌才找回自己的声音："偶尔喝喝没关系。"

贺清奈终于抬头，那双阳光下剔透如琥珀的眼睛看向她："哦，所以我要是因为喝这个死了，你负责？"

说着，便要伸手去接。梁予琼不小心碰到她冰冷刺骨的指尖，吓得立刻缩回手："算了。"

梁予琼灰溜溜地跑了，生怕迟了一步，被贺清奈碰瓷偿命。这些被小鹿看在眼里，当成笑话讲给宁迦漾听。

小鹿：梁予琼不开心，我就开心了！

宁迦漾兴致不高，正在拿着手机玩幼稚的消消乐小游戏打发时间，不经意抬眸，恰好与那位气死人不偿命的编剧对上视线，两人同时移开。

没等她一局游戏玩完，副导演拿着大喇叭过来："大家站过来点，咱们拍个合照发官博。"

谁知道大家都站得距离宁迦漾远远的。

副导演："……"

这时，举着手机拍宁迦漾单人美照的小鹿，望着镜头里明艳动人的大美人，再看那些躲在不远处被光芒万丈大美人衬成背景板的众人，实在没忍住，悄悄感叹了句："还是自家姐美呀。"

他们家女明星不搭理这些人是对的，一群丑小鸭孤立白天鹅，这叫孤立吗？这叫自卑！

恰逢四周没人说话，小鹿这句极具真情实感的话语传遍了半个剧组。全场寂静，似乎连风都停止了几秒。小鹿并没有意识到，还看着镜头里的宁迦漾喊："姐，换个姿势，对对对，就这样。"

宁迦漾眼睫轻抬，漫不经心地换了个姿势，动作透着点想立刻下班的敷衍。

周围的人面面相觑，最后打破寂静的竟然是……不怎么搭理人的编剧NN。她动作很慢，关上怀里的笔记本电脑，随意夹着它走到宁迦漾身旁。没说话，但是看向摄像师的眼神意思很明显：赶紧拍照谢谢！

其他演员见编剧过去了，犹豫几秒，陆陆续续走过去。不过他们都贴着贺清奈站，免得真被宁迦漾衬成背景板。就连梁予琼都不情不愿地走来，最后只能占了个边角的位置。

酒店套房里，小鹿可怜巴巴地被言舒教训。

宁迦漾洗完澡穿着柔滑的真丝睡裙出来，眉眼怠惰："也不是什么大不了的事，行了，坐吧。"

言舒头疼极了："这才来了不到一天，你们就整出这么多事情。"

而后将打开的平板电脑放到宁迦漾面前："你看看，上午梁予琼红着眼睛直播，下午就被神通广大的网友说她是在剧组被你欺负哭的。"

"梁予琼太可恶了，倒打一耙，分明是她先抢我给咱家女明星准备好的化妆间！"小鹿怒气冲冲。

还孤立她们！这女人怎么这么讨厌啊。

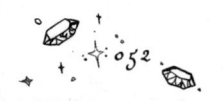

宁迦漾依旧淡定从容，慢悠悠地坐下护肤，让小鹿拿着手机刷给她看。什么都没有她这张脸的每一寸皮肤重要。

她看向屏幕上高居热搜第一的词条：

宁迦漾回归剧组首日耍大牌。

热门视频就是上午梁予琼开直播的内容——眼眶红红的，好像自己被欺负了的样子。前排评论几乎全都是梁予琼的粉丝以及其他粉丝：

宁迦漾这么嚣张，没人管管吗？

你们看琼琼直播间截图，好多被她破坏的东西都超级贵！

那块地毯，我之前逛H家见过，这块好像是限量款！

天哪，她这是犯罪了吧，故意毁坏他人物品，数额特别大是会坐牢的！

宁迦漾看到最后这条评论，原本毫无波动的眼眸里来了点兴致。慢条斯理地将掌心残余的护肤品涂抹均匀，而后拿起手机，指尖轻敲了两个字上去——

宁迦漾V：是吗？// 挚爱琼琼：天哪，她这是在犯罪吧？故意毁坏他人物品，数额特别大是会坐牢的！

看到她这动作，吓得言舒连忙去看："你干吗？！"

宁迦漾无辜地晃了晃手机："聊聊而已。"

仙女能有什么坏心思？言舒头疼："他们都想告你了，还是先澄清吧，别闹得太大。"

宁迦漾不疾不徐："我等着他们去告。"都是她的东西，她倒也很想看看，梁予琼打算怎么告。

"放心。"

她先切到微信页面，给管家发了条消息，要购物清单。这才继续切换回微博，回击那些人，言舒根本拦不住这位。不过言舒知道她不是真的没有脑子地胡闹，逐渐放松下来。

宁迦漾V：我缺这点？// 琼花盛放：宁迦漾是不是穷疯了啊，想要把琼琼的东西据为己有！

大家万万没想到，宁迦漾居然直接在微博挑衅那些粉丝。原本只是在嘴上说一下，现在粉丝们全都怒了，疯狂在梁予琼和她的工作室微博下评论，让他们立刻安排律师，给宁迦漾点颜色看看！

梁予琼团队那边又惊又喜，喜的是效果出乎意料地好，不单单是粉丝，就连路人都来怜爱梁予琼，一夜之间涨粉十几万，热度节节攀升，还在疯狂上涨中。尝到了甜头，梁予琼当然舍不得这种踩着宁迦漾升格的快感。

从之前的不敬业，到现在耍大牌，宁迦漾已经彻底失去了因为美貌而累积的路人缘。

梁予琼看着数据上升："这样下去，我的粉丝总数很快就能超过宁迦漾。"

她会永远把宁迦漾踩在脚下！但现在的问题是这件事情怎么收尾，他们总不能真去告宁迦漾吧？

半夜没有睡觉的不只敲着键盘的网友们，还有在医院值班的白衣天使们。

陵城第一医院。今天又有一个大型手术，商屿墨到晚上九点才结束手术。

此时神经外科楼中，秦望识今晚值夜。一般来说，值班没什么紧急情况，医生都比较随意。

例如秦望识，此刻正在微博帮他女神解释！

谁知，他微博被举报禁言了！秦望识快要暴跳了，到处跟护士借手机："姐姐们，我借一下微博，这些键盘侠太可恶了！"

说实话，秦望识长得清俊干净，很有斯文医生的感觉，应该找个女朋友谈情说爱，偏偏他的闲暇时间都用来关注宁迦漾，导致现在都单身。

今天值班的护士小姐姐的微博都是私人微博账号，不方便借给他。商屿墨恰好做完手术路过，秦望识一伸胳膊，把他拦住了："你有微博吗？"

商屿墨准备去办公室再洗几遍手，冷不丁被拦下，眉头轻皱，随口道："没有。"

"你活在月球吗？"秦望识怀疑他敷衍自己，"没有更好，那我帮你注册一个。"

深更半夜无人吐槽，他也不管商屿墨给不给，强行把自己的手机递过去吐槽："我们这些粉丝真是拖女神后腿，还没有女神格调高又气人！"

听到"女神"，商屿墨往前走的脚步顿了一下，目光似无意瞥向他的屏幕，入目的是两张微博截图。

看着宁迦漾那两句言简意赅的气人的话，商屿墨薄唇抿起极淡的笑弧，眼前似乎浮现出她当面气人的模样，仿佛一只骄矜又高傲的小天鹅，还是只狡猾的小天鹅。

需要的时候时时刻刻黏着他，目的达到了便完全不记得，倒是有时间在微博上浪。想来她也没什么事。商屿墨只是瞟过一眼，随手将白大褂里的手机解锁后丢给秦望识，云淡风轻地继续往办公室走。

秦望识手忙脚乱地接过手机，万万没想到，商屿墨居然真把手机借给他帮女神说话了！

没时间多想了！他迅速下载微博，用手机号注册了账号，在填写昵称时略顿了几秒，而后顺从心意地填上了——第一医院神仙院草。

之后，顶着这个嚣张的ID（账号）在宁迦漾的热搜下开启了"大杀四方"模

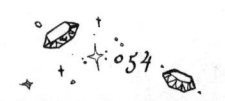

式！最后被他顶撞过的人纷纷留下句"精神病院院草"绕路。

网上一片腥风血雨，倒是显得剧组安静多了。

江导在拍完宣传照的次日才抵达剧组，第一件事就是召开复拍发布会。同时抵达的还有男主角和男二号。他们昨天都有工作，今天跟江导同一个航班。

发布会现场在剧组内，酒店新搭的复古的景。

大厅内，各大媒体早已准备好，跃跃欲试想要拿到头条新闻。毕竟这个命途多舛的剧组，从演员到导演，再到编剧，个个都是有话题的，尤其昨晚两位戏份很重的女演员互闹一场，现在事情还在热搜上挂着呢。

等候上场时，宁迦漾身着即将开拍的第一场戏的戏服——墨绿色的缠枝纹旗袍，优雅自若地坐在椅子上，肤白貌美，红唇微微勾着，面对众多媒体依旧不慌不乱。

室内空调开得大，言舒给她披上件薄薄的披肩，然后将手机递到宁迦漾面前："你看这个粉丝，就这个ID，不知道的还以为是你家商医生呢。"

"第一医院"还"神仙院草"，不怪言舒会想到商屿墨。宁迦漾随意翻了翻这个粉丝的回击记录，可以说"战绩"辉煌，唇角笑弧更深了些："这人还挺有意思，招来做个助理。"

至于商屿墨，宁迦漾想都不想就否定了，毕竟这人手机上连微博这个App都没有。

这时，台上有人采访导演："请问江导，您当初当众说宁迦漾不敬业，现在为什么还要跟她继续合作？是有什么难言之隐吗？"

几乎在暗示宁迦漾是不是有后台给江导施压了。言舒脸上的笑意陡然收敛——这记者的话，指向太明确。

倒是宁迦漾，抬起眼皮看了眼提问的记者，记住他了。不指望江导那张嘴里会说出什么好话，宁迦漾对于网上的舆论，已经很无所谓了。敬业不敬业，不是别人那张嘴里说的，而是自己做的。

谁知江导居然接过这人的话筒，喊了宁迦漾上台："迦漾，你上来。"

宁迦漾意外地望着江导，瞬间所有聚光灯都聚在她身上。她迟疑了两秒，甚至连最坏的结果都想到了，例如江导要当着这么多媒体的面要求她进行艺术牺牲，她被逼上梁山，不得不从。

不怪宁迦漾揣测江导，因为江导对艺术灵魂的追求实在是让人感叹。突然妥协，还让她立刻进组拍戏，宁迦漾总怀疑他是不是有什么后手。

披肩滑到手臂处，宁迦漾漫不经心地重新披到单薄精致的肩膀上，徐徐起身，朝台上走去。

她的一举一动在镜头之下，慢得像是极致美妙的仕女图。

殊不知，言舒已经紧张得手指都掐紧掌心，望着自家艺人，生怕她等会儿在台上跟江导打起来，所以大气不敢喘一下。

偌大的厅内，所有人都盯着他们，连梁予琼眼底都划过幸灾乐祸。万万没想到宁迦漾刚一上台，素来没有低下过高傲头颅的江导，在她面前站定，神色诚恳："迦漾，我为当时醉后的话向你道歉。"

嚯！一片哗然。原本从容的宁迦漾都不淡定了。

后来江导解释了一下他们关于拍摄尺度的误会，但是大家已经不想听了，满脑子都是——

特大新闻，宁迦漾后台惊人，竟让江导折腰。

深扒宁迦漾幕后三大靠山。

他们当然想要这样去发布头条新闻，但结束时，被江导的助理亲自送出去，挨个嘱咐了一遍。

当所有人离开时，宁迦漾还有点反应不过来，喊了声："江导……"为什么？

江云愁侧身看她，猜出她想问什么，忽然笑了声："别多想，卖某人一个人情罢了。"

酒店卧室只开了盏壁灯，昏黄光线洒满大床，宁迦漾正趴在床尾玩手机。她穿着惯常喜欢的真丝睡裙，柔软的黑色肩带挂在雪白肌肤上，在灯下，颇有神秘蛊惑的氛围感，与她纠结的表情形成鲜明对比。

"唉……"

看着与商屿墨的微信页面，宁迦漾苦恼地在床上翻了个身，纤细小腿无意识在半空晃荡，划出美好的弧度。

她深深呼吸几下，肩带滑落，隐隐露出漂亮的半弧，散发着不加掩饰的颓靡感。想到江导白日里意味深长的话，宁迦漾忍不住咬了咬唇。

江导妥协，竟然是商屿墨出的手。原来他早就帮她把事情解决了，自己不但误会他，还单方面拉黑冷战……宁迦漾的指尖在屏幕上顿了顿，然后慢吞吞地输入几个字——"谢谢你帮……"还没打出完完整整的句子，就立刻全部删除。

啊啊啊！开场白好尴尬！宁迦漾看了眼墙壁挂着的钟，才晚上八点半，不知道商屿墨还在不在医院，回家了没。她撑着腮，软软地蹭了蹭枕头，最后像是想起什么似的，突然坐起身来，迅速点开小鹿的微信。

小浪花漾呀漾："小鹿，把上次你在医院刷到的那个论坛链接发给我。"

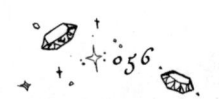

小鹿秒回一个链接。

小鹿："姐，这个论坛只能浏览不能发言，要医院的员工才能注册发言。"

小浪花漾呀漾："知道了！"

宁迦漾没犹豫，点进链接，加红置顶的帖子映入眼帘——

《光芒万丈宁女神高清图片、视频综合帖》。

这什么？？要不是顶端那偌大的"陵城第一医院官方论坛"的标签，她真的很怀疑是进入了自己的粉丝贴吧论坛。

宁迦漾试探着打开。

楼主：神经外科秦望识（记者小秦）。

一楼开始都是他以"万字小论文"安利她所有的作品。医院论坛还能这么用？宁迦漾看过之后，好笑之余有点感动，没想到在她不知道的地方，居然有粉丝用各种方式来支持她、安利她。

宁迦漾继续往下看，果然，商屿墨的帖子也有很多。宁迦漾没想到还能在商屿墨的帖子里看到自己的小名——

《惊！我院第一冷美人微信惨遭被拉黑，凶手竟是"小浪花"》。

"小浪花"不就是她吗？所以，她拉黑商屿墨的事，全医院都知道？！商屿墨说的？他这么闲？还跟别人聊老婆拉黑他的事情？

带着许多疑问，宁迦漾打开了这个帖子，然后发现，跟她想象中的完全不一样。"小浪花"怎么就成他那个小师妹了？

他们医院同事难道都不知道他已婚吗？！

宁迦漾顿时找到了话题，毫不迟疑地打开微信，敲了一行字发过去——

小浪花漾呀漾："不守男德！"

消息显示图标转了个圈，成功发送。宁迦漾盯着屏幕许久，眼睛都酸了，还没等到回复。她眼睛轻轻眨动了下，红唇紧抿，有点失望地切回论坛时，忽然手机振动起来。

是视频通话，亮起的来电名称分外惹眼——"欠债的"。是她上次随手给商屿墨备注的。

宁迦漾条件反射地对着手机抒顺了被她滚得有些凌乱的发丝，确定是美美的，又将滑到肩下的细带提回去，这才接通。

相较于宁迦漾见人时将头发抒顺，睡裙抒齐，视频中，商屿墨随意多了。大概是刚洗过澡的缘故，白色家居服肩膀位置被滴水的发梢泅出点湿痕。一头乌黑短卷发潮湿，大概因为随便擦了几下，卷得更厉害了，额前还有几缕翘了起来。男人低垂着眼睫时，发丝几乎与长睫融为一体，更显眼的还有一颗小红痣如朱砂般印在耳骨上侧。

宁迦漾看得认真，男人眼睫突然抬起。书房光线明亮，映得他瞳色极淡，肤色是清透的冷白色。宁迦漾就这样撞进他的视野里。她睫毛颤了颤，表情淡定，内心：啊！为什么商屿墨这样一张脸和这样的一种脾性，会有这样让人心动的小卷毛！让人见了他，根本气不起来。

宁迦漾瞬间忘记要说什么话，一双漂亮的桃花眸就这么直勾勾地望着他。隔着屏幕，她仿佛都想上手把他那微翘起来的小卷毛压下去。

商屿墨身后是偌大的书架，他顺势在黑色真皮椅子上坐下，随手理了理桌上的书，眉眼怠惰地看了眼镜头："不守男德？什么意思？"

宁迦漾这才从"塑料关系"老公的美貌中回过神来，想到自己之前给他发的那句话，不过想要找个台阶下而已，没想到他竟然不知道是什么意思！也对，这人从来都不在网上浪的。

"字面上的意思。"

宁迦漾不经意瞄到他那双修长漂亮又干干净净的手，忽然幽幽道："结婚戒指呢，为什么不戴，你们医院同事都以为你未婚。"

商屿墨没想到她话题转得这么快，将手机放在一本厚厚的硬皮书上，随意翻着最新研究的课题案例，沉吟几秒："在科学院办公室。"

"以后好好戴着，要时刻谨记自己'已婚少男'的身份，不要给人什么特别暗示。"宁迦漾提醒道。

说完后，看男人低垂着眉眼工作，她忽然小声嘟囔："谢谢……"

商屿墨看向手机，却见暗淡光线下，女人漂亮白皙的耳垂晕着点点绯色，半藏在柔顺的发间。他薄唇忽然轻翘起一个弧度："你说什么？没听清。"

听到他隐隐的笑音，宁迦漾恼羞成怒："没说什么，注意恪守男德，再见！"说完便挂断视频，而后将发烫的小脸砸进柔软如云朵的枕头里。

坏人！居然嘲笑她！！宁迦漾没意识到，自己贴着枕面的唇角也微微弯起。

临睡前，捏着发烫的手机，她遗憾没有摸到商屿墨翘起的卷毛，想了想，然后顺从心意地在给他备注的"欠债的"后面加了五个字，变成了"欠债的卷毛小坏狗"。

般配度百分之百。

科学院也有他单独的办公室，戒指就放在抽屉里。男人用长指钩开抽屉，却发现里面除了一沓文件，空空如也。今天周末，科学院没几个人，他这里也不是谁都能进的。

商屿墨揉了揉眉心，他不在意丢个戒指，只是想到商太太的脾性，若知道戒

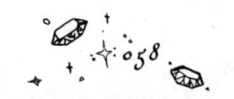

指丢了……

略顿了几秒，商屿墨致电万能特助陆尧。

"重新定制一枚戒指，嗯，就是婚戒，一模一样的。"

陆尧应下来，接着说："对了，刚才江导那边联系，说想要请您去详谈合同的事情。"

之前合同被商屿墨修改过很多条款，江导那边还想再争取下。

"您最近有空吗，去剧组一趟。"

商屿墨薄唇微启，毫不犹豫拒绝。陆尧的话随之而来："刚好太太也在剧组，知道您探班一定非常惊喜，维系家庭和谐，是每个男人应该尽的责任。"

尤其像太太这样的女明星，跟那么多帅气男演员合作，您就没有什么危机感吗？！

本来陆尧还以为自己得继续游说，没想到商屿墨考虑了片刻便应下了："你安排时间。"

随即挂断电话。

陆尧："……"

突然这么上劲，真让本特助猝不及防。

开拍没两天，宁迦漾就习惯了剧组生活，拍戏时迅速进入状态，一下戏就懒洋洋地歪靠在休息椅上，看其他人拍。

小鹿脸红扑扑地抱着杯水果茶冲过来："姐，我刚才去导演那边看过了，你这场戏拍得超级绝！

"那个回眸，简直堪称经典！"

"NN编剧太牛了。"修改过的一些细节，完美契合宁迦漾骨子里的气质。

天气太热，宁迦漾拍完了就不想动，见小鹿还这么活力四射，忍不住喷了声，将小风扇递过去："别中暑了。"

本来还有两场戏，突然导演宣布："中场休息一小时。"

随即便匆匆忙忙带着助理走了，没多久，就听到有路过的工作人员说："听说江导是去迎接什么大人物。"

"刚才梁老师也急忙化妆，跟着去了呢。"

"别说，要是能搭上这位，以后可更不能小看梁老师了。"

…………

想到梁予琼和宁迦漾在网上持续到现在的"大战"，他们偷偷看向在场的当事人，却见人家眼眸半合，一副"睡美人，请勿打扰"的姿态。他们顿时闭了嘴。

她好像不太在意？小鹿低声在她耳边念叨："什么大人物，居然让导演亲自去迎接。

"万一真让梁予琼搭上了怎么办？"

现在都这么嚣张了，这要是有了更厉害的靠山，岂不是更欺负他们家仙女？小鹿很有紧迫感。

宁迦漾不感兴趣。她怕热，还穿着贴身的旗袍，恨不得整个人瘫在加了冰垫后凉飕飕的椅子上，睫毛漫不经心抬了抬——爱谁谁，又不是去勾搭她的人，关她什么事？

而此时，商屿墨已经由导演亲自开路，沿着阴凉连廊，迎到之前开发布会的复古酒店三楼。在这里，几乎能俯瞰整个剧组。

"对于访谈不能从家开始录制这件事，你再考虑考虑？"

现在访谈都与时俱进，不再是单调的主持人与嘉宾在演播厅里一对一坐着聊天，为了观众更深入了解嘉宾的生活与工作，基本都是跟拍录制与访谈结合。

之前商屿墨拒绝，江导还想争取，谁知，商屿墨根本不搭腔。

江导顺势看去，才发现他神色淡淡地立在窗边往下看，顺着他的目光看过去，入目的是宁迦漾懒洋洋的模样，旁边蹲着他们剧组的男演员，手里拿着剧本，似乎正在对戏。

江导眼底顿时闪过了然的笑意，下巴微抬，对助理道："去请宁老师上来。"

没等商屿墨开口，外面传来梁予琼甜到发腻的声音："江导，我的剧本有个问题想要请教您。"

复古的木质大门是开着的，梁予琼站在门口，隐约听到江导没有压低的声音，下意识便开口。

身在演艺行业，她非常懂，所有的机会都是自己争取的。透过缝隙，她能清晰地看到站在窗边的男人，身着黑色衬衫，阳光下，似是暗藏金丝银线，姿态散漫慵懒，即便看不清容貌，也能感受到那股藏不住的清贵骄矜的气息。

梁予琼上门的目的，江明白。他看向商屿墨。原本他也以为商屿墨不近女色，但既然能在宁迦漾这里破例，在别的女人那边也不一定不会继续破例。

江导问："要她进来吗？"

商屿墨没动，气氛一阵尴尬。

陆尧面带微笑，话语却很不客气："请女明星进来做什么，又不是来追星的。"

江导立刻明白暗示："今天没空，下次吧。"

站在外面的梁予琼指尖狠狠掐着掌心，脸上却还要带笑："是我打扰了。"

离开前，她看了眼身形未动的男人，见他没有也叫宁迦漾上来的意思，略松口气。

对此一无所知的宁迦漾，有些不耐烦地应付组里的男二号——这位总是有事没事往她身边蹭。

直到导演宣布今天拍摄提前结束，宁迦漾毫不留恋地转身回化妆间洗澡、卸妆、换衣服。

小鹿都看出来了："姐，周缘是不是想要跟你炒绯闻啊？"

周缘也算是二线小生，不温不火，有作品，但都没什么水花，属于那种剧火人不火的。

真想为了热度炒绯闻，也不是不可能。宁迦漾踩着薄而柔滑的旗袍，径自进了化妆间的浴室。

至于什么周缘、赵缘、李缘的，谁？仙女认识吗？

换了身冷霜色真丝吊带长裙，宁迦漾感觉自己终于活了过来。

因为回酒店休息的时间太晚，宁迦漾直接旁若无人地素颜离开，行走时，花瓣似的裙摆掠过纤纤踝骨，衬着露出来的皮肤越发瓷白如玉，眉眼顾盼生辉，皮肤冰肌玉骨，让所有路过的演员和工作人员都忍不住地羡慕。

酒店走廊里，宁迦漾正懒懒地听着小鹿一本正经地跟她说明天的拍摄流程，推开房门进去后："嗯，听清楚了，你回去吧。"

"嘭！"

宁迦漾随手将门关上，踢掉高跟鞋。虽然没及时开灯，但落地窗帘大开，外面璀璨华灯的光从几乎占据了整面墙的落地窗投射进来，室内光线并不暗。

依稀能看清漫不经心坐在窗边沙发上的男人，仪态松散怠惰。

宁迦漾光着脚，舒服地哼叹了声，睫毛慢悠悠地上抬，视线猝不及防触到沙发上那抹黑色身影——啊！

惊叫声还未来得及破口而出，却见男人侧身，语调是惯常的平平淡淡："过来。"

宁迦漾愣了几秒，终于看清楚男人的面容，气势汹汹地冲过去："你吓死我了！"

商屿墨目光落在她光着的小脚上，暗色光线下，女人凝脂般白净的脚背被长长的裙摆扫过，带起漂亮的裙摆弧度。

他在宁迦漾冲过来时，长臂一展，掐住对方纤细柔软的腰肢，顺势将人按在自己的膝盖上，修长手指抽了张茶几上的湿巾，微弯下腰，握着她的脚踝，缓缓往下擦拭。

等湿巾落在脚心薄薄皮肤上时，宁迦漾立刻反应过来：这是什么类型的男人？见面先吓她，吓完之后还嫌弃她踩在地上脏。

"怕什么？做坏事心虚？"

商屿墨终于开口，嗓音平平淡淡，在炎夏中，那几乎沁进骨髓的凉意让人忍不住想接近。宁迦漾睫毛颤了下,那口憋在心间的气莫名其妙散了些。

"谁心虚了。"

任谁房间里突然冒出这么大块头的一个男人,也会受惊吓吧。

宁迦漾没好气地抬眸,只见商屿墨背对着华灯璀璨的落地窗,旖旎碎光落在身上。他已经换了身黑色睡袍,腰间系带松垮,隐隐可见轮廓分明的肌肉线条,修长有力的身躯还有些湿,可见是刚洗过澡。

这重度洁癖的人真不把自己当外人,居然已经在她酒店房间洗澡换衣服了!

瞥见他的短发,手痒的宁迦漾差点一个没忍住,摸上他每次吹完头发,额间都微翘的碎发。还没动手,商屿墨已经顺手将用过的湿巾丢进垃圾桶,并且熟门熟路地开了灯,将白色兔毛拖鞋放到她脚边,才去浴室洗手。

宁迦漾哼笑了声踩进去,露出截莹润如珍珠的脚趾,闲闲地跟着他:"商医生,你知道吧,像你这样不打招呼就擅自进入女明星房间的人,一概要被保镖打。"

商屿墨漫不经心地侧眸看了眼站在浴室门口语气骄矜的"小天鹅":"哦?"

"哦"什么"哦"。

宁迦漾有很多话想问他,但到嘴边就变成了:"看在咱们在同一个户口本里的面子上,不收你住宿费。"

下一刻,她亲耳听到素来清清冷冷的男人,从薄唇溢出一声轻笑,磁性、好听。

商屿墨原本淡漠的眉眼因为这笑,像黑白色调的水墨画陡然染上浓郁的色彩,性感而迷人。

宁迦漾那双国色天香的桃花眸因刚才那阵闹腾,泛起潋滟水色。她凝望着他的笑,蓦然发觉想象中冷战后的隔阂,像是从未存在。

"你怎么来剧组了?"

宁迦漾忽然想起来,白天导演亲自去迎接的人,不会就是他吧?她自然不会自作多情地觉得商屿墨是来探班自己的。

谁知,商屿墨慢条斯理地用自带的毛巾擦拭沾满水的手指,闲谈般:"当然是来探班你的。"

宁迦漾才不信,嗤笑了声:"你当我傻啊。"

算了,看样子是问不出来了。她掠过商屿墨进了浴室,忽然想到什么似的,懒洋洋地抬了抬眼睫:"不会是来完成任务的吧?"

商屿墨看她表情都写在脸上,很有趣,顺势捉住那只纤白的手腕,随口问:"如果是呢?"

宁迦漾刚亲眼见证他多么洁癖,想到这位的习惯,思考两秒,果断拒绝:"今天拍戏累了,没空'宠幸'你。"

心里默算了下他们还差多少，几秒后，她放弃：完了，算不清楚了！

商屿墨看着她这副义正词严的小模样，眼底含着似笑非笑的意味，手依旧捏着她纤细的手腕没松开，徐徐来了句："是吗？"

宁迦漾："当然！"

话音一落，她忽然被人腾空抱起。

"你干吗？"

宁迦漾猝不及防，惊呼了声，却见他一只手抱着她，另一只手合上浴室门，云淡风轻："交住宿费。"

四十分钟后，宁迦漾躺在偌大的床上，听着浴室依稀传来的水声。泼墨似的长发散在枕头上，红唇微微张着呼吸，绯色的眼尾像是落上了缱绻氛围中的桃花，她满脑子都是刚才那双"神仙手"。

回过神来后，她望着布满水汽的浴室磨砂玻璃，满脑子都是男人那身修长好看的肌肉。

这样具有极度美感的身体，不拍下来、画下来、留存下来，实在是太可惜了。

等等！宁迦漾忽然想起江导对身体艺术的追求，猛地从床上坐起来。她走到浴室门口，把柔软细白的指尖贴在微凉的玻璃门上，深吸一口气，片刻后，才屈起手指，礼貌敲门："商医生，你跟我说实话，你是怎么让江导在艺术尺度上妥协的？"

问完，宁迦漾竖起耳朵听他回答，伴随着水声，男人声音模糊："艺术什么？"

宁迦漾红唇抽了下，又敲门："我能用一下你的手机吗？"

这次商屿墨倒是听得清晰："随你。"

宁迦漾知道商屿墨的密码是非常敷衍的六个零，可见这人无趣到手机上都没啥小秘密。

她顺利打开手机搜索"腹肌照"，精心挑选了张跟商屿墨腹肌轮廓有些微妙相似的保存。宁迦漾打开微信，找到江导的名字，把那张照片发了过去。

图片发送成功，宁迦漾紧张地盯着。

江导秒回夸："线条不错。"

宁迦漾瞳孔陡然放大，感觉不能呼吸了，迅速敲了一行字过去。

Sym："你喜欢这样的吗？"

这条消息石沉大海，宁迦漾看着没再跳出来的消息，精致的眉头拧了拧。江导这反应，不太像是贪图商屿墨的美色，更像是"商业夸奖"？

噢。想通之后，宁迦漾拍了拍小心脏，吓死她了。不怪她浮想联翩，实在是江导对艺术的追求，太极端了！

就在这时，宁迦漾听到了水停的声音，余光触及那张照片，心里一紧，手忙脚乱地把照片和聊天记录删掉。

商屿墨重新洗了澡，腰间只围了条浴巾，越发衬得宽肩窄腰，腿长而极具攻击性，不过他姿态散漫、慵懒，略略垂眸看向还蹲在浴室门口的女人。

宁迦漾仰头，看着压迫力很强的男人，一只白皙的手指钩着他的浴巾边缘，笑得又甜又软："你洗完啦？"

满脸写着：我很无辜，我很乖巧。

嗯，商太太不演戏时，演技相当随心所欲。

商屿墨瞥向她手里还亮着的屏幕，漫不经心道："又做坏事了？"

什么叫又做坏事！

"我是这种人吗！"宁迦漾理直气壮，刚要还手机，忽然瞥到他微信联系人里熟悉的头像，视线顿在备注名上——小浪花。

小浪花？！

宁迦漾不心虚了，将屏幕放到他眼皮底下，质问道："你怎么知道我小名的？"

这是她小时候的乳名，除了父母等关系特别亲近的长辈，少有外人知道。商屿墨散漫地扫了眼，薄唇勾着极淡弧度："哦，原来这是你的小名。"

他随手点了点屏幕："你的微信名太长了，所以删了几个字。"

意思并不知道这是她的小名，但，是这样的吗？宁迦漾眼眸微眯，怀疑地望着他。

商屿墨气定神闲地走向不远处的行李箱，找到新睡袍换上，随手将浴巾抛到架子上。见她还蹲在那儿，商屿墨顺便将人提起来，揽着一同往床边走去："躺着慢慢想。"

宁迦漾侧眸看他，灯光下，男人眼底透着不加掩饰的戏谑。宁迦漾顿时反应过来，双手挡在床前，微扬起高傲的小下巴，不让他上床："你骗三岁小孩呢！

"礼尚往来，我也要知道你的小名！"

下一秒，宁迦漾便被男人反按住手腕，整个人顺势平躺在床上，是任人宰割的姿势。离得太近，似乎能感受到彼此近在咫尺的呼吸。

对上男人那双背着灯光有些幽深的眼睛，宁迦漾红唇无意识抿了抿，随即微偏过头，不去看他的眼睛，坚持道："快点告诉我！"

小名？商屿墨松开她，顺势躺在她旁边，半合着眼眸，语调散漫、从容："让商太太失望了，我没有小名。"

"真没有？"

宁迦漾有些紊乱的心跳逐渐平复，听到他平静坦然的口吻，怀疑散了点。

啧，有点可惜。

下一刻，男人偏轻的嗓音重新响起："小浪花，睡觉。"

宁迦漾哽住："……"

这天晚上，宁迦漾睡得特别不踏实，因为梦里总有人追着喊她"小浪花""小浪花"，喊得她脑瓜子嗡嗡地响！

眼睫颤了好几下，宁迦漾才挣扎着睁开，双眸发怔，半响才发现是她的手机铃声在响。

她刚醒来，便感觉到靠得极近的男人胸膛紧贴着她背部，肌肤相贴，源源不断的热顺着薄滑的真丝布料，几乎透进她的皮肤里。

宁迦漾嫌热，悄悄躲开了点，才从薄被里伸出一只手，指尖摸索着，终于在枕头下面摸到了手机。接电话时，无意瞥见男人眉头蹙着，似乎被铃声吵到，宁迦漾压低了声音："舒姐，还不到六点。"

一大早干吗呀。言舒声音焦急："祖宗，你被拍了！现在已经热搜第一，微博直接爆了，全网都知道你跟人在酒店缠绵一夜！"

"什么？！"

宁迦漾第一反应就是冤枉死了："我是敬业的女演员，拍戏期间不可能做这种事的！"

听到她的话，言舒松了口气，以为媒体拍的那张照片有内情。然而宁迦漾带着点初醒的困意，将精致的脸蛋贴在白色枕头上，闭着眼睛，继续说："他昨晚还试图勾引我，我都没上钩，也没让他得逞。这么敬业了，居然还被造谣！"

言舒一口血差点喷出来，居然真的有个男人！！！

这边宁迦漾跟言舒打电话呢，商屿墨已经被她们吵得睡不着了，随意抽出被宁迦漾压在身下的睡袍，绸质布料被她压出了折痕。商屿墨淡淡看了眼，还是随意披在肩膀上，眉眼怠惰地走向落地窗。

宁迦漾没来得及抱怨，耳边听言舒提醒："二三十家媒体闻风而至，连夜赶向剧组酒店想第一时间采访你，所以事情没解决，你先别出……"

这时，一道耀眼的太阳光顺着窗帘错开的缝隙刺向她的眼眸。宁迦漾不经意抬起被照得蒙蒙的桃花眼，里面含着水色。她清晰看到商屿墨肤色冷白的手指屈起，正在拉窗帘。

等等，舒姐说什么来着？二三十家媒体？正在酒店门口蹲守她！

宁迦漾蓦地从床上跳下去，惊慌失措："别拉窗帘！"

随着她话落，原本光线暗淡的室内顷刻间盈满阳光，一切无所遁形。

酒店房间铺设的米白色地毯在阳光下有些反光。宁迦漾跳床的动作太急，落地时，脚踝突然一软，仅着了吊带睡裙的身躯不受控制地往前倾。

而此时,听到声音的商屿墨下意识回眸,入目的就是宁迦漾从床上朝他跌过来的画面。

商屿墨上前两步,伸开手臂,轻轻松松接了个满怀,长指毫无阻隔覆上她纤薄的脊背,似笑非笑地垂眸:"碰瓷?"

"什么碰瓷!"宁迦漾扶着他的肩膀站稳,睫毛上抬,眼底含着紧张,"你没看到外面那堆媒体吗?"

商屿墨还真没看,刚拉开窗帘便被她叫住了。此时落地窗外,阳光大盛。他刚打算转身去看。宁迦漾没想到这位心理素质这么强大,原本搭在男人肩膀上的葱白指尖连忙往上,用双手捧住他的脸:"别回头!

"万一有无人机拍摄怎么办!"

她不怕被拍,但是商屿墨是搞研究的,跟女明星的绯闻天天缠在一起,绝对不行。宁迦漾推着商屿墨往里走:"你先离远点。"

商屿墨顺势被她推到床上,枕在卷起的被子上,漫不经心地仰头看她:"如果你身后有无人机,此时拍到的画面,你猜是什么样子的。"

宁迦漾掌心隔着薄薄的睡袍抵在男人胸膛位置,此时陡然僵住,脑海中已经有画面感了。对上商屿墨那双带着极淡笑意的浅褐色眼睛,宁迦漾双唇轻抿,原本紧绷的小脸突然一本正经:"你别勾引我!

"拍摄期间,严禁这种事!"

商屿墨缓慢从床上起身,似是无言以对。扳回一局的宁迦漾重新把人重重推了下,见他顺势懒洋洋地躺回床上,轻哼了声,走向大开的落地窗。

酒店楼层极高,宁迦漾站在窗帘阴影里往下看。如舒姐所言,此时楼下围满了"长枪短炮"。酒店保安们都赶不走,只好艰难地将正门堵住,免得他们为了得到新闻硬闯。

宁迦漾只瞧了眼便果断从抽屉里找出原当摆设的遥控器,没再走近落地窗,远程关上了窗帘。商屿墨已经泰然自若地走向浴室——天塌了,也得洗澡。

想到楼下那盛景,宁迦漾苦恼地坐回床沿,余光扫过旁边,发现手机通话还没有挂断。

"舒姐?"

言舒凉飕飕的声音传来:"哟,一大早玩得还挺野?"

"你们这心态真让我震撼。"

宁迦漾揉了揉眉梢,果断岔开话题:"应该没被拍到吧?"

言舒在电话里听得清清楚楚,敲着键盘刷新微博:"怎么没被拍到,这窗帘一拉开,直接坐实了!"

昨晚六点拍到神秘男人进入宁迦漾房间，然后今早六点，拍到窗帘拉开后男人的身影，共度十二小时，够网友们脑补的。

"你自己看新闻。"

酒店下聚着的那些人，想要拿到宁迦漾最新动向，拼的就是哪家记者手速快。短短几分钟时间，新动向已经传上去了。

宁迦漾打开微博，卡了许久，才成功登录，微博热搜前二后面都写着个"爆"字。

宁迦漾与神秘男人缠绵一夜未出（爆）。

清晨，宁迦漾屋内惊现男人身影（爆）。

这些媒体也是很厉害，距离商屿墨拉窗帘也就十分钟不到，这就爆了？

其实也就两张照片，第一张是商屿墨昨晚开她房间的背影，图糊得像是从监控里截下来的，唯一清晰的大概就是那双模糊都掩不住的冷白修长的手指与旁边的银色男士行李箱。

第二张是刚才拍的，大概因为商屿墨转身及时，所以只有一个更模糊的男人轮廓。

宁迦漾略放心了，没拍到他的正面。于是，用指尖随意点着下面的评论——

我的工作人员朋友说，昨天《白露为霜》剧组来了个大佬，疑似投资方。

破案了，搞半天宁迦漾能重回剧组，真的背后有人啊。

江导怎么回事，说好的难搞定呢，怎么也低头了？

可能对方来头太大？

一般来头大的年纪都不小了吧，能让江导低头的人基本都四十岁以上了，有妻有子，你们细品。

要不怎么说有钱人会保养呢，你们瞧瞧这双手，别说，还挺好看。

考虑到宁迦漾是有名的完美主义者，或许这位是什么有魅力的老男人？

…………

昨晚他们什么都没干，这些人居然脑补了一夜！她表情紧绷："舒姐！我要告他们造谣！"

言舒心里翻白眼："你们在同一个房间睡了一晚上，有证据证明网友说的是谣言吗？

"这不是重点，重点是，现在外面堵了一堆人，你房间里那个男人怎么出来？"

因为要看微博，所以宁迦漾开了免提。言舒最后这句话，被从浴室出来的商屿墨听得清清楚楚。

商屿墨微沉的眼神不疾不徐落在她身上，意思非常明显——那个男人？

你就是这么跟你经纪人介绍我的？

宁迦漾轻咳了声，毫不心虚对着手机那边的言舒道："舒姐，介绍一下，我的合法配偶，商屿墨。"

言舒："……"

什么时候了，她还有心思秀恩爱！！！

灯光下，宁迦漾那张极漂亮的脸蛋在没有化妆时，眉眼清丽，表情显得特无辜——她就是单纯地介绍下罢了。

眼见舆论愈演愈烈，言舒已经在赶来南城的路上，她最后嘱咐道："千万别出去，免得被堵到，剩下的事情等我过来再说。"

宁迦漾"嗯"了声。她虽然偶尔肆意妄为，但关键时候不会掉链子。

刚挂断电话，就看到商屿墨穿戴整齐，似是要出门，她抬眸多看了两眼赏心悦目的画面。

想到舒姐的嘱咐，开口道："出不去，会被记者逮到。"

商屿墨慢条斯理地整理了一下身上轻薄的黑色衬衫，眉目是一如既往的清冷昳丽，声音偏轻："哦。"

他随口解释："江导能出去。"

宁迦漾立刻反应过来——她怎么没想到呢！商屿墨在江导的地盘被拍到，自然他负责。

想到昨晚对江导的试探，宁迦漾望着面前这位长得颠倒众生的大祸水，放心地让他去找江导了。

"那你去吧。"

商屿墨将手覆在门把手上，顿了几秒，侧眸看她一眼。房间内没有开灯，有些昏暗，却衬得坐在床上的女孩白皙、精致如瓷娃娃，她乌黑柔顺的长发垂在身侧，挡住真丝睡裙下那曼妙玲珑的娇躯。

大抵是没听到开门声，女孩下意识抬眸。那双雾蒙蒙的桃花眸浮现出迷茫，带着不自知的旖旎缱绻之意。似是在询问，他怎么还不走？

商屿墨薄唇弯起淡淡的弧度，神色漠然，没什么情绪，转而离开。

细微的关门声响起，宁迦漾捏着手机的指尖用力，想到商屿墨最后那个眼神，眼底的迷茫更深了。他什么意思？

半小时后，蹲在酒店门口的媒体眼睛都快瞪瞎了，也没见半个人影出来。

就在这时，忽然有人喊："出来了出来了！"

众人条件反射地齐刷刷举起摄像机，朝向声源处。然而刚看清来人，眼底先是惊艳，随即是怀疑——应该不是这位吧？

只见走在江导右侧的陌生男人，身量极高，已知江导身高178厘米，此时都得抬头跟他讲话。所以，这位至少有189厘米。

除了这格外令人瞩目的身高，便是那平生难见的好相貌。男人神色清清冷冷，正不疾不徐地自酒店高高的淡金色台阶而下，面上坦然从容。见路被他们堵住，男人眼睫微垂，那双眼眸看着人时，让人无端感受到极重的压迫感。

江导在媒体蜂拥而上时，挡在他身前道："这位是医科院的栋梁，大家不要乱拍。"

记者们恍然大悟。他们虽然会为了爆炸性新闻不要脸面，但对这种人物还是非常尊重的。

如今看这位年纪轻轻，气质矜贵，虽然从酒店出来，但看起来就和女明星没有半毛钱关系，他们自然也不会拦着。

他们纷纷让开一条路，让这位离开。路边停着辆低调奢华的车，在朝阳下，流光溢彩。做记者的都是有文化的，有人遥遥看着这位上车的画面，忍不住赞叹："古人诚不我欺。积石如玉，列松如翠，并非传说。"

有人忽然惊呼："哦，这不是前段时间微博上爆红的那位号称'谪仙下凡'的医学界大佬吗！"

众人：那更是跟宁迦漾没有关系了。他们还是继续等女明星的八卦吧。

宁迦漾站在落地窗旁，小心翼翼地往下看。见原本跟丧尸围攻似的媒体记者们，现在乖乖在酒店门口分开留了一条宽敞的路。

商某人堂而皇之地穿过人群，依旧是那副谁都攀不上的"高岭之花"模样，还真没人拦，也没人拍。

言舒从陵城飞来南城，已经临近傍晚。外面媒体守了整整一天，什么都没守到，都开始疲倦。言舒趁着这个机会，顺利地将宁迦漾带出了酒店。

其间被人发现，幸好及时甩掉。

车内，言舒望着后面追他们车的记者越来越远，终于长舒了口气："幸好甩掉了，不过以后去剧组可能就要麻烦点。"

南城不算繁华，古老建筑较多，多是剧组来拍戏，而宁迦漾住的那个酒店是最豪华的，其他都是一些没有星级的小酒店，就宁迦漾这个娇气的性子，是绝对住不了的。

不过言舒想到江导发过来的地址，不太像是什么小酒店的位置。算了，等到了再说。

宁迦漾懒洋洋地靠在车椅内，冷白色衬衫裙衬得她原本明艳面容有些清冷薄凉。她抬了抬眼皮，随口问："现在什么情况？"

言舒想到正事，拿出平板电脑："舆论几乎一边倒，经过调查，疑似梁予琼那边干的。"

"梁予琼？"宁迦漾嗤笑了声，"跳梁小丑，她真以为蹦跶着按死我就能升格？"

就凭梁予琼那张脸和营业能力，演艺生涯早就到头了。

言舒头疼："跳梁小丑也挺缠人的，现在想想怎么解决吧，毕竟确实被拍到了和男人一起出入，你打算怎么做？"

"公开啊。"宁迦漾红唇闲闲地溢出三个字，略顿了几秒，"不过……"

"不过什么？"

她拉长了语调。昏暗车内，女人好听清软的嗓音透着点嘲弄："他们不是信誓旦旦说我和男人缠绵一夜吗？

"把梁予琼那边的名单全都记下来，告他们造谣。"

随即，宁迦漾打开手机，递到言舒面前，上面是个最近开发出来的睡眠软件，颇受年轻人喜欢，尤其是喜欢熬夜的。

这个睡眠软件能清清楚楚检测出持有者的年龄、睡眠时间、睡眠质量、所在位置，以及需要如何调整状态等，完全做不了假。

言舒接过来看了眼，随即愣住。上面显示宁迦漾从昨晚十点钟睡到今早六点钟，一直都处于深度睡眠，有些许波动，疑似在做梦。

想到网上那些绯闻的澄清终于有了突破口，言舒松口气的同时，表情略古怪。半响，她才迟疑地说出一句话："所以，你们夫妻两个久别重逢，居然盖着被子纯睡觉？"

这谁信呢？

宁迦漾抬眸看她，精致眉头轻皱了下："舒姐，我记得白天才跟你说过。"

"哦，对对对，敬业女明星，懂！"言舒对商医生更好奇了。

有这么个小妖精似的太太，商医生居然真能配合她。

下一刻，坐在前排的小鹿转过头，心事重重地提议："姐，你要不要带你老公去医院检查一下？"

噗。言舒正抿了口保温杯里的水，直接呛了，朝她竖起大拇指：小鹿，不愧是你！

宁迦漾倒是想到自己要拍戏两个月，加上上次还没完成的任务，顿时觉得前途一阵黑暗。照商屿墨的习惯，她怕不是要洗几十次澡！纤嫩指尖触及自己细腻柔滑的皮肤，宁迦漾已经能想象到这一身完美皮肤变皱的画面。

沉默许久，宁迦漾表情沉重，缓缓从唇间溢出几个字："确实需要检查检查。"

毕竟重度洁癖也是病。

小鹿跟言舒对视了眼：是她们想的那个检查吗？

晚上八点，保姆车才停在了一栋庄园门口。白色的建筑物巍峨耸立，四周环绕着盛开的玫瑰，以白玫瑰与红玫瑰为主，肆意生长，就连照明的路灯都是玫瑰枝蔓形状，一路立到灯火通明的建筑物门口。

率先下车的小鹿咽了咽口水，喃喃道："咱们走错地方了？"

宁迦漾提着裙摆最后下车，卷长的睫毛若无其事地抬起，视线蓦地定在这片景色之间。

见多识广如她，也不能否认，这里确实很惊艳。

言舒确认过住址，意外地看向宁迦漾："听江导说，好像是你老公的意思。"

宁迦漾径自走了进去，原本淡淡的眸终于染着点笑："看出来了。"

言舒："嗯？"

什么意思？

宁迦漾下巴轻抬，看着从庄园里走出来的几人："我的管家来了。"

女管家恭敬如往日："两位女士，晚上好。"

小鹿和言舒："……"

还附带私人管家。你老公以为你是来享受的吗？这是工作啊！

管家引着她们进入，低声对宁迦漾汇报："是先生的吩咐。"

宁迦漾轻飘飘地应了声，莫名地想起早晨商屿墨临走前那个眼神。本以为他直接走了，没想到还做了这些。

离得近了，她们才发现，就连建筑物也全都是以玫瑰为主设计的，完全就是真正的"玫瑰庄园"。

小鹿一边拍照一边激动："我居然能住在这里，啊啊啊，我要吹一辈子！等我老了，就拿着这些照片跟我的孙子、孙女炫耀，你们奶奶比你们有出息多了。"

这话把大家逗笑了，原本华丽却寂静的庄园迎来了新的主人后，瞬间有了烟火气。

相较于庄园的热闹入住，网上依旧腥风血雨。尤其到了晚上，见宁迦漾这边还没有澄清的意思，网友们更笃定新闻的真实性。

直到……安静了一整个白天的宁迦漾工作室在晚上九点突然发布微博，并附图无数张。

宁迦漾工作室V：*网络不是法外之地，造谣者等着接受法律制裁。*

图里都是密密麻麻的微博账号的清单。

微博一出，大家还没来得及反应。

宁迦漾自己发了条微博——

宁迦漾V：没缠绵，忙着睡觉。

截图是她的昨晚的睡眠监测记录，这就是实打实的可以告他们造谣的证据，原本一边倒的舆论有了其他声音——

啊啊，惊天大反转，我就爱看这种！

宁女神，我就知道你不是那种演员！

所以沉默了一整天，是忙着整理要告的账号名单，哈哈哈。

哼，就知道我们仙女怎么可能有男人！

就在粉丝们在宁迦漾微博下庆贺时，突然，刷出来一条来自博主本人的回复——

宁迦漾V：有。//@仙女在我床上：哼，就知道我们仙女怎么可能有男人！

粉丝们：字都认识，连起来他们怎么就不懂了？！

Ni bu guai

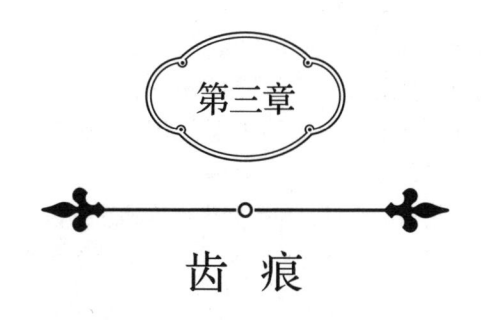

第三章

齿 痕

"宁迦漾大方公开恋情"话题节节攀升的热度，完全取代之前的负面热搜，一跃成为新的头条爆点。

酒店房间内，梁予琼看着网络上的舆论偏向，逐渐从他们之前安排好的对宁迦漾不利的负面形象讨论扭转成夸她事业上升期大方公开恋情。

"她怎么敢？"梁予琼眼底带着不可置信，脑海中浮现出之前在剧组惊鸿一见的男人。

那样的人，怎么可能真的和宁迦漾谈恋爱。

"你总不能去拆穿她吧？"经纪人元齐安抚道。

她当然不能。梁予琼又不傻，只能暗暗带节奏，却不敢当真将那位牵扯进来。毕竟查不到那位的身份才是最可怕的。想到这里，她暂时歇了心思，讥讽一笑："不过能看宁迦漾跟丧家犬似的连夜逃跑，也够看笑话了。"

元齐哄她："没错，就她那个娇气性子，住不了普通小酒店，没几天就得跟导演闹，到时候……"

梁予琼脑补宁迦漾此时的境况，忍不住嘲笑出声。

夜幕之下，整个玫瑰庄园像是被笼罩上一层极美的光芒，华丽璀璨。四楼浴室的整面墙壁都是由单向玻璃制作，从这里，几乎可以看到整座庄园里的玫瑰。

宁迦漾躺在偌大的浴缸内，水面上布满了粉蓝色泡沫。她双手懒懒地搭在浴缸边缘，可爱漂亮的小脑袋露出水面，乌黑柔顺的长发随意扎了个丸子头。几缕碎发因为沾了水，贴在少女雪白纤细的颈子上，因湿润带着几分风情，眉眼带着慵懒的放松。

空气中弥漫着玫瑰精油的淡香，馥郁间带点冷感的香味幽幽挥散着。宁迦漾懒洋洋地扫过面前与手机连接的触控屏幕，入目的是她微博的页面。因为那句回复，果然上了热搜。

舒姐没有掉链子，现在大家注意力已经放在她公开的恋情上。既然敢公开恋情，谣言不攻自破。宁迦漾没想到的是，网友们的话题逐渐偏了，热评前几——

啊啊啊！我怎么听出点宣示主权的感觉！女神好帅！

十分钟时间，给我这个得到女神青睐的幸运男人的所有资料！

姐姐们，只有我觉得不对劲吗？

怎么不对劲，楼上怀疑女神说有男人是开玩笑的？

就是……正常男人会跟宁女神这么一个人间尤物纯纯地睡觉？

都是铁杆粉丝，说话大胆点！仙女你男人是不是不行？

宁迦漾：万万没想到，有朝一日，她也有面对网友质问哑口无言的时候……

她指尖点了点微信置顶的联系人——"欠债的卷毛小坏狗"。

怎么不行了，"小坏狗"行着呢！算了，不要跟他们一般见识，毕竟"小坏狗"到底是什么样子，只有她知道。

宁迦漾用指尖胡乱地戳了戳，手臂不经意带起的水珠溅到了屏幕上。还未来得及擦干，屏幕感应到了水珠，误当作有人操作，不小心开启了视频通话。她手忙脚乱地想要关闭视频通话，那边竟然接通了。

被放大的幕布上，男人穿着一袭禁欲系的白大褂，站在医院办公室门口，大概是夜晚的缘故，走廊灯光暗淡，却越发衬得他眉眼如霜似雪，清寒迫人。宁迦漾望着几乎从屏幕走出来的男人虚影，表情怔了怔。

大抵是没想到视频接通后会看到宁迦漾躺在浴缸里，商屿墨清隽眉峰微扬，视线扫过那泡沫中的玲珑身躯，语调悠悠："勾引我？"

宁迦漾脑海中顿时浮现出白天她对商屿墨说的话，刚打算关闭视频的指尖顿住，从禁欲系商医生的美色中回过神来："……"

长得好看有什么用，一点亏都不吃，逮到机会就报复。宁迦漾立刻缩回手指，不关了！

要是她现在关了岂不是怕了他。

宁迦漾懒洋洋地往后面一倚，小下巴微微扬起，虽然没有走光，但越是这种朦胧感，越是让人心尖发痒。

毕竟，商屿墨知道她身无寸缕，偏偏宁迦漾还故意似的，将微湿的睫毛上抬："勾引你怎么了？"

商屿墨手指漫不经心地抚在喉结下侧，随手般扯松了领口，嗓音克制地压低："嗯，你成功了。"

出其不意的直接，宁迦漾迟钝地反应了会儿——到底谁勾引谁呀！

宁迦漾想到什么似的，红唇轻抿了下，在雾气朦胧的浴室内，神情有些模糊。细白指尖无意识地拨弄着泡沫，看着视频，若有所思：不知道他有没有看到热搜啊。

再瞧男人身上还未脱下的白大褂，她心里否定。看样子还没下班，那应该是没看到……

就在宁迦漾迟疑要不要问时，视线不经意落在他扯领口的左手，水光潋滟的眸子陡然眯起，什么风花雪月的心思都没了："你戒指呢？"

略略回忆，宁迦漾的表情更危险了：他这次来探班好像就没戴！

"你想干吗？"

"不戴戒指准备随时随地勾搭小姑娘？"

宁迦漾坐直了身子，随着她的动作，一阵"哗啦"水流声透过话筒传至商屿墨耳中。视频里，少女身上水流涌动，露出沾着零星泡沫的肩膀，隐约可见精致的锁骨。

商屿墨趁着她发呆的这三十秒，已经回到办公室，将手机放到桌上，正对着他。

商屿墨随意将身上的白大褂脱下，露出里面早晨临走时穿的黑色衬衫，衬出极窄的腰线，越发挺拔修长，身材绝佳。

乍然听到宁迦漾的话，男人视线在她身上略顿了几秒，随即侧眸对着镜头勾了勾薄唇，似是玩味："商太太这是在宣示主权？"

宁迦漾被噎了一下，触及他眼底似有似无的笑，忽然反应过来，"宣示主权"这个词是她微博热评第一！

这个臭男人定然是看过热搜的！一语双关！啊啊啊！

宁迦漾多少有点恼羞成怒："分明是合理的公关手段罢了，你别想太多！"

她瞬间忘了质问他戒指的事情，漂亮眉眼因为她多变的表情，蓦然生动了许多，像是她身后落地窗外在那黑暗中热烈盛放的艳丽小玫瑰。

商屿墨从善如流："好。"

好什么好？答得这么快，一看就是敷衍。宁迦漾没好气地拍着水花，觉得自己每次跟他聊天，都能被气死。

"商医生？"

"原来你还没下班呢！"

宁迦漾刚准备开口，便听到他那边传来有人敲门说话的声音，下意识将自己完全埋进水里。

在商屿墨挂断视频之前，小声嘟囔了句："谢谢你安排的庄园，避免了你弱小、可怜、无辜的太太流落街头。"

气归气，谢归谢，她向来是恩怨分明的仙女。

商屿墨关视频的长指略顿了一下，随即薄唇含着浅浅的笑："怎么敢让仙女流落街头？"

下一刻，视频关掉，商屿墨清晰看到宁迦漾眼底闪过的羞窘。

商屿墨清冷淡漠面容上的笑意没收敛，被过来找他的秦医生看个正着："啧啧啧，你在跟谁聊天呢，笑得这么……"

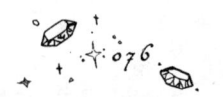

秦望识品了下那笑意，有谪仙染上烟火气的感觉了。

商屿墨淡淡扫他一眼，眉眼恢复往日清冷淡漠："有事？"

跟"仙女"说话就温言细语，还笑，跟他说话就冷着张脸。

秦望识："没事不能找你？一点都没有同事之爱！"

商屿墨没动，浅褐色的眼瞳在办公室炽白耀眼灯光下，像是覆上层薄薄的光，仿佛能洞察一切。

秦望识认厌！隽秀面庞带着悲愤，老实交代："我女神刚才公开恋情了。"

他刚刚认识女神，女神就成了别人家的。

商屿墨随意收起手机，淡淡问："所以？"随即打算离开。

若不是中途接到宁迦漾的视频，他现在已经到家了。秦望识跟在他身后，大声宣布："我'失恋'了！所以你陪我借酒消愁吧！"

却见那人嗤笑一声，不疾不徐叫他："秦医生。"

秦望识下意识："到！"

商屿墨偏冷的声音在空旷走廊里格外清晰："严谨点，她从没跟你恋爱过。"

秦望识一脸蒙。

商医生是在……讽刺他？想到商屿墨上次还关心过女神车祸的事情，秦望识忽然生出个大胆的猜测，快步追上去："我记得你好像也是女神的粉丝？

"同是天涯沦落人，不能同年同月同日生，但同年同月同日'失恋'，这就是咱们之间的缘分啊，不去喝个酒实在说不过去！

"我请客！"

听到"失恋"两字，原本神色平静的商屿墨蓦地停下。

秦望识差点撞到他身上："你怎么突然……"停下？

话音未落。

商屿墨慢条斯理地从裤袋拿出一枚低调精致的冷银色戒指，当着秦望识的面，将戒指缓缓推到自己左手无名指的指根，随即气定神闲地示意他看："秦医生，我已婚，所以，失恋的只有你。"

秦望识目瞪口呆地停在原地，眼睁睁望着商医生扬长而去，久久没有反应过来。

三分钟后，医院安静的走廊终于传出一声惊叫："啊啊啊！"

已婚？商屿墨已婚！

商屿墨居然就这么公开了他已婚的消息，作为第一知情人的"记者小秦"心脏蹦得像快要跳出嗓子眼。

秦望识拿手机点进医院论坛时，手都在默默发颤。

爆一个惊天地泣鬼神的大新闻——我院第一冷美人已婚。

小秦：楼主已经被这个大新闻震惊到发不出感叹号了，同志们自行脑补吧。

哈哈哈，小秦，今天不是愚人节。

诸位理解一下，宁女神今天公开恋情，所以小秦今天"失恋"了，也想让全院女同胞"失恋"一下，大家配合点。

行行行，咱们是个有包容心的大家庭，那就当信了吧。

信信信，我们绝对信。小秦节哀，就算女神不跟别人公开恋情，也不会跟你公开，你说是吧。

小秦节哀……

顿时这栋楼都在刷"小秦节哀"。

小秦：也是万万没想到。

这么爆炸性的新闻，这些人居然不信！大家非但不信，还在这个帖子下面开起了玩笑。

小秦：你们会后悔的！

众人：哈哈哈小秦节哀。

小秦：节哀什么！

都怪他太过震惊，忘记了拍照留证据！陵城一院谁不知道"神仙手"商医生素来冷情寡欲，一副不食人间烟火的样子，谈恋爱也就算了，已婚？

不可能，绝对不可能。全医院的人都已婚了，商医生都不可能已婚。

你能想象谪仙跟女人结婚的画面吗？反正他们想象不出来——

直到次日一早，论坛炸开了！

《震惊震惊！商神真的戴了戒指来上班！》。

楼主还放了一张照片，照片内容是商屿墨进入医院门诊楼的身影，楼主特意用放大镜放大了他的左手，并且在旁边标记了整整两排昨晚"小秦记者"没心思标记的感叹号。

冷白手指修长如玉，低调不掩精致的冷银色戒指被牢牢固定在男人左手无名指的位置上，契合无比，一看就是特意定制的婚戒！

"啊啊啊，姐你快看！"

保姆车行驶在前往剧组的路上，玫瑰庄园距离剧组有些远，需要早起半小时。因此，宁迦漾眉眼倦散地靠在后排补眠，此时乍然听到小鹿的惊呼，睫毛懒洋洋地抬起："大惊小怪什么？"

小鹿趁着等红灯，解开安全带迅速走到宁迦漾旁边坐下，将手机递过去："快看陵城一院的论坛！

"商医生自曝已婚！好酷！"

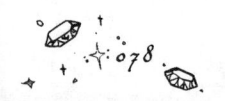

宁迦漾原本懒散的神情认真了点，瞥到男人修长手指上那枚跟自己的是一对的婚戒，红唇轻轻勾起小小弧度，很快便抿平了，语气漫不经心道："酷什么，这不是每个男人应该做的嘛。"

小鹿小声咕哝了句："大傲娇。"明明就很开心。

然后小鹿继续刷论坛。不得不说，商医生真的太绝了，无可挑剔。光芒万丈女明星和禁欲系医生太好嗑了，可惜，全天下只有她一个人能嗑！

小鹿没有同伴表示非常寂寞，只好将寂寞发泄在小号上。

小号微博昵称——今天n仙女和s医生嗑到了吗。

第一条微博：嗑到了，昨天s医生送给n仙女一座仙女住的玫瑰庄园。

…………

宁迦漾从车椅上坐直了身子，纤白指尖慢慢摩挲着自己的手机，漂亮的桃花眸清澈干净，早已没了睡意，找到置顶的那个备注超级长的名字，想了几秒，才轻敲了几个字发过去。

小浪花漾呀漾："模范丈夫，继续保持，仙女夸夸。"

昨晚她想着商屿墨不戴戒指的话题——哪里是不想戴呢。从论坛帖子推测，他昨晚就戴上了，那干吗不说？男人的心思真难猜，总不能是害羞吧？

宁迦漾立刻否定这个可能性。天塌了，商屿墨都不会害羞！

她等回复，没有及时按灭手机屏幕。就在这时，小鹿凑过来想要跟宁迦漾说话，不小心瞥到屏幕，避开的同时下意识问："欠债的？"

"谁是欠债的啊？"

宁迦漾唇角翘起，慢悠悠地拉长了语调："秘密——"

小鹿：反正不可能是花了十二小时抱着大美女纯纯睡觉的商医生！

此时剧组十分热闹，第一场戏拍的是梁予琼与宁迦漾的对手戏。梁予琼早早就在这里等着了，准备第一时间看宁迦漾的笑话。

没想到左等右等，太阳都高高升起，她化好的精致妆容都要被晒掉了，还没等到人。

她扫了眼剧组其他人，笑着道："宁老师不知道搬哪里去了，居然迟到了一个小时，怕不是搬到荒山野岭了吧。

"也是，剧组这边只有一家稍好的酒店，其他都简陋得很，听说有些地方床单都不换呢，也不知道宁老师受不受得住。"

说的话像句句关心，语气却带着不加掩饰的幸灾乐祸。其他人还没来得及附和，遥遥地望着宁迦漾举着油纸伞走来。她提前换好一袭天青色旗袍，袅袅婷婷，腰肢纤细，尤其那张脸蛋，眉眼如画，美得比骄阳还要热烈绚烂，眼尾轻抬起，

079

便是无边的撩人风情，让众人的吐槽顿时哽在了喉间，一句都说不出来。

这完全不像是从荒山野岭而来，倒像是矜贵优雅的大小姐误入灰扑扑的剧组。剧组其他人都成了真正的背景板，目光都不可控制地看向宁迦漾。

这样一个美得肆无忌惮的大美人，当着面，他们真是说不出什么不好听的话。

唯独梁予琼，宁迦漾越漂亮，越看起来若无其事，她越觉得宁迦漾在强撑着，于是梁予琼主动迎了过去："宁老师迟到了呢，是不是酒店住得不舒服？"

梁予琼目光扫过她露出来的皮肤，想看看有没有过敏，但目之所及，全都白白嫩嫩如豆腐，没有任何瑕疵。

宁迦漾微微举高了油纸伞，露出漂亮眉眼，漫不经心地瞥了她一眼。果然如舒姐说的那样，跳梁小丑时不时地蹦跶，也挺烦的。

她随意将伞递给小鹿，而后红唇冷冷地翘起弧度："没迟到。

"江导贴心演员住得远，特意将开拍时间推迟了半小时。"

目光落在梁予琼被晒得有些反光的额头上，唇角笑意更浓——看样子梁予琼不知道呢。

小鹿补充道："您平时都迟到，大概下面的工作人员没想到您今天突然来得这么早，所以没说吧。"

梁予琼脸色变得难看，一口气堵在心口。她没想到今天上戏时间居然推迟了，难怪江导到现在还没来。

没等她说什么，宁迦漾忽然叫了声："梁老师。"

梁予琼一听到她礼貌地喊自己"老师"，鸡皮疙瘩都起来了。

果然，宁迦漾闲闲道："你先去补个妆吧，脸上黄黄白白地跟我说话，我还以为金角大王现身了呢。"

噗。小鹿没忍住，笑出声了。

其他人大概没想到宁迦漾嘴会这么损，顿时憋着笑，一个个憋得脸都红了。

尤其是梁予琼，被大庭广众之下处以"极刑"，脸更是涨得通红。不过她不是憋笑，她是气的，快要气疯了。

甚至差点维系不住表面的和平，幸而她的经纪人元齐及时把她拉走，一副笑面虎的样子："宁老师，做人留一线，您说对吗？"

宁迦漾五官精致姣丽，表情淡下来时格外清冷："元先生，管好你的艺人。"略一顿，"祸从口出，您说对吗？"

这场戏，最后倒是拍成了，但梁予琼因为补妆拖延了拍戏时间，跟宁迦漾对戏时，状态不行，总被压，被暴脾气的江导骂得狗血淋头。

剧组化妆间里。

梁予琼想到今天的事情，正在发脾气。明明要看宁迦漾笑话，最后笑话竟成了自己！她受不了这个憋屈。

经纪人元齐不赞同地看着梁予琼，但看她这个模样，若是不让她出这个气，恐怕后面拍戏更不顺畅，又被宁迦漾压一头。思索一会儿，元齐有了办法，便轻声告诉了梁予琼……

宁迦漾作为女主角，戏份重，等结束后已经是晚上九点。

她眼眸轻合着，任由团队的化妆师卸妆，原本明艳照人的面容，此时染上几分困倦。任谁连续拍摄一整天都会累，尤其宁迦漾本来就娇气怕苦，大概她这辈子所有的坚持都用在演戏这个梦想上了。

言舒来接她，此时捧着平板电脑立在化妆桌旁，冷笑："梁予琼是把你的热搜包月了吧，你之前那个缠绵一夜的词条又上来了。"

宁迦漾卸妆完毕，慢条斯理地将手上的面霜乳化，狡黠地将唇角勾起弧度："本仙女最讲礼貌了，礼尚往来，也要送她一个热搜。"

言舒看她："什么？"总觉得小祖宗又打什么坏主意了。

宁迦漾微微一笑，轻吐出两个字："讨债。"

按摩着脸，使皮肤吸收护肤品时，她不急不慢地解释："她占了我化妆间的东西，都是我惯常用的东西，管家拿的都是新的，被她用坏了，赔偿天经地义。"

仙女能有什么坏心思呢？不过是讨个债罢了，她有经验。

上次梁予琼直播暗示被宁迦漾打砸了化妆间的贵重用品，直到现在还有不少她的粉丝闹腾着要告宁迦漾破坏财产，让宁迦漾成为法制咖（违反法律的明星）呢。

这段时间梁予琼那边不解释，宁迦漾这边暂时按兵不动。

宁迦漾身上被贴的"耍大牌""不敬业""法制咖"标签在网友眼里都基本成为实证时，原本安静的宁迦漾工作室发出了一个明细清单，以及各种购买记录，直接在微博"圈"梁予琼。

行事作风简单粗暴，像极了宁迦漾本人做的。

宁迦漾工作室V：拜托梁小姐赔偿一下不经主人同意就使用的私人用品吧。

（另外：这些都是一次性用品，被使用过了，就不能再使用了。）

并附上了九张图片。如宁迦漾所言，她说送梁予琼一个热搜就送她一个。

"宁迦漾靠山"这个词条顷刻间被"宁迦漾公开向梁予琼讨债"取代。

吃瓜网友们最近有点撑——这些瓜怎么还一套一套的。

反转来得太突然。

哈哈哈，我就想知道，宁仙女小脑瓜子里到底是什么，太好笑了。

有史以来第一位被讨债的女演员，梁予琼小姐的工作室怎么不发声明了？

梁予琼小姐的粉丝,不是闹着要让你们偶像告我们仙女吗,倒是告啊,哈哈哈。

不行了,这是什么贼喊捉贼的喜剧故事。

难怪梁予琼当缩头乌龟,绝口不提那些贵重物品,原来不是她的呀。

晚上回到玫瑰庄园,看着网友们的焦点都被带得跑偏,言舒都忍不住夸奖:"服了,你这一手,得把梁予琼气死。"

宁迦漾像是没骨头似的趴在床上,一边让擅长推拿的女管家帮她按摩,一边懒洋洋地哼了声:"最好是这样。"

鼻音又软又甜,像是拉长的糖丝,缠绕在空气中,透着股子慵懒劲,似乎并未将人放在心上。

这天,梁予琼把酒店房间里的东西全砸了都不解恨,最后她还是赔了宁迦漾化妆间里所有东西的钱——没办法,如果不赔,法制咖就变成了她。

这一场"战役",梁予琼惨败。

那天开始,梁予琼开始了长达半个月的请假,听说是病了。少了她在剧组蹦跶,拍摄效率都高了许多。

这段时间,那些狗仔一直没有放过追宁迦漾。毕竟"宁迦漾的男友是谁"如今被列入了业内未解之谜首位。

谁知,他们每次都跟丢,完全不知道宁迦漾这段时间住在哪里。别说是狗仔,就连剧组的人都不知道,还真以为她住在什么偏僻小酒店。

在南城足足拍了一个月,国内含金量极高的电视剧奖飞蔷奖的颁奖典礼正式在陵城拉开帷幕,剧组不少演员都得到邀请,包括跟宁迦漾搭戏最多的男主角连城珩、男二号周缘,以及导演江云愁。因此,导演豪气地直接给大家放了五天假。

商务舱内,还没到起飞时间,言舒低声跟她说:"你这次入围的是'最佳女主角',但跟你同时入围的三位都是实力极强的女演员,甚至有一位还拿过电视剧奖大满贯,你估计要陪跑了,心态可千万要放平。"

宁迦漾垂眸发消息,像是没听到言舒的话。言舒还在提前给她做心理辅导,此时见这位轻松自在的样子,顿时闭嘴了。

得,是她多话了。宁迦漾会因为落选心态不平才怪,人家根本没把"最佳女主角"当回事。

"跟你老公聊天呢?"

宁迦漾哼笑了声:"嗯……"

言舒:"距离产生美?这段时间倒是没怎么听你说'商业联姻,感情不深'这八字箴言。"

宁迦漾抬了抬长睫:"说什么呢,我们是举案齐眉的榜样夫妻。"

随即，她唇角慢悠悠翘起："给你们做个示范，等会儿下飞机直接送我去医院。"

言舒："干吗？"

宁迦漾理所当然："给辛苦赚钱养家的老公一个惊喜呀。"

她刚才确认过了，商屿墨中午在医院。贤良淑德的太太一下飞机风尘仆仆地赶去看望上班的老公，多么感人肺腑的榜样夫妻故事呀！她都快被自己感动了！

沉默是最好的答案，几秒后，隔着过道的小鹿摘下眼罩，默默吐出四个字："是查岗吧。"

从南城抵达陵城国际机场，已经临近中午。

宁迦漾低调返回，保密工作做得极好。因此粉丝们都以为她还在剧组拍戏，并未在机场引起什么轰动。

"你确定要穿成这样？"言舒见宁迦漾一上车就让司机先去陵城医院，目光移到她那张精致漂亮的脸蛋上。

想起她在飞机上信誓旦旦说要风尘仆仆见老公的话，颇为无语。这位大小姐下飞机后，第一件事就是去高级的更衣间化妆、换衣服。

此时穿着白色海军短 T 恤配同色连体短裤，唯有领口浅蓝色的荷叶边做点缀，妆容看似极淡，但也有特别设计，例如眼尾下侧点了闪闪的银白色亮片，桃花眸转动时，带起潋滟碎光。繁复精致的鱼骨辫垂在一侧，她戴着顶奶白色的渔夫帽，妥妥的校园风。

宁迦漾平时的形象基本都是明艳肆意的，极少穿得这么清纯俏皮。听言舒的话后，宁迦漾懒洋洋地抬了抬睫毛："我不美？"

言舒表情难以言喻："美倒是美……"

宁迦漾的美貌无可争辩。

只是一时之间，不知道她穿成这样到底是去见谁的。

四十分钟后，低调的商务车在医院门口停下，宁迦漾就这么戴上口罩，明目张胆地下车。

透过车窗，望着那青春靓丽的纤细背影，小鹿跟言舒忧心忡忡。

小鹿："舒姐，真没问题吗？

"不会今天头条又变成姐了吧……"

话音未落，言舒立刻捂住嘴："别乌鸦嘴！"

小鹿这乌鸦嘴也是很绝！

"呸呸呸，'童'言无忌，'童'言无忌！"

小鹿："……"

要不要这么迷信，而且她见过二十二岁的儿童吗？

言舒看懂了小鹿的表情，而后抬了抬下巴，示意她看向已经顺利进入医院大门的宁迦漾："那不就是。"

小鹿露出迷之微笑，摆脱舒姐束缚后，打开微博小号，狂点屏幕——

今天n仙女和s医生嗑到了吗：嗑到了！n仙女穿得很少女，去查岗s医生啦！

宁迦漾上次去过商屿墨的办公室，所以熟门熟路。查岗什么的，不存在。

不过是因为商屿墨上次帮她重回剧组，又安排了那栋玫瑰庄园，所以来看看他罢了。

宁迦漾口罩遮挡下的唇角翘起弧度，迅速敛起——仙女绝对不是查岗，也绝对不是想他了！

看着紧闭的办公室门，宁迦漾眼睛都瞪圆了。说好的中午在办公室休息呢！

忽然，耳边传来一道声音："同学，你找商医生？有提前预约吗？"

秦望识去食堂途中路过，恰好看到一个小姑娘站在商屿墨办公室门口，随口问了句。宁迦漾没想到自己跟这位粉丝这么有缘，每次来医院都能碰上，也不担心他会认出自己，笑意盈盈地打招呼："秦医生，午安。"

"女……"神！

有些熟悉的声音差点让秦望识惊呼出声，等看清宁迦漾这熟悉的打扮时，陡然反应过来，语调一转："商医生的债主？"

初次见面时，宁迦漾与秦望识也不过是一面之缘。秦望识自然不会将她和女明星宁迦漾联系在一起。

后来秦望识在现实中见过真正的宁迦漾，此时再遇这位商医生的债主，才忽然发觉，债主的声线跟女神有点像。

不过长得不像。女神出镜时都是美艳绝伦的，美貌夺目耀眼，而商医生的债主更加清纯。

气质完全不同，大概是巧合。

宁迦漾已经做好秦望识会认出她的准备了，万万没想到，认是认出来了，就是跟想象中的不一样。

宁迦漾没有刻意解释，认下了"商医生债主"这个身份："是我。"

想到商屿墨之前对这位的不同态度，便知道应该是熟人。于是，秦医生主动给她打开办公室门："请进，商医生被院长叫去了，等会儿就会回来。"

"谢谢。"宁迦漾扫了眼色调苍白、线条简约的房间，干干净净，只有淡淡的消毒水味道和若有若无的清冽气息。

颇为可惜，完全没有她这位贤良淑德的仙女太太的用武之地。

秦望识刚准备代替商医生待客，请人在小沙发上坐下，便看到这位债主直接在商屿墨不允许旁人坐的办公椅上落座。

"别！"

"商医生有洁癖！"

宁迦漾抬了抬睫毛，懒洋洋地用手撑在桌上，看向他："我知道。"

秦望识：知道还敢坐？不愧是债主，有威严。商医生这是欠了多少钱啊……

秦望识看她，闲谈般问："怎么进了办公室还不摘下帽子跟口罩？"

宁迦漾轻笑："怕吓到你，就不摘了。"

这得是长成什么样子才会怕吓到人？秦望识凝神打量宁迦漾，也不像长了张吓人脸呀。

随即听着她的音色，忍不住感叹了句："别说，你声音真好听，我总觉得耳熟。"

宁迦漾若无其事地用指尖把玩着桌上那支冰凉的钢笔，漫不经心答："大概我……大众音。"

秦望识立刻否定："明明是女神音！"偶尔某个音色跟他女神的超级像！

就在他们两个大眼瞪小眼时，一阵轻轻的敲门声响起。宁迦漾与秦望识齐齐看过去，入目的是一张很明媚漂亮的脸蛋，寡淡的白大褂越发能衬出来人的好气色。

"打扰了，我来找我师兄。"

师兄？宁迦漾帽檐下的睫毛抬了抬，想到了医院论坛很火的那个师妹。

裴淼淼没想到她师兄素来冷清的办公室今天这么热闹，目光无意识落在最显眼办公椅上坐着的女人身上。

秦医生立刻从沙发上站起来："裴医生，你师兄等会儿回来，这位是……"

见裴淼淼眼神疑惑，他想着商医生的小师妹也不是外人，介绍道："是你师兄的债主。"

"债主？"

裴淼淼有些错愕。她是知道商屿墨家事的，怎么可能欠债，而且还是欠女人的钱。偏偏宁迦漾没有丝毫准备解答的意思。

半分钟后，秦医生总觉得这两人气场不对劲，忍不住坐立难安，只好默默刷论坛来缓解尴尬。

入目的是半个月里最热的帖子——《商医生的婚戒之谜》。

等等！秦医生左看看，右看看，忽然反应过来，这两位都是跟商医生关系匪浅的女性呀。搞不好他能拿到商太太的第一手八卦呢！

他先看向裴淼淼："裴医生，你知道商医生已婚的事情吗？"

宁迦漾撑着下巴看热闹，轻而易举便看到裴淼淼脸上一瞬间的僵硬，红唇陡然勾了勾。

秦望识继续道:"这都半个月了,也没看到商太太的身影,我都怀疑商医生是不是假的已婚,故意惹咱们医院的女同胞们芳心碎了一地。"

"真已婚。"

原本安安静静的宁迦漾忽然慢悠悠地丢下三个字。

秦望识纯粹爱听八卦:"你认识?商太太是怎么样的人,是一本正经搞研究的高智商女性,还是优雅娴静的大家闺秀?或者跟商医生的气质似的,是不食人间烟火的天仙姐姐?"

宁迦漾坐得高,率先看到了窗外一行人朝这边走来,而被簇拥在中央的正是这位让全医院单身女员工芳心碎一地的商医生。

下一刻,房门打开。

"都不是。"

宁迦漾话落,从椅子上起来,去迎接已经走到门口的商屿墨,清甜的嗓音带点埋怨:"你终于回来了,我等你好久了!"

商屿墨没想到远在南城拍戏的商太太会突然出现在自己面前,她那双弯起来似乎有着层薄薄水雾的桃花眼望着人时,专注又深情。

商屿墨素来看上去薄情寡义的面容微浮起几分波澜,旁若无人地握住她的手腕,懒懒应了声:"嗯。"

清冽的嗓音压低几分,没搭理身后已经完全愣住的实习生们,带着宁迦漾重新进了办公室,看向还站在里面的两人,轻声道:"我还有事。"

意思明显——你们可以走了。秦望识有点同手同脚,倒是裴淼淼叫了声"师兄",但没多说什么,两人一同离开办公室。

关门之前,隐约听到里面传来一道又甜又软的声音:"老公。"

秦望识大脑顿时"宕机":叫的什么?等等,我确定听到的是"老公"?而不是"还钱"?

秦望识下意识转身,映入眼帘的便是商屿墨用一只"神仙手"拉下"债主"脸上戴了半中午的口罩,另一只手抵在门板上。

"砰"的一声,将门关得严严实实。关门刹那间,女人雪白肌肤一闪而过,秦望识清楚看到商屿墨俯身对着"债主"的脸吻了下去!

什么"债主",原来是夫妻情趣啊!所以商屿墨的太太不是高智商女性,也不是大家闺秀,更不是天仙姐姐,而是……一只会撒娇的小妖精?

看着紧闭的门,秦望识久久没有回过神来。蓦地"咔"一声,从里面传出反锁的声音。

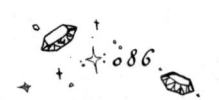

秦望识：朗朗乾坤，青天白日，商医生你锁门想干吗？！就这么急着亲热吗？把我当人了吗？

偌大冷清的办公室内，响起些靡靡的声音。宁迦漾猝不及防被摘下了口罩，今天格外清纯勾人的脸蛋瞬间闯进男人视野之中。

商屿墨从来不会委屈自己，商太太看起来很好亲，所以他就亲了。触及她的唇瓣时，他顿了几秒，顺势用拇指指腹将她唇上艳丽的红色抹去，这才压了上去。

宁迦漾大抵没想到这男人会突然吻她，眼波颤了颤。只胡乱地想，这好像是他们第一次在除了床上的地方接吻。

…………

午后淡金色的阳光穿过玻璃，一切旖旎之象无所遁形。

商屿墨垂眸看她，用指腹慢悠悠地顺着女人纤细的天鹅颈摩挲，抚过湿润的红唇时，轻吻了下。

她唇红得比之前涂了口红时还要浓艳，极致的艳色与她今日过分清纯的面容融合，莫名染上惊心动魄的瑰丽。

宁迦漾偏头咬了下商屿墨在自己唇边乱碰的指尖，声音有点哑："不要了，没力气。"

宁迦漾懒洋洋地把男人当作人形靠垫，小脑袋歪搭在他修长臂弯处。商屿墨扫了眼被她咬出圈淡淡齿痕的手指，漫不经心地摩挲了下："商太太，你的肺活量需要练习。"

嗓音是一如既往的清淡冷静。

"才不是！我是饿得好不好！"宁迦漾表情幽怨，"你美丽可爱的仙女老婆，一下飞机午餐都没吃，就风尘仆仆来见你了！"

"感不感动？"

"感动。"商屿墨答得毫不走心，见她真没力气，便随手将人抱到沙发上，"吃点什么？"

宁迦漾突然想试试医院的员工食堂，于是，正在食堂吃饭的小秦看到商屿墨难得发给他的微信消息，差点把手机丢出去。不把他当人也就算了，商医生居然这么无赖！

Sym："劳烦带份午餐，不吃葱姜蒜，不吃菌菇类，不吃山药，不要红肉、莴笋、芹菜、韭菜、油菜、菠菜……海鲜只吃水煮的……"

秦望识看他几乎把所有食材都列出来了，静默许久，用力打字，按下"回复"："这么挑食，你吃什么食堂！"倒是去外面私房菜馆吃啊！

Sym："哦，她想试试食堂。"

随后附了一笔备注为"午餐费"的转账。

秦望识心底吐槽：有钱人了不起哦。然后遵从内心地点了"收款"——嗯，还真了不起！

下一秒，新的转账消息来了，备注"封口费"。

越看，秦望识越觉得当初的自己好蠢，居然真的信了三天两头换一辆车开，封口费都能给出这么多的商医生会负债累累。

忽然想起什么，秦望识等餐时，拿出手机，找到当初自己发的那个爆料商屿墨被债主追到医院的帖子，刷了半天才找到某妻管严主任那条：这画面有点眼熟，我平时跟老婆上交工资就这样。

秦望识回复：姜还是老的辣。

十五分钟后，秦望识拎着午餐走到办公室，敲了敲门。

商屿墨打开了半边房门，轻描淡写地伸手："谢谢。"

接过后便要关门，被秦望识抵住了，探身去看："等等，你不介绍一下你太太？"

商屿墨平平静静地挡住他的视线，秦望识见状倒没硬闯，嘀咕道："难不成是什么仙女吗，要藏得这么严实，怕被人看到就回天上了。"

商屿墨还真答了："嗯。"

房门重新关上，秦望识站在门口，一脸不可置信：他还真应了！

重点是，刚才商屿墨接午餐的那只手，是不是被咬了？商太太究竟是何方妖孽！如此大胆，在神仙头上动土，不是，动嘴！完了，更激起他的好奇心了。

刚来陵城一院上班没几天的裴淼淼甚至没来得及吃午餐，第一时间找安静地方打电话。

她是少有的知道商屿墨与宁迦漾联姻事情的人。

想到刚才在商屿墨办公室看到的一切，她心神不宁跟电话那端的人说了这件事，最后道："姐，你什么时候回来，再不回来，师兄就真成别人的了。"

片刻，听筒那边才传来轻缓的女声："淼淼，他们不是一个世界的人，夫妻之间没有共同话题，是走不长久的。屿墨不会爱上她。"

如今即便略有好感，也只是新鲜感罢了。毕竟碰到赏心悦目的花瓶，即使是神仙，也愿意多看两眼。

在她眼里，宁迦漾不过是个赏心悦目的花瓶罢了，商屿墨鉴赏后会发现，这世界上除了自己，不会有任何人与他更般配。

裴淼淼想到那幕：真是这样吗？

入夜后，清鹤湾像是在浓雾笼罩之中匍匐的巨兽，隐隐有光顺着微散的窗帘

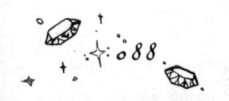

透出去。

主卧开了盏昏黄迷离的壁灯。

宁迦漾又软又倦地趴在床边,一只细而精致的脚踝沿着丝滑的床单探出了点,在墙壁上投射出光影。

男人在她的耳侧说话,嗓音隐约带上点磁性的低哑:"小浪花。"

突然被他喊了声小名,宁迦漾肩膀陡然瑟缩了下。她从未想到,商屿墨居然会在这种情况下唤她的小名,她红唇张了张,半响,才溢出清软的鼻音:"嗯?"

随即整个人被拦腰抱了起来,突如其来的肌肤相贴让她惊了下。

下一刻,男人嗓音重新传来:"你说得对。"

宁迦漾脑子有点蒙:她刚才说话了吗?

泡进水里后,宁迦漾微微仰头,入目的是男人线条完美的腹肌轮廓,他大发慈悲地答疑解惑:"在这里,效率确实高一些。"

宁迦漾终于反应过来,蓦地,她用掌心抵住男人覆过来的胸膛:"等等!"

"拍戏期间,不可以!"

对上男人那双灯光下有些淡的浅褐色眼瞳,宁迦漾义正词严:"请家属注意分寸,别拖后腿。"

定定看着她的男人忽然笑了,薄唇缓缓道:"好。"

真的好吗?宁迦漾挣扎着想要起身时,却被男人用大手按住手腕,手指顺着她的手腕下滑,最后和抵在白瓷边缘的掌心相贴,十指紧扣,松松垂下。

浴室内只余男人微哑的嗓音:"放心,不会。"

早晨醒来后,宁迦漾复盘了下昨晚发生的事情,气得恨不得谋杀亲夫!

宁迦漾起床动静太大,商屿墨清隽的眉头轻蹙,随手将床边的女人重新抱回了床上,用被子裹了个严实,长臂隔着薄被牢牢勒住她的腰道:"别闹,再睡会儿。"

变身"蚕宝宝"的宁迦漾仰头看着天花板:"……"

仙女累了,更累的是假期还要社交。

傍晚时分,言舒亲自来接她。早约好了跟江导他们今晚聚餐,聊一下电视节宣传的事情。

保姆车内,宁迦漾穿了件柔软的淡蓝色绸缎衬衫,下面配黑色长裤,露出截纤细雪白的脚踝。

绑带高跟鞋的绸带在她腿上缠绕了两三圈,她走动时,蝴蝶结若隐若现,清冷中带着不经意的风情。

言舒喷了声:"不知道的还以为你要去干架呢,他们不配让你穿漂亮小裙子见吗?"

见老公就兴致勃勃，见同事就兴致不高，明显的双重标准。

宁迦漾懒洋洋地抬了抬睫毛，嗤笑了声："我若是换了小裙子，你今晚怕是不能睡觉了。"

言舒没反应过来："什么意思？"

倒是小鹿"嘿嘿"地笑："商医生可是一个月都没见咱们仙女了呢！"

"你老公不是禁欲系吗？"言舒想到上次商医生探班的事情。难不成他的癖好不是风情撩人的旗袍美人，而是清纯校花？

宁迦漾用指尖捏了捏垂在掌心那串玉兔手串，有些漫不经心："禁欲系，不是太监系。"

言舒和小鹿："……"

就你敢说！很快，车子在一家古色古香的中式私房餐厅门口停下。

宁迦漾下车时，对面的连城珩刚好也从夜色中走来。连城珩作为大制作电影《白露为霜》的男主角，同时拿过不少含金量很高的奖项，地位自然不是宁迦漾可以比肩的。

长相英俊，眉目清朗，私下也是很温润和煦的前辈。大概整个剧组的演员中，唯一让宁迦漾有好感的就是这位男主角了。其他人，个个都跟着梁予琼给她使过绊子。

宁迦漾客气地打招呼："连老师，晚上好。"

"晚上好。"

连城珩笑意浅浅，很绅士地朝她伸出手臂："一起？"

"好。"

宁迦漾礼貌地碰了他一点衣角，两人一起步入餐厅。餐厅门口灯光极亮，谁都没注意到廊柱后一闪而过的闪光灯。

八九点是上网的高峰时期，在这个平平无奇的夜晚，一个热搜词条迅速进入众人眼帘。

宁迦漾深夜与神秘男友私会，男友疑似当红影帝连城珩。

如果只是女明星和素人男友或许不会引起这么大的轰动，但问题是……流量女星跟当红影帝，这样的组合，才是真抓眼球的！而且两人粉丝量极高，又合作新电影，还在剧组共度一夜！

无论哪个标签，都能让人想入非非。

短短时间，引爆网络。与此同时，今夜白会所，顶层包厢内。被发小们约出来的商屿墨神色散漫地靠坐在沙发上，冷白色的手指把玩着透明的酒杯，酒液在灯光下漾出层层水花。

平静后，他又晃了下。透明的酒液随着他的晃动，像极了风平浪静的海洋被风吹起细细的小浪花。

"你不喝酒晃什么呢？"穆明澈被晃得眼晕，忍不住抿了口酒压一压。

穆星阑坐在不远处吧台，听后低低笑了声，端方矜贵的男人嗓音温沉悦耳："云朵儿，太太在家时，不喝酒，是已婚男人的自觉。"

穆明澈听到自家亲哥的话，唇角抽了下："你们一个个还早婚，一点自由都没有！"

连出来喝个酒都无趣。

商屿墨懒得否认，毕竟穆星阑口中那位太太是他嫡亲的双胞胎妹妹。穆星阑想到自家太太的吩咐，看向商屿墨，淡色唇瓣微启："上次看你跟弟妹在酒店上了热搜，这是打算公开了？"

他们自小一起长大，穆星阑年龄比商屿墨大近十岁，因此，即便是娶了商屿墨的同龄妹妹，也是按照自己这边关系来称呼。

商屿墨还没来得及答，旁边玩手机的穆明澈忽然看到弹出来的一条微博推送："嚯！"

说着，将手机递给商屿墨，戏谑道："这不是已经公开了。"

只不过公开的男主角另有其人罢了。而后看着商屿墨那头乌黑短卷发，穆明澈给予友情建议："最近流行青木绿，你也紧跟趋势染一个，绝对酷爆了！"

包厢内陡然安静下来，商屿墨垂眸淡淡地看向屏幕。

标题显眼——《宁迦漾深夜与神秘男友私会，男友疑似当红影帝连城珩》。

附图是今晚新鲜出炉的"私会"照：宁迦漾与连城珩"相偕"进入餐厅，从记者的拍摄角度可见，两人动作亲密，似是牵着手。

为了证明上次酒店里与宁迦漾共度一夜的是连城珩，还有网友将连城珩从身形到手，都跟当时商屿墨那张模糊的照片做了一个对比。

连城珩是男明星中出了名的手指修长，而且个子也极高。别说，模糊的像素图的某些部分，两人确实相似度很高。

商屿墨逐图逐字看完，若有所思地将薄唇勾起弧度，抿了口把玩了半个晚上的烈酒，入口沁凉。

拿出自己手机的同时，才闲闲地回答刚才穆明澈那个染发提议："你先打个样。"

穆明澈：被绿的又不是我！

只要永远单身，就绿不到咱头上！穆明澈见他懒洋洋地窝在沙发里，也不动弹，就只玩手机。

忍不住凑上去看，入目的便是一些粉丝的评论：

啊啊啊，如果神秘男友是连男神的话，那治好了宁仙女的极端完美主义好像也不奇怪。

我总算明白上次宁迦漾公开恋情时，为什么那么傲娇了，我要是有连城珩当男朋友，我也想骄傲地向全世界宣布！

宇宙第一般配，绝了！

祝百年好合，早生贵子！好期待他们宝宝的颜值，绝对超可爱。

只见商屿墨挨个将热搜下那些夸奖宁迦漾与连城珩般配，并且祝福他们天长地久的微博全都点了举报。

举报原因：不实信息。

举报也就算了，这位很嚣张地给人家留评，通知一声：举报了。

穆明澈视线顿住，颇为一言难尽问："你这是在干吗？"

商屿墨神色懒散，指尖动作也带着点漫不经心，语调徐徐："哦，日行一善。"

穆明澈觉得结了婚的男人都容易学坏。小时候纯白如纸的"商懒懒"都不例外，全世界大概就剩下自己这块纯洁的净土了吧。他不经意瞥见屏幕上一闪而过的微博名——第一医院神仙院草。

得，这脸皮，长见识了，婚姻果然让人面目全非。就在穆明澈怀疑人生时，穆星阑率先起身："枝枝说每晚十点视频通话，准时查岗，走了。"

商屿墨按灭了手机，也跟着站起来："那散了吧。"

穆明澈：已婚男人这样有意思吗？才出来几个小时一个个就闹着要走，当年兄弟们玩通宵的热情伴随着"枯燥的婚姻"都消失了吗？

"你老婆又不在家，你急着回什么，她也查岗？"穆明澈拦下商屿墨，"来来来，我陪你一起举报。"

商屿墨慢条斯理地推开他的手，不疾不徐："你要是太闲，可以追逐下今年酷炫的青木绿趋势。"

穆明澈：商懒懒这颗黑芝麻馅汤圆报复心太重了！一点亏都不吃。

结束聚餐后，宁迦漾没跟他们去酒吧续场。

保姆车内，言舒看着节节攀升的热度忍不住感叹："你最近有什么运气，总是爆热搜，别的艺人想要上个热搜都不易。"

聚餐还没结束呢，她跟连老师就"杀"上了热搜。

"和剧组、连老师团队那边沟通过了，等明晚电视节你与连老师合作走红毯时再澄清。"

宁迦漾听完后说："随你们。"

言舒身为经纪人是专业的。她现在更感兴趣的是，为什么那些网友能真情实

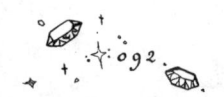

感地把商屿墨和连城珩认错。尤其是放大的那双手，完全不一样好不好！

"看什么呢？"言舒见她望着那放大照片上的手发呆，"原来是看连老师的手看呆了，也是，连老师这双手确实好看。"

"好看？"宁迦漾怀疑自己的审美。

"骨节那么粗，指尖与指根过渡粗细也不均匀，就连上面的筋络线条都混杂不堪，而且也不够白……"

言舒略惊了几秒："至于吗？连老师的手在男明星中可是排得上前三名的。"是这位祖宗要求太高了吧。

而后言舒若有所思："难道你老公的手比连老师的还好看？"

从那张模糊的照片看，商医生的手确实是很长的，但连老师手也不差啊，不然怎么会被网友们认错。

看着粉丝们发出来连城珩加了柔光滤镜的双手，宁迦漾脑海中浮现出商屿墨的所谓"神仙手"——就是跟普通级别好看的手差距极大。

"卷毛小坏狗"那双手，纵使完美主义如她，都挑不出任何缺陷。她滑走那张图，有些可惜地摇摇头："差距很大。"

言舒更想见见商医生真人了，居然让宁迦漾对男人的审美拔高到这种程度。连老师这样数一数二的颜值，到她眼里，都满是缺点。

言舒略顿了下，突然想起："对了，你跟男明星上热搜，商医生不会吃醋吧？"

宁迦漾红唇轻启，微微一笑："吃醋？"

"这种词用在我们身上，合适吗？"

言舒无语，片刻才开口："你们仙女都是这么善变的吗？"

昨天还是举案齐眉的榜样夫妻，今天成这样了？

旁边小鹿突然扭过头来，笑眯眯问道："姐，原来你们这种感情不深的夫妻都会把对方的手观察得这么细致哦。"

静默一秒，宁迦漾脸不红心不跳，轻捏了下她的小脸蛋，理直气壮道："没错，长见识了吧。"

不欲再聊这个，她点了点自个与连城珩热搜下用"举报了"三个字，获一堆粉丝讨伐的"第一医院神仙院草"："这位，真不能招来吗？"

就这气死人不偿命的劲，不进入她们团队可惜了。言舒忍着笑，见仙女转移话题，很给面子地附和："难得你这么欣赏，小鹿，你私信问问。"

"好。"

小鹿立刻用工作室账号私信这位"院草"："院草你好，请问你有兴趣来我们工作室面试吗？"

却没想到,这位五分钟前还在线举报网友的"院草"先生,居然没有任何回复私信的意思。

消息石沉大海,小鹿皱了皱眉——是工作室账号啊,不应该被当成骗子吧?

于是她又发:"老板很欣赏你。

"老板是你女神宁迦漾呀!"

小鹿最早围观过这位"院草"早先的战斗力,他当时一口一句"宁女神"。

可直到保姆车在清鹤湾别墅区停下,都没得到回复。

小鹿小声嘟囔了句:"还挺高冷……"

宁迦漾到家时,已经将近零点,盛夏的夜幕难得无星无月。她慵懒地朝着言舒她们挥手:"你们也早点回去休息吧。"

别墅里灯火通明,唯独二楼某个房间暗着。这里的安保自然是天花板级别的,言舒倒不担心,目送宁迦漾进了大门,提醒道:"明天中午造型团队过来,你别起晚了!"

"知道啦。"

宁迦漾背对着她们,随意挥了挥柔若无骨的手,语调又软又倦,仿佛下一秒就能原地睡着。

进门后,宁迦漾打算径自回卧室卸妆、洗澡,恨不得立刻躺到她那张软乎乎的大床上,却被管家拦下,恭敬道:"先生在书房等您。"

"他怎么还没睡?"宁迦漾懒洋洋地抬了抬眼睫,表情有些意外,要知道这位平时极少晚睡,更不存在等她回家这一说。

见管家也不知道为何,宁迦漾奇怪地走向书房,透过半开的缝隙,发现里面漆黑一片。

"回卧室了吗?"宁迦漾漂亮眉头下意识蹙了下,两只纤细柔白的手随意地推开书房大门。

谁知,刚往里走了几步,迎面便撞上了男人坚硬的胸膛:"呜……"

宁迦漾刚捂着撞疼的额头惊呼了声,随即被一道不可挣脱的力量抵在了门板上。"嘭"的一声,书房巨大的门陡然关闭,将走廊昏黄的光线全部挡在外面,只余下令人心惊胆战的漆黑。

宁迦漾心脏跳动紊乱了好几下,缓过来后,呼吸间,空气中竟然充溢着淡淡的酒香气,与他身上清冽气息交融成让人头晕目眩的性感。

没等她开口,却感受到身量极高的男人微微俯身,薄唇沿着她的脖颈,缓缓往上:"喝酒了?"

他没亲到她,甚至都没有碰到她的脖颈,只有微烫的气息若有若无地逡巡在她敏锐细长颈部的脉搏处,一下一下,透着股极致撩人的意味。

宁迦漾下意识往后仰了仰,无意中把自己的弱点更暴露于男人唇间,不知不觉,嗓音软得像是沁着蜜糖水:"没……"

"是你,喝酒了吧。"

这人怎么还倒打一耙,而且……他什么时候回来的?回家第一件事居然没去洗澡,反而在黑漆漆的书房里等她?

莫名其妙地,宁迦漾脑海中浮现出四个字——守株待兔。

细白腕子上的玉兔手串晃了晃,抵在商屿墨胸口的纤指无意识弯曲,将他的衬衣都抓皱了。

商屿墨没有回答,长臂揽着她的细腰转了个身。宁迦漾细嫩的掌心瞬间撑在了书架上,指腹甚至还能摸到那一本本厚重的书,书脊粗糙地硌着她柔软的皮肤。

后背贴着男人存在感极强的胸膛,隔着身上薄薄的绸料衬衫,她能清晰感受到他线条优美清晰的肌肉轮廓。

宁迦漾眼眸微微闭着,能清晰感受到那双她半小时前才与连城珩比较过的"神仙手",正慢条斯理地解着她的衬衫扣子。

此刻她只要一低眸,就能看到那只漂亮如玉雕的长指,在黑暗中,正在"绘制"靡丽画卷,而后一同坠入绯色之间。

…………

宁迦漾眼睛微微合着,拽紧了他那截手腕,眼尾沁出了泪珠……不知过了多久,宁迦漾睁开水波潋滟的眸子,用熟悉了黑暗的眼眸望着衣冠楚楚的男人。

万万没想到,他居然直起身子,似笑非笑的,薄唇犹带弧度:"哦,差点忘了,宁演员最近在拍戏。"

说完,转身离开,顺手打开了书房的灯。宁迦漾被突然亮起的灯光闪了一下眼睛,随即不可置信地望着他出门的背影:故意的吧?

偌大的书房里,一扫刚才浓郁的靡丽气氛。宁迦漾靠着书架缓了会儿,身体平静下来,脑子也冷静下来。

总觉得商屿墨突然杀敌一千,自损八百地勾引她,有点古怪。

她懒洋洋地捡起掉在脚边的丝薄衬衫。高跟鞋被踢到了书桌下,她也懒得弯腰去穿,光着脚走回主卧。

主卧里,隐约能听到淅淅沥沥的水声。宁迦漾顿了几秒,红唇忽然翘起,慢悠悠地走向浴室,手指屈起,随意地敲了几下:"商医生。"

水声停了下,随即,宁迦漾从唇间一字一句溢出四个字:"你吃醋了。"

里面沉默了几秒，就在宁迦漾唇角弧度翘得越来越大时，男人模糊而低哑的嗓音蓦地传来："再叫一声。"

宁迦漾笑弧陡然僵住。

"你说他是不是故意的，这是人干的事？"翌日，宁迦漾坐在化妆间里，一边任由自己专用团队的化妆师在她脸上、身上折腾，一边跟言舒吐槽昨晚商屿墨的所作所为。

言舒忍俊不禁："依我看，商医生确实是吃醋了。"

"什么吃醋，我看他就是找碴儿。"宁迦漾想到商某人一直到入睡都没提过她跟连城珩的热搜，小声吐槽，"一个连微博都没有的人，怎么可能那么快就关注到演艺行业的新闻头条。"

"既然这样，你试探试探，不就知道他昨晚到底是不是吃醋了。"言舒意味深长地看着宁迦漾精致的侧颜。宁迦漾抬了抬睫毛："什么意思？"

言舒："试探他到底知不知道昨晚你跟连老师的绯闻，如果知道，那么商医生肯定是吃醋无疑。"

怎么试探？宁迦漾若有所思。镜子里映出她那副上了妆后越发浓艳精致的五官，红唇、桃花眸，笑时明艳照人，不笑时眼睫低垂，清傲冷艳，让人不敢随意搭话。

夜晚陵城大剧院内星光璀璨，飞蔷奖颁奖礼已经连续十年在这里举办。大剧院外两侧是音乐喷泉，中间红毯长长地延伸至大厅内。四周无数保安将前来应援的粉丝与拍摄红毯照兼采访的媒体记者挡在外围。

宁迦漾按照约定好的，与连城珩携手走红毯，不过考虑到近期热度，他们排在很后面，压轴走。

《白露为霜》剧组几人就在不远处喷泉下闲聊。即便还没有出场，就已经有很多媒体镜头对准了他们，这可都是第一手的新闻。

宁迦漾这次入围的是去年拍摄的一部仙侠电视剧，除了她入围"最佳女主角"，这个剧组再也没有任何奖项入围。所以原本安排她独自走红毯，谁知昨晚出了那个绯闻，临时变成她与连城珩一同走。

他们两个直接成了今日最热焦点，就连主持人手里都捏着一堆问题，打算采访时问。

距离他们走红毯还有四五十分钟，所以宁迦漾出来跟导演他们打了个招呼后，便回车里等着。却没想到，就是这一露面，被记者拍到后，又上热搜了。

连城珩宁迦漾对视。

"连宁"曝光后首度携手亮相。

照片上,宁迦漾一袭黑色重工刺绣蝴蝶抹胸长裙,越发衬得唇红肤白,随着她走动,裙摆拖曳至地,上面一只只刺绣蝴蝶仿若展翅欲飞,生动又立体。

穿着细细高跟鞋的少女,提着裙摆时,一截雪白纤细的小腿若隐若现,仪态与美貌无可挑剔,宛如高贵冷艳的黑天鹅。

连城珩身穿黑色双排扣西装,金色月亮形状的胸针平添了几分贵气,短发全都梳于脑后,成熟儒雅,微微笑时,自带风流。

两人同框,简直就是颜控和粉丝的视觉盛宴——

对不起,我先嗑为敬!

就说还有谁,还有谁!还有哪对能般配成这样?!

求求《白露为霜》快点上映吧,呜呜呜,真情侣绝对好嗑!

实不相瞒,宁迦漾的颜确实无可挑剔,很少有男演员站在她旁边没成陪衬,连城珩是唯一一个勉强配得上宁迦漾这张脸的。

原本大家要么在嗑,要么在赞叹宁迦漾的颜值……谁知,后来居然有人带着"放大镜"刷微博,直接把宁迦漾小腿上方一个红痕圈出来。

这是什么?

哇,瞬间脑补一万字。

宁迦漾原本倚靠在车椅上,漂亮精致的眉眼悠闲散漫,在刷到这几条热门评论后,下意识拉起一侧裙摆看。侧过小腿,从纤白腿弯外侧看到一个细细红痕,清晰至极。

造型师大概也没想过连宁迦漾腿上都有,宁迦漾脑海中浮现出昨晚在书房里的画面,望着照片里那圈出来放大之后模糊成一片的地方——他们到底怎么发现的?

看到宁迦漾撩起裙子露出来的纤腿,小鹿眼尖地发现网友们指出的红痕,当即震惊赶赴八卦第一线:"姐!

"这是商医生弄的?"

说着还要蹲下来仔细看,还打算拍张高清照!

宁迦漾放下裙摆,若无其事"嗯"了声:"不然呢?"她还能出轨不成。

望着小腿,宁迦漾忽然轻眨两下眼睛,有了主意,随即把网友们圈出来的这张照片截图发给商屿墨。

小浪花漾呀漾:"细品一下你作恶多端的行为,让本仙女风评被害!"

没几分钟,宁迦漾手机振了下,她立刻垂眸,果然是商屿墨的回复——

欠债的卷毛小坏狗:"嗯,毕竟我吃醋了。"

居然原封不动照搬她昨晚的话!宁迦漾黑白分明的眼眸直勾勾地盯着这几个

字，发现连标点符号都像在阴阳怪气。

宁迦漾刚准备按下视频通话，当面谴责他，忽然车窗被敲响，外面传来工作人员的声音："宁老师，您该准备走红毯了。"

宁迦漾这才将手机丢给小鹿，提着裙摆，袅袅婷婷下了车。此时大部分嘉宾都已陆续入场，但红毯两侧依旧热闹不减。

连城珩站在尽头等她，宁迦漾走近时，立刻听到了粉丝们激动尖叫的声音："啊啊啊啊！"

"宁女神！"

"宁仙女，连影帝，看这里！"

随着他们在红毯尽头站定，主持人喊停了他们："两位老师这边请。"而后给他们一个一个递话筒。

粉丝们大概知道主持人要问什么问题，欢呼声响起。连城珩离得近，将一个话筒递给宁迦漾时，尖叫声更大了。

在粉丝眼里，同框即公开，互动即甜甜地秀恩爱，每一处礼貌举止都是暗藏的糖呀！

这时主持人问："两位老师如今还在热搜上呢，今天有没有什么想要对观众和粉丝说的话？"

现场粉丝与媒体皆翘首以待，仿佛看到了两位顶级男神、女神公布恋情的盛况空前，那他们就是第一见证者啊。同步看网络直播的观众亦屏住呼吸。

连城珩很绅士："女士优先，宁老师先说。"

宁迦漾也不扭捏，直视着镜头道："嗯，也没什么好说的，大概就是让大家失望，我跟连老师简直比白开水还要清，清清白白。"

话一出，周围都像是凝滞了般，原本欢呼的声音都停止了。

几秒后，连城珩的低笑声打破了寂静："能和宁老师的男朋友身形相似是我的荣幸，可惜，那天真不是我。"

短短两句话，两人直接撇清了关系，而后像是没看到众人的反应，坦坦荡荡，相偕进入场馆。众人这才发现，他们两个挽手的姿势，居然只碰到了对方一点点衣角。

换个角度，有点眼熟？

这时，反应快的记者将他们离开时的背影从各个角度都拍了一遍，最后发现，昨晚爆出的他们两个亲密牵手的照片，居然跟这个挽手有异曲同工之妙。

不过是礼貌罢了！"连宁"粉丝超话（超级话题，类似网络社区论坛）还没有建起来，已经宣布结束，堪称史上存在时间最短的超话。

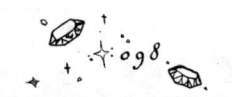

颁奖典礼进行时，小鹿把宁迦漾的手机送了过来。她偷偷瞄了眼旁边坐着的连城珩，压低声音跟宁迦漾说着此时的网络动态："粉丝在你和连老师微博里闹着让你们将错就错呢。"

宁迦漾漫不经心地笑了笑，打开手机。入目的还是之前跟商屿墨聊天的页面，最后一句是他那吃醋了的回复。

宁迦漾忽然勾了勾唇角，截图之前在车上的聊天记录发微博——

宁迦漾V：家有醋精。

后边附了一张聊天框截图，截图时宁迦漾没忘记把"欠债的"打码，只留下"卷毛小坏狗"。

这微博一出，原本喊着让宁迦漾和连城珩假戏真做、将错就错的网友们炸了——

居然品出了一点甜？

妈耶，"卷毛小坏狗"，这是仙女给男朋友的备注，好可爱！

仙女打码的那行字是什么？忽然想看完整的备注名字！快点，有什么是我们粉丝不能看到的！

哈哈哈，仙女家的"卷毛小坏狗"还是醋精，笑死。

"家有醋精"，啧啧啧，看仙女这宠溺语气，妥妥的秀恩爱，百分之百跟连男神没戏了，不如大家换个人嗑？

哪里冒出来的"卷毛小坏狗"，怎么配得上仙女，更不配跟男神相提并论！

除了连男神，我谁都嗑不动，因为没人配得上仙女的颜值，也就连男神勉强可以。

同意楼上。

宁迦漾发完之后就不理网上的舆论了。

好处是，她确定商屿墨知道自己跟连城珩上热搜的事情，不然怎么会这样回复。

宁迦漾用指腹若有所思地摩挲着微凉的手机边框，这时，恰好台上的颁奖嘉宾念到"最佳女主角"的入围者。

听到自己名字，宁迦漾眼睫缓缓地抬起来，只见大屏幕上，她的名字与其他几位口碑极好的资深女演员并列在一起。

颁奖嘉宾缓缓揭晓答案："获得本届飞蔷奖'最佳女主角'的演员是……"

陵城医院神经外科楼里，今晚值班的又是没有什么家庭琐事牵缠的单身狗秦望识。整层楼，除了值班台，也只有商屿墨的办公室亮着灯，而且这里网速最好。所以秦望识直接蹭了他的办公室来看自家女神颁奖典礼，一边用平板电脑看直播，还一边用手机刷微博，为女神"冲锋陷阵"。

又是个忙碌的夜晚，看到女神发的微博截图，秦望识忍不住吐槽："这男人到底是谁呀？"

　　正在研究病例的商屿墨抽空扫了他一眼，竟难得问："什么男人？"语调微冷。

　　头脑发热的秦望识没听出来，条件反射答："就宁女神的那个男朋友啊，太过分了，这点醋都吃！"

　　秦望识深沉道："不知道这个男人怎么蒙蔽了单纯的女神，不过他这么不识好歹，等女神多点恋爱经历，肯定会甩了他。"

　　恋爱经历？商屿墨冷嗤了声："没机会了。"

　　"什么没机会？"秦望识还没来得及转身问清楚，就听到直播传来公布奖项的声音。

　　"最佳女主角"的获奖者——许怡。

　　画面里闪过宁迦漾的特写镜头，眼眸中的浅浅水光一闪而过，随即镜头定格在许怡身上。

　　"哎，刚才是哭了吗？"秦望识注意力被宁迦漾吸引，想到那双桃花眸，忍不住自言自语，"也是，宁女神落败，伤心是一定的。"

　　哭了？商屿墨清隽眉头微皱，随意看向屏幕时，只有获奖的陌生女演员笑着发表获奖感言。

　　静默了几分钟，他忽然扣上病例起身。秦望识刷女神微博的手一顿，下意识问："你去哪儿？"

　　商屿墨偏轻的声音如往常清冷从容："接人。"

　　秦望识抬头，正对上办公室门口身形修长挺拔的男人。室内光线炽白，走廊光线幽暗，俊美的容貌恰在光影分割之间，仿佛随时可以在谪仙与魔神之间切换。

　　"接谁？"他顺口问了句。还以为这位碰到难以攻克的病例，打算废寝忘食待在医院研究呢。

　　还有心思去接人？谁面子这么大。

　　商屿墨没答，想到自己今天没开车，叫司机已经迟了。于是他重新走回秦望识旁边，伸出骨节分明、精致的手："车借我开，明早还你。"

　　秦望识今晚值班，自然用不着开车，顺手将口袋里的车钥匙递过去。钥匙落进商屿墨掌心时，秦望识忽然福至心灵："不会是去接你那位'债主'吧？"

　　听着他戏谑的语调，商屿墨视线落在他面前的平板电脑上，下颌微抬："接她。"

　　说完，毫不留恋地转身离开。

　　谁？秦望识顺势看向屏幕，入目的便是他女神那张毫无瑕疵、美艳无双的脸蛋。他面无表情地想：简直白日做……哦不对，是大晚上做梦，宁女神岂是已婚男人可以妄想的！

颁发"最佳女主角"奖项，说明颁奖典礼已经接近尾声，宁迦漾准备退场时，忽然接到了令人意外的电话——是商屿墨。

跟小鹿说了声后，她提着裙摆，慢慢踩着湿湿的台阶往外走，同时接起电话，大剧院外面不知道什么时候下起了蒙蒙细雨。

已经凌晨，外面人烟稀少。想到之前的微信，宁迦漾接电话时，红唇翘起一个弧度，若无其事道："干吗，来向仙女反思自己的过错了？"

那边顿了几秒，商屿墨不疾不徐否认："不是。"

宁迦漾唇角蓦地抿平，谁知下一刻男人用那种漫不经心的语调继续道："来接仙女回家。"

来接她？宁迦漾表情愣了下，顿时反应过来，眼底是止不住的傲娇，仗着四下无人，一本正经地胡说八道："现在我身边一堆求着送本仙女回家的人，你说句好听的，看在咱俩关系的分儿上，允许你插队。"

偌大场馆门口，除了她提前出来，清清冷冷，没有任何人影。

商屿墨轻笑了声，下一刻："仙女，抬头。"

宁迦漾回过神来，睫毛蓦地抬起，下意识往外面看，此时场馆外已经停了不少接艺人的车。

隔着蒙蒙细雨，宁迦漾准确锁定了一辆不起眼的黑色车子，此时车窗半开着，半露出商屿墨冷白的侧颜，藏于细雨之间。

纤细的身影一下子僵住——现场被抓包，这是什么大型社死（在大众面前出丑）现场。

宁迦漾红唇张了张："那个……"现在解释那些求着送仙女回家的人刚被她打发了还来得及吗？

然而商屿墨没等她开口，便挂断了电话。

下一刻，车门被打开。男人撑着一把黑色的伞徐徐走来，宛如水墨画中走出来的矜贵公子，从容不迫、栩栩如生，微微抬起伞时，乍然露出那张惊鸿颜，更是惊艳无双。

宁迦漾就那么看着他朝自己一步一步逼近，半晌，才找回思绪："你真来了。"

商屿墨随意"嗯"了声，视线在她双眸停留几秒，才开口："方便给我插队吗？"

宁迦漾："……"

果然感动不过两秒，还是那个腹黑且报复心极重的臭男人！宁迦漾率先提着裙摆往他下车的方向走去，小声嘟囔了句："烦死了！"

问什么问，不能给仙女留个面子吗？商屿墨气定神闲地跟在她身旁，黑色的大伞不知不觉往宁迦漾的方向倾斜，阻挡了清凉的夜风与绵绵细雨。

三分钟后，剧院门外的阴影处，周缘拿出手机拍下这一幕，不屑地望着车子消失在路尽头："开这样的车，宁迦漾审美有问题吗？"

助理附和道："周哥，你看着吧，他们迟早要分手。

"女明星跟普通素人完全不在一个层次。"

周缘望着拍的照片，心有所想："去查查她这个男朋友。"

宁迦漾上车后，第一件事就给小鹿发消息，免得发现她消失，吓得报警，让好好的电视颁奖热搜变成了女明星深夜消失的社会新闻。

发完消息后，她才发现，这辆车的前方摆着一排眼熟的Q版小人，有古装的，有现代装的，这好像是她拍摄过的所有角色啊。后视镜下挂着的吊坠都是她名字的首字母，甚至后排的抱枕、腰枕也全都是她的粉丝周边。

她知道这不是商屿墨的车，忍不住捏着个手办小人笑着问："这是谁的车？

"车主好像是我的粉丝，收藏了好多绝版手办，上次还听小鹿说，有些周边都被炒到了天价，这里还这么齐全，真的有心了。"

趁着等红灯，商屿墨侧眸看了眼她，嗓音平平淡淡："同事的。"

见她对那几个手办爱不释手，他视线定了定，完全看不出这些玩偶哪个地方像宁迦漾，值得她这么喜欢。

宁迦漾懒洋洋地将手办放了回去，靠在车椅上，精致漂亮的眉眼染着几分倦色。等到他们抵达清鹤湾，已是凌晨一点。

宁迦漾穿着高跟鞋，下车时跟跄了下，有些迷迷糊糊的——刚才差点在车上睡着。

商屿墨关上车门，顺势扶了把："急什么？"

宁迦漾望着距离门口还有三四百米的距离，实在不想走了，仰头可怜巴巴地望着商屿墨："老公……"只差把"我走不动了"这五个字写在脸上。

商屿墨想到宁迦漾今晚那条微博截图，走向她时，俯身慢悠悠地在她耳边落下一句话："不是……'卷毛小坏狗'了？"

宁迦漾突然哽住。又翻旧账，上瘾了是吧！

刚准备气呼呼地自己走时，宁迦漾忽然身子一轻，刚才那个还嘲笑她的男人已经将她抱了起来。

宁迦漾先是顿了几秒，而后用纤细柔软的手臂环抱住他的脖颈，呼吸间满是男人清冽沁凉的气息，她轻轻哼了声。算了，谁让仙女大度呢。

原本觉得自己沾床就能睡着，但洗了个澡后，宁迦漾忽然没了睡意。大概身体越累，大脑越难以休息，她懒洋洋地趴在床上玩手机。

此时网上她和连城珩澄清关系的热搜依旧排在第一，第二居然是"卷毛小坏狗"。

　　宁迦漾也是万万没想到，点进去一看，才知道，原来大家都在猜测她的男朋友究竟是何方神圣，一堆让她发照片的。

　　发照片啊？恰好此时商屿墨打开浴室门，修长有力的腰线条清晰，带着出浴的湿气而来。

　　宁迦漾抬眸望去，大概是热气蒸腾的缘故，他眼尾染着薄薄的红色，莫名添了几分妖冶蛊惑。

　　宁迦漾红唇无意识地抿了一下，片刻，才回过神来："你怎么不穿衣服？！"
　　商屿墨扫了她一眼，修长如玉的食指漫不经心地钩起腰间黑色的裤带："穿了。"
　　"砰"的声响，裤带极轻地弹在他劲瘦的腰腹上，却像击在人心尖上。

　　宁迦漾望着他缓缓朝床边走来的身影，一时之间有点说不出话来。直到商屿墨俯身撑在她身侧，嗓音带上浴后的哑："还债，要吗？"

　　还什么债？宁迦漾没反应过来，仰头对上男人那双浅褐色眼瞳，仿若旋涡能将人吸进去，在他吻上来时，混混沌沌的脑子终于渐渐回过味了。明知道他醉翁之意不在酒，偏偏宁迦漾拒绝不了这么温柔的亲吻。

　　每次等她呼吸不过来时，男人才稍稍松开几秒，薄唇擦着她的耳尖问："小债主，要债吗？"

　　"要我还债吗？"

　　宁迦漾满脑子都被"债"这个字填满着，今晚最后的那点羞耻感也被这男人给屡次掐灭了。她葱白的指甲尖狠狠掐进他后脊肌肉之间："要还就还！"哪儿那么多废话！

　　下一刻，男人长指才覆上她柔润的肩膀，慢条斯理地摩着上面细细的睡裙肩带，没急着解下来，反而低低笑着："不是在拍戏期间了？"

　　话落，这次没等宁迦漾发脾气，重新吻了下去，不给她说话的机会。

　　啊啊啊！套路多多！

　　不知不觉，天已经蒙蒙亮了，而别墅主卧的灯光，一夜未熄。

　　次日，秦望识下班时，在停车场看到了自己的车子，刚准备在开车之前欣赏一下可可爱爱的女神手办，谁知，入目便是干干净净的车内。

　　秦望识崩溃地喊："医院进小偷了！！"

　　不对，哪个小偷眼光这么好，不偷钱包只偷他女神的周边！这些都绝版了！冷静下来后，他忽然想起，昨晚好像借车给商屿墨了。

　　秦望识迅速发消息过去："我的宝贝们呢！"

　　商屿墨："什么宝贝？"

秦望识刚想说话，突然手机弹出来一条银行转账消息。

商屿墨："收到赔偿了？够吗？"

看着转账数字，秦望识沉默许久："你老婆知道你这么败家吗？没打算跟你离婚？"

有这样散财跟散纸钱似的老公，哪位太太能忍？

下一秒，他收到回复。

商屿墨："不劳费心。"

"我太太更喜欢败家。"

秦望识突然懂了：哦，原来是夫妻共同爱好。

之前收个小额的封口费也就算了，现在这金额，秦望识可不敢收，要给他转回去，却发现，根本转不回去。

宁迦漾并不知道这个插曲，被迫"追债"后，撑着有些虚弱的身体，迫不及待回南城拍戏。

回程飞机上，小鹿看宁迦漾打开计算器，问了句："你在算什么？"

宁迦漾面无表情："算账。"

好气！越还越多。

江云愁忙着拍完《白露为霜》，九月中旬正式开始录制那档上面派发下来的访谈节目，毕竟所有嘉宾都约齐了，只差导演统筹。

于是，宁迦漾原本四个多月的戏份被压缩到三个多月，她每天回到玫瑰庄园，都是洗完澡倒头就睡。什么越累越睡不着，那绝对是因为不够累！

开拍的第三个月，梁予琼重回剧组了。

中场休息，树下阴凉处。宁迦漾舒服地捧着一瓶果汁，歪靠在休息椅上，正在看连城珩补拍单人戏份。

不得不说，连老师就演技而言，确实是宁迦漾的前辈，值得学习的地方很多。

小鹿拿着从副导演那儿顺来的小蒲扇，给宁迦漾边扇风边说："姐，听说梁予琼这次回来，是带资入组，要求NN编剧给她加戏呢！"

一个特别演出的角色，要求自己戏份不能输于女主角，这得多大脸。

江导对这些不感兴趣。如果梁予琼真能说服NN编剧给她加戏，并且加到他对剧情更满意，他还会感谢她们让这个电影呈现得更完美。

宁迦漾泰然自若地喝了口凉丝丝的西瓜汁，兴致索然："她精力真旺盛。"如果把精力用在加强演技上，就更好了。

小鹿深以为然。

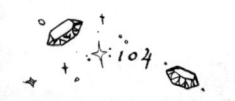

宁迦漾没兴趣多聊这个话题，卷长的睫毛懒懒地垂着。虽然她乘凉的这棵树枝叶繁茂，但还是有细碎的阳光穿透叶子。

她细白如玉的指尖贴在透明的玻璃瓶壁上，衬得里面淡红色的西瓜汁的色泽都明亮起来。唯独这样，才能凉快点。

不知道过了几分钟，宁迦漾忽然感受到面前多了道阴影。她睫毛轻颤了两下，缓缓睁开眼睛。

入目的便是男二号周缘，他正用剧本为她遮阳。

呼吸间，干净的树叶气息被男人身上有些浓的香水味掩盖，宁迦漾红唇轻轻抿起，不动声色地坐起身，离远点，礼貌问："周老师，有事吗？"

周缘见她醒来，扬起半边唇角，露出个自以为很帅的笑容，刻意压低了声音，显得温柔："没事就不能找宁老师聊聊了吗？"

"现在是休息时间。"

宁迦漾被腻到了，重新打开玻璃瓶，连续喝了好几口，冰冰凉凉的西瓜汁味道溢满唇齿，才抚平那难受的劲。

小鹿恰好去帮她拿小风扇了，偌大的树荫下，只有他们两个。

周缘善于察言观色，自然看出宁迦漾的疏离冷淡，不过他也不生气，就拉个小板凳在她旁边坐下："那天晚上我看到了。"

他看到什么关自己什么事？宁迦漾觉得这人真是自来熟，用指腹有些不耐烦地上下摩挲着瓶子，若不是念及答应舒姐不能在剧组惹事，她早就把这瓶西瓜汁从他头顶倒下去了，洗洗他的油腻。

见宁迦漾不愿意跟自己搭话，周缘望着她紧绷的脸蛋，眼底闪过觊觎之意。美人之所以美，是因为无论什么表情，都是迷人的，冷美人更能激发男人的征服欲。

宁迦漾语调清清冷冷："所以呢？"

周缘自觉手里有她的把柄，一点都不怕她冷脸："所以我查到了你男朋友，是陵城某个医院神经外科的普通医生吧。"

宁迦漾没想到他还真能查到，桃花眸凝了凝，蓦地嗤笑一声："关你什么事。"

说着，便要起身离开。

"如果你粉丝知道你男朋友的身份，你觉得他们会善罢甘休吗？"

宁迦漾粉丝众多，她那个神秘男友藏得严实也就算了，若是一旦被粉丝们知道，绝对会掀起一阵风波。

宁迦漾想到商屿墨那张怎么都跟普通搭不上边的脸和他的家世，唇角嘲弄之意越发清晰——知道周缘查错人了，懒得再听。

谁知，周缘上前走了两步，喊住她："如果你跟我在一起就没有这样的烦恼。

"到时候我们公开还会多一批粉丝,于你我而言,都是有利无弊的。

"他就是一个普通的圈外人,跟你在一起,就是图你女明星的身份,还图你钱,你……"

图她身份、图她钱的,到底是谁呀?

宁迦漾忍了忍,在听到他的诋毁越来越过分时,终于忍无可忍。穿着淡紫色刺绣旗袍的身影纤细婀娜,她缓缓转身,回眸时,黑白分明的眸子顾盼生辉,恍若老电影中那让人惊艳的古典美人,周缘眼底一喜。

下一秒,宁迦漾当着他的面,用纤细指尖拧开瓶盖,将还剩下一半多的西瓜汁从他头顶倒了下去。

红色的汁水瞬间就浸透了他的头发,哗啦啦地顺着发缝淌了满脸。

不过是一瞬间的工夫,周缘眼底的惊艳甚至还没有彻底消散,就变成了惊怒与不可置信。

"你你你……"

听到动静,不少人往这边张望,而宁迦漾泼完后,早就顺手将脏了的瓶子塞进周缘手里,漂亮眸子里同样布满了震惊,率先喊道:"周老师,您就算热,也不能把西瓜汁倒头上啊!"

演技飙升,倒打一耙。

其他人看过来时,就看见周缘手里拿着瓶子,额头上全都是红色的果汁,仿佛是他自己干的。

周缘见大家望着自己的眼神,像看傻子似的,下意识反驳:"是她泼的!"

宁迦漾精致脸蛋上的表情更无辜了:"我又没病,干吗无缘无故泼你。

"而且周老师比我高那么多,听说当年还是短跑运动员,我就一柔弱女子,泼你,你不会躲?"

周缘:他怎么可能说自己是因为看她看呆了,才错过最好的躲开机会。

宁迦漾干了坏事,在所有人目送下,一身干净地扬长而去,只留下吃了闷亏的周缘。

剧组某个工作人员还怜悯道:"演员这个职业真的太不容易了,你们看周老师,沉迷在戏里走不出来,都有点精神失常了呢。"

甚至传到了网上,被吃瓜营销号以各种版本搬弄,被无故贴上"精神失常"标签的周缘恨死了宁迦漾。

晚上,玫瑰庄园,宁迦漾软绵绵地窝在沙发里,正与经纪人通视频,报告今天的事情。

她毫无干了坏事的心虚,理直气壮:"是他先招惹我的!"

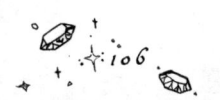

言舒头疼死了，忍不住揉了揉太阳穴，声音有气无力："我刚走几天，又折腾出事情。

"要是周缘真把商老师爆出来怎么办？毕竟小鬼难缠，咱们吃过多少次小鬼的亏了。"

宁迦漾漫不经心地把玩着玉兔手串，仿佛这样可以让她静下心思考，目光落在外面漫天热烈盛开的玫瑰上，她精致眉眼带着不在意的笑："爆就爆呗，我们商医生又不是见不得人。"

再说，宁迦漾赌他只是查了个囫囵来试探自己罢了，没有确切的答案之前，他不会轻易爆出去。

爆出去了，还怎么威胁她？把柄在手里攥着才能威胁到人。

言舒反应过来："你的意思是，他还会威胁你？"

"周缘想要把我当台阶，跻身一线流量，这么好的机会，如果一瓶西瓜汁就能让他放弃，岂不是白白查了一两个月。"

宁迦漾不急不慢地捻了颗奶白色的草莓，咬了两口。

果然，直到电影杀青，周缘都没爆出去，宁迦漾猜，他还在继续调查中。这段时间剧组风平浪静，只有一个笑话，发生在梁予琼杀青那天。

之前梁予琼以资本威胁贺清奈替她加戏份，被贺清奈拒绝之后，杀青那天在微博暗示这个剧组的编剧被宁迦漾收买了，怕自己抢了宁迦漾的镜头，不肯给自己安排任何好看的造型，所以粉丝们不要失望。

这可激怒了梁予琼那些死忠粉，全部拥入宁迦漾与贺清奈的微博下面，替他们偶像讨回公道。

没想到，素来在剧组没什么存在感的贺清奈直接在微博开骂——

编剧NN：恕我直言，您这尊容，想加艳压女主角的戏份，属实为难编剧，这边建议您重回娘胎再造。

意思很明显——无论给你加什么戏份，你都是被压的命。

宁迦漾临睡前看到梁予琼又在网上折腾，刚准备发微博表示自己锅从天上降，没想到就先刷到了贺清奈的微博。

宁迦漾眼眸含笑，细白指尖轻点，遵从内心地给贺清奈点了个赞，突然房门被言舒推开。她前几天刚来，打算陪宁迦漾拍戏直到下个月杀青。

见言舒匆匆进来，宁迦漾眼底划过一丝心虚——她刚刚点赞，这么快被舒姐发现了吗？

谁知，言舒开口第一句话就是："你老公官宣了！"

"啊？"

宁迦漾瞬间松口气，没发现自己点赞。

等等，官宣？她老公？

宁迦漾反应过来后，差点以为自己听错了："哪个老公？"

言舒差点翻白眼："你还有几个老公是我不知道的！"

宁迦漾还真思考了两秒，而后认真摇头："就一个。"

言舒无语：怎么还听出几分可惜呢？

宁迦漾："官宣什么了？"

"你自己看。"

接过言舒递来的平板电脑，宁迦漾垂眸。商屿墨这个名字，直接冲上了微博热搜第一。

她点开词条，率先被首页视频吸引了。视频封面就是商屿墨穿着白大褂的照片，白大褂里面是同色系的衬衣，纽扣解开两颗，他薄唇微微勾起弧度，浅褐色的瞳仁望着镜头，似笑非笑般，俊美矜贵的面容透着几分不羁的散漫。

望着那封面照片，宁迦漾手指顿了几秒，莫名觉得指尖肌肤微烫，明明隔着屏幕，也没有真实触碰到这个男人。

半响，她才慢慢点开视频。

视频中，男人坐在医院办公室的灰白色沙发上，双腿极长，随意支在地上接受采访，动态颜值比照片还要更胜一筹。

除此之外，最显眼的便是他搭在膝盖上那双修长如玉的手，从线条完美的手腕到骨节分明的手指，处处透着精致与优雅，没有任何配饰，却足以吸引所有目光。

欣赏了下商屿墨言简意赅、堪称敷衍的自我介绍视频，宁迦漾才将目光移到标题——

《医学界拥有"神仙手""谪仙""无冕之王"等称呼的天才医生商屿墨，官宣加入 M 台新企划的业界顶尖人物节目》。

看着那几个描述词汇，宁迦漾静默片刻，终于幽幽吐出来句："这个记者副业真不是写小说的吗？"

言舒完全没想到她的关注点居然在这里："这是重点吗？重点是你家商医生要红了！"

这才只是短短的采访视频就直接冲上热搜第一，若是节目真的播出，可想而知那盛况。依照言舒对节目的灵敏嗅觉，只要江导在设置上不掉链子，这绝对会是现象级的大爆款。

况且，她听说过，这次节目并非普通的访谈节目流程，而是类似于真人秀的模式，目的是真实还原各个业内大佬的智商，甚至还会加入如今最流行的直播，简直把观众的小心思摸得透透的，只能说不愧是江导。

说着，言舒点开热门评论，示意宁迦漾看——

热评第一：我想渫仙。

热评第二：谁不想呢。

宁迦漾看了眼，红唇翘起一边，若有所思道："实不相瞒，我也想。"

言舒听到她这话，眼皮抽了抽，沉默半晌，才问："你就这想法？"

"还有……"

宁迦漾黑白分明的眼瞳微微眯起，冷冷道："我'渫仙'是合法、合规，他们不是。"

啧，真把你能耐坏了！

言舒彻底无奈："行行行，就你厉害，你到底怎么想的，要是商医生也公开露面，你们的关系迟早会曝光。"

宁迦漾没答，因为她的注意力被某个知情人透露的评论吸引了。

据说这位嘉宾是有名难搞定的人，从不参加任何节目，包括采访，江导到底是怎么邀请到这位的？有没有人出来解答一下？

宁迦漾睫毛快速颤了两下，表情错愕，脑海中陡然浮现出上次商屿墨说的话。对啊，他上次说过，不参加这档节目，怎么会突然改变主意。

结婚一年多，宁迦漾对这个老公还算了解，只要是他决定的事情，从来不会改变主意。

难道是……因为她？

宁迦漾不欲自作多情，但想法一旦进入脑子，便再也拔不出去了。重新把那不到一分钟的官宣视频看了七八遍，宁迦漾还没想好要不要问时，忽然发现了个更大的问题——他的手指过分干净了。

难怪这些粉丝不顾商某人已婚身份喊着"渫仙"，原来他居然又没戴戒指！他那张脸正大光明地露出去，又不戴婚戒，这不明摆着告诉大家：本人单身！

本来还在犹豫的宁迦漾顿时理直气壮起来，直接一个视频电话打过去。清甜的嗓音加拉长了语调，声音又甜又软，说出来的话却阴阳怪气的："商医生好有魅力呀，一夜之间多了好几万爱慕者呢。"

旁边言舒待也不是，走也不是，这是她这个经纪人能听的吗？

商屿墨大抵是正准备入睡，此时斜倚在家中大床上，薄绸睡袍松垮地挂在肩膀上，只见男人俊美的眉眼怠惰，声音都染上一丝慵懒："嗯？"

"又演的哪出？"

宁迦漾被他这话噎住了——她有这么爱演戏吗？都让他条件反射了！

言舒难得见小祖宗也有说不出话的时候，忍不住闷笑了声，在宁迦漾视线瞥过来时，假装看平板电脑刷微博。跟在她身边这么长时间，就算是经纪人，也有三分演技。

宁迦漾轻哼了声，干净漂亮的眼眸盯着视频里的男人，怎么看都不顺眼："衣服穿好，这样衣衫不整的，成何体统。"

商屿墨确定商太太在找碴儿，谁会衣冠楚楚地睡觉。不欲与太太争辩，因为他记得过来人穆星阑曾说过，跟太太争辩，输赢没有意义。

如果她输了，那么这个争辩会再次循环下去……直到她赢了。所以商屿墨思索两秒，伸手扣住手机边框。

宁迦漾感觉天旋地转——男人的白皙手指陡然放大，随即，对方视频中的画面已经变成了天花板，灯光摇曳。

宁迦漾："……"

以前怎么不知道，这男人还会掩耳盗铃呢？

言舒将宁迦漾一言难尽的表情收入眼底，虽然看不清视频中发生了什么，但这个表情足以证明，一物克一物。小祖宗平时在家里，绝对是被克的那个！

宁迦漾深吸一口气，在想要立刻挂断视频的边缘来回跳。她让自己保持微笑："干得漂亮。"

商屿墨惬意地靠回床头，偏轻的声音似是从远处而来："商太太开心就好。"

这个臭男人从哪里看出她开心了？偏偏他语调还挺真诚，宁迦漾呼吸几下，岔开了话题："你戒指呢？"

之前居然还怀疑这位是为了自己而跟江导妥协参加这个节目，现在看来，绝对是她自作多情、异想天开！

这臭男人但凡能有这点情商，也不至于把她气得想钻进手机里谋杀亲夫。

下一秒，她看到男人修长手指在镜头前晃了下，无名指戴着那枚熟悉的婚戒。

宁迦漾眉头轻蹙了下："那你官宣参加节目的视频里怎么没戴？"

商屿墨没想到商太太角度这么刁钻，手指屈起，轻轻敲了敲屏幕，换在宁迦漾这边，觉得他敲的是自己的额头。

男人轻描淡写的话传来："商太太，手术期间，不能戴任何饰品。

"录制之前，刚做完一台手术。"

宁迦漾想到自己刚才质问的调，轻咳了声，红唇张了张反问："是吗？"

下一秒，她若无其事继续道："请商医生牢记自己已婚的身份，别恃美行凶，上节目务必把婚戒戴好。"

说完，不等商屿墨回答，宁迦漾便迅速切断了视频，然后在言舒的眼皮底下，将手机一丢，猛地把自己埋进柔软的枕头里，漂亮精致的脸蛋用力蹭着："啊啊啊！"

仙女没脸见人了！

言舒手忙脚乱接过她的手机，看过去时，便见两只红得几乎滴血的小耳朵，憋了许久的笑，终于忍不住倾泻出来。

"舒姐，有这么好笑吗？"宁迦漾从枕头里探出，露出小眼神，桃花眸不知何时沾上了潋滟水色，她没好气道。

言舒意味深长："我笑点低。"

Ni bu guai

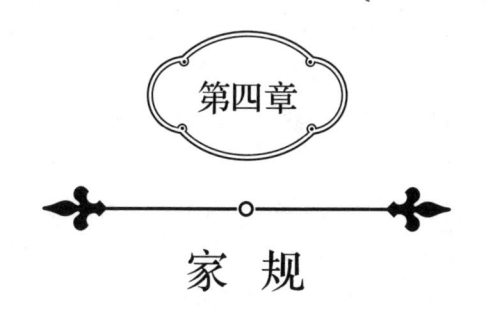

第四章

家规

翌日，宁迦漾才切切实实发现，商屿墨确实火了。她刚到剧组，路过都会听工作人员提起他，言语之间，全都是惊艳与崇拜。

宁迦漾没怎么细听便往拍摄点走去，谁知，坐在导演位上的不是江云愁，而是副导演，她眸底划过一丝讶异。

副导演这么正大光明地霸占导演专用座，不怕被江导捶死呀。

大概是看出了宁迦漾的神色，副导演轻咳一声解释道："导演已经离组了，那边节目实在是时间太紧。"

毕竟都是大佬，能排出时间就不错了，哪里容江导拖拖拉拉。幸而《白露为霜》所有重要戏份都拍完了，剩下的一些都是场景补拍，副导演主持拍摄也完全没问题。

不过宁迦漾眼睫低垂，若有所思地捏了捏指尖的玉兔珠子。也就是说，商屿墨那边已经准备录制了吗？昨晚他居然没跟她说！

"姐，你看。"小鹿突然拉了下宁迦漾的手腕。

宁迦漾顺势看过去，入目的是梁予琼趾高气扬地站在 NN 编剧面前，似乎在说着什么。

"她怎么还没走？"宁迦漾表情冷淡下来。昨天不是杀青了吗，还在这欺负人。

"哎，姐，你要干吗？"小鹿原本是让宁迦漾看八卦的，却没想到，自家仙女居然直接走上去了。

宁迦漾慢条斯理地抚了抚鬓间被风吹散的碎发，嘲弄地将唇角勾起弧度："去……行善积德。"

妈耶，这位祖宗平时也没这么嫉恶如仇啊，不是看谁都兴致不高吗？她连忙追了上去："姐，慢点慢点。"穿着高跟鞋还跑这么快。

见梁予琼要对贺清奈甩巴掌，宁迦漾仗着自己个子比她高，还穿着12厘米的高跟鞋，直接从身后轻易攥住她的手腕："小鹿，拍下来，让大家看看温柔女神梁老师平时在剧组是怎么作威作福的，欺负弱小、无辜、可怜的编剧。"

贺清奈见状反应过来，嘴唇泛白，往后趔趄了几步，一副弱不禁风快倒地不

起的可怜模样,声音冰凉而微抖:"我心脏不好,梁老师这一巴掌下去,我怕是要见佛祖了。"

"多谢宁老师救命之恩。"

梁予琼被她们一唱一和气得吐血,偏偏手腕还被人死死攥着,只能任由小鹿举起手机拍摄。

她咬牙切齿:"你放开我,我没想打人!"就是吓唬吓唬贺清奈罢了,引诱对方主动推她,这样她顺势倒地,装作被贺清奈欺负。

藏在树后的助理拍摄下来后面那段,她就能坐实贺清奈在剧组欺负自己了,昨晚被网友们嘲讽的舆论就能瞬间扭转。

谁知道冒出来一个宁迦漾!又是宁迦漾!梁予琼见自己的谋划被她就这么拆穿了,恨得眼睛都红了。

"梁老师。"助理群群见状不好,连忙跑过来解救梁予琼,脖子上挂着的相机晃荡着。

宁迦漾云淡风轻地扫了眼,忽然松开梁予琼的手,拦住了群群。群群眼睁睁看着肤白貌美的大美人离自己这么近,下意识屏住了呼吸,不由自主愣在原地。

宁迦漾葱白漂亮的指尖抬起群群挂在脖子上的相机,看着上面的录制画面,多少猜到她的目的。

这女人真是毒,招数还一套一套的。

"等会儿还你。"宁迦漾把相机拿下来,递给小鹿:"拷到电脑上,要是梁老师再在网上当什么哭哭唧唧、可可怜怜的小白花,咱们就助人为乐,让大家好好看看,梁老师私下是多么'意气风发'。"

噗,姐太会了!"意气风发",哈哈哈。

梁予琼都气得快要发疯了。

小鹿死死抱着相机:"姐你放心!"

梁予琼听后,不顾形象就打算开抢,然而没等行动,宁迦漾那几个保镖已经挡住她的去路。

梁予琼看到这些人,就想到自己被他们卷在窗帘里,像丢垃圾似的丢出门外的画面,指着宁迦漾的指尖开始发抖。

十分钟后,编剧休息室里。

宁迦漾看着贺清奈当真在吃药,忍不住蹙眉,不过她们不算太熟,便没问。

贺清奈服药之后,对宁迦漾认真地鞠躬:"今天谢谢你。"不然她搞不好真要交待在那里。

宁迦漾看她嘴唇一丝血色都没了,连忙上前两步,伸手扶起她:"我就是路过而已。"

不至于行这么大礼。

贺清奈摇了摇头,当时感觉到自己快要发病了,匆匆回休息室吃药,谁知却被梁予琼拦住,是她低估了人心的恶。

当然,人心虽恶,也有极善之人。望着宁迦漾,贺清奈想到昨晚她给自己点赞,素来冷淡的表情难得带了笑:"希望日后我们还有机会合作。"

宁迦漾这才发现,贺清奈行李箱在休息室门口。原来,她也要走了。

难怪梁予琼一大早就忙着陷害。原来再不陷害,就来不及了。送走 NN 编剧,偌大的剧组已经空了一半。

回忆起三个多月的拍摄时间,宁迦漾感觉像在做梦。见宁迦漾眼睫低垂,情绪低落,小鹿"嘿嘿"一笑:"姐,明天中午江导的新节目就出先导片啦,听说有直播呢!

"嘿嘿嘿,想不想看你老公第一次参加节目是什么样子的?"

宁迦漾桃花眸缓缓抬起,卷长睫毛下意识颤了颤,表情狐疑:"怎么这么快?"

江导真不愧是时间管理大师。小鹿没答,只掰着手指算了算:"你还得五六天才能杀青,刚好可以顺便去探班商医生。"

宁迦漾好听的嗓音在阳光下显得有些懒洋洋:"等等,我什么时候说要去探班了?"是她失忆了吗?

小鹿理所当然:"因为你跟商医生是举案齐眉的榜样夫妻啊!"

《无畏的承继者们》作为 M 台的核心项目,又由江云愁导演亲自执导拍摄,刚刚官宣就吸引了众多人的眼球。本来以为按照这个规格,应该是那种刻板正经的访谈节目。

没想到,到了江导手里,一改传统刻板印象,完全契合大众审美,紧跟年轻潮流,从室内面对面谈话,变成了类似于挑战型真人秀的节目。

从官宣所有固定嘉宾起,便颇受粉丝们期待,这些嘉宾非但智商一流,而且颜值、身材都不错,尤其是医学界大佬商屿墨,一露面就爆了热搜。

节目组趁热打铁,联系商大佬的特助陆尧,注册了微博并认证本人,刚公布微博账号的当晚,立刻涨粉一百万。

等正式录制第一期那天,商屿墨的认证微博粉丝量已经破了五百万,并且还在"噌噌"往上涨。

第一期录制主题是"体力",考验的是各位大佬的体力,完全符合粉丝们的期待点。

既然是大佬,智力超高,粉丝们虽然会惊艳,但是惊艳过后也会觉得正常——毕竟是行业顶尖人物,智力如果跟他们差不多,才怪了呢。

但是,如果一本正经的行业内顶尖精英们,进行体力运动,这种具有反差感的场景,粉丝们就爱看。

商屿墨抵达录制现场,看到一望无际的私人海域,神色极为从容,扫了眼不远处的沙滩伞,气定神闲地走过去往沙滩椅上一躺,俊逸如画的眉眼透着倦怠慵懒,眼眸轻合,似在小憩,面对即将到来的未知挑战毫不紧张。

相较于其他已经抵达并且询问工作人员今天录制内容的嘉宾,他淡定得仿佛早就拿到了剧本。

国内顶级雕刻艺术家丛筵认识商屿墨,他父亲便是商屿墨从死神手里抢回来的,此时主动过来打招呼:"商医生,许久不见。"

商屿墨抬起眼眸,平平静静道:"丛先生,下午好。"

丛筵本就想与商屿墨交好,奈何一直没找到机会。这次终于逮到机会了,英俊面容带着几分热切:"你觉得今日项目是什么?"

"听说是考验体力,这是在为难我们。"

他看商屿墨穿着宽松白T恤与长裤,显得有些清瘦,便以为这位医生是专门搞研究的,定然也不怎么运动,此时仿佛看到了同类,在这期丢脸的千万不要只有他一个人!

商屿墨怎么猜不出他的庆幸,薄唇微启,若无其事地"嗯"了声。

这时,其他嘉宾与工作人员也纷纷往这边走来,基本都是商屿墨上次在今夜白会所看到的那几个人,律师界知名律师顾渊安、商界科技新贵楚枫年、教育界最年轻教授周路岸,加上艺术家丛筵和医学界商屿墨,涉及了五个行业。

江云愁很有仪式感地打了板:"开机!"

"首先,热烈欢迎各位大佬。"

"啪啪啪",工作人员们热烈的掌声响起,不过大部分都是对着商屿墨的。

尤其是那些女工作人员,若不是尚有职业道德,早就冲到最前方围观了。这可是传闻中下凡拯救苍生的谪仙啊!尤其那双"神仙手",谁都想去握握,沾沾仙气。

不过,有人不小心瞄到了他左手无名指上的戒指,工作人员们窃窃私语:"商老师手上戴的是婚戒吗?"

"应该不是吧,估计是因为戴着好看。"

"确实,这样的神仙人物怎么可能有人配得上。"

"……"

而且他们不敢想象,像商屿墨这样一个照面便能感受到清冷如仙的男人,会是那种天天在无名指上戴婚戒秀恩爱的性格。

这时，导演已经宣布了本次围绕"体力"主题开展的活动：冲浪挑战。

嘉宾通过冲浪板海上冲浪，徒手去接无人机掉落下来的五颜六色的珠子，谁先集齐七种颜色，便算完成挑战。

嘉宾们看着汹涌莫测的海水，终于明白为什么选择这里了。这时，工作人员抱着一排各式各样的冲浪板过来。

江导非常大方："可以随便挑选！"

嘉宾们面面相觑。

冲浪这个项目，他们都是业余的啊，别说接那些小珠子了，能在板上站起来都悬。

江导带着笑——不会才好呢。他可是苦思冥想了好久，才想到这个在国内算是很小众的运动项目。

江导安慰："不会也没关系，咱们有专业的教练和救生员，放心吧。"

这时商屿墨云淡风轻地走向冲浪板，随意拣起一个短板。工作人员小声道："商神，这个难度很高，不适合新手。"

商屿墨神态慵懒，将板子抵在沙滩上，懒洋洋地垂眸："就用这个。"

早挑战早完成，他困了。男人肤色冷白的手指扣在冲浪板边缘，那枚在阳光下闪闪发亮的戒指格外惹眼。

工作人员又提醒："冲浪时最好把饰品都摘下来，免得不小心刮伤自己。"

毕竟是高强度的运动，很容易受伤，摘下饰品有备无患。

其他嘉宾听说后，都没有犹豫，将饰品摘下。

唯独商屿墨看着自己无名指上那唯一的首饰，没动，似在考量，就在他们不知道的时候，直播开启。

没错，江导开创了综艺新玩法，不定时开直播，嘉宾们不知道，观众更不知道。

直播前一秒，才会同步发在官博。

这时，丛筵刚把手上的三个戒指、两条手链，还有极具艺术风格的项链全都摘下来递给工作人员保管，偏头看向商屿墨："你怎么不摘？"

商屿墨沉吟几秒，长指漫不经心地转了转无名指上的戒指，神色沉静，浅色的瞳仁让人分辨不出任何情绪，正遥遥望着海面。被阳光镶上金边的浪花正卷着摇曳的水波，肆意张扬地铺展而来。

海面折射的薄光映在他俊美清贵的侧颜上，光影将他的表情尽数收藏，宛如最珍稀的羊脂玉细琢而成，让人忍不住屏住呼吸。

蓦地，他薄唇轻扯，溢出轻而清晰的一句话："太太定的家规。"

原本海滩上各自忙碌的嘉宾与工作人员，在听到这句话后，陡然看向商屿墨——什么鬼？

哦，不对，是什么规？

家规？！

还是太太定的？是他们理解的那个"家"，那个"规"，那个"太太"吗？！

偌大的海滩寂静无音，唯独海浪与海风呼啸着。

太太定的家规？字都认识，意思他们也懂，但落在站在海边、随时随地都恍若要乘风而成仙的男人身上，怎么这么不对劲呢！

静默许久，江导张了张嘴，好半晌才问出来一句大家此时脑子里共同的问题："你结婚了？"

商屿墨没答，看了江导一眼，意思明显：显而易见的答案，何须他回答。

随即商屿墨单手提着冲浪板，长腿一迈，转而踏入汹涌的海浪之中，白色的T恤瞬间湿透，贴在男人线条完美的肌肉之上。

几架无人机跟在他身后，"嗡嗡"发着声音，直到丛筵一声惊呼打破寂静："说好的宅男呢！"

看向目光所及之处，其他嘉宾全都有薄薄的肌肉，原来宅的人只有他！

观众打开直播打算看看这些顶级精英是怎么样的录制效果，谁知，刚进来就被这个自曝惊得目瞪口呆。

不愧是《无畏的承继者们》！上来就这么勇猛的吗？！

不对，等等！"太太定的家规"是什么意思？

太太！商医生居然有太太了！！！

网友们纷纷奔走相告，媒体也没闲着，要知道，嗅觉敏锐如他们，早就发觉到了商屿墨的流量价值，此时不蹭更待何时！

于是，直播刚开，就被这突如其来拥入的观众给挤爆了。不到二十分钟便仓促结束。除了那句话，网友们就再也没在直播间里见到过商屿墨的身影。

网友们差点疯了，纷纷去官博留言，要求继续开直播，他们要知道后续，啊啊啊啊！

然而……官博安静得没有一丝声音。

"太太定的家规"，短短时间，便冲上各大新闻平台头条。

热评前几——

"太太定的家规"，呜呜呜，好甜！

姐妹们，重点是，谪仙居然这么听太太的话，太太说戒指不准摘，他就真的不摘了！

只有我想知道，商太太究竟是何方神圣，能让他如此听话。

"姐，你还有什么家规？"作为吃瓜第一线的人，小鹿趁着宁迦漾中场休息时，眼睛睁得圆溜溜的，充满了八卦欲。

宁迦漾今天补拍一场对峙戏份，她穿着一身水墨色刺绣旗袍，暗黑色的绣纹神秘优雅，裙摆至脚踝，唯独那条纤细雪白的长腿在开衩之间若隐若现，充满了诱惑与遐想。听到小鹿的话时，她眼尾微微上扬，水波流转，似是透着无限风情，红唇微张："你猜。"

与网传的天仙下凡的商太太，判若两人。

小鹿不死心，将合起来的折扇举到宁迦漾精致下巴处："采访一下仙女，请问你现在心里想的是什么？"

"是不是偷偷乐开花？"

宁迦漾慢悠悠地刷着微博，将网友们做的直播中商屿墨的剪辑视频看了一遍又一遍，甚至比上次看他官宣采访视频的次数还要多。她红唇翘起一点弧度，很快抿了抿，若无其事答："当然是想……"

她拉长了语调，在小鹿期待的目光下，红唇轻启，一字一句："定他个九十九条家规。"

看这个男人到底会不会遵守。

免得全网都以为她是什么母老虎了呢，要么坐实了，要么绝不背这口锅！

什么母老虎！她分明就是一个无辜的仙女罢了。

足足三分钟后，小鹿才默默消化完九十九条家规，心潮澎湃之余，忍不住想要记录下来。

于是，小鹿的微博小号今天连更新两条。

今天n仙女和s医生嗑到了吗：嗑到了！因为n仙女的家规，s医生海上冲浪都不敢摘婚戒！目前n仙女表示要定九十九条家规，驭夫有术！

宁迦漾没管小鹿，用纤白指尖点了点屏幕上男人的指尖，轻轻哼了声。

她徐徐点开微信页面，找到置顶位的"欠债的卷毛小坏狗"，慢条斯理敲了十几个字过去——

小浪花漾呀漾："商先生，商太太给你定的家规，一共九十九条。"

接到宁迦漾微信时，商屿墨早已率先完成挑战，依旧靠坐在沙滩椅上，正逍遥清闲地看其他嘉宾在汹涌海浪里打滚。

天边，烈日残留的最后一抹余烬即将消散在海平线上。

他手边还放着一托盘五颜六色的珠子，色泽艳丽，五彩斑斓。此时商屿墨如

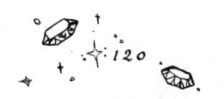

玉的指尖正捻起颗红色珠子，漫不经心地把玩着。恰好旁边手机振动了下，商屿墨侧眸瞥了眼，平静神色终于有了一丝波动。

屏幕亮起，入目的便是商太太那句九十九条家规，他薄唇无意识般勾起极淡的弧度，而后放下珠子，拿起桌上银白色的手机。

他将指腹贴在屏幕上，不急不慢回复："哦？"

宁迦漾还没结束中场休息，看他好几分钟才回复了一个字过来，小声嘟囔了句："敷衍。"

下一刻，细白柔嫩的掌心里的手机再次振动了下。她睫毛低垂，看到男人第二条消息后，顿时笑了。

欠债的卷毛小坏狗："所以，剩下的九十八条？"

臭男人还真想为难她呢。就在宁迦漾打算从网上抄家规时，便听到路过的工作人员兴奋道："商老师真是太帅了！"

"呜呜呜，那腹肌，啊啊啊，太绝了！"

"好想让商老师把短袖脱下来！"

"这种若隐若现才更好看……"

听到这些话，宁迦漾指尖陡然顿住。

这时，八卦之王小鹿恭恭敬敬双手呈上平板电脑道：《无畏的承继者们》官博刚发的现场抓拍照片。"

大概是因为中途断掉直播，观众的声讨声太高，所以官博就用这种方式来补偿。

宁迦漾垂眸看过去，原本随意弯起的红唇渐渐冷冷地抿起弧度。商屿墨在汹涌奔腾的海浪之上跃起的全景照片占据了整个屏幕。他发尾潮湿卷曲搭在精致额头上，露出寸寸冷白肌肤，衬得那张容颜越发肆意昳丽。

往下，白色T恤湿透，几近透明地贴在男人身上，随着他踩着冲浪板跃身的动作，腰腹之间现出紧致的线条。烈日炙热之下，他带着宇宙星河般的少年意气，破浪而来。

偏偏那人眉眼是一如既往的清冷淡漠，又冷又欲。确实没错，宁迦漾不用看，都知道官博下面的评论是怎样的场面。

将照片保存后，宁迦漾立刻调到微信页面，截图发给商屿墨。

小浪花漾呀漾："家规第二条，不能当众露肉！"

"你衣服都湿成什么样子了！"

"已婚男人的自我修养呢？"

这时，私人海滩上，丛筵拖着沉重的身体从海中出来，活脱脱海鬼上身，余光瞟向商屿墨那一盘珠子，很垂涎——他可是一颗都没捞到就放弃了！他便找话题跟商屿墨聊天，万一友情培养起来，大家互帮互助。见商屿墨手机振动个不停，而对方却没有丝毫不耐烦的模样，他小脸煞白，写满八卦欲："是你太太？"

商屿墨偏轻的声音平静："是。"

丛筵刚坐下打算继续聊，就见商屿墨揣着手机起身，没有聊天欲似的，往不远处的更衣室走去。

留下丛筵一脸蒙。

五分钟后，他看到商屿墨身上的白色短袖换成了纯黑色，在夕阳下，越发衬得肤白如玉、俊美如画。好看是好看，只是，好端端的为什么突然换衣服？

总控室里，年轻的女副导演看着屏幕上无人机不小心拍摄下来的一小截微信聊天框。最引人注目的，除了聊天内容，便是对方备注——小浪花。

女副导演面上是职业丽人，内心早就尖叫：啊啊啊！

妈呀，商医生私下居然给他老婆备注"小浪花"！还有商太太真的好酷啊！简直是我等已婚女性的楷模。

一条微信消息就让商医生乖乖去换衣服！她现在可以笃定，从今天开始，商医生再也不会穿白色衣服了！

商屿墨这边拍完两期节目，宁迦漾这个女主角才彻底杀青。

十月初，《白露为霜》的杀青仪式上，江导终于露面。恰好《无畏的承继者们》第三期拍摄地点在南城，他便有时间赶来主持杀青仪式。

作为最受瞩目的电影之一，杀青仪式上，亦有不少媒体主动要求采访。送上门来的热度，江导自然是来之不拒，统统笑纳。

复古酒楼大厅内，挤满了不少记者以及扛着拍摄器材的摄像师们。

此时宁迦漾与男二号周缘站在主要采访位置上，因为连城珩上周杀青后便赶去另一个剧组。

宁迦漾难得没穿旗袍。这段时间拍摄，她对旗袍暂时有点腻了。她换了身更舒适，不会禁锢行动的长裙，是高级又复古的鹅黄色，越发衬得她肤白貌美、明艳张扬。

一般人很容易被这样夺目的颜色压住，但宁迦漾偏偏可以轻松驾驭。旁边精心打扮的周缘被衬得宛如她的"工具人"。

周缘偷看了眼宁迦漾。他这段时间彻底调查，而且还请假亲自去陵城医院见过那辆宝马车的车主，车主确实是神经外科的医生，除了长得还算清俊，也没什么值得宁迦漾喜欢的。

宁迦漾懒得搭理他，显得高贵冷艳，实则内心已经想快点结束——仙女要放假！

媒体深知采访套路，先放松演员们的戒备，问一些似是而非的问题，而后再

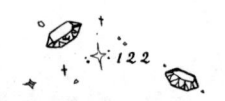

乘人不备套话。

不少记者将话筒举到宁迦漾面前："请问宁老师，拍戏期间您男朋友还来探班过吗？"

"异地恋会不会影响感情呢？"

"大家都很好奇您男朋友呢，能不能聊一下他是怎么样的人？"

这时，忽然人群中钻出来一个矮个子女记者，将话筒举到宁迦漾旁边的周缘面前："请问周老师，您见过宁老师的神秘男友吗？"

"第一印象怎么样？"

本来，宁迦漾是打算拒绝回答的，但旁边周缘已经接过了话筒，用熟稔的语气道："当然见过。"

宁迦漾漂亮眉头陡然皱起，冷冷睨着当众胡说八道的周缘。周缘偏头对上宁迦漾那双清冷至极的眼眸，想着自己手里有她的把柄，丝毫不怕，继续道："宁老师的男朋友是一位治病救人的医生，值得我们敬佩。"

宁迦漾却看出了他的威胁，唇角嘲弄地缓缓勾起一个弧度。原本就精致明艳的面庞瞬间染上仿佛浸入骨髓里的冷艳感。

有记者看到了宁迦漾的表情，提问："周老师为什么会知道？"

周缘神色诚恳："因为我和宁老师在剧组关系最好，自然跟宁老师的男朋友也很熟。"

见宁迦漾一直没有说话，周缘心里笃定她不敢。今天宁迦漾的热度，他是蹭定了。看着全部聚集到他面前的记者们，周缘眼底的喜色几乎要蔓延出来。

出道这么多年，他都是那种"背景板体质"，经纪人说得对，如果他想更上一步，最捷径的方式就是锁定一个"热搜体质"的人。

果然，以前就算他是剧组男主角，都不会有这么多记者蜂拥采访他。

就在大家热热闹闹包围着周缘时，原本沉默的宁迦漾蓦地笑了声。清软好听的笑音不高不低，却足以透过她面前的话筒传至整个大厅。

聪明的摄像师已经将特写镜头集中在宁迦漾那张漂亮的脸蛋上。

聪明的记者，已经打开了官方微博，准备第一时间发微博！

没错！他们有预感，这位刚才还慵慵懒懒的祖宗突然一改状态，肯定是要搞事情。

果然下一秒，宁迦漾漫不经心的话语回荡在大厅内："周老师，我男朋友又不是精神科医生，治不了臆想症，怎么会认识您呢？"

全场一片寂静，就连见多识广的江导也愣住了。万万没想到，杀青仪式当天，最大的新闻居然是女主角当众讽刺男二号有臆想症！

周缘脸色铁青，宁迦漾嗤笑了声，冷眼旁观：不是想蹭热度上热搜吗？仙女善良，给你个机会。

"二线男星周缘患臆想症当众发病"这个词条上热搜没问题。

周缘先是没反应过来，面对下方各种提问的记者心脏疯狂跳动，深呼吸几下，拿起话筒想解释他没有病，是宁迦漾恼羞成怒诋毁自己。

站在外围的言舒眼看事情不对，反应极快地冲到电闸区，毫不犹豫地拉下电闸！原本灯火通明的现场顿时陷入一片黑暗。

周缘到嘴边的话，混入众人的惊呼之中。

这时，言舒冷静地打开手电筒："各位媒体朋友冷静一下，只是停电而已，剧组电力经常不稳，大家从这边有序离开。"

这次杀青仪式过分热闹，当天冲上热搜好几个词条，其中最引人注目的便是"周缘臆想症"。

因为前段时间就有剧组内部人员透露，周缘因为拍戏过劳，有精神疾病倾向，现在还被同组女演员当众证实。

事后，周缘气得在酒店狂砸东西。晚上被路过的酒店工作人员无意听到，偷偷曝光周缘不但有臆想症，还疑似有狂躁症。

翌日，前往机场的白色保姆车内，言舒看着网上的舆论，没想到还有意外之喜，忍不住赞了句："你这招不错，以后他再出来曝光你，网友心里肯定会打个问号。"

毕竟，谁会无条件相信一个有臆想症加狂躁症的精神病患呢。周缘想要澄清，也错过了今日最佳机会。日后，"精神病"这个标签，要打在他身上一辈子，除非突然爆红，有粉丝帮忙洗白，不过这个可能性很低。

宁迦漾恹恹地应了声，对那个"精神病"没什么兴趣。

她睫毛低垂，正懒懒地看《无畏的承继者们》的直播。宁迦漾刚好赶上了今日的直播。

言舒看了眼，问道："商医生也在南城，你就这么回陵城了，这么长时间不见面难道不想他？"说好的榜样夫妻呢。

宁迦漾鼻音清软，拉长了语调："老夫老妻有什么可想的，他也就在这儿拍个两天，明后天就回陵城了。"还差这两天吗？

看着这位小祖宗傲娇的小表情，言舒喷了声：要是不想，干吗天天看人家直播，没时间看直播，空闲时还看回放。

此时《无畏的承继者们》剧组已经抵达拍摄地点。

漫山遍野都是灿烂盛开的郁金香，而中间立着几栋小木屋，很是雅致，有隐居那味了。

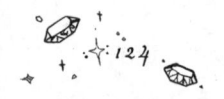

江导很是得意，示意嘉宾们看："南城最适合种植郁金香，怎么样，壮观吧？"

陆尧给商屿墨送东西时，看到这座郁金香庄园，下意识说了句："不如您送太太那座玫瑰庄园华丽壮观。"

"什么玫瑰庄园？"

江导听到后，问道。

陆尧意识到自己多话了，轻咳一声："没什么，您这些花非常美，我先走了，再见。"

江导皱眉："我明明听到他说什么玫瑰庄园，你名下还有这么个产业？"

商屿墨远远望着那些郁金香，神色自若，语气淡而平静："现在没了。"

什么叫现在没了？一时之间江导还真没回过味来，当他是低调谦虚："还挺给我留面子。"

后来还是网友们脑洞超强，迅速反应过来，直播弹幕狂刷——

江导！你清醒点，他在向你秀恩爱啊！

现在名下没有了，是改到他太太名下了啊！

有人能扒出来商医生助理说的那座玫瑰庄园吗？

知情人透露：

南城就一座有名的玫瑰庄园，据说是主人家的祖传庄园，已经有八十年历史了，之前种植的是郁金香，后来庄园主人更喜玫瑰，于是种下了一片玫瑰，称玫瑰庄园。

破案了，商医生把祖传玫瑰庄园送太太了！

啊啊啊，又嗑到了！

车内，宁迦漾看着这些弹幕，用细白柔软的指尖轻轻碰了下。她住了几个月的玫瑰庄园，居然是商家的祖传老宅，商屿墨就这么过到她名下了？

目光落在以满山郁金香为背景的男人身上，清晨的阳光在他那张俊美出尘的侧脸上，镀上了薄薄的金色，相较于冲浪时的少年气，如今更像是神秘又充满魅力的成熟男人。

宁迦漾无端被撩到，卷长的睫毛颤了两下，歪头看向窗外。

宁迦漾没怎么犹豫，随心道："掉头。"

言舒倏地抬头："去哪儿？"机场都要到了。

宁迦漾愉快地将红唇翘起漂亮的弧度："去看郁金香吧。"

对于小祖宗想起一出是一出的行为，言舒心知肚明，意味深长："看郁金香，还是看男人？"

宁迦漾完全没有被调侃后的害羞，用细白指尖点了点此时直播间出现的画面，漂亮脸蛋上满是坦然："好看的都看。"

言舒顺着她指尖的方向看过去，屏幕上并非她所想的商医生，而是几个风格迥异，共同点都是很帅的男人：温润雅致的教授、风流荒诞的艺术家、端方从容的商界新贵、冷峻正经的大律师。

这些人即便在帅哥众多的演艺界，都是上上等的颜值，更显眼的是他们的气质，是那些靠人设包装的男艺人模仿不来的。

言舒盯着看了好几秒，点头赞同："确实好看。"

不过，言舒回过神来后，看向眉眼怠惰，窝在车椅上的美人，心情复杂：所以，这位确实是去看男人的。

陆尧接到宁迦漾电话后，便早早在入口处等候。毕竟江导亲自找的场地，自然防护极好，即便是南城本地人，也找不到这片隐秘又繁茂的郁金香花田。

四周一片静谧，风景极好。

"太太，请。"看着保姆车稳稳停下，陆尧上前亲自打开车门，伸手想扶宁迦漾下车。

今天原本是打算直接去机场的，宁迦漾只穿了条月白色的长裙，精致低调，只是在阳光下，仿佛有金丝流动。她连妆容都淡淡的，柔和了锋芒毕露的明艳招摇，还真有仙气飘飘的劲。

直到宁迦漾红唇微微勾起时，那双桃花眸顾盼生辉，她顿时变成了活色生香的浓颜系大美人。

宁迦漾虚虚扶了下他的手，隔着栏杆，睫毛上抬，似是漫不经心地看向那边人影："什么时候结束？"

"按照先生往常做游戏的效率，可能不到中午就结束了。"

陆尧作为优秀特助，这个时候，自然要无限地拔高商屿墨的形象，他恭敬地问："您要逛逛吗？"

宁迦漾表情微动，有些心动："可以吗？"

"当然……"

没等陆尧开口，还坐在保姆车上的言舒将车窗降下来，语气凉飕飕："当然不可以。"

"祖宗，你这张脸长成什么样子，你心里不清楚吗？"

还敢在这么多摄像头监控的地方到处晃荡。

宁迦漾轻轻哼了声，鼻音清软，带着点嫌弃："好吧好吧，你们快走，我肯定不抛头露面。"

"陆特助，麻烦了，千万不能让她出现在人前。"言舒嘱咐了好几遍，才不放

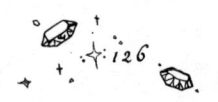

心地离开。

陆尧没说话——他哪里敢管太太。幸好，宁迦漾虽然好奇商屿墨的拍摄状况，但也拎得清："先去他住的地方吧。"

陆尧拖着宁迦漾的行李箱跟上去："太太这边走，已经清场过了，保准不会有镜头拍到您。"

宁迦漾随口问："他房间里有摄像机吗？"

陆尧："有，不过听说您要来，我已经调整了摄像机的拍摄方向，可以从拍摄死角进去。"

"先不要告诉他。"

宁迦漾狡黠地将红唇翘起弧度——上次商屿墨怎么吓她，这次她要报复回来。

陆尧："……"

你们夫妻的事情，咱也不敢管。他只好点头："是。"

陆尧当作没看见宁迦漾眼底的坏笑，欺骗自己：太太是要给惊喜。惊喜，所以不能说。

嘉宾们住的地方，就是错落在郁金香花田内的几栋复古小木屋。在外面看似不大，实则内有乾坤。

商屿墨选到的是两层的小楼，上楼的木质楼梯狭窄而简约，踩在上面时，深感摇摇欲坠的刺激。宁迦漾爬上二楼后，终于松了口气，裙摆下纤细的小腿都忍不住发颤。为了来给商某人惊喜，仙女真是受尽了委屈！

缓过来后，她才有心思观察，入目的是空荡荡的卧室，干净冷清，甚至连角落那个男士行李箱都没打开。

啧，重度洁癖人设不倒。

同样木质的小床放置在窗边，从这里能清晰看到外面一望无际的郁金香花田，里面还有奔跑的人影。他们似乎是在寻找着什么东西。

陆尧端着杯热茶进门，见太太神色奇异，解释道："这期主题是'探寻'。"

宁迦漾指尖碰到温热的杯壁，懒洋洋地抿了口茶，红唇顿时染上湿润水色，随口道："探寻？探寻什么，郁金香的生长之谜？"

不愧是太太，这精神层面一下子就高了，但陆尧视线错开，咳了声："是……从这片金色郁金香田内探寻到唯一那株双色郁金香。"

所以"探寻"就是字面的意思。宁迦漾望着下方接近百亩的区域，漫山遍野都是金色的郁金香，想找异色，无异于大海捞针。

静默几秒，宁迦漾缓缓地从唇间溢出来五个字："不愧是江导。"

这种丧心病狂的设计都能想得出来，以后她绝对不会参加任何江导执拍的综艺，绝对不会！太变态了！

终于到了午休时间，宁迦漾听到楼下传来跟拍导演与商屿墨的说话声，立刻将窗帘全部拉上，原本明亮的卧室瞬间陷入一片昏暗之间。

她换了条黑色薄绸睡裙，外面披着同色系的睡袍，重工镂空的设计，丝丝缕缕的纱线勾出枝蔓缠绕的纹路，从宽大袖口露出两只洁白手腕，在昏暗中，红唇、雪肤、乌发，带着三种极致浓烈的颜色，汇成极致靡艳的风光。

"吱呀"一声，开门声在寂静的环境中格外清晰。

商屿墨站在门口，目光落在那条半垂在床边的纤细小腿上，觉得熟悉至极。男人眼底难得掀起几分波澜。

突然，外面传来跟拍导演的声音："商医生，我们进来……"

话音未落，商屿墨反手，"砰"地将门关上。跟拍导演和一众工作人员站在门口，皆是蒙了的表情。

什么意思？为什么不让进？

此时，控制室内的江导从商屿墨卧室的固定摄像机清楚看到他面无表情地一步一步走向床边，在这之前，似乎还说了句话。

不过只是微启唇，说的是单音节。

他在跟谁说话？床上难道有人？从监控器里却看不到床上的任何场景。

江导忍不住皱眉："谁调的？"

副导演："是陆特助要求更改监控死角的，还把收音器关了。"

江导深感可惜，点了根烟，重新将视线移过去，想看看能不能泄露点什么。

谁知，下一秒，镜头霎地黑了。江导脸也黑了，咬牙切齿："绝对有秘密！！！"不然大白天干吗把摄像头给关了。

副导演幽幽道："咱能去偷窥吗？"

江导："……"当然不能。

导演们蹲在监控前猜测有什么秘密在房间内发生。

房门刚关上，商屿墨便听到宁迦漾拉长了又甜又软的音调，唇角勾起笑弧："商医生，要特殊服务吗？"

抬眸望去，少女挂在肩膀上的睡袍像被慢动作播放，正顺着她的皮肤下滑。乌发包裹着曼妙婀娜的身躯，她正伸出一只皓腕，指尖粉而润泽，微微朝下，向他伸出手。

在昏暗又复古的房间内，荧荧泛着光，黑色睡袍也顺着手腕动作霎地滑落至黑胡桃木色的地板上，铺展而下，颜色浓重妖冶。

宁迦漾伸得手臂都酸了，漂亮眉头皱了下，都想要下床直接把人拉上来了。

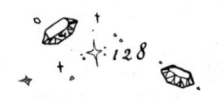

面对仙女的撩拨，居然视若无睹，这能忍？就在宁迦漾柔嫩的脚尖刚要落地时，商屿墨终于缓慢地从薄唇溢出个单音节："嗯。"

"嗯"什么"嗯"？宁迦漾触碰到冰凉地面，陡然顿住。

商屿墨慢条斯理地走过来，弯腰捡起地上的黑色睡袍。骨节分明，处处透着矜贵的"神仙手"，暧昧至极地覆在镂空面料上，指腹似无意识摩挲了两下。

宁迦漾眼底却划过震惊——几个月没见老婆，这个臭男人居然还有心思洁癖。正常男人第一件事是管睡袍吗？管一管在你床上的仙女老婆啊！

宁迦漾平复了下心情，安静地躺回床上，什么惊喜、惊吓，爱谁谁。

谁知，男人修长手指将黑色布料叠了两层，而后顺势丢向监控镜头，完全挡住了房间内仅存的那个摄像设备。

宁迦漾没看到，刚闭上眼睛，下一秒，忽然毫无防备地被抱了起来。呼吸间溢满男人熟悉的清冽气息，大概是在郁金香花田里待的时间太长，隐隐染着幽淡的花香。

宁迦漾睫毛快速颤了下，睁开时，入目的是男人那双昏暗中格外幽邃的眼眸。夫妻相处这么长时间，自然看得出他的眼神代表了什么。

宁迦漾顿时来劲了——原来不是仙女没有魅力，是这人太会装模作样。

炽热的呼吸在她唇边逡巡着，商屿墨声音不疾不徐："怎么来了？"

隔着仅剩的睡裙，男人微热的掌心按在少女纤薄的后背上，能感受到她越发清晰的骨骼走向——这段时间拍戏，她瘦了许多。

宁迦漾错开他的呼吸，故意翘起湿润的红唇，吐气如兰："是导演送给最优秀嘉宾的奖励。"

商屿墨嗓音轻而清晰，甚至连气息都没紊乱半分，徐徐道："哦？奖励是什么？"

两人双唇相碰，宁迦漾强迫自己脑子保持理智，不能被蛊惑得神志不清——她要翻盘！拽着黑色T恤的纤白指尖一松，随之而来的是她如粘上了糖丝儿般撩人的声音："奖励是……我这个仙女呀。"

话音刚落，宁迦漾整个人天旋地转。

窗帘被她的手指撩开一条缝隙，明亮的阳光刺得她眼睛酸酸的。宁迦漾想要将窗帘合上，偏偏那人不让，宁迦漾吐出几个字："会被……拍到……"

商屿墨慢条斯理地顺了顺她散乱在雪白背脊上的乌发，声音冷静："既然是导演送的奖励，怕什么被拍。"

…………

宁迦漾视线逐渐模糊，满眼的郁金香像是融成了一个个金色光点。不知道过了多久，宁迦漾无意识睁开眼睛，模糊的视野中居然出现了一抹浅淡的粉色，在金色光点之间格格不入。

"那是……"

她陡然睁大眼睛——是这期节目要寻的双色郁金香！

然而没等她开口，男人修长指尖触碰了一下她挂着水珠的睫毛，语带淡然："小浪花，哭了。"

宁迦漾红唇抿紧：这个腹黑的男人自己去找吧！

当天下午，蝉联两期"最佳承继者"的商医生，在第三期翻车了，午觉睡到下午四点多，直接把半期节目睡过去，最后找到那株郁金香的是丛筵。

巧的是，这株双色郁金香就在商屿墨小木屋的后面，而丛筵是来找商屿墨时发现的。丛筵得意极了，发布本期结束感言时："要感谢我的朋友商医生，如果没有他睡过头，就没有我的今天。"惹得大家笑出声。

有人偷偷看商屿墨，一般人遇到这种情况应该会心塞的。毕竟胜利就在眼前，却被别人夺走。没想到，之前获胜时神色都冷冷清清的商医生，面对翻车，眉眼间的清冷竟然消散了几分。

他将黑色衬衣扣子系到顶端，眉目深沉，像极了斯文禁欲的贵公子。

自从送惊喜发展为上次那般的情况，宁迦漾对于探班这种事情完全失去了兴致。

谁能想到，商屿墨这个洁癖又事多的人居然真能在那么多摄像头的地方和她待了足足一下午。

本来她想得很好——撩拨一下他，看他的憋屈样子，取悦自己。谁知人家根本就不是那种会让他自己憋屈的脾性。

商屿墨自知白天确实过分了些，亲自送她去机场，谁知，在南城这座小城的机场居然偶遇熟人。

南城机场唯一的贵宾候机室内。

宁迦漾用口罩、帽子、以及占据了小半张脸的金边平光眼镜将自己遮挡得严严实实，选了个角落位置，纤细柔软的身子倦怠地靠在沙发椅背上。

蓝牙耳机里传来言舒的话："打扰你跟商医生是我的错，但没办法，这么好的机会咱不能放弃啊！"

宁迦漾帽子下的精致眉眼染着点慵懒。她微微弯腰，葱白如玉的指尖贴着又酸又麻的小腿，轻轻揉了几下。

"知道啦，大概三个小时后到陵城机场。"

她连夜离开，自然不是任性，而是国内顶奢品牌C家亚洲区的负责人主动找

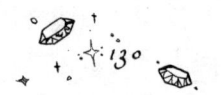

到言舒，想要见见宁迦漾。

如果宁迦漾本人符合他们新款珠宝"璀璨"的主题，他们有意签下她当这个系列的代言人。

负责人明天下午去国外，只有中午有时间。言舒怕耽误了这大好机会，此时听到她的话，终于松口气："那就好，我和小鹿去机场等你。"

"嗯。"

宁迦漾应了声，这时，与自己隔了个过道的前排，坐下来两个人。宁迦漾与他们离得极近，怕被认出来，她好听的声音压得很低，隔着口罩有些模糊不清："挂了，一会儿再说。"

刚挂断，便听到前面传来说话声。

秦望识是前几天毛遂自荐来南城出差的，因为他女神就在南城拍戏，想着有没有机会和缘分与女神来一场浪漫偶遇。

结果可想而知，是没有缘分的了。直到今天回陵城，他都没见过女神一面。

至于裴淼淼是与他同行合作的，此时看到商屿墨玫瑰庄园的热搜，秦望识忍不住感慨："没想到商医生还挺浪漫，送太太什么玫瑰庄园，平时真看不出来。"

素日里薄情寡欲，没有七情六欲的神仙，还有两副面孔呢。

裴淼淼圆润的指甲重重地掐进掌心，脸上还得带着笑。秦望识没看出来，随口问："玫瑰和本院第一冷美人，怎么看都不搭。"

"你们也算是自小认识，他以前也这样？"

裴淼淼刚准备敷衍过去，视线陡然顿住，前面反光墙壁上一道纤秾合度的身影格外熟悉，尤其是随意搭在膝盖上那漂亮精致的双手。

她本就学医，加上想知道师兄娶的到底是怎么样的人，所以暗暗关注宁迦漾很久。

那天在医院，与宁迦漾第一次见面，就牢牢记住那只被师兄主动握住的手是宁迦漾的。

秦望识见她不说话，下意识看过去："你……"

话音未落，便听到裴淼淼笑意盈盈道："是呀，我姐姐也喜欢玫瑰呢，当时他们还一起种过呢。"

秦望识嗅到了秘闻气息："这么巧？"

宁迦漾原本是没在意他们的，卷长的睫毛低垂，发呆似的望着自己洁白如玉的指尖，想到下午发生的一切，到现在还感觉手指发烫，慢慢蜷缩了下。直到那两人说话提到了玫瑰庄园和商屿墨。

听到熟悉的名字，她墨镜下的眼眸轻轻抬了抬，若无其事扫一眼，定了几秒，原来是商屿墨的小师妹裴淼淼和小秦医生。

种玫瑰？真没看出来，商屿墨还这么有情调。宁迦漾红唇撇了撇，闲闲地把玩垂在手指上的玉兔手串。

这时，提醒登机的声音传遍整个候机室。

晚上十点，宁迦漾才抵达陵城。透过机场透明的玻璃墙壁，能清晰看到夜幕上点缀的星星，在如墨的夜空中连成一片，如璀璨银河横亘，甚至比外面的灯光还要绚烂耀眼。

言舒顺着她的方向看过去，唇角带着笑："肯定是个好兆头。"以后，她们运气会越来越好。

"要不你对着星星许个愿？"

宁迦漾收回视线，漫不经心哼笑了声："迷信。

"对星星许愿毫无科学道理。"

言舒无语：许愿要什么科学道理。

这时，帮宁迦漾去取了行李箱的小鹿走过来，问道："那对着什么许愿有道理？"

宁迦漾慢悠悠从唇间溢出来句："自然是……对着神仙啊。"

小鹿表情真诚："姐，那你不用去找神仙的雕像了。"

宁迦漾侧眸看她，隔着淡茶色的镜片，眼底闪过狐疑。下一秒，小鹿带着迷之笑容："嘿嘿嘿，因为你家里就有一位神仙啊。

"每天对着拜一拜，什么愿望都能实现。"

宁迦漾："……"

"噗……"言舒没忍住，笑出了声。真有她的。

宁迦漾没好气地睨了她一眼："最近胆子变大了，敢调侃我了。"

小鹿吐吐舌头，拎着行李箱一溜烟跑了："我先去放东西！"

刚跑了两步，又跑回来，踮脚在宁迦漾耳边说："姐，你脖子上有吻痕，遮遮呀。"

说完就跑了，顺便偷偷在微博小号上再添一笔。

今天n仙女和s医生嗑到了吗：嗑到了！n仙女去探班s医生啦！回来脖子上带着吻痕。

宁迦漾捏了捏眉梢，看向言舒开玩笑道："换个助理吧。上次那个'院草'呢，还没消息？"

若不是要维持经纪人的稳重，言舒真的想大笑出声，抿着唇浅浅笑着："这么个小活宝，你真舍得换掉。

"不过想换'院草'也没用，人家根本不搭理咱们。

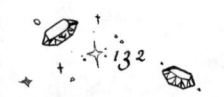

"估计是想要离偶像的世界远一点。"

宁迦漾假模假样叹了声:"可惜了。"

"小八卦精运气不错。"

别说,言舒听到宁迦漾给小鹿起的这个外号,觉得真是格外贴切。很快两人话题转向明天的工作,商量要什么造型才符合品牌的形象。

上次宁迦漾失去了高奢资源,这次如果能拿下这个顶奢资源,即便只是新款珠宝线代言人,也足够傲视同地位的小花们。

毕竟,"顶奢""高奢"一字之差,级别差之千里。

言舒表情严肃几分:"所以,明天千万要把握住机会。"就怕这位祖宗脾气上来,谁的面子都不给。

宁迦漾随意挥了挥纤白的手:"放心。"

"我不放心!"言舒顺手握住她从衬衫袖口露出来的一截皓腕,上面痕迹清晰可见,她瞳孔收缩,"这明天肯定消不了!"

宁迦漾还真没注意到自己身上的情况,眼眸微微眯起,像是想到什么,红唇忽而狡黠地勾起弧度。

下一刻,她当着言舒的面撸起袖子,拿出手机,拍了张白嫩嫩的手臂照,发微信给罪魁祸首。

南城,最大的会所内。

商屿墨神色散漫,靠在沙发尽头,黑色衬衣依旧未解开半粒扣子,从骨子里写着克制律己与寡欲淡漠。

白皙如玉的长指在昏黄灯光下,有种冷冰冰的尊贵感。酒过三巡,也就他最清醒,毕竟滴酒未沾。

此时他正把玩着银色的手机,用指腹慢慢摩挲着微凉的边框,看着屏幕上显示"小浪花"发来的那张照片,薄唇勾起极淡的笑弧。

照片上,那白嫩如藕的手臂,让他被领口抵着的喉结无意滚动了下。随即,他长指似漫不经心地解开两颗扣子,隐隐露出修长的干净脖颈。

丛筵端着两杯酒走来:"商医生,别不合群啊,喝一杯。"

"今儿个可是裴小姐的接风宴,你们不还认识吗,这么不给面子?"

商屿墨视线停在屏幕上,指尖轻敲几个字,偏轻的声音疏淡:"抱歉,不胜酒力。"

什么不胜酒力,丛筵见过多少说不胜酒力的男人,一个个千杯不醉,他突然福至心灵:"又是你太太的家规吧?"

商屿墨思索了几秒,随即平静颔首:"是。"

"啧……"已婚男人真的很不容易,丛筵表情怜悯,将酒递给他,"天知地知,你知我知,偷偷摸摸来点?"

话音未落,余光陡然瞥到他藏在领口下微露出来的红色痕迹,下意识探身去看:"嚯,你这被谁抓了?"

商屿墨掌心推过冰凉的酒杯,没准备回答这个问题。而裴灼灼好不容易摆脱大谈艺术奉献与牺牲的江亭。一袭白色套裙衬得她身材婀娜有致,极为好看的狐狸眼微微上扬着,美眸灼灼,随着她走动时,淡淡的玫瑰香层次分明,香中染着禁忌蛊惑的麝香。

"屿墨,好久不见。"

女人说话时,不经意般在商屿墨身旁的沙发上落座。

商屿墨正在回复用手臂勾引他的小妖精的消息,听到这熟稔的话语,只是淡淡抬眸,没什么情绪:"在机场不是见过?"完全不给大美女面子。

旁边丛筵看得痛心疾首——这是什么直男答案,这人是怎么娶上老婆的?难道不能跟别的女人聊天,也是商太太定的家规之一?

裴灼灼大概早就习惯了商屿墨对谁都冷情冷性的样子,红唇弯着:"你还是跟以前一样。"

这时,商屿墨手机振动了下,是视频通话请求。

原本随意坐在沙发上的男人起身,接通视频电话后,转身往外走去:"失陪。"

裴灼灼隐约能听到那边传来女人清软却掩不住娇气的声音:"商屿墨……"她眼睫低垂,红艳艳的唇瓣弧度并未消散,继续与丛筵谈笑风生。

翌日,晴空万里的好天气没有辜负昨夜璀璨绚烂的银河。

清鹤湾一大早便热热闹闹地迎来十几人的造型团队,他们推着满满当当的C家礼服、常服,以及各种饰品配件。

偌大的客厅都显得有些拥挤。宁迦漾披着真丝睡袍,将手臂撑在二楼栏杆处,像是没骨头似的趴在上面,漂亮的脸蛋写满了慵懒:"怎么这么早啊?"

昨晚她跟商屿墨就"谁更不怜香惜玉"展开了激烈的辩论。

当然,认真辩论的只有她。

商屿墨整夜做的就是听她小嘴不停地声讨,在最后她累了时,气定神闲地脱下身上的衬衣,露出满身的痕迹。

然后宁迦漾做了一整夜梦,梦里自己变成了一只猫,啃了一晚上猫抓板。

偏偏才六点,言舒就带这么多人上门,宁迦漾揉着困倦的眉心,又晃了晃脑袋,让自己清醒点。乌黑柔顺的长发随着她的动作,凌乱地散落在胸前。

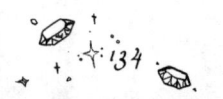

言舒上楼，推着她进主卧："好了，等面试通过，你想睡几天都可以。"

"一言为定。"宁迦漾趁机给自己要假期。

原本想着拍完戏就有休息时间，谁知，还得早起！

言舒犹豫了几秒，然后轻咳了声，软硬兼施："当然，但如果没通过，你就老老实实上通告，给我搞事业！

"哪家当红女明星跟你似的，拍一部戏后，恨不得休息半年。"

"知道啦……"宁迦漾拉长了语调，被按在了梳妆镜前，眼眸微微合上。

宁迦漾本就拥有一张得天独厚的美貌脸蛋，此时在化妆师的巧手下，更加明艳招摇。

眼尾巧妙点缀了碎钻片，灯光下，流光溢彩，尤其随着她卷长的睫毛缓慢上抬，眼睛水波流转，不输日月光华。乌黑长发里编进去一条浅蓝色钻石链条，蓝钻若隐若现，带点低调的张扬感。

化妆师调整发型时，宁迦漾的手机响了下，她随手拿起来看了眼，是小鹿。

看她发来的一条论坛链接，宁迦漾红唇翘了下。今天小鹿放假倒也没闲着，到处刷论坛。

下一秒，她那边又弹出来好几条消息。

鹿鹿鹿："姐！

"大事不好了！

"你有没有发现你头顶有点绿！"

宁迦漾抬了抬眼眸，干净清晰的化妆镜内，身后化妆师正拿着一条淡绿色的钻石链条在她发上比画，还讨论蓝钻好看，还是绿钻好看。

主卧室内，天花板灯光调得明亮炽白。宁迦漾神情慵懒地坐在化妆椅上，用指尖轻点论坛链接。

身上柔滑的霜色睡袍微微松开，露出点精致锁骨，带起不自觉的风情靡色。此时她眼睫半垂着，看手机屏幕跳出来国内最大的论坛，某乎八卦区。

标红的热门帖子非常显眼——《商屿墨机场亲迎玫瑰美人裴灼灼回国，半夜三更秘密携手离开，疑似再续前缘》。

楼主：如题，想必只要是学医的朋友们，一定都清楚，如果商神是医学界的无冕之王，那裴美人绝对就是医学界的无冕之后！当年我们全校师生，哦不对，应该是全医学界都以为这对青梅竹马会走到一起，没想到……商神突然宣布结婚。唉，这对简直就是时代的眼泪。

忽然峰回路转，啊啊啊，没想到这两个人还有同框的一天，实不相瞒，现在我们群里都炸了，给大家上几张历史照片，大家可能就明白我们为什么这么激动了。

前几张都是商屿墨学生时代的照片,有在教室的,也有在实验室的,只不过每张有个共同点:眉眼清冷如画的少年旁边有一个漂亮的长发女孩。

最后两张是昨晚拍的机场照。第一张,已经成熟的男人与女人站在黑色的豪车旁,深情般对视;第二张,年轻男人看着女人弯腰上车。

朦胧的夜色下,女人身影曼妙多姿,男人身形挺拔从容,平添了几分暧昧感。

评论区一堆嗑这两位颜值般配的路人。

细白指尖懒洋洋地动了动,就在宁迦漾去点开那张昨晚拍到的照片时,言舒路过瞥了眼,忽然倒吸一口凉气:"你昨晚跟商医生被拍了?"

此时屏幕上显示的是昨晚机场外上车的那张照片,宁迦漾从唇间溢出声嗤笑,没答。

言舒仔细看了看,才发现不是宁迦漾,而是一个陌生的女人。也不怪她认错,乍一看,照片上的女人侧脸和身材跟宁迦漾还挺像。

刷完帖子后,言舒偷瞄了眼宁迦漾:"现在这些人都看图说话,或许只是偶遇?""而且昨晚商医生不是去送你的吗?"

宁迦漾慢悠悠地抬了抬眼睫,闲闲道:"谁知道他是不是来接人顺便送我。"

言舒哽了下,怕她情绪不好影响到等会儿跟顶奢负责人见面,拿过她的手机分析:"你看啊,这女人虽然长得不错,但是无论是颜值还是身材,都像是低配版本的你。

"什么玫瑰美人,太土了,你可是不食人间烟火的宁仙女,跟没有七情六欲的谪仙才是宇宙无敌的般配。这是你们没公开,以后等你们公开了,这些路人绝对不会说他们般配。"

为了哄得宁迦漾开心起来,言舒大概是用尽了脑子里所有夸赞的词汇。

"谁要跟他般配。"宁迦漾摊开掌心,"手机给我。"

没等言舒犹豫完要不要没收,两个造型师就用蓝色钻石还是绿色钻石吵了起来。

最后请宁迦漾去换礼服,选定礼服再配发饰。

言舒立刻反应过来,拉着宁迦漾起身:"快点跟造型师换衣服去,约好的时间快要到了,咱们得提前过去!"顺势把她的手机收进自己包里。

宁迦漾顺势被推进衣帽间里,云淡风轻地往沙发上一坐,当真没有再提要手机的事情,脑海中却一闪而逝"玫瑰美人"这四个字。

玫瑰吗?

《无畏的承继者们》第三期又录了早晨情景后便结束了,商屿墨没久留,直接坐车离开郁金香基地。

此时,黑色宾利车后座,商屿墨眼眸合着,似在闭目养神。安静下来后,才

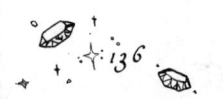

发现呼吸之间隐约有袅袅淡淡的玫瑰香气，清隽眉头微皱了下："没洗车？"

副驾驶座上，陆尧连忙扭头解释："昨天上午洗的。"

商屿墨没答，用修长如玉的指腹揉了揉眉梢，按下了车窗键。透着凉意的风瞬间充满整个车内，新鲜空气驱散了挥之不去的香味。

这时，随意搁在旁边车椅上的银色手机振动了一下。几秒后，又连续振动五六下，商屿墨漫不经心地拿起看了眼，看清楚消息后，视线顿住。

屏幕上，不断闪烁消息发送者是穆明澈。

云朵儿是猛男："@Sym 商懒懒，你在国外日常还挺丰富啊。"

随后"云朵儿"又发了几张图片，作为高速网上冲浪选手，"云朵儿"第一时间发现了这个帖子。

商屿墨点开略看了两眼，看到学生时代被人偷拍的那些照片后，冷淡俊美的容颜上染了几分不耐烦。

Sym："无聊。"

云朵儿是猛男："看看，无冕之王跟无冕之后，别说，还挺般配的。

"你昨晚还特意去接人，不会真动什么歪心思了吧？"

商屿墨薄唇漠然地弯着弧度，言简意赅地回复了几个字。

Sym："去送太太。"

裴灼灼也来参加这档节目，昨晚恰好节目组来接她的车坏了，江导亲自出面请商屿墨捎她一程。

而后又发了句——

Sym："不实帖子，删了。"

如果是其他人肯定听不懂商屿墨的意思，但穆明澈是商屿墨从小一起长大的"竹马"，脑子里自动翻译他这两句话：我去送我老婆，无关紧要的人离远点，谢谢。

穆明澈条件反射回复："好。"

下一秒——

云朵儿是猛男："等等。

"我是你秘书？还是你助理？支使我这么顺手。"

Sym："因为你是我律师。"

商屿墨漫不经心敲着屏幕。懒得再让陆尧去查，不如交给穆明澈，免得闲来没事到处造谣他出轨。

虽然穆明澈嘴上骂骂咧咧，但效率还是很高的。不提他本来的家世背景，单单作为鹿城最大律所合伙人，就可以轻而易举处理这种论坛帖子。

不到十分钟，论坛所有有关"谪仙"和"玫瑰美人"的帖子全部消失。

十一点半，保姆车准时停在今夜白会所门口。太阳光芒像是给两侧月白廊柱烫上了淡金色，绚烂而夺目。

宁迦漾穿着一袭墨绿色丝绸长裙，纤薄后背钩着几根细细的缎带，随着她下车的动作，紧贴在肌肤瓷白的蝴蝶骨上。长至腰际的乌发被松松绾起，几缕镶嵌着淡绿色钻石的发带编进发丝之间，露出那张明艳旖旎的脸蛋招摇过市。即便是璀璨的阳光，也不及她光彩照人。

不过，言舒望着她坦然从容进入会所时摇曳生姿的纤细身影，神情颇为复杂。

仙女亲自选的色系，美则美矣，但是不是绿得有些过分了。言舒忧心忡忡跟着她进门，怕不符合顶奢亚洲区负责人的审美。

听说这位负责人是中法混血，也是时尚界里出了名挑剔的人。

言舒扶额，眼看着宁迦漾已经敲了包厢门，立刻维系住表情管理。

没想到，C家亚洲区负责人瑞司一看到宁迦漾，便直呼："精灵仙子！"

言舒更迷糊了。

还能这样？所以，这是仗着美貌肆无忌惮地打扮，搞个绿色系，还能成了精灵仙子？

宁迦漾红唇礼貌地翘起弧度，灯光下，点缀了碎钻片的眼尾流露出不自觉的风流韵致。这样浓郁高级的墨绿色，很少有女明星能穿得出感觉来。

这个颜色非常挑人，一般人穿上就是灾难，宁迦漾却穿出了灵气逼人的感觉，也不知道是不是真的时来运转。因为宁迦漾这意外换装，竟然点中了这次隐藏的主题。

"大自然的璀璨。"瑞司眼睛眨都不眨地看着宁迦漾，难得夸奖一个女明星，"你确实适合我们的新款。"

当拿到直接出炉的合同时，言舒还觉得像在做梦。这么一个顶奢品牌的珠宝代言人，就这么拿到手了？

"我不是在做梦吧？"

保姆车内，言舒让宁迦漾掐一下自己。

宁迦漾懒洋洋地抬了抬睫毛："不就是个代言人吗，至于这副没见过世面的样子？"

"这是普通代言人吗？这是顶奢啊祖宗！

"这可是多少女明星梦寐以求的资源，你居然就这么轻轻松松拿到了？"

忽然，她脑子里有个大胆想法，张了张嘴："哒……这难道就是传说中的情场失意，职场得意！"

宁迦漾哼笑了声，若无其事地摊开细白柔嫩的掌心："我的手机可以还回来

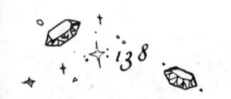

了吧。"

"可以……"

言舒将放在自己包里的手机掏出来递给她，宁迦漾熟稔地点开小鹿发给自己的论坛链接，打算截图，拿着证据再去兴师问罪——她向来不会无理取闹的。

万万没想到，网页快速刷新，变成了"404"，居然刷不出来了。

宁迦漾眉尖轻轻拧起来，找到某乎App去搜索关键词，那个帖子是真的没了踪迹。

被人删了，啧。宁迦漾没发出来的一口气就这么堵在了心尖上。

好气啊！谁删的，这么有意思的帖子删了干什么。

言舒见她红唇抿平成一条直线，便知小祖宗不高兴了，下意识看了眼屏幕，显示页面丢失。

"删了这不是好事吗？"

"好什么。"宁迦漾随口嘟囔了句，然后从车窗看到自己此时像精灵仙子的打扮，将手机重新塞给言舒，"帮我拍张照。"

言舒认命地打开相机。

宁迦漾提醒："记得加滤镜，越美越好。"

"不加滤镜已经够美了，仙子殿下。"

言舒拍照技术还可以，虽然比不上小鹿，但好在宁迦漾颜值扛得住。

昏暗的车内，拍的就是个氛围感。

宁迦漾选了钻石发带绿到泛光的那张发给"欠债的卷毛小坏狗"。

小浪花漾呀漾："漂亮吗？"

商屿墨接到微信消息时，正坐在南城机场的贵宾候机室里。巧的是，坐的位子恰好是昨晚宁迦漾坐过的那个。

看着宁迦漾发来的照片——光线昏暗的车内，身穿墨绿色丝绸长裙的少女唇红齿白，她望着镜头时，唇角轻轻勾起，眼角、眉梢都透露着美貌撩人的气息。

虽然光线暗淡，却掩不住少女洁白如雪的皮肤，商屿墨恍然想起昨天下午在昏暗木屋里触碰过她的寸寸皮肤。

似是随意般，商屿墨指尖微动，将这张照片保存，而后觉得照片上的美人过分漂亮，便多看了两眼。

陆特助端着两杯咖啡过来时，便看到自家上司正在看一张美人照片，凝了下神，才发现是他太太。

商太太穿着一袭墨绿色裙子，连首饰都是绿色钻石。

这时，商屿墨返回微信，回复两个字："好看。"

穆星阑这位已婚人士曾说过，但凡女人问她们好看不好看，正确答案只有一个：好看。

商屿墨过目不忘，自然记得清楚。倒是陆特助想到下午穆二公子发群里的那个论坛帖子，咽了咽口水，沉默了几秒，没敢说清楚，低声提醒："您不觉得太太的打扮有点不对劲吗？"

不对劲？商屿墨略一沉吟，而后轻轻颔首。

"这条裙子，是上个季度的款式。"

宁迦漾从来不穿过季礼服。

陆特助："所以？"

商屿墨偏轻的声音平静从容："所以给她挑些新款礼服送到清鹤湾。"

在陆特助满脸蒙时，商屿墨继续不疾不徐补充："她既然喜欢钻石，再准备一些钻石首饰。"

陆特助："……"

所以老板以为商太太发照片是在暗示缺新衣服和钻石了吗？

您醒醒呀！太太这是在暗示她被绿了！偏偏商屿墨吩咐完毕后，便重新合上双眸。

这边，宁迦漾回家卸完妆躺回床上，终于可以睡个午觉了，至于臭男人那敷衍的"好看"她懒得回。

没想到，她还未睡着，便接到了陆特助发来的一堆品牌新款与各类珠宝首饰的图片。

陆尧："太太您最近喜好哪种？"

宁迦漾立刻从床上坐了起来，眼眸微眯："他让你发的？"

陆尧："是。"

宁迦漾唇角顿时露出冷笑——这是心虚了？想用这些东西堵住她的嘴？几分钟后，她冷着张精致脸蛋，将自己之前收藏的一堆玉雕摆件图片发过去。

"最近喜好这些。"

陆尧替商屿墨掌管个人财产多年，也算是见过大世面，但在搜索了商太太发来的那些图片里东西的价值后，陷入了诡异的沉默。

前往陵城的飞机即将起飞，头等舱内，陆尧将手机递给商屿墨，压低声音请示："您太太说她最近喜好这些……"

陆尧内心：就后悔，早知道直接把那些钻石珠宝、礼服全都一股脑送到清鹤湾，太太这明摆着是想为难人。

看着这十几张图片，头一次，陆特助沉默了。

商屿墨眼眸低垂，浅褐色瞳仁情绪极淡，用修长指尖随意滑过那几张图片，全都是极具价值的玉雕摆件。

看过后，眉眼清冷的男人似笑非笑的，薄唇蓦地勾起个弧度，嗓音徐徐："嗯，可以。"

陆尧错愕地抬头看向商屿墨，表情更震惊了：这个"可以"是嘲讽呢，还是答应了？

"看我干什么，还不去准备。"商屿墨漫不经心地睨他一眼，将注意力重新放在医学杂志上，似乎并未觉得商太太有什么不对。

得到确切答案后，陆特助立刻打电话安排。

电话挂断后，商屿墨肤色冷白的长指突然合上杂志，用指腹无意识般摩挲了两下微凉的书脊，想到宁迦漾三楼收藏室里那一堆玉雕藏品，若有所思："等等。"

陆特助蓦地看过去，眼底写满了期待——这是反应过来老婆不能惯着了？

万万没想到，商屿墨神色自若落下一句话："以后每个月再给她打笔玉雕购买基金。"

陆特助扶了扶鼻梁上的无边框眼镜，已经被刺激到面无表情：这对夫妻不对劲。

说好的"商业联姻，感情不深"呢，为什么要这么养着？不应该各自花各自的钱，并且还要做好婚前协议？

当天各大拍卖会都收到了神秘买家提前预订即将拍卖的玉雕藏品的消息，亦有不少私人收藏家手里的玉雕也收到了高于市场的报价，询问原因后，得知对方竟然是为了哄太太开心。

大部分收藏家都是极有情调的，顿时脑补出唯美的爱情故事，自然愿意割爱。这原本只引起收藏圈的小范围震荡，直到有好事营销号搬到了微博上，竟然引起了围观。

最初大家都在讨论神仙爱情，谁知走向突然奇怪。

因为宁迦漾的粉丝都知道她也喜欢收藏玉雕，有了对比，粉丝顿时有意见了。加上同剧组男演员曾爆料过她男友的身份，虽然大家都知道周缘疑似有臆想症，但宁迦漾没否认他的话。

粉丝们扼腕。他们眼中的宁迦漾就该金尊玉贵，花团簇拥，而不是嫁给一个普通人，过普通的生活。

于是纷纷拥入宁迦漾微博和公司、工作室、经纪人微博下面，希望他们能劝一下宁迦漾，别让她被男人的甜言蜜语蒙蔽了眼睛。

宁迦漾一觉足足睡到了翌日上午八点，把这段时间在剧组缺的觉补了回来。

她慵懒地蹭了蹭旁边的枕边，睫毛轻颤了两下。睡得太多，眼睛微微发涩，她挣扎着睁开蒙眬的双眸，缓了会儿才逐渐聚焦。

宁迦漾懒洋洋地坐起身来，真丝薄被顺着女人细滑的皮肤滑至腰际，微微有些凌乱的长发挡住了所有春色。

不过半遮半掩才是最撩人的。可惜偌大房间只有她自己，并未有人欣赏这旖旎风光，独留满室清冽干净的淡香萦绕。

宁迦漾没注意到旁边枕头被睡过的痕迹，还以为是自己半夜滚过去压的，赤着一双精致莹白的小脚下床，脚踝处淡青色的脉络清晰，蔓延而上，细嫩脚尖没入冷灰色地毯的茸茸长毛之间。

顺手拿起床头柜上的手机，宁迦漾眉头微蹙了下，昨天她好像是玩着手机睡着的，难道是自己半夜迷迷糊糊放上去的？

没细想，宁迦漾一边打开手机，一边往浴室走去，垂眸看屏幕，言舒长长的一排未接电话，以及各种微信消息映入眼帘。

没看消息，宁迦漾直接回了电话，开免提，搁在浴室架子上，并一心两用找精油，打算泡个澡。

言舒秒接："大小姐，你终于醒了！"

宁迦漾"嗯"了声，因为刚起床，原本清软的嗓音有点哑哑的，带着丝丝缕缕懒散意味。

言舒语速极快："出事了，我就在你家客厅，你赶紧下来！"

商家的管家实在是难缠，因为有昨天宁迦漾临睡前交代天塌了都不要叫醒她，管家根本不敢放言舒上去。毕竟天都没塌，太太休息更重要。

宁迦漾想到言舒的语气，应该不是什么大事，不然早就冲上来了。

于是，她漫不经心地应了句："我泡个澡就下去。"

言舒：真是被拿捏得死死的，早知道刚才语气应该更紧张点。

金色阳光穿过别墅外茂密繁盛的银杏叶，给客厅镀上了一层柔和美丽的薄光。

言舒坐在落地窗前，旁边工作手机开着静音，但屏幕一直在闪。除了公司的消息，便是各大媒体说想要采访宁迦漾。

谁能想到，一个跟行业毫无关系的新闻都能把宁迦漾送上热搜，这难道就是传说中的"热搜体质"？也难怪周缘整天惦记着想要蹭热度。

宁迦漾没让言舒等太久，只是略泡了下澡便收拾下楼。薄瘦的身躯只裹了件月白色绸缎睡袍，细细的绸带系在她盈盈一握的纤腰上，走路时，摇曳生姿。

管家立刻让人端上早餐，虽然分量很小，但是花样繁多，可见大厨用了心思。

言舒看着这场景，唇角抽了抽，真该让那些脑补宁迦漾婚后要给男人洗衣服、做饭、做家务的粉丝好好看看。这位婚后过的是什么神仙日子，让他们别瞎操心。

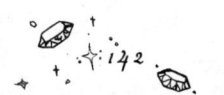

"说吧，什么事？"

宁迦漾卷长的睫毛抬起，闲闲问道。

言舒麻木地将平板电脑推到她面前："自己看。"

宁迦漾视线垂落，入目的便是那熟悉的一张张玉雕照片，似都被人买下了。她忍不住凝眉，气呼呼问："谁买的？"

言舒莫名其妙："你气什么？"

"这都是我看中的，我怎么不气！"谁跟她审美这么一致，眼光绝了。

想到宁迦漾也喜欢玉雕，言舒可以理解她的心情，但是："这个是重点吗？"

"当然是重点！"

宁迦漾翻了好几页图片，没有一个例外，全都是她的心头爱。

言舒点了点屏幕，幽幽道："所以，你的粉丝们现在联合请命，闹着要你跟现在的男友分手。"

宁迦漾这才将注意力从那些玉雕上转出来，刷了刷微博评论。

还有心思点评："你别说，粉丝有些话挺对的。"

"什么？"

宁迦漾刚想念网友的评论，余光陡然瞥到出现在二楼的熟悉身影。

他什么时候回来的？怎么一点动静都没有？

只是几秒钟，宁迦漾看着平板电脑，眼睛眨都不眨地读："呵呵呵，这样一个男人根本配不上不食人间烟火的仙女，仙女快跑。"

言舒坐在宁迦漾身边，看着她一本正经地胡说八道——因为根本就没有这条评论！

下一刻，言舒终于知道宁迦漾为什么会睁眼说瞎话。

不远处传来细微的下楼声，顺势看过去，入目的是一位身材挺拔的清隽男人正缓缓下楼，阳光透过落地窗洒落在他俊美如画的侧颜，光影明暗交错之间，越发衬得来人五官昳丽至极。

言舒之前每次都错过，这还是第一次看到商屿墨真人，然后就被彻彻底底惊艳到了。有这样身材、颜值的男人，还要什么自行车！

不过惊鸿一瞥，商屿墨就用颜值征服了宁迦漾这位严苛的经纪人。

商屿墨自然也看到了言舒，神情平静地打了招呼，这才走向宁迦漾，嗓音清冽好听，带着不疾不徐的从容："仙女真要跑？"

宁迦漾抬起卷长的眼睫，冷冷睨他一眼："仙女的事，你少管。"

"好。"商屿墨从善如流，漫不经心地点了点宁迦漾屏幕上那些照片，"看来仙女也不想要这些东西。

"那我捐了。"

宁迦漾顺着他白皙修长的指尖往下看，而后，瞳仁缓缓放大，黑白分明的桃花眸蓦地抬起，仰头望着他。

什么意思？商屿墨没有说话，云淡风轻地落座。

管家适时地让人送上早餐，宁迦漾呆坐在原地，反应了半分钟，才终于想起来，这些图片，她昨天给陆尧发过！但她从没想过，商屿墨居然真集齐了她的这些心头爱。

这些玉雕的价值她最清楚，要想拿到，不单单是钱的问题，耗费的人脉资源才是无价的。

这边言舒也听懂了——破案了。

原来新闻里的男主角，就是商医生。

言舒目光落在宁迦漾身上，想：这要是被粉丝知道，新闻里的女主角跟他们口中那个凄惨被人骗的天真仙女是同一个人，一定非常精彩。

宁迦漾现在脑子里有左右摇摆的天平，一边放着心尖宠玉雕，另一边是商屿墨"青梅竹马"的帖子。

这时，陆特助和几个保镖走进来，每个人手里都抱着雕刻细致的檀香木盒，客厅瞬间缭绕着浅淡的木质香气。

陆尧向前走了几步："太太，这是您要的玉雕摆件，有几件还在途中，我第一时间把到的先送来了。"

话落，几人同时打开木盒，荧荧泛着光泽的玉雕展露出来，每一件都异常精美，栩栩如生，且玉质皆是纯净无瑕。

宁迦漾最喜欢的就是陆尧捧着的那套十二生肖的羊脂白玉小摆件。她小心翼翼地捧起一只白玉小老虎，被精湛的雕工惊艳到了。

爱谁谁！男人和玉雕，都是她的！

言舒围观后，恍恍惚惚地离开了清鹤湾。公关部经理给她打电话，问怎么处理网上舆论。

言舒下意识答："有什么好处理的。

"让粉丝们亲眼看看，就知道大小姐过的什么神仙日子了。"

经理福至心灵："好办法！不愧是资深经纪人。"

言舒："……"

等等？她说什么办法了吗？

经理："你指的不是真人秀吗？"

言舒愣了两秒，猛地一拍大腿："对呀！"

商屿墨接了个医院的电话，便上楼换衣服打算出门，倒是没再提要把这些玉雕捐了的事情。

此时，宁迦漾倚在客厅落地窗旁那宽大舒适的云朵沙发上，眼睫微微低垂，正一样一样把玩着那些雕工精致、触手温润的玉雕。

月白色绸缎睡袍散开，露出里面同色系的吊带长裙，睡袍柔散如水倾泻而下，裙摆扫过美人精致透白的踝骨。

她恍若无觉，沉迷于玉雕温润又透着凉意的手感，尤其是那十二生肖的手玩件，更是让她爱不释手。

不知过了多久，宁迦漾耳朵忽然轻动了下。

下一刻，便传来男人下楼出门的声音。她睫毛若无其事地抬起些许，余光瞥了眼消失在玄关处的挺拔修长身影。

沉默了几秒，才发出一声轻轻的"哼"——别以为仙女是这些能收买的。

几分钟后，原本安静的门口忽然发出声响，宁迦漾还以为是商屿墨，下意识瞪了眼过去："来来回回烦不……"烦。

一双桃花眸带着不自知的潋滟，若非知道她在不高兴，还以为是娇嗔。

嘴里的话戛然而止，她看到言舒去而复返。宁迦漾说不上是失望还是什么，睫毛重新低垂下来，漫不经心地把玩着指尖那莹白润泽的白玉小老虎，捏了捏老虎小小的玉质耳尖。

言舒大概是因为走得太猛，此时呼吸不均，半晌，才艰难地吐出一句话："我打算给你接个真人秀，让粉丝们亲眼看看你的日常。"

宁迦漾慢条斯理地搁下玉雕，亲自给她倒了杯果茶，用比白玉还要细腻的指尖轻推到她面前，这才悠悠开口："我又没什么好玩的日常。"

"平平无奇又无聊，万一掉粉怎么办？"

"平平无奇？"

言舒刚喝了半杯果茶，差点全部喷出来："还无聊？"

宁迦漾第一反应就是用手挡住离言舒最近的那尊玉雕，漂亮眉头轻蹙："小心点。"

言舒看看那尊菩萨像，再看看其他玉雕，静了片刻，而后默默地坐远一点。

言舒又给自己倒了三杯果茶，一共喝了四杯，这才缓了过来，长长吐了口气，面无表情："实不相瞒，粉丝们就爱看你这种平平无奇又无聊的日常。"

"你没意见的话，那我现在就联系节目了。"

宁迦漾不置可否："我有意见，能拒绝吗？"

当然不能，这是最好的公关方案，想什么呢。

言舒装作没听到，一边发微信联系最近有什么真人秀缺嘉宾，一边扫了眼她手边那个雕像，啧了声："小鹿说得真没错。"

宁迦漾下巴微微抬起，闲闲地看她："什么？"

拉长的语调，像是抽着丝丝缕缕的糖丝儿，缠绕进人的心脏，无孔不入，密密包裹。

"你家商医生就是神仙啊，拜一拜，什么愿望都能达成。"

言舒语带戏谑："瞧，前脚还说这些都是你做梦想要的宝贝，后脚神仙就送到你面前了。"

宁迦漾指尖挨个戳了戳十二生肖的小动物们，最后停在那只小老虎上。

商屿墨属相正是虎，几秒后，她红唇才缓缓溢出两个字："所以？"

言舒语重心长："所以，一个男人这么舍得这样对你，除了喜欢还有其他原因吗？"

"以后好好跟商医生过日子吧……"

言舒作为过来人，巴巴儿地给她灌输了一堆夫妻之道，这才匆匆离开清鹤湾，忙着去谈新节目了。

宁迦漾从未参加过真人秀节目，这刚把风声放出去，许多节目组都发来邀请，言舒得亲自去筛选一番。

宁迦漾没动，用细嫩掌心托腮，桃花眸低低垂下，眼睛眨都不眨地望着桌上那只雕工精湛的白玉小老虎。

片刻后，忽然伸出细白漂亮的食指，抵着小老虎的脑门，略用力，把它推倒了。

看玉白色的小老虎仰倒在茶几上那呆头呆脑的可爱样子，宁迦漾红唇终于愉悦地勾起弧度，懒洋洋地站起身，路过管家时道："找按摩师过来。"

管家："是。"

最近商屿墨因为拍节目，医院和科学院都落下不少事情。今晚早早出门后，临近零点才回来。

男人上楼时，修长手指随意解开衬衣的两颗扣子，灯光下，精致冷白的锁骨格外迷人，他似在随口问："太太睡了？"

管家边递上杯符合商屿墨平时入口水温的白开水，边答道："是，大概晚上九点钟就睡下了。"

还适时将她白日里做的事情一并报给商屿墨："太太白天鉴赏了会儿您赠送的玉雕，又请按摩师按摩了会儿，还美容团队过来做了美容和指甲……"

商屿墨握着透明的玻璃杯，薄唇抿起淡淡的弧度，语调染上几分放松意味："她倒是会享受。"

直到推开主卧门，商屿墨才知道自家太太到底多会享受。偌大房间内，光线极暗，浓重如墨，连窗帘都拉得密密实实，不留半分光线，可见贤良淑德的商太太是没打算给先生留灯。

商屿墨浅褐色的瞳仁在夜色中平添了神秘的幽静。他站在门口，等眼睛适应了极暗的光线后，才不疾不徐地踩上地毯，走向床边。

方才他在客房浴室里洗了澡，换了身冷蓝色的真丝睡袍，如深海般高级而清冷的色调几乎融于黑暗之间。

商屿墨入目的是床内侧睡得极沉的漂亮女人，大抵是因为今天按摩太舒服，宁迦漾睡眠质量极好，没听到任何动静，外侧整整齐齐放着一床薄薄的被子。

当商屿墨掀开被子打算上床时，素来从容不迫的神色蓦地顿住。原本属于他的位置，此时摆满了今天刚送来的那些玉雕摆件，足足占满了半个大床，已经完全没有他睡觉的位置了。

静默了几秒，商屿墨薄唇轻启，清冽磁性的笑音在昏暗环境中格外清晰。

商太太，很好。

宁迦漾大抵听到了床边的动静，睡梦中，好看的眉头下意识蹙起，挣扎着想要睁开眼睛。

呼吸中萦绕着清冽好闻的气息，不属于她的味道，却很熟悉。

宁迦漾像是蝴蝶般的睫毛轻轻颤动，红唇微张，无意识发出一声迷糊的单音节，像是睡梦中的呢喃。

下一秒，忽然感觉到自己唇角落了什么，是男人微凉的唇，如羽毛般轻轻落下，又慢慢离开。

宁迦漾迷茫的小脑袋反应了好一会儿，才缓缓睁开雾蒙蒙的眼眸，迟钝地眨了几下，这才清楚状况。

黑暗中男人面容俊美，微卷的短发搭在白皙额头上，就连下颌线都完美精致，如数映入她视线。

商屿墨薄唇勾起淡淡弧度，煞是好看，此时他的手臂撑在她脸侧，从宁迦漾的角度看，仿佛自己被他困在怀里。

宁迦漾望着他的眼瞳，意识逐渐回归，发出一声轻哼的鼻音，随即推他肩膀："你亲我干吗，亲你的小青梅去。"

商屿墨听到这话时，极轻地笑了声，听着男人在黑暗中分外低沉磁性的笑音，宁迦漾耳尖顿时浮现出一抹红，偏头不看他，双眸带着恼羞成怒："你笑什么？"

商屿墨好听的语调带着几分云淡风轻的散漫："青梅就算了，我不喜酸。"

说罢，不等宁迦漾开口，男人薄唇贴了贴她形状好看的唇，在她反应过来之前，意味深长道："不过，若是商太太嘴里的醋，偶尔吃吃也无妨。"

"谁吃醋了！"宁迦漾顿时睁大眼睛，黑白分明的眸子又羞又怒，立刻便要推开他，"放开我。"

然而她刚睡醒，没什么力气，在旁人眼中，不像是拒绝，更像是欲拒还迎，撼动不了他半分。

下一刻，宁迦漾感觉天旋地转，视线陡然朝向了枕头。视线反转，她看不清楚男人此时的表情，这种未知，让宁迦漾瞳仁浮上一丝慌乱。

宁迦漾心脏几乎要跳了出来，让她忽然想起在郁金香基地小木屋时的情景，那种不安的紧张感，到现在想想都头皮发麻。

大脑那股子劲缓过来后，宁迦漾才恍然觉得哪里不对劲，环顾四周，她蓦地反应过来——不知道什么时候，自己居然被抱到了这儿。

这是床外侧，是商屿墨睡的那边！被子下面放着她的玉雕宝贝们！

女人原本像是没骨头的纤腕顿时有了力气，歪着小脑袋提醒道："我的玉雕！"

向来娇气的她，第一反应竟然是保护这些玉雕摆件，而不是考虑自己会受伤，可见其喜爱程度。

商屿墨从容不迫地握住她乱动的小手，修长手指穿过她瓷白的指缝，与其十指相扣，薄唇微启，不紧不慢问："不是喜欢玉雕陪你睡吗？"

宁迦漾想了半晌，识时务者为俊杰。仙女忍辱负重，于是一字一句说："不喜欢了……"

毕竟，一不小心就掉下去摔坏了。

可商屿墨没给她不喜欢的机会，漆黑的房间里，依旧没有丝毫光线。

外面月光却泛着清亮的柔光，似能透过厚厚窗帘，将这方寸天地映出漫无边际的旖旎风光。

挂在墙壁上的钟里，时间慢慢流转。

不知过了多久，一只漂亮手掌胡乱滑过真丝床单，想要找个东西支撑，最后终于寻着床沿摸到那只安静躺着的白玉小老虎，手指下意识紧紧攥住，蓦地，又缓缓松开。细细腕子搭在床沿，玉白色的小老虎顺着指缝跌落至地，发出一声沉闷的声响，白玉小老虎滚了好几圈，在地毯边缘稍稍停住。

Ni bu guai

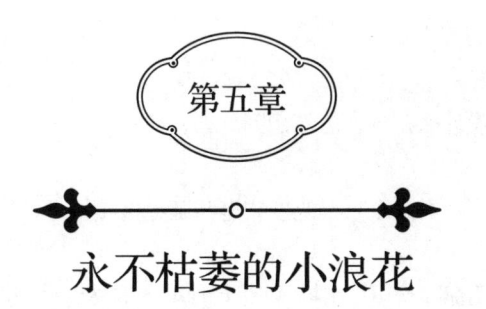

第五章

永不枯萎的小浪花

在家里休息了足足一星期，宁迦漾才恢复工作。这次，她要去国外拍摄顶奢品牌C家的新款珠宝广告，为期七天。

保姆车内，言舒亲自来接宁迦漾，见她上车便神情怏怏的，从行程表中抬脸问："怎么了，给你一周时间去陪伴你的玉雕们，还不够？"

这一脸的"刚上班就想早退"的怠惰模样是什么意思？！

宁迦漾延续以往出门时的精致完美，黑色的丝绒方领及踝裙衬得她肤白貌美、明艳肆意，只是此时红唇下意识抿了抿，漂亮脸蛋上的表情写满复杂。这一周，她都没再把玩欣赏那堆玉雕新宠。

因为看到它们，就想到了那天晚上，商屿墨像要将上次在小木屋里没尽的兴一股脑发泄出来。想起黑暗的卧室与满地狼藉，她就无法直视。她纯洁干净的玉雕宝贝们，彻底不干净了！

宁迦漾不知道该心疼自己，还是心疼她的宝贝们。

她眼睛眨了两下，然后闭上，一副有气无力的样子："你不懂……"

言舒：是挺不懂的。

哪家女明星得了顶级代言不是花枝招展、精神焕发地去拍摄，就他们家这位小祖宗，好像去上刑。

别说，就此等心理素质，秒杀一大片女艺人。算了，心态好，总比做什么都紧张得畏畏缩缩的好。

小鹿见宁迦漾没什么精神，忽然想到什么，凑到她面前："姐，今天商医生的节目有直播哦。"

之前她不是最喜欢看这个直播吗？宁迦漾睫毛慢慢抬起，瞥向屏幕："最近不想看。"

话音刚落，小鹿惊呼一声："哇，那个玫瑰美人居然选择和商医生一组！"

"姐你快看，商医生拒绝了哈哈哈！"

宁迦漾听她一惊一乍的声音，用指尖揉了揉耳朵，懒散地坐起身，看向平板电脑。入目的是商屿墨那张清冷淡漠的面容，若不是那张脸过分好看，真的很像

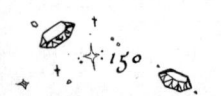

讨债的，宁迦漾忍不住吐槽。

直播时间很短。连这次的主题观众都没弄明白，直播便结束了，但原本看得心不在焉的宁迦漾，蓦地眼神一顿。

桃花眸微微眯起："回放三秒。"

"啊？"

小鹿莫名其妙，还是按照宁迦漾的话往前拉一下。暂停的画面中，身姿曼妙的长发女人坐在沙发上，弯腰捡起杯子时，一条细细的指环项链顺着衬衫裙的衣领掉出来。

车内，宁迦漾眼睫低垂着，乌黑长发随意垂落在胸前，尤其是冷着一张脸时，越发显得冰肌玉骨，美得出尘。她柔嫩白皙的指尖似漫不经心，轻轻点着那枚半露出来的戒指。

见宁迦漾一直细看暂停的画面，小鹿眨了眨眼睛，不明所以："姐，你在看什么？"

宁迦漾红唇冷冷地勾起弧度，没等她答，手机陡然振动了下。随意扫了眼手机，宁迦漾睫毛陡然颤了两下，而后面色平静地打开手机微信，是陆尧发给她剩下的玉雕照片。

陆特助："太太，这几样还在运送途中，大概还要三天时间。"

"这几样已经送到清鹤湾了。"

宁迦漾："好。"而后，秀气的眉目轻垂，想了想，敲了几个字过去，"对了，我这个婚戒好不好定制？"

她从随身的小包里拿出那枚女士戒指，拍了张照片发了过去。

陆尧秒回："很好订，前段时间才给老板重新定做了一枚，您也要换吗？"

宁迦漾一字一句看完回复，极轻地敲下一行字："哦，不用了。"

而后她降下车窗，车道两侧海风带来丝丝缕缕的凉意，几缕碎发拂过脸颊，让人脑子一下子清醒许多。

宁迦漾表情清清冷冷，白净无瑕的侧脸像是浸透了寒霜的精美瓷器。下一刻，她将手探出窗外，将原本指尖钩着的那枚又美又闪的钻石戒指微微松开，戒指顿时顺风而飞，眨眼间便没入蔚蓝海域之中，连半点水花都没溅起来。

随即，带着凉意的手指重新升起车窗，暗色的车窗映出她平静到毫无波澜的双眸。

安静的车内，只有言舒低声跟C家负责这次拍摄的工作人员沟通的声音。

小鹿正睁大眼睛盯着平板电脑上的截图，没看出不对劲。

直到看到几条弹幕刷过：

裴女神人美又有才华，只是这个角度，跟宁迦漾有点像。

不过一个是花瓶，另一个是高智商女神，宁迦漾粉丝别来碰瓷。

小鹿顿时气得不行，登录小号发回复：睁大你们的眼看看，谁碰瓷谁？

裴灼灼也是那种浓颜系长相，尤其弯着眼尾时，一颦一笑，确实与他们家仙女有几分相似。

但那也只是不跟仙女对比，但凡两人站在一起，谁是真品谁是赝品，长眼睛的就能看出来。

单单就颜值而言，宁迦漾"颜值天花板"是大家公认的，不是任谁敲上个"玫瑰美人"的标签就能随便碰瓷的。

忽然有弹幕提及青梅竹马，小鹿蓦地灵光大闪，想起来那个被删掉的有关"青梅竹马"的帖子。

哟，等等——她下意识看向宁迦漾。

黑色丝绒长裙包裹着宁迦漾纤秾合度的身材，仪态绝佳，全身首饰只有白嫩耳垂处坠了的长长流苏钻石耳环，她弯腰探出车门时，流苏自然摇曳，阳光洒下，反射星光点点的光芒，平添了几分神秘独特。

小鹿呆滞地望着他们家仙女，脑补出了一堆狗血故事——所以，仙女是替身？那个裴灼灼配吗，配吗？玫瑰美人才是赝品！

直到抵达拍摄广告片的国外知名度假小岛。

拍摄期间，宁迦漾状态极好，完全诠释了"大自然的璀璨"这个珠宝主题，原本需要七天的拍摄，四天便拍完了。

最后一天拍摄结束时，宁迦漾请拍摄团队的所有人吃海鲜大餐。

小岛最大的餐厅内，她靠坐在休息区的沙发上，简单的短袖配牛仔短裙，绑带凉鞋的香槟色丝带环绕至小腿，越发衬得一双长腿纤细莹白，美不胜收。卷翘的睫毛安静地垂着，似在闭目养神，倒也没人来打扰。

忽然，有几个工作人员路过时在小声聊天："没想到商太太居然是她。"

"商医生跟商太太真是太般配了……"

商太太？宁迦漾眼睫轻颤了下，姿势没动，指腹散漫地揉了揉垂在掌心的那串玉兔手串，似乎毫不关心。

这几天故意用拍摄任务堆满全部的时间，没有想起过那个人。

宁迦漾红唇嘲弄地弯出个弧度：商太太就在他们眼皮底下呢。

几秒后，她慢慢睁开了双眸，望着那几人激动聊天的背影。

恰好看到小鹿匆匆从门外走来，娃娃脸上表情显得十分凝重。

"姐，不好了！"

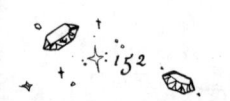

宁迦漾睫毛慢慢抬起，顾盼生辉的桃花眸此时染着清晰的倦怠，闲闲应了声："什么事？"

小鹿来不及坐下，就把手机塞到宁迦漾手里，压低声音在她耳边说："商医生的'太太'曝光了！

"人却不是你。"

宁迦漾想到刚才那几个工作人员的话，漂亮脸蛋清清冷冷，没有浮现半分情绪波动。

接过来小鹿的手机，用白皙指尖慢条斯理点开暗了一个度的屏幕。

入目的是媒体惯常喜欢用来吸引眼球的新闻标题——

《惊天大揭秘！医学界商屿墨的太太竟是她！》。

主帖：如果是经常刷论坛的姐妹们，应该看到过前段时间医学生爆料却被删除的帖子——《商屿墨机场亲迎玫瑰美人裴灼灼回国，半夜三更秘密携手离开，疑似再续前缘》。没错，后续来了！

后续一：当初被删掉的那个帖子——半夜三更，孤男寡女。据说裴灼灼来的那天，商神一整个白天都不在游戏状态，甚至下午还睡过头。看了这么多期节目，除了那天，堪称全能的商神什么时候发挥失误过！

后续二：裴灼灼也受邀参加《无畏的承继者们》。有网友从上次节目直播扒出裴灼灼脖颈上戴的指环吊坠，与商屿墨的婚戒是同款，一模一样！具体看图。

后续三：从之前节目已知商神送给商太太一座价值不可估量的玫瑰庄园，姐妹们！裴灼灼"玫瑰美人"的美誉众所周知，还有，那段时间裴灼灼在社交媒体上也发过大朵大朵的玫瑰花照片，定然就在玫瑰庄园里！你们品，你们细品。

由上可知，商神口中那位商太太正是裴女神呀！

欢迎姐妹们补充暗戳戳的节目糖。

下边还带了十二张图片。

宁迦漾眼神淡淡的，嘲讽地弯起唇角，弧度越发清晰。

三条后续，一条半不实，至于剩下的一条半……她冷静而淡定地往下刷了刷下面的照片。

第一张照片是当初被删掉的帖子截图。

第二张截图是裴灼灼不小心掉出来的吊坠指环，与商屿墨日日戴着的戒指的对比图。

第三张是裴灼灼在社交媒体上发布的照片，大朵大朵的热烈的红色玫瑰衬得佳人越发美艳动人。

还有几张是节目中裴灼灼和商屿墨的同框图、对视图，热情如玫瑰的美人和清冷如谪仙的男人，每一张同框图，都像是大片。

宁迦漾面色平静地刷完了所有照片，最后视线落在热门评论上——

嗑了那么多年，居然是真的！

如果裴灼灼是商太太，我好像不觉得奇怪，毕竟如果是商医生的话，就该娶这样才貌双全的大美女！而且都是学医的，以后还有共同语言。

玫瑰庄园的传说还记得吗？庄园主人更喜玫瑰，所以拔了郁金香，与爱人共同种植了这片玫瑰。

啊啊啊，主人喜什么玫瑰啊，喜的分明是玫瑰美人呀！

宁迦漾视线陡然凝住，莫名其妙浮现出了在机场无意中听到裴淼淼说商屿墨曾与她姐姐一同种植过玫瑰。

所以宁迦漾想到自己曾经住过的玫瑰庄园，曾经欣赏过的热烈玫瑰，皆是他与另外一个人亲手种植的。

灯光下，美人肤白如雪，眉眼清冷如霜，原本明艳招摇的容貌，此时因为表情冷着，透出几分让人不敢直视的冷艳灼人。

沙发旁边的茶几上搁着侍者送来的海鲜拼盘，宁迦漾放下手机，捏着小叉子，插起一只甜虾吃。

刚咽下去，宁迦漾忽然意识到了什么，将剩下的半只甜虾放回盘子里，发出细微的一声响。

晚上十点，商屿墨做了将近八个小时的手术，最终手术成功，他缓缓从手术室走出来。走廊灯光有些暗淡，外面是病人家属们喜极而泣的声音，他表情一如既往，从容冷静。

脸上的口罩还未曾摘下来，眼睫低垂，在冷白皮肤上映出淡淡阴影，恍若操控生死却没有七情六欲的神仙——永远清醒，永远理智，永远高不可攀。

男人偏轻的声音动听，徐徐且沉静地说完术后注意事项，不过隐约能听出许久未喝水的沙哑意味。

几分钟后，男人穿着一身白大褂，不急不慢地离开手术室，往洗手间走去，习惯性地要去洗三遍以上手。

陆尧很了解这位的洁癖习惯，等在手术楼的洗手间门口，果然第一时间就看到了做完手术的商屿墨。

"老板！"

商屿墨眼皮抬了抬，若无其事地掠过他，先消毒三遍，才开始洗手，淅淅沥沥的水流声瞬间充满整个空间。

清澈的水流流过男人肤色冷白的手掌，顺着修长指尖流下，水花溅至瓷白的洗手台内，他一遍一遍擦着洗手液。

陆尧可不敢在这种时候打扰一个重度洁癖患者。

商屿墨倒也没为难他，轻声问："什么事？"

知道陆尧若是没有急事，不会来医院找自己的。陆尧赶紧把论坛错认商太太的事情说了，最后道："我已经联系平台第一时间删帖，幸好只是小范围发酵，而且没有真凭实据。"

若是只是小范围传播就兴师动众地澄清，倒是显得他们太在意这些舆论。所以在商屿墨做手术的这段时间，陆尧与公关部共同决定，简单粗暴删帖。

不过，也幸好商屿墨在网上就只有几个直播片段、几张照片，若是首播之后，陆尧想：依照自家老板这颜值，绝对会全网爆红！

现在涨粉一千万，甚至这位还没有发布首条微博，后面真的有节目播出，可预测盛况。

商屿墨抽出旁边的纸巾，慢条斯理地擦拭干净掌心与一根一根手指上的水迹，薄唇轻扯，而后清冽冷淡地"嗯"了声。

就在陆尧松口气时，忽然，商屿墨问了句："玉雕都到了吗？"

陆尧福至心灵："基本到齐了，也给太太发过消息，不过太太没回复。"

真正的商太太四天前离家拍广告，到现在都没任何消息，现在看来，似乎连玉雕都吸引不了她回家。

略一顿，陆尧继续："还有一件是太太最喜欢的，对方得知我们想要，就故意抬价，正在和对方谈判。"

商屿墨淡淡地瞥了他一眼："钱不够？"

陆尧："够……"

得，他懂了。这世界上就是有人愿意当冤大头，博美人一笑！

秦望识站在洗手间门口，整个人都石化在原地。

仔细想了商屿墨的话，"冲浪"小达人小秦同志立刻反应过来，前段时间那个买玉雕上热搜的新闻男主角是商屿墨！

为什么发现这种大秘密的总是他！小秦恍恍惚惚如幽魂一般往洗手间走去。

商屿墨只是淡淡地扫了他一眼，没说话。

这时，他放在口袋里的手机蓦地振动起来，是陌生号码的来电。商屿墨长指轻点"接通"，毕竟他的私人号码，知道的只有至亲之人。

谁知，听到那边声音后，原本冷静理智、无情无欲、无悲无喜的谪仙，神色陡然变了。

度假小岛以环境优美、静谧而闻名。此时夜幕低悬，星光璀璨，美得如同仙境。

155

宁迦漾自餐厅回来后，便早早回了房间，再也没出来。

C家负责人很大气，给她们安排了一栋度假别墅。

小鹿看了眼时间，才晚上十点，不到仙女的睡觉时间。她端着果盘轻轻敲了敲宁迦漾的房门，等了半天，都没听到里面的动静。

"难道睡了？"

她自言自语了句，轻手轻脚地推开门，打算看看情况。入目的是一侧巨大的单向玻璃墙壁，从这里可以清晰地俯瞰整个小岛的夜景，压低的夜幕，星光点点，洒在了大床中间的睡美人身上。

"姐？"

宁迦漾没有答应，精致如瓷娃娃般的脸蛋上透着倦怠之色，似是不舒服，眼睫紧紧闭着，偶尔颤一下，如风中摇晃的蝴蝶，睡得很不安稳。

小鹿下意识摸她的额头，温度极高。随后意识到什么，小鹿手指发抖地掀开宁迦漾裹在身上的被子，果然，撩开她柔滑乌黑发丝，露出那纤细羸弱的脖颈，只见又白又薄的皮肤浮上一层殷红，仿佛虚虚烙印的神秘纹样，浓烈血色沿着极致雪色从脖颈蜿蜒而下，没入淡金色的丝绸睡裙内。

这是严重过敏的反应！

这时，宁迦漾颤抖着睫毛，半睁开眼眸，眼睛难以聚焦，有些昏昏沉沉的，微微干燥的红唇微启，却没有说出话来。

"姐，你过敏了？"

想到她今晚好像只吃了半只甜虾，再也没碰过别的食物，难道是对虾过敏？

房间内光线暗淡，宁迦漾烧得浑身都烫，迷糊之间，甚至觉得外面的星光都刺眼。

小鹿第一次遇到这种事情，有些措手不及，更可怕的是，偌大的别墅里，只有她和宁迦漾两个人。

她快速去找过敏药，备用药箱里全是她看得磕磕绊绊的纯外文药盒，好不容易找到过敏药，又想到过敏药也是有分类的，不能乱用。

小鹿灵光一现，差点忘了，仙女的老公就是医生！肯定知道吃什么药。

于是提着药箱，又哼哧哼哧跑回三楼房间，半天没找到宁迦漾的手机。

"姐，你老公的电话号码记得吗？"

小鹿一边找，一边随口问了句，但没有抱希望，毕竟现代年轻人，谁还背电话号码！

因为宁迦漾发烧，模模糊糊听到有人问她商屿墨的电话号码，脑海空白一片，只余下那串清晰的数字。

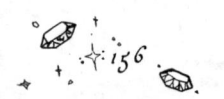

偌大的房间内，很安静。

几秒后，小鹿忽然听到一道微弱到几乎听不清楚的声音，似乎是数字？

等等！数字？

小鹿蓦地瞪大眼睛，连忙拿出自己的手机，把耳朵凑到宁迦漾唇边，按照她说的数字试探性地拨了出去，居然真能拨出去？

"商医生？"

那边传来男人清冷淡漠的声音："你是？"

还真是！小鹿眼底划过惊喜："商医生，您好，我是宁迦漾的助理小鹿，她现在过敏高烧……"

她连忙将目前情况一股脑说了出去，等她说完所有状况，商屿墨缓慢吐息，随即理智又吐字清晰地指导她用药和做紧急处理。

小鹿按照他说的，一步一步做完，看到宁迦漾略微稳定了，这才松了口气。

挂断之前，隐约听到那边传来汽车引擎发动的声音。

深夜十一点，陵城直达度假小岛的白色私人飞机划过幽深似墨的夜空。

而此时，陵城医院论坛也迎来久违的热闹——《惊爆：最近因为妻子购买玉雕而上微博热搜的新闻男主角竟是我院第一冷美人商屿墨！》。

楼主：如题。亲耳听到，如若有假，就让我次次夜班都被"夜班之神"眷顾！

这条帖子一出，不到半小时，便成了本月第一热帖，后来还被人搬到了微博。

毕竟当初那条新闻，到现在还有媒体在扒主角是何方神圣。大家万万没想到，听起来虽然败家，但宠爱妻子的大佬居然跟清清冷冷、没有七情六欲的谪仙是同一个人！

没多久，微博相关词条爆上了热搜，不过，此时大佬本人已经抵达妻子所在的度假小岛。

将近凌晨三点半，小鹿正坐在落地玻璃墙壁旁边打瞌睡，忽然听到了阵阵轰鸣声。

下意识往外看去，远处，一架银白色、外观极酷的私人飞机停在全岛唯一的停机坪上。

很快，从里面下来两个人。为首的男人穿着黑色衬衣配同色系西裤，几乎融于夜色，看似仪态徐徐、从容不迫，实则速度很快，走进了别墅区域。

倒是显得后面提着白色药箱的西装男人步伐凌乱，似乎跟不上。

离得近了，小鹿揉揉眼睛，不可置信地望着来人，这不是她最近常看节目直播的商医生本人吗？！

本来是病急乱投医，却没想到，商医生不但有条不紊地告诉她如何紧急处理，还亲自来了!

半夜三更,因为太太过敏,便坐飞机奔赴而来。哟,哪个男人若毫无感情,能做到这种地步?

眼看着他快要抵达别墅门口,小鹿连忙去开门。

商屿墨眉眼冷漠,开口率先询问完毕宁迦漾的症状后,从陆尧手里接过自己带来的药箱,语气很淡:"我自己即可。"

卧室门陡然关闭。

小鹿:这种卸磨杀驴的错觉是怎么回事。

陆尧微微一笑:"你可以去休息会儿,这里我看着就行。"

小鹿:更像了。

房间内没有开灯,唯独清冷月光与璀璨星光穿透巨大的玻璃墙壁,如数倾洒进来。宁迦漾大抵是因为不舒服,身体微微蜷缩着,眼睫紧闭。

商屿墨目光落在她身上,素来没什么情绪的眼里掀起细微波澜,黑暗藏匿了所有情绪。

他无声在床头坐下,将姿势没安全感的女人半抱着坐起身来,单手从药箱拿出一根退敏针,给她打进去。

动作很轻,但冰凉的触感还是惊醒了宁迦漾。她半靠在男人怀里,脑子尚未反应过来,睫毛颤巍巍抬起,眼睛望及玻璃外的星月光芒,漂亮眉头轻轻蹙起。

下一刻,男人掌心挡在她眼前:"闭眼。"

黑暗中,商屿墨声音很低,清冽中浸润着几分柔和,明明近在耳边,宁迦漾却觉得像是在梦境之中。

因为商屿墨从来不会这么温柔,任何时候都是理智而冷漠的。女人卷翘的睫毛在他掌心颤了两下,商屿墨眼眸轻合,视线落在她脖颈下多了抹殷红烙印的皮肤上,随即拿出药膏。

因为过敏,宁迦漾皮肤格外敏感。即便是柔滑的真丝布料,摩擦皮肤时,都能让她痛觉被无数倍地放大。

她细白牙齿忍不住咬着下唇,半晌,溢出来一个字:"疼……"眼尾被逼出了泪花,挂在了长长睫毛上。

商屿墨修长手指微微屈起,指尖撩动她纤薄肩膀上那细细的蝴蝶结肩带,略一用力……

顿时,柔滑的布料,顺着同样滑的皮肤,如水倾泻而下,最后堆在精致漂亮的脚踝之间。

商屿墨指腹沾满了浅白色的药膏,一点一点均匀涂抹在她过敏的位置上。

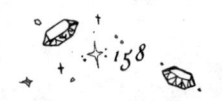

主卧面朝大海，夜幕低垂后近在咫尺，银河般璀璨的星光透过落地玻璃，幽蓝色的海域与夜幕水天相接，美不胜收。

更美的是如此夜景下，浑身雪白的漂亮女人，柔软的身躯陷在如云朵般的白色大床之上。

穿着一袭黑色衬衣、眉眼映丽的男人，长腿半跪在床侧，沾着过敏药膏的修长指尖缓慢擦过那些殷红痕迹。

浅褐色的眼眸深垂，沉静从容，药膏没有遗漏任何一处。清清凉凉的药膏布满全身，淡淡的药香气息弥漫在呼吸之间，宁迦漾身上的痛感缓解，她视野模糊之时，仿佛看到了一个熟悉的身影。

忽然，一只发烫的小手攥住了男人的手腕。

商屿墨顺着那纤细手臂往上看去，入目的是宁迦漾那双黑白分明的眼眸。她正慢慢从床上坐起来，若是细看，会发现她的瞳仁并未聚焦。

大概是脑子还迷迷糊糊的缘故，她声音有点模糊："不干净的男人，离仙女远点。"

商屿墨眼眸晦暗沉郁，神色淡了下："清醒了？"

下一刻，宁迦漾松开他的手腕，秀气的眉头紧皱着："痒……"

说着，她便要去挠皮肤上过敏的位置。商屿墨反扣住她的手腕，眼眸轻合，等波澜平复下来，才道："别乱动。"

随即将人揽入怀中，他形状漂亮完美的薄唇悬在她脖颈泛红的位置上，极轻地吹了吹。

宁迦漾眼睫低垂，身上那片发烫、发痒的过敏肌肤终于被吹得舒服些了，高烧迷糊的意识也逐渐清醒。

就着月光，宁迦漾桃花眸抬起，安安静静地看了他好一会儿。等身上彻底不痒了，突然，她伸出一双纤细手，干脆利索地把人推开，唇角嘲弄地勾起弧度："传闻非虚，我算是亲身领教到了。"

男人顿了几秒，随即慢条斯理地握住她的手腕，将刚才蹭掉的药膏重新涂了一遍，偏轻的声音依旧平静："亲身领教？"

见他无论什么时候，都是这副冷冷清清、理智清醒的样子，宁迦漾忍了下，发现自己根本忍耐不了："对啊，上能济世救人，下能陪人种玫瑰，大晚上还能跑来给感情不深的老婆送温暖，不得不说，医学界第一男神仙就是您。"

商屿墨若无其事地拿起湿巾擦干净指腹上的药膏，恍若随口问："商太太，你对我是不是有什么误解？"

宁迦漾懒得答。身为完美主义者，她的男人要是不干净了，那就像是挚爱的玉雕有了瑕疵。外观再完美，也让人失了兴致。

"小浪花……"

商屿墨给她重新穿好睡裙，忽然想到什么，缓缓俯身，嗓音极轻："又吃醋了？"

宁迦漾躺回床上，用被子把自己完全蒙住，装作没听到，偏偏男人没有放过她的意思，用长指扯开她的被子："药膏还没被吸收。"磁性的语调染上几分温柔。

宁迦漾脑海中浮现出方才他不厌其烦给自己上药，吹着每一寸不舒服肌肤的画面，指尖用力攥着被子，不愿被他看穿那些连她自己都不愿意直视的心思。不知过了多久，一阵倦怠感涌了上来，她眼皮有点沉。

"商太太怎么样才能消气？"

她面朝玻璃墙，挣扎着睁开眼睑，入目的是一片模糊的漆黑，唯独低缀在夜幕上的星河似组成了玫瑰模样。

宁迦漾红唇张了张，呢喃般："如果……让你亲手把玫瑰庄园的玫瑰全都拔了呢。"

连空气都是静默的，久到宁迦漾意识快要消散时。商屿墨将她蒙在下巴处的薄被拉至腰际，面容清冷沉静，徐徐道："你喜欢的玉雕全都抵达清鹤湾了，回家便能看到。"

宁迦漾意识消散之前，清晰听到他平静语气中毫不动摇的拒绝，红唇下意识往上扯了扯，却没力气，最终缓缓抿平。

夜色更浓，商屿墨神色疲倦地靠坐在别墅大厅的沙发上，用修长手指慢慢揉了揉发涨的额头。

昨天做了一场手术，又连夜赶来，几乎耗尽他的精力。此时宁迦漾过敏反应彻底平稳下来，紧绷的神经放松后，随之而来的是极度的倦意。

原本陆尧是不敢打扰的，但……目前这个发展趋向，自己实在不敢做决定。于是他端着一杯咖啡走来，顺手把平板电脑放到商屿墨膝盖上："您上热搜了……"

商屿墨抿了口极苦涩的咖啡，才略微清醒几分。

目光滑过最上方的一排热搜词条——

"揭秘医学界商屿墨的太太""商太太玫瑰美人裴灼灼"。

商屿墨没什么表情，用长指点进去。

热门微博：

证实玫瑰美人是商太太证据再添一笔：有媒体从商神的医院论坛扒出，前段时间收购玉雕的大佬正是商屿墨，众所周知，玫瑰美人裴灼灼，爱好之一，就是收集玉雕。

这条微博还附了一张裴灼灼社交媒体的截图。

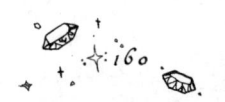

她曾发过某张照片，衣帽间有个单独开辟出来的一整面玻璃柜子，上面放的全都是玉雕，以及她日常偏爱的首饰，也是玉镯。

啊啊啊，商神这是什么神仙老公啊！

从送玫瑰庄园到送玉雕，从商神"家规"公开商太太，到裴女神悄悄掉婚戒被扒，太甜了。

商神真的把太太护得太严实了，一有帖子就删，就怕被咱们发现！

此时只想变成商太太，呜呜呜，羡慕。

商屿墨清隽的眉头深皱："怎么回事？"

玉雕他看清了前因后果，但"玫瑰庄园""婚戒"，还有其他什么"为了裴灼灼才会在节目失误"，皆是无稽之谈。

因为手术，商屿墨并未看到昨天那个论坛帖子。

陆尧顺势将昨天删掉帖子的截图翻出来，商屿墨一页一页翻过截图，每个字都看得清清楚楚，薄唇极冷地陡然抿起弧度，用指腹用力捏着平板电脑。

陆尧眼皮一跳，生怕自己新买的平板电脑被捏成粉。

商屿墨眼睫低垂，面无表情地看完，蓦地起身，往楼上走去。

路过走廊微开的窗户时，他余光瞥到指间反射的一点细碎淡光，脚步顿了几秒。

随即冷着脸，摘下无名指上的婚戒，毫不犹豫地扔出去。

海风极大，轻飘飘的戒指随风飞进海域里。

商屿墨掌心抵在了主卧门把手上，又缓缓松开。过分修长干净的手，在走廊昏黄的灯光下，衬得如最完美的工艺品，此时抵在喉下，似是随意地扯开领口。两粒扣子因为他带着几分戾气的动作，崩落下来，骨碌碌顺着楼梯，滚落至最后一级台阶角落。

陆尧跟在老板身边这么长时间，从未见过他情绪泄露，今晚算是见识到了两次——一次是在医院听到太太严重过敏，另一次是现在。

"陆特助。"就在陆尧思绪万千时，忽然听到一道清清冷冷的声音喊他，立刻回过神来，快速应："在！"

商屿墨薄唇轻启，轻轻的嗓音，嘴里溢出极为清晰的话语："去定制新的婚戒。"略顿后，继续道，"所有颜色的钻石，各订一款，以'浪花'为设计主题。"

陆尧下意识看向他的手指，此时已经空了，明明刚才在楼下看热搜时还戴着的！他脑海中陡然浮现出商屿墨路过窗口时，窗外一闪而来的光芒，内心倒吸一口凉气——戒指说丢就丢了？！

想到这位随便丢戒指的脾性，陆尧默默问："预算是？"

商屿墨已经推开了房门，极淡地睨他一眼："你说呢？"

陆尧咽了咽口水：懂了，上不封顶。

卧室一如离开前那般静谧，只是宁迦漾身上那原本被商屿墨拉至腰际的被子，不知道什么时候，又被她扯了上去。

商屿墨站在床边，拉长的影子似乎占满了整个墙壁。只见他缓缓折腰，双手极轻地将被子重新拉至她腰际，撩开她纤白脖颈处的乌黑发丝，露出里面已经变淡了一点点的殷红痕迹。

红色烙印蔓延而下，大片大片雪白的皮肤上都是这样神秘的印记，格外扎眼。

大抵是因为退敏针起了效果，她睡颜安稳，呼吸均匀。

商屿墨想到宁迦漾临睡前那似是梦呓的话，伸出冷白微凉的指尖碰了碰她的眼尾。

宁迦漾脸颊下意识蹭了蹭枕头，却无意中将他半边手压在脸颊下。她红唇微张，声音模糊，嘟囔：“渣狗，带着你的玫瑰美人离仙女远点。”

商屿墨听得清晰，没生气，薄唇反而勾起极小的弧度。掌心贴着女人柔嫩的脸颊，就着这个姿势，看了她许久，直到手指发麻，商屿墨轻捏了那脸颊一下，才扶着她的脑袋重新平躺回去，将自己的手抽出来。

商屿墨极倦，却毫无睡意，慵懒从容地坐在床侧的单人沙发上，只要一伸手，便能触碰到宁迦漾露在被子外的细白指尖。

他正遥遥望着玻璃墙外的夜景，片刻后，他忽而坐直了些，恍若随意地单手举起手机，对着外面拍了张照片。

星月光芒洒在他修长手指上，似是镀上了层薄薄的冷霜色，商屿墨打开私人手机里那个秦望识安装的橙色 App，刚准备发布微博，略停了几秒，转而给正挑选对戒款式挑花眼的陆特助发了条微信：“把认证过的那个微博账号和密码发给我。”

陆特助秒回账号密码，顺便问：“您准备发什么，需要公关部帮忙写文案吗？”

商屿墨：“戒指订好了？”

陆特助：“……"

还没。

临近天亮，粉丝量一夜之间涨至将近两千万，被各方媒体网友关注的微博账号，终于发布了首条微博。

商屿墨 V：灿烂的不是玫瑰，是星河灌溉，永不枯萎的小浪花。

附图，拍摄的照片像极了一幅精美至极的画卷，低垂的夜幕之上，星河璀璨，天水相接处，幽蓝色的浪花环绕着一片岛屿，更显眼的是透明玻璃倒映出屋内的场景。

身形挺拔清隽的男人坐在单人沙发上，一只修长冷白的"神仙手"随意搁在

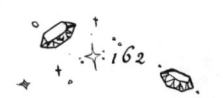

床上，掌心微微陷入柔软的薄被。可以清晰看到，他长指与床上安然睡熟的女孩纤细指尖相抵。

微博一出，熬夜党们全都清醒了。

啊啊啊啊！这是官宣了吗！祝福商医生和玫瑰美人，长长久久！

楼上瞎了吗，商医生说"不是玫瑰"，什么公开，这是澄清！

商医生不愧是恪守男德第一人，热搜爆了，第一时间来澄清并且表白真正的商太太！

"小浪花"，被甜到了。"星河灌溉，永不枯萎"好绝。大概在商医生心里，他的"小浪花"生而骄傲，永远花团簇拥，永远光芒万丈，才会觉得灿烂的玫瑰都不配与商太太相提并论。

楼上姐妹好会，突然脑补出来一个骄阳似火、光芒万丈的绝世大美人！

所以，我们之前嗑了一晚上的青梅竹马的糖其实是假的？

可是，你们怎么确定"小浪花"是商太太？这是不是也可以解读成商神觉得"玫瑰美人"这个称号配不上裴女神，而"永不枯萎的浪花"更能配得上她。

哟……还真是！楼上解读也没毛病啊。

无语，能不能别硬嗑了。"小浪花"分明是个名字啊，隔壁节目官博都趁机发照片蹭热度了，快去看。

没错，只能说不愧是江导的团队，绝不浪费一丁点热度。

在商屿墨发布微博后，直接转发并且附了张图：

《无畏的承继者们》官博V：祝商医生、商太太百年好合！

照片是一张无人机拍到的商屿墨和太太的微信聊天画面，他给太太备注的名字就是：小浪花。

原来是真的"小浪花"，所以再看一下文案，商医生不愧是高才生，一语双关，骂人不说脏字。

此文案又可翻译成：野生玫瑰别来碰瓷本人家养的"小浪花"！

哈哈哈，野生玫瑰也是好好笑。

就在大家开始热热闹闹玩哏开玩笑时，粉丝们"出战"了——

所以只是一条微博，就抹杀了与裴女神的过去吗？

玫瑰庄园总是为了裴女神吧，果然，青梅比不过天降。

…………

有这些声音的出现，让大家把注意力重新集中在商屿墨和裴灼灼在学校的少年时期。

直到从少年影帝转行做律师，依旧在网上拥有上亿粉丝的穆明澈转发商屿墨的微博。

穆明澈V：这就是你大半夜不睡觉，把玫瑰庄园夷为平地，改成浪花城堡的原因？

至此，微博终于崩了！网友共同的心声：这男人太酷了吧！

翌日，宁迦漾刚睁开眼睛，便对上了小鹿那双兴奋的眼睛，刚醒来声音带点微哑："你干吗？"

小鹿激动得满脸通红："姐！你还记得昨晚发生了什么吗？！！"

发生了什么？她好像过敏了？

宁迦漾坐起身来，刚准备开口，谁知随着起身的动作，肩膀上的蝴蝶结突然松开，柔滑的睡裙顺着皮肤往下掉。

她下意识托住滑落的睡裙才没有让自己走光。

脑海中第一反应是：她昨晚没系紧？

余光瞥见撑在床单上的手臂皮肤，一夜之间，雪白藕臂上只余下淡淡的粉。

她记得自己对虾类严重过敏，初中时不小心吃到一次虾酱，可是足足好几天，身上的红痕才慢慢好转。

宁迦漾表情微怔，脑海中忽然浮现出昨晚梦境一般的画面，男人半跪在她身侧，用那双修长干净的手指一遍一遍、不厌其烦地替她涂药膏。

后来，痒的时候想抓，他还帮她吹，全程耐心至极。

原来不是梦，那……他拒绝自己，不会拔掉那些玫瑰，也不是梦。

宁迦漾睫毛低垂，红唇紧紧抿着，羞耻感蓦地涌了上来——他会不会在心里嘲笑自己的不自量力，都怪她昨晚高烧烧糊涂了，才会说出那样的话！

啊啊啊！不行，离婚！必须离婚！

"姐，你在想什么呢？"小鹿说了一通，发现仙女居然在发呆，"快看……"

"微博"两个字还没说。

宁迦漾便下意识回："想离婚啊。"

小鹿后面的话戛然而止，空气中一片静默。

几秒后，小鹿的声音在耳边炸开："什么？！"

宁迦漾揉了揉白玉似的小耳朵，万万没想到小鹿反应这么大，漂亮脸蛋上的表情无辜："离婚啊。

"前几天你不还说像我这样的仙女，何必吊死在一棵树上。"

小鹿张了张嘴："那是因为……"她以为自家仙女是男主角的"白月光"女主回归后，会被下堂的前妻啊。

谁知道，想到这里，小鹿来了精神："等你看完微博，绝对就不想离婚了！

"妈耶，商医生简直是少女心杀手。

"公开微博示爱也就算了，昨晚一听到你过敏，担心得连夜坐飞机过来，昨晚给你上了三遍药膏，一夜未睡，据说白天还做了将近十个小时的手术！

"专情又深情，还把你当成小公主宠着。"

专情又深情？这还是无情无欲、无悲无喜的商医生？

宁迦漾觉得要么是虚假新闻，要么就是商家那边的公关手段。她没什么兴致，眼神敷衍地看向屏幕。

入目的便是商屿墨发布的那条微博，她原本漫不经心的眸色陡然顿住，将那短短的二十个字看了一遍又一遍，似乎将每个字都清晰地印入脑海。

最后视线停在那张照片上——星河之下，是浪花环绕着岛屿。

宁迦漾细嫩白净的指尖轻轻戳了一下那张照片里的岛屿，而后缓缓抬眸，看向玻璃墙外，此时没了璀璨星河，却多了盛暑骄阳。

而骄阳之下，卷起的银白色浪花悠悠荡荡，有一下没一下地推着、撞着海域中间那座礁石嶙峋的岛屿，似是在嬉闹。岛屿稳稳地立在海域之间，平静地任由浪花嬉闹。

"这样的老公你居然还想离婚！本鹿实名不同意！"小鹿说完，撂下掷地有声的一句。

宁迦漾被她惊天动地的大嗓门镇住，刚想开口……不经意瞥到门外那个压迫力极强的修长身影。

男人穿了件天青色的真丝衬衫，领口解开几粒扣子，露出冷白精致的锁骨与线条漂亮的脖颈，乌黑短卷发微微有些潮乱，随意搭在额头上，眼睫低垂，看过来时，眼神清冷又肆意。

只见他缓缓走来，偏平的声音极轻："离婚？"

宁迦漾卷翘的睫毛颤了颤，没看他，反而看向罪魁祸首。罪魁祸首假装自己不在，偷偷摸摸地沿着墙边跑出卧室，还没忘记把门给关上。

宁迦漾："……"

男人逐渐逼近，她甚至觉得呼吸都有点稀薄。

明明房间宽敞华丽，宁迦漾却感觉到了无处可逃的狭窄逼仄。女人柔软的指尖撑在丝滑的床单上，薄而精致的肩颈不自觉地往后倚，最后靠到了微凉的床头，才退无可退。

宁迦漾下意识抬起眼睫，外面淡金色的阳光透过玻璃窗，洒在她卷翘的睫毛上，随着无意识的颤动，似是有流光划过，潋滟旖旎。

商屿墨向来我行我素，不是那种会忍耐的性子。现在，想亲她，就亲了。

他随意将手中拿的那个小册子放在被子上，修长如玉的手指抬起她的小下巴，薄唇从容不迫地覆了上去，呼吸之间都是彼此唇齿之间橙花牙膏的味道。

渐渐，宁迦漾眼眸漫上一层水雾，满脑子想的却是：这个重度洁癖居然用了她的牙膏！

柔若无骨的纤腕逐渐发软，再也支撑不住她的身子，她整个人跌回大床上。商屿墨撑在她身侧，宁迦漾无意瞥到窗外，所及之处，是云雾环上骄阳，一切都朦胧如梦幻泡沫之影。

就在宁迦漾准备环上他修长有力的窄腰回应时，忽然顿住了。

自己又白又薄的脖颈肌肤一侧，男人温热呼吸均匀而平稳。

宁迦漾："……"

仙女都已经准备好了，他睡着了是什么意思？

"你……"

宁迦漾偏头，刚要把他弄醒问清楚，入目的便是男人那张清隽昳丽的面容，眼眸合着，眉目之间隐约可见淡淡倦怠，忽然想起小鹿说他昨天白天做了将近十个小时的手术，又连夜赶来，到唇边的话戛然而止，水波潋滟的桃花眸划过一丝异样。

宁迦漾看了好几分钟，伸出一只细白漂亮的指尖，刚要戳到他下颌轮廓线的肌肤时，忽然顿住，最后还是没忍住，只揉了下男人额前微卷的黑色碎发，轻哼了声："小卷毛，暂时放过你。"

鼻音清软好听，带着点傲娇，在宁迦漾眼里，商屿墨这睡颜，像极了精致的小卷毛娃娃。

睡得这么可爱，都下不了手。

宁迦漾在没惊醒他的同时，好不容易下了床，略松口气。随手给他盖被子，一个小册子蓦地沿着床尾，从被面滑落至浅灰色的几何纹地毯上，发出细微一声响。

宁迦漾下意识去看床上的男人，见他只是眉头蹙了下并未醒来，这才松了一口气。

不过，这是什么？宁迦漾拿着小册子下楼时，便看到小鹿和陆尧各自坐了个沙发，忙自己的事情。

听到声音，两人倒是默契地齐刷刷抬头。

小鹿眼神震惊，宁迦漾静默几秒，想到商屿墨昨晚那条微博，大发慈悲地替他解释了句："他太累，所以睡了。"

解释完，宁迦漾慢条斯理地走下楼，天青色的长裙十分雅致，裙摆顺着一层一层台阶拖曳而下，一头及腰的长发，只简单用同色系缎带松散绑了个慵懒随意的低丸子头，然而手臂与脖颈雪白皮肤上的淡粉色过敏痕迹透露出一股遮挡不住的靡丽艳色。

此时，美人语调冷冷："今天给你放假，去海里潜个水吧。"

恐水的小鹿立刻摇头。

倒是陆尧缓过来后，便看着宁迦漾指尖随意捏着的小册子道："您选好戒指了吗？"

"戒指？"

宁迦漾落座，顺着他的视线看向被她随手拿出来的薄册，若有所思地打开，映入眼帘的便是一对对款式不同的戒指，各种颜色的钻石都有。

宁迦漾眼睑低垂，用指尖缓慢而仔细地轻翻这本薄薄的册子，所有戒指的设计理念都来自浪花。

她停在最后一页上，与前面那些打印出来的设计不同，最后这页是用铅笔简单勾勒了几笔，女戒的戒身是一朵栩栩如生的浪花，每个卷翘的弧度都预留下镶嵌钻石的位置。

旁边还用行云流水的纵逸字迹写下：用蓝色钻石。

至于男戒就简单多了，同款的浪花，没有钻石，望着那朵浪花，指环形状亦像一个抽象的 Y 形状。

不知是巧合，还是……

见宁迦漾盯着这页，陆尧眼观鼻，鼻观心，默默给商屿墨邀功："这是老板昨晚一夜没睡，亲自设计的，保证全天下只有这一对。"而后压低了声音，"昨晚老板看完热搜，把婚戒丢海里了！"

意思是，您快管管这个败家精吧！

原本宁迦漾眼睑低垂，红唇轻轻抿着，似是没有什么太大的情绪起伏，直到听到他丢戒指，唇角终于慢慢翘起一个弧度。

陆尧："……"

什么意思？他为什么从太太眼里看到了满意？很快，他得到了答案。

小鹿一脸蒙地惊呼："商医生也把戒指丢海里了？"

也？这个字用得极妙。

陆特助面无表情：哦，原来这是一对败家夫妻。

见宁迦漾将册子随手丢茶几上，陆尧询问道："您喜欢哪种款式？"

宁迦漾懒洋洋地抬了抬睫毛，冷冷一笑："都喜欢啊。"

陆尧："……"

宁迦漾似在漫不经心地把玩着自己纤细漂亮的手指，摩挲了下无名指细滑柔软的皮肤:"怎么,他舍不得?"

陆尧连连摇头:"老板对您非常舍得!"

小鹿深以为然:"商医生连玫瑰庄园都夷为平地,改建成浪花城堡,这些钻戒算什么。"

宁迦漾眉头轻轻蹙起:"什么意思?"他昨晚不是坚定拒绝拔那些玫瑰吗?

那些玫瑰可是跟小青梅一起种下的,他珍视至极呢。

想到昨晚他清清冷冷地岔开话题,宁迦漾翘起的唇角,重新抿成一条直直的线。

炽白色灯光下,脸上透着几分冷冷的艳丽。刚才在房间,宁迦漾只看了商屿墨的首条微博,并未看到穆明澈的转发,自然也不清楚玫瑰庄园和城堡的事情。

小鹿这次拿了平板电脑,眼睛晶亮:"商医生还回复了呢。"

宁迦漾若无其事地接过来,与之前抵触不一样,这次倒是连带着评论也看了。

穆明澈V:这就是你大半夜不睡觉,把玫瑰庄园夷为平地,改成浪花城堡的原因?

热评第一来自商屿墨——

商屿墨V:哦,脏了。

小鹿嘿嘿在宁迦漾耳边笑:"商医生酷呀。"

宁迦漾从唇间溢出轻飘飘的笑音:"这就酷了?"

随手点开下面的评论——

就想问问,裴姓玫瑰美人打脸吗?

哈哈哈,商医生求生欲爆棚,把"身心属于小浪花"打在公屏上。

所以,裴灼灼是特意戴商医生同款戒指上节目的,蹭热度?

像裴灼灼这样的高学历女神,又不是女明星,需要蹭什么热度啊?截图那半枚戒指那么糊,哪能看出是同款,估计相似罢了,一堆粉丝乱嗑。

嗑正常啊,裴女神跟商神实在太般配了,各种程度上的般配,如果商神连裴灼灼都看不上,那商太太到底是什么样的一个神仙人物?

某个网友开玩笑:哈哈哈,能把谪仙拉下凡尘的,不会是什么小妖精吧?

然而这条评论很快被淹没,一条新热评被顶上来:商太太一定是天仙似的美人,貌美又贤良,才会赢得商医生的心!

宁迦漾非常赞同这条,随从心意地给这条点了赞。

貌美又贤良?小鹿偷偷瞥了眼宁迦漾,貌美没毛病,至于贤良嘛,值得继续观察。

小鹿忽然想起什么似的:"姐,你用我的账号!"

宁迦漾淡定自若:"那用我的?"

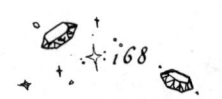

小鹿："不不不！
"还是用我的吧！"
突然庆幸：幸好登录的是自己的助理账号，而不是仙女的大号！
关注小鹿的基本上都是宁迦漾的粉丝们，此时见小鹿有动向，纷纷拥了过来——
小鹿你还有心思吃瓜！看看别人家的老公，再看看咱们宁女神家的！
@小鹿，别吃瓜了，赶紧去劝劝仙女分手！
除非是商医生这样的，否则我们实名反对这桩恋情。
楼上别想了，商神这样的百年一遇，劝仙女分手更现实……
宁迦漾看到了这些评论，用小鹿的手机回复最后那句：哦，万一遇见了呢？
不管粉丝们会怎么炸了！她纤白手腕在半空划过漂亮弧度，云淡风轻地将手机丢给了小鹿，懒洋洋地从沙发上站起身，往外走去。
小鹿手忙脚乱接过手机，还没来得及看她发了什么，便见站在门口的大美人回眸一笑："出海玩吗？"
小鹿："玩！"
仙女拍广告这段时间，像是被敬业福附身了！搞得小鹿平时都不敢大喘气，更何况出去玩。
小鹿喜滋滋地跟着宁迦漾一起出门，偌大的客厅里只有含泪拒绝宁迦漾出海邀请的陆尧。
陆尧苦巴巴地望向安静的三楼……
黄昏将至，天幕上的层层云海似被打翻了的色泽浓郁的颜料盘，那轮藏身其中的红日像是灼烧的火焰，将那片水天相接处的深蓝海域也燃成燎原大火。
宁迦漾出海玩了一天，此时赤着一双精致莹润的小脚，在沙滩边上踩沙子玩。而小鹿由于早晨在微博上的"发言"，成功让宁迦漾在今日热闹的微博热搜上占据一席之地。于是，被刚下飞机回来的言舒逮去教训了。
望着细白小脚陷入金色的沙子之间，宁迦漾天马行空地想：要是被商屿墨看到，第一件事绝对是要把她拎回去洗脚。她红唇无意识勾起一点弧度。
穿着一袭天青色长裙的大美人，在夕阳下弯唇一笑的画面，偏偏比天边招摇的云海余晖还要夺目耀眼。
忽然，宁迦漾垂在身侧的纤细手腕被人握住。她猝不及防，甚至来不及挣扎，整个人便被抵在沙滩旁边那块巨大的石头上。
"你……"
宁迦漾睫毛上抬，对上了夕阳光线下那双近乎妖冶的浅褐色瞳仁，熟悉又陌生，少了几分往日的清透散漫，眼瞳深处是近乎浓郁的幽暗，如同深深的旋涡，将人牢不可控地禁锢在那幽深的瞳仁之中，无法逃离，无法挣脱。

"一股子野男人的味道，嗯？"

商屿墨清冽的声音染着几分哑，不知过了多久，薄唇在她耳边低语。

宁迦漾眼尾像是染了桃花色，纤细天鹅颈微微往后仰，艳丽润泽的红唇懒洋洋地翘起："睡醒了？吃醋了？"

商屿墨捏了捏她后颈那层薄白的皮肤，恍若捏着调皮捣乱的小朋友的脖颈。她一点亏都不吃，将昨晚他说的那两句，如数还了回来。

商屿墨顺着纤细后颈，将指腹慢慢滑至她红唇："这张嘴，更适合用来干点别的。"

宁迦漾扶在他肩膀上的两只小手忽然环上他的脖颈，用力跳进商屿墨怀里。

两只白皙小脚带起层层细沙，全部蹭到了男人劲瘦腰间及黑色西裤上。

而后，清晰的话语传至男人耳中，她说："你这张嘴，也不适合说话。"

这么漂亮完美的薄唇，长在商屿墨的身上，才是最可惜了，他有什么资格说她！

半响，男人磁性的低笑消失在彼此唇间，天边燃烧的余晖，不知何时，被冰凉幽蓝的海水彻底浸没，消失无踪。天幕低垂，星河璀璨，烟雾朦胧的银河辉映成片，而往下，是深夜中翻涌的海域……

房间内，唯有玻璃墙壁透进来的清冷璀璨星光，照到女人白净无瑕的皮肤上，泛着盈盈的薄光。直到一只修长冷白的指尖慢条斯理地挑开那乌发之间的天青色绸带，一头柔滑发丝如瀑布般倾泻而下。

宁迦漾湿润的睫毛轻轻抬起，那双漂亮的桃花眸，怔怔地望着星河之下、海域之中，汹涌卷起的银蓝色浪花拍着的满是礁石的那座岛屿。

"小浪花。"

忽然听到男人在她耳边低低的声音，宁迦漾眼眸半合着，好一会儿，细白指尖在玻璃上指着外面："你才是。"

顺着她指尖方向，入目的是幽蓝海域中的澎湃海浪，商屿墨薄唇溢出点沙哑轻笑。

"丁零——"

手机铃声乍然响起，打破了室内静谧。

商屿墨按停了铃声，扫了眼闪动的屏幕光，将视线放在宁迦漾那张漂亮睡颜上，见她微翘的睫毛轻轻颤动，大抵是被吵到了。

商屿墨修长如玉的手指漫不经心地碰了碰她眼尾那抹直到现在都未曾消散的

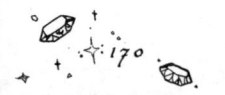

桃花色，被她嫌烦地伸出小手打了下手背。

男人薄唇翘起极浅弧度，望着虎口冷白肤色上多出来的那道纤细浅粉指印，方下床走到玻璃墙前，接通了电话。

临近七点，天色湛蓝，大半太阳还躲在云层之间，迟迟不肯露面。

连带着海域之中的浪花都是一副懒洋洋的样子，商屿墨听到那边声音后，眉眼之间恢复往日清冷淡漠。

裴灼灼婉转柔和的声音穿透听筒，话语熟稔："屿墨，网上的事情需要我帮忙澄清吗？"

男人清冽嗓音微微压低，磁性中透着没什么情绪的寒凉："裴小姐不如先解释我的婚戒为什么会出现在你手里。"

那边呼吸略顿，而后轻声道："你是不是误会了，我怎么会有你的婚戒？"

商屿墨薄唇冷冷地弯起弧度。

这时，床上安睡的女人迷迷糊糊坐起来，睡眼惺忪，眉头蹙起望着玻璃墙边的男人，红唇咕哝了句："吵。"

商屿墨落下最后一句："裴小姐，你吵到我太太了。"

"剩下的同律师解释。"

裴灼灼叹了声，声音一如往昔："屿墨，我们相识这么多年，你居然不信……"我。话音未落，商屿墨便挂断了电话，将手机随意丢在茶几上，靠在玻璃墙上，泰然自若地看向大床。

只见床上美人那双纤细莹白的小脚从被子里探了出来，精致踝骨上缠绕着一道细细的红色缎带，此时尾端沾了水，比其他地方更加殷红，松松垂落至雪白床沿。

宁迦漾顺着他的视线望过去，那双雾蒙蒙的桃花眸逐渐清醒，故意又晃了下细而精致的脚踝："裴小姐？"

"商医生真是当代时间管理大师，大清早也没忘记安抚外面的小青梅。"

随着她的动作，那浸了水的缎带尾端随着小脚一晃一晃，勾人得紧。

商屿墨从容不迫地走近，修长挺拔的身躯披了件霜色睡袍，连腰间系带都是松松垮垮的，只系了个简单的结，恍若轻轻一拽，搭在肩膀上的睡袍便会顷刻间滑落下来。

行至床尾，男人缓缓俯身，用那只养尊处优般完美无瑕的"神仙手"，将垂落的殷红缎带一圈一圈缠绕在食指指尖上，而后一用力。

宁迦漾眼神定定地欣赏着男人的动作，猝不及防被拽了出去。

"唔……"

眼看着自己即将摔地上，她顿时瞳孔紧缩。啊啊啊！这个男人！

果然，沉迷男色没有好下场！越好看的男人越有毒！

幸而，在即将落地前，商屿墨抬手将美人抱了个满怀，气定神闲地往浴室走去。

宁迦漾气急败坏，拽住他的睡袍骂："你……"

下一秒，商屿墨身上绸缎质地的睡袍顺势滑了下去，露出线条优美的肌肉线条，宁迦漾到嘴边的话戛然而止，这谁还骂得出来。

商屿墨将她放进浴缸里，双手撑在边缘，眼睫低垂，清隽眉眼带着几分认真："还想？"

宁迦漾：话题为什么会变成这样？刚才难道不是她在拷问他吗？

商屿墨用长指若无其事地摆弄着那条缎带，神色似透着为难，语重心长地教育她："商太太，这样对身体不好。"

宁迦漾桃花眸几乎睁成一双圆溜溜的猫眼，写满震惊。

她红唇微启，还未说话，便看向了男人那张在浴室炽白灯光下格外昳丽俊美的容颜，黑色短卷发下，那双浅褐色眼睛似笑非笑。

这只"卷毛小坏狗"绝对是故意的！

一直到离开度假岛，宁迦漾这口气都没撒出来。

保姆车上，宁迦漾听言舒夸奖商屿墨来得及时、医术好，这才几天就让她身上过敏的痕迹全消了。宁迦漾忍不住吐槽："好什么好，你们知道那个臭男人多变态吗？"

后排小鹿默默探出一个小脑袋："仙女烧迷糊时，都能背出'变态'的电话号码。"

言舒忍不住笑出声，宁迦漾睫毛上抬，看向小鹿："我烧迷糊了，你也迷糊了，谁让你给他打电话的！"害得她在商屿墨面前出丑。

小鹿凑到她身边笑眯眯道："嘿嘿，要不是咱这个神来之笔的电话，商医生哪能全网公开表白。

"'灿烂的不是玫瑰，是星河灌溉，永不枯萎的小浪花！'

"呜呜呜，商医生真的超级会！甜死本鹿了。

"我朋友圈好多人的个性签名都改成了这句话！"

宁迦漾用细白指尖摩挲着垂在掌心的玉兔珠串，漂亮眉眼透着几分懒散，哼笑了声："全网都是'小浪花'？"

"不……"

小鹿默默地将自己手机递过去。

然后宁迦漾垂眸看了眼。

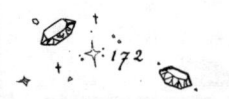

只见她的个性签名："灿烂的不是玫瑰，是星河灌溉，永不枯萎的小鹿鹿。"

小鹿找到她大学室友的个性签名："灿烂的不是玫瑰，是星河灌溉，永不枯萎的小舟舟。"她舍友真名叫周舟。

宁迦漾：是她低估了本届网友。

言舒点了点平板电脑："行了，你还好意思说，昨天你那一下点赞加回复，现在网友们都逼着，要么让你公开那个百年一遇的男朋友，要么公开恢复单身，不然就闹着脱粉。"

实在是宁迦漾这一下，像极了被男人骗的女明星，在粉丝眼里，她脑子已经不清醒了。

宁迦漾懒洋洋地瘫在椅背上："随他们吧。"

"反正下次还会粉回来。"

她早就习惯了——她的粉丝都是一群颜控，随便一张红毯照就能让他们回心转意。

言舒敲了下她的脑袋："摆什么烂？我给你接了档真人秀节目，录制很轻松，就是明星日常生活，然后夹杂着与其他嘉宾见面游玩。"

"算是休息。"

"拍完之后，直接进组！"

说着，言舒发给她节目流程还有几部剧本，都是她筛选出来的。

宁迦漾对节目流程不怎么感兴趣，只是随意看了眼便放下了，倒是其中一个剧本引起了她的兴趣。

从最下面抽出最薄的那本电影剧本，是一个病美人与回头浪子的故事。

故事女主角患有遗传性的心脏病，自小便是病恹恹的，所有医生都说她活不过二十岁。身体虚弱，但她内心充满冒险精神，不愿这样平平淡淡地在医院死去。二十岁那年，她送给自己一场旅行，就是在这场旅行中，她邂逅了一个玩世不恭的男人，他明明又痞又坏，不像是个好人，偏偏女主角明知自己时日无多，还是不可自拔地陷了进去，这个年轻男人点燃了她苍白枯燥的人生。后来，女主角死在了二十岁的最后一个月。

只当作一场邂逅艳遇的男主角对此一无所知，在第二年春暖花开时，娶了相亲认识的，一看就很适合成为妻子的温婉女人。

故事的结尾，彻底回归生活的男主角带妻儿游玩时，路过一座墓碑，望着墓碑上女孩的照片，怔了许久。

这时，妻子询问："好可惜，这么年轻就去世了。"

"你认识她吗？"

半晌，男人平静地摇头："有点眼熟。"

随即，揽着妻儿，一家三口离开这里。墓碑上女孩微微笑着，只留下萧瑟的风吹过。

至此，电影全部结束。

宁迦漾漂亮双唇轻抿了下。她素来看故事都不会真情实感，难得有个故事伤到她了。

浪子回头，为的却是别人。

能让人单单看文字就能共鸣的剧本，绝对是个好本子。

难得见宁迦漾对一个剧本感兴趣，言舒坐过来看了眼："眼光不错。"

"谁写的？"宁迦漾一听她这话，了然问道。

"除了编剧NN，谁还能写出这种哭死人不偿命的本子，害得我哭了半晚。"言舒感叹道。

原来是她。宁迦漾脑海中浮现出那个不怎么爱说话，但是一说话就让人下不来台的神秘编剧，轻笑了声，将册子拍到言舒手心："就这个。"

当初《白露为霜》那个本子只是经过贺清奈妙手修改便更胜一筹，何况是这个她亲自操刀的剧本，更是精品中的精品。

言舒轻咳了声："你要不再考虑考虑，里面有些尺度比较大的亲密戏。"

"或者回头跟商医生商量一下？"

毕竟是已婚仙女，为了夫妻关系和谐，这种事情还是得提前说清楚。宁迦漾只沉迷剧情，还真没注意到大尺度亲密戏，被言舒这么一提醒，若有所思。

她红唇吐出来的话语却极为霸气，很有一家之主的威望："我们家，我做主，跟他商量什么？"

言舒："那……接了？"

车内静默几秒。

"等等，我考虑考虑。"

说好的一家之主呢，这个决定都做不了？

言舒忍着笑，轻咳了声："你慢慢考虑。"

最起码得拍完了真人秀才能进组拍新戏。不过，略顿一秒，像是想到什么似的，言舒补了句："这个本子估计很抢手，也不能太慢，免得被抢了。"

宁迦漾回翻了剧本，全剧尺度最大的一场亲密戏，就是在雨后小镇一家简陋的客栈中。看到剧本中描述的木质小床摇摇晃晃，宁迦漾脑海中却莫名其妙地浮现出了与商屿墨在郁金香基地小木屋中的画面。

那画面与剧本上写的几乎一模一样，她觉得，如果是自己演的话，绝对能演

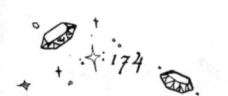

出女主角的心境。

偏偏临近真人秀开拍,宁迦漾都没见过商屿墨。据说,是科学院新项目有了进展,需要他这个提出者主持研究实验。

开拍前一天,与节目组导演以及嘉宾们聚餐过后,宁迦漾心不在焉,误把果酒当果汁,多喝了两杯。

于是,整个人像是没有骨头似的赖在包厢沙发上,谁都不让碰。

美人醉酒也是绝美的。

毕竟算是正式场合,宁迦漾穿着一袭蓝紫色星空渐变长裙,在锁骨位置的细细肩带用的是手工一颗颗亲自缝制上去的重工钉珠刺绣工艺,此时美人眉眼慵懒地倚在黑色真皮沙发上,自带故事感,风情万种。眼睫略抬,潋滟双眸转动时,宛如带着一个个小钩子,把人心都钩得酥了,绝对不辜负"顶级神颜"这个美誉。

言舒想扶她离开,被绯红一张漂亮脸蛋的大美人义正词严地拒绝:"别用你沾满污秽的双手玷污本仙女的仙躯!"

言舒低头看着自己用餐之前刚洗过的干干净净的双手——什么污秽,老娘干净着呢!

这时,即将同节目的男嘉宾闻声走来,眼底划过一丝清晰可察的惊艳。

"需要帮忙吗?"

言舒怕小祖宗语出惊人得罪嘉宾,毕竟后面还要录制两个多月呢,连忙看向宁迦漾,却见她双眸合着,似乎没注意到这边,这才略松了口气,礼貌道:"谢谢陈老师,不过不麻烦您了。"

陈泽案绅士地收回看向宁迦漾的目光,淡色唇瓣带着笑,声音温沉好听:"不麻烦,醉酒的人比较麻烦,你们女生可能抱不动。"

陈泽案是去年一部仙侠剧中爆红的当红艺人,女粉丝众多,言舒可不敢让自家小祖宗跟他待在一起。

她准备再次拒绝时,谁知原本眼眸轻合的美人慢悠悠坐起身,眼睛轻轻眨动,在昏黄灯光下,似是有流光划过。她朝着陈泽案招了招手:"你过来。"

言舒一脸蒙,这是要干吗?

她下意识看向陈泽案,既然能成为当红流量,颜值跟身材都是很出色的。重点是,好像他侧脸有点像商医生。

言舒突然生出一个大胆的猜测——这位祖宗不会是把陈老师当成她老公了吧!

此时,包厢外。穆明澈忽然歪头往里面看了眼:"这不是弟妹吗?"

他旁边,神色怠惰的男人微顿。

包厢内，白瓷质地的香薰烛台上燃着松木香，萦绕在呼吸之间，平添了几分悱恻的氛围。

眉眼慵懒冷艳的少女，坐在沙发上朝年轻男人伸出的那只小手，比白瓷还要细腻透白，纤细手指的每一处都精致漂亮，无论哪个男人都拒绝不了这样的邀请。即便是见惯了无数美女的陈泽案也不例外。

陈泽案一步一步走到她面前，宁迦漾才不在意他想什么，红唇微启，命令般："蹲下。"

旁边言舒：驯狗呢？

未免又得罪人，连忙解释："陈老师，不好意思，不好意思，她喝醉了就这德行，谁都认不出来。"

美人总是让人多几分耐心，陈泽案微微笑道："没关系。"而后当真顺着她的意，半蹲下，姿势像是在拍杂志写真，充满魅力，抬起的狭长双眸望着她："宁老师，这样可以吗？"

宁迦漾没答，用细白指尖托腮，懒懒靠在沙发上。那双水波潋滟的双眸，仔仔细细将他全身都看了个遍，最后落在那泛着亚麻色的短发上，红唇不满地抿了抿。

"怎么不是小卷毛，真难看……"

下一秒，她喃喃着从唇间溢出来两个字，莹润指尖凑过去想要去碰他的额发。

忽然，一只修长如玉的大手从旁边斜斜插过来，蓦地攥住宁迦漾那双不老实的手。

宁迦漾迟钝地眨了眨眼睛，缓慢仰头顺着自己纤指往上看去，顾盼生辉的桃花眸看及那熟悉的乌黑小卷毛后，顿时惊喜地睁大了，这才是她的"小卷毛"！

她刚伸手要去摸她的"小卷毛"，便被连手带人直接扣进怀里。

宁迦漾娇气地拉长了语调，用又甜又软的嗓音抱怨："手腕疼。"

男人身姿修长玉立，单手轻松地制住小醉鬼，不急不慢地给她揉了揉细而精致的手腕。

动作熟练，仿佛私下做了无数遍。

商屿墨就这么闲适淡漠地出现在包厢里，便给人极强的压迫力。

陈泽案站起身，望着这个最近经常在微博刷到的男人，眼底划过一丝讶异。他不是傻子，尤其身处演艺行业多年，自然洞察力更强，看到宁迦漾与他亲昵的样子，顿时有个大胆的猜测："宁老师是您的……"

商屿墨长指漫不经心地顺着宁迦漾纤细羸弱的后颈摩挲，像是给她顺毛，听到陈泽案的问题，徐徐说道："是我太太。"

陈泽案一瞬间惊住了，难怪出了名的极致完美主义者宁迦漾会选择一个医生，

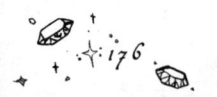

原来对方是被称为"医学界无冕之王"的男人。

不对！他说的是"太太"？宁迦漾居然这么早就结婚了！

她才二十二岁吧，在这个行业，简直早得过头了。

陈泽案往后退了几步，让开路的同时，目光不自觉地落在宁迦漾那掩不住美貌的侧颜上，直到从手腕到指节均写满矜贵的人用长指挡住女人侧脸。

陈泽案猝不及防对上那双浅褐色的眼瞳——妖异冷漠，仿佛能将人魂魄都吸去。他瞬间从尾椎升起凉意，再也不敢对宁迦漾生出丝毫的妄想。

这男人太可怕，跟网上传来度劫拯救苍生的谪仙完全不一样，反而冰冷无情，像是一尊没有七情六欲的雕像，高高在上。

唯独言舒心情复杂，望着不但不挣扎，反而缠着商屿墨要贴贴的仙女——请问这位冰清玉洁的仙女，现在怎么不喊着自己被玷污了？合着半天，全天下就你老公最干净了是吧。

而后她认命地留下善后："陈老师，希望您能保密……"

言舒：得，这下大出血才能堵住这位的嘴了。

银蓝色的跑车旁，穆明澈眼巴巴地望着坐在驾驶位上的商屿墨——他正在给副驾驶座的宁迦漾系安全带。

他扒着车门："商懒懒，我呢？"

这车是他今天要跟商屿墨炫耀的啊！怎么成了给商懒懒哄老婆的！

跑车车体线条流畅，科技感极强，行驶在马路上绝对是非常炫酷的存在，但是只容两人乘坐。

商屿墨长指熟稔地操作，升上车窗："你打车回去。"

穆明澈：要不是因为我眼神好，现在你要去的地方应该是理发店，去染一个翠绿翠绿的发色！

还敢对他过河拆桥！

然而，他只能看到一个跑车尾端。

穆明澈对着车尾拍了张照片，发到群里，控诉商懒懒的恶劣行为！

他们从小一起长大的小伙伴们有个群，穆明澈先是写小作文，控诉今天商某人的所作所为，最后下结论。

云朵儿是猛男："商懒懒太过分了，居然把我一个人丢在会所门口！"

傅宝贝："忍忍吧。"

云朵儿是猛男："凭什么？！"

枝枝不是吱吱："凭你单身呀。"

傅宝贝："人家忙着回家收拾老婆，你又没老婆，多走走吧，搞不好就有艳遇了呢。"

枝枝不是吱吱:"完全赞同。"

…………

清鹤湾别墅里,灯火通明。

商屿墨抱着宁迦漾进门时,她细腿卡着男人清劲有力的窄腰,蠢蠢欲动的小手还想去够男人额前那微卷的乌发。

他这段时间太忙,没时间打理头发,略一垂眸时,微卷的发丝几乎与长睫纠缠在一起,衬得近乎苍白色调的肌肤平添了几分神秘感,商屿墨淡红的薄唇溢出两个字:"别闹。"

宁迦漾根本不怕他,偏偏眼睫颤了两下,然后黑白分明的眼瞳蓄满了清澈水珠:"你凶我。"

没等商屿墨开口,素来沉稳的管家端着解酒茶过来,恭敬中犹带几分不赞同:"先生,太太喝醉了,您多点耐心。"

商屿墨往后仰着,顺势攥住了她依旧不死心的手。他这辈子的耐心都用在今天了。

见他躲开自己,宁迦漾又开始蓄泪,一双漂亮的桃花眸望着人时,简直能让人把心肝都掏给她。

例如女管家,她咳了声:"太太喝醉了,要不您委屈一下?"

"哄太太喝了醒酒茶再说?"

商屿墨想到包厢里的画面,薄唇冷冷地抿起弧度。这只小醉鬼怕不是要上天了。

商屿墨一只手按住她的细腰,另一只手端过醒酒茶,语气透着寒意:"你们都回屋,客厅留盏台灯即可。"

女管家担忧地望着自家太太,直到瞥见先生先自己喝了口醒酒茶,顿时明白过来,反应极快地低下头,而后训练有素地带着所有人退下。

不到一分钟时间,偌大客厅里便只剩下两人。

沙发旁边的落地台灯光线柔和迷离,商屿墨喝了一口醒酒茶,将碗随手搁在茶几上,修长手指抵着她喉下位置,动作极慢,迫使她张嘴。

宁迦漾被迫启唇,而后微苦的醒酒茶进入她的喉咙。

"好苦……"

宁迦漾漂亮的小脸蛋立刻皱了,下意识想要吐舌头,却被男人极快地拿起瓷白的小碗,顺着她柔软的唇缝灌了下去。

宁迦漾这次眼尾是真的沁出了眼泪,不是之前装哭那样,是真的被苦到哭,条件反射般用力攥着他衣领,踮脚寻找男人的薄唇,满脑子就一个想法:要苦一起苦!

因她莽撞的动作，两人齐齐跌坐在沙发上。后来不知道过了多久，商屿墨仰躺在沙发上，瞳色幽深，捏住趴在自己怀里胡乱啃的小醉鬼后颈。

几分钟后，将她丢进浴缸内，男人清冽的嗓音染着沙哑："洗干净野男人味再过来，嗯？"

又是野男人，上次在度假别墅就说什么野男人味，她怎么没闻到自己身上有什么味。

倒是他，天天拈花惹草还不着家。

宁迦漾喝了醒酒茶，又泡了澡，原本醉后迷迷糊糊，到现在已经变成了半晕半清醒，细白小手拍着浴缸清澈的水面，理直气壮地支使："我要精油，玫瑰……不，要浪花香味的！"

水花溅了一地，把站在旁边的商屿墨都泼湿了半身，他望着浴缸里那个作妖的人。

水花再次四溅，商屿墨面无表情甩掉身上彻底湿透的衣服，宁迦漾纤细精致的手臂抵在浴缸的边缘，兴致勃勃："继续。"

男人弯腰从西裤口袋拿出手机，点开录音键，很快房间内传来女人清软好听的声音：

"为什么不脱了？"

"有什么是本仙女不能看的吗？"

"你浑身上下哪里不是我的？"

"小卷毛，过来，给你漂亮可爱的仙女老婆看一下，就一下。"

因为在浴室里，隐隐带着回音。

翌日，宁迦漾是在魔音之中清醒过来的，她挣扎着睁开迷迷糊糊的双眸。

"小卷毛，过来，给你漂亮可爱的仙女老婆……"

宁迦漾刚刚清醒，就听到自己的声音传来，用指尖揉了揉宿醉后发涨的额头："这是什么啊？"越听越觉得不对。

宁迦漾贴在太阳穴的指腹陡然顿住，浴室记忆回归。她小脸蛋上的表情僵住，几秒后，第一反应就是把自己重新埋回被子里，不愿面对现实。

商屿墨正眉眼怠惰地靠在床头软枕上，将宁迦漾这一系列掩耳盗铃、自欺欺人的动作收入眼底。他隔着商太太的被子正中她的小脑袋，敲了下："再装睡，就放到客厅循环播放。"

宁迦漾："你这个恶毒的男人！居然录音！人与人之间还有没有点信任！"

随后她猛地掀开被子，先发制人。

商屿墨从善如流颔首："确实没有。"说着，轻描淡写解开黑色睡袍系带，露出身体上的掐痕、咬痕、抓痕。

男人肤色冷白，这些痕迹格外明显。宁迦漾像是被掐住了喉咙，心虚地偏过头。而后她纤细的身子非常灵活地跳下床，摆好拖鞋，一副贤良样："老公，我扶你。"然而眼睫抬都不抬，很不走心地去拉他的手臂。

她今天早晨立志要做一个贤良淑德的太太来弥补昨晚犯下的错，连早餐都要亲自喂他吃。

看得管家心惊胆战，生怕太太下一秒就要把滚烫的粥灌进先生嘴里，引发社会新闻。

整个早晨，全是宁迦漾又甜又软喊老公的声音，管家与保姆大气不敢喘。

太太今天就不对劲！

哄男人，比上大夜戏还要累！宁迦漾懒洋洋地瘫在公司沙发上，思考着要不要回娘家住一段时间。

言舒将真人秀流程递给她。

"拍摄之前，记得把你老公藏好了。"

"知道啦。"宁迦漾觉得这太简单了。商屿墨最近忙得很，一早就走了，说晚餐不回来吃，基本上与录制时间是错开的，甚至都不需要他搬出去住。

谈完正事，言舒饶有兴致地开玩笑："采访一下女明星，当众被老公捉住是一种怎样的体验？"

宁迦漾眼睫上抬，表情狐疑："捉什么？"

"捉奸啊。"

这时，外面门突然被推开——小鹿手里还拿着刚去楼下甜品店给宁迦漾买的爆浆蜜桃冰淇淋，满脸震惊。

宁迦漾原本还对言舒那句"捉住"迷茫着呢，此时看到小鹿的表情，漂亮眉头蹙起："我昨晚应该只是喝醉了酒，并没撞到头导致失忆吧？"

为什么一夜之间，大家说话她就听不懂了呢！

小鹿手忙脚乱地把冰淇淋放下，拿出手机道："照片都被人挂到论坛上去了！"

"什么照片？"言舒最先反应过来，紧张地探身去看，"不会是昨晚被拍了吧？"

手机屏幕显示的确实是昨晚会所内的照片。

当时所有的嘉宾都走了，唯独喝醉酒的宁迦漾和从洗手间回来的陈泽案还没走，对方拍摄的恰好是宁迦漾朝陈泽案招手的照片。美人眼波流转，在昏暗环境内，透着几分迷离风情。

"现在大家都在说姐看上了陈老师。"

"已经有营销号搬到微博，估计很快就上热搜了。"

小鹿作为"养鱼"夫妇最大的粉丝，她是绝对接受不了的！

"这是修图的吧？"

一口气说完情况后，小鹿试探着问。昨晚她不在现场，并不知道具体情形。

沉默几秒，唯一知情者言舒，沉重地点了点头："是真的。"真实情况比拍的还要可怕。

言舒翻了翻帖子，发现只有这一张照片，她松了口气，没有拍到后续商医生来的画面。

不然等会儿热搜就不是"宁迦漾疑似勾引陈泽案"，而是"宁迦漾当众劈腿被男朋友捉住"。

宁迦漾回忆着陈泽案那张脸，顾盼生辉的桃花眸染上几分迷茫，甚至想不起来他长什么样，所以，她昨晚被附身了吧？就算是对守活寡有点怨念，倒也不至于这么饥不择食？

等从言舒那边了解完昨晚她断片所有情节之后，宁迦漾拆开包装咬了口冰淇淋，冰凉丝滑的蜜桃味溢满口腔，压了压惊。

难怪商屿墨这么不好哄，原来不只是被她咬了几口，又挠了几下，记仇了，而是还看到她动手动脚，这还得了！

宁迦漾眼睫低垂，表情深沉地望着自己这双漂亮纤细的小手，怎么看，都不像是不老实的样子。

宁迦漾又咬了口冰淇淋。头疼，男人，怕是哄不好了。

言舒效率极快地安排公关，顺便跟陈泽案的团队联系，最好将说辞达成一致。

因为上热搜是两个人的事情，而且他们即将合作真人秀。却没想到，陈泽案经纪人那边给出的处理结果是——放任不管，等热度自己降下去。

言舒头大地挂断电话："完了，陈泽案团队不配合。"

她认识陈泽案的经纪人赵茌，是典型的利己主义者，不然也不会在短时间内把陈泽案捧成一线艺人。

这次热搜，对陈泽案没有坏处，只会让粉丝们更崇拜哥哥的魅力。私信评论中诋毁辱骂宁迦漾的粉丝很多，大部分都是陈泽案那边的女友粉。话里话外直接证实了宁迦漾勾引她们男神。

宁迦漾用微凉的指尖漫不经心地刷着微博，红唇微启："舒姐，你去跟会所那边要一下监控，截取个走廊监控的背影发上去。"

言舒想到昨晚宁迦漾拉着商医生要贴贴的画面，沉默两秒："你确定？"

看着她这副表情，宁迦漾双眸缓缓眯起，声音幽幽："难道，我还耍酒疯了？"

言舒斟酌用词："倒也没发酒疯，就是起了'老公贴贴'的酒后副作用。"

宁迦漾：天塌地陷。破案了，难怪商屿墨身上有那么多乱七八糟的痕迹。

午休时间，陵城一院，神经外科楼里，一声剧烈的咳嗽声传出。

秦望识不可置信地看着手机屏幕——又有人黑他女神！路过护士打趣道："秦医生，'塌房'了？"

秦医生绝不承认。他表情严肃，捏着手机往整栋楼网速最快的办公室冲刺。恰好商屿墨正在办公室，见他进来，男人偏轻的声音有些清冷："有事？"

"手机微博再借我用用！"自从上次给商屿墨下载微博，秦医生就已经把商屿墨私人手机上那个微博号当成为女神辩驳的账号了。

他经常找商屿墨借，奇怪的是，商屿墨居然每次都借给他，导致秦望识怀疑商屿墨是不是隐藏的路人粉。

商屿墨清隽昳丽的脸抬都不抬，将注意力放在病例上，秦望识根本不需要他回应，自顾自说："这次更离谱，居然污蔑女神劈腿！"

原本眉目低垂的男人，忽而抬起眼皮，嗤笑了声："确实是污蔑。"

"是吧，你也相信……"秦望识觉得自己找到亲人了，所有人以为他"塌房"了，这个时候，唯独商医生信任他！

下一刻，商医生不疾不徐撂下未尽的后半句："或许是还没来得及，就被抓回去了。"

秦望识：我把你当亲人，你居然比黑粉还能编！！！

"你怎么不直接说女神被捉奸成双了？！"

商屿墨漫不经心瞥了眼他手机屏幕上那张上了热搜的照片，薄唇凉薄地勾起弧度："他也配？"

明明是平平淡淡的一句话，秦望识听出了嘲讽。合着半天，这位其实是陈泽案的黑粉？

办公桌前，男人神色清冷，忽然，长指松开了捏着的金属色钢笔。钢笔跌落至桌面，溅出来几滴墨汁，甚至有一滴飞到了他干净的手指上。

重度洁癖居然没有立刻去擦洗，反而倚靠在真皮转椅上，从容自若地打开手机，望着热搜那张照片。

昏黄灯光下，女人眼眸含着潋滟水色，美艳极了。他明知照片里，她只是醉酒后的反应罢了。

商屿墨眼睫沉垂，浅褐色的瞳仁里皆是清寒冷色。他找出来陆尧的联系方式。

Sym："十分钟后，我不想再看到任何关于我太太与那个男明星的照片。"

二十四小时秒回老板消息，是万能特助的基础本领。

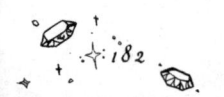

下一秒，陆尧回复："是！"以前十天半个月不联系他的老板，最近提的要求越来越难办了！

陆尧："不过……老板，按照现在网友们的心思，他们更倾向于——因为是实证，所以才会全网删照片。"

Sym："那就澄清再删。

"需要我教你怎么解决？"

陆尧："……"

商屿墨意思非常明显：这点事情还要我教你，你可以不用干了。

并不想被炒鱿鱼的超高薪陆特助神情凝重："您放心，保证完成任务！"

商屿墨用肤色冷白的指尖言简意赅地敲了三个字过去："十分钟。"

听起来是万能特助，实际上是打工人的陆特助还能怎么办？只能放下手中所有事情，去安排澄清。

办公室内，商屿墨这才探身抽了张湿巾，泰然自若地擦拭着虎口那处像是烙印在苍白肌肤上的墨蓝痕迹，不厌其烦，动作徐徐。

秦望识忙里偷闲地看他一眼："你手擦红了！"

商屿墨这才将消毒湿巾丢进垃圾桶里。

秦望识："你这次真不借微博给我？"

商屿墨神色淡淡："没必要。"

总归，很快热搜就没了。

商屿墨意味深长，但秦望识并未意会到。

刚过十分钟，他惊呼出声："咦，热搜怎么没有了？

"会所那边直接把走廊监控爆出来了，女神的公关团队太牛了吧！"

保姆车内，宁迦漾懒洋洋地躺在车椅上，思考着除了爆出走廊监控这一条路，还有没有其他路。

然而没等她太纠结，有人已经替她做出了决定。

望着网上消失的照片，取而代之是她的撒娇耍泼，要贴贴抱抱的走廊视频，宁迦漾一时之间竟然不知道……应该说什么好。

视频中只能看到男人单手抱着女人纤腰的背影，是抱孩子的那种臂弯抱，女人长长的裙摆几乎迤逦至地，荡起旖旎弧度。

男人恍若无觉，步伐从容地离开包厢。原本是非常美好并且浪漫的画面，但……妙就妙在，他臂弯里那位醉后艳若妖精的祖宗一点都不老实，没有骨头似的趴在男人脖颈处。

而这个男人，绝对不是陈泽案。不说身高，单单是上一张照片爆出来的发色、发型就完全不同。

吃瓜网友和各路粉丝，就突然迷茫——

本来以为是那个"塌房"，没想到是这个"塌房"。

听君一席话，胜听一席话。

不知道仙女男朋友长得怎么样，但是这腰是真不错……

哈哈哈，被醉酒的小妖精这么折腾还能走得这么稳。

宁迦漾用纤细手指轻点了点平板电脑上那清隽挺拔的身影，视线默默在他劲腰上停留了几秒，细白贝齿轻咬下唇，半晌，才轻哼了声："肯定是'小卷毛'趁仙女喝醉行勾引之事！"

不然天真纯洁的仙女怎么可能做出这么羞耻的事情。小鹿将那段视频看了一遍又一遍，满脸笑容——来自粉丝的满足，真夫妻果然才是最好嗑的！

此时听到宁迦漾清软的鼻音，小鹿大胆发言："谁勾引谁？"

说着，指着两条评论给她看：

所以不是勾引，只是单纯喝醉了，恰好被陈男神看到了？

破案了，就宁仙女这双桃花眼，喝醉了看谁都像是在勾引。

宁迦漾理直气壮："我有什么错，只是喝醉了而已。"若无其事地继续翻评论：

姐妹们，只有我关心的是仙女跟陈男神那张照片为什么突然在全网消失吗？可怕不可怕！你们细品啊！

嗖……什么意思？！

散了吧，别想那么多，肯定是仙女公司的公关出手了，仙女男朋友就是一个普通人罢了。

@宁迦漾，等等，所以还没分手？

@宁迦漾。啊！为什么还不分手，就算是跟陈男神在一起，我都不会这么难受。

算了，我要求最低，恋爱可以随便谈谈，只要别被骗婚！

仙女！千万别浪费你的完美基因呀，就当为了下一代。

望着最后这条，宁迦漾红唇慢悠悠翘起一边，直接回复——

宁迦漾V：我看上的男人，只会无限拔高下一代基因。

半分钟后，言舒怒吼："宁迦漾，你干了什么！"

宁迦漾精致眉眼满是无辜："我又没说错，选择跟他联姻，除了那张脸，本仙女最看中的就是他的天才基因。"

没等言舒发飙，宁迦漾余光不经意瞥到路边一家店铺，忽然有了哄人的主意："停车。"

言舒到嘴的话噎了回去："怎么？"

宁迦漾指了指："小鹿，你去那里帮我买点东西。"

小鹿顺势看过去，小脸通红。

最后是言舒去的。十分钟后，她左顾右盼，等到四周没人了，才拎着一大袋子东西上车。

宁迦漾勾唇，清软好听的笑音染着戏谑："舒姐，你没付钱？一副做贼的模样。"

言舒终于没忍住翻了个白眼，长舒了口气，将那袋子丢到宁迦漾怀里："付了！我这都是为了谁！"

宁迦漾睫毛弯起一个弧度，幽幽地望着言舒随后说道："舒姐，我给你放两天假，陪陪老公吧。"

言舒点头，随后想到正事，神色认真几分："对了，刚才会所那边给我回了电话，说拿监控的是某个大人物，他们不敢泄露。

"你还有什么人保驾护航？"

宁迦漾想到方才陆特助发给自己的微信截图，唇角慢慢翘起一边，片刻，才从红唇溢出轻飘飘两个字："你猜。"

言舒看着她这傲娇的小模样，根本不需要猜，除了那位还能是谁。

今天被她这么折磨，言舒忽然面无表情地开口："宁演员，NN编剧那部《浪子》剧本里亲密戏的事情，记得跟你老公说。"

宁迦漾唇角的笑弧一僵：真是哪壶不开提哪壶，人还没哄好呢。

下午五点，陵城医院停车场里。

宁迦漾熟稔地找到商屿墨的车，她纤薄却掩不住曼妙的身子倚在车身旁，仪态散漫，穿着宽松慵懒风的白色卫衣，兔耳朵的卫衣帽子扣在脑袋上，挡住了一半漂亮脸蛋，另一半用口罩遮挡。

女人睫毛低垂，正在给商屿墨发消息。

临近黄昏，阳光暖意融融，衬着深空灰的牛仔短裤下那双白皙纤长的小腿越发莹润好看，脚踝旁还立着一个没有图案的黑色礼品袋。完全不会有人认出这位在医院停车场的是顶流女神——宁迦漾也是这么以为的。

直到，忽然一道平淡沉静的女声传来："宁小姐。"

宁迦漾指尖顿了下，眼睫随之抬起，入目的是一张美艳清傲的面容。女人穿着一袭真丝衬衫配包臀长裙，妆容精致得体，似乎来见什么重要的人。

宁迦漾双眸划过意外——竟是她。

宁迦漾摩挲着被太阳晒得微热的手机边框，漫不经心道："裴小姐，法院传票，似乎不该来医院取。"

那天早晨，她将裴灼灼和商屿墨之间的电话听了个七七八八。裴灼灼来找商

185

屿墨，自然也是为了这事，此时被宁迦漾提起，脸色不太好，但言语之间丝毫不见心虚，神情坦然："我们之间有点误会，不过已经解释清楚了。"

"行吧。"宁迦漾似乎不感兴趣，重新看向屏幕。

这个男人，有时间见青梅，没时间回她消息。

裴灼灼望着她那张近在咫尺的精致侧颜，看了几秒，唇角忽然浮上抹嘲讽意味："宁小姐家教是否一向如此？目中无人，只顾自己，不顾旁人感受。"

宁迦漾微微侧眸，却见裴灼灼走近了两步，嗓音越发轻了："你知道那些玫瑰对于……他而言意味着什么吗？当年为了亲自照顾这些玫瑰，他连续半个月手上全是伤痕。"

"就因为你个人的任性嫉妒，便为难他，如今全部夷平。"

宁迦漾原本礼貌含笑的表情冷下来："裴小姐，您哪位？我们夫妻的事情，不劳你操心。"

"商业联姻罢了，宁小姐还真把自己当正儿八经的商太太了。"

裴灼灼话中嘲弄越发清晰："他那种人眼界自小便极高，性情更是理智清醒堪比神仙，不会随便喜欢上一个花瓶女明星的。"

知道的还挺多。

宁迦漾眼底沁着凉意，睨着她，似笑非笑："裴小姐这样眼界高的人都喜欢我这个花瓶女明星，喜欢到我捂得这么严实还能一眼认出来，又有什么是不可能的呢。"

裴灼灼万万没想到，她竟然关注到了这儿。

手机铃声乍然响起，宁迦漾随意接通，顺势迈步打算离开。

谁知，忘了腿边那立着的黑色纸袋。

下一秒，从纸袋中骨碌碌滚出来一个小盒子。

宁迦漾慢条斯理地捡起，当着裴灼灼的面抛了下，东西精准落回纸袋内。她嗤笑了声，红唇轻吐出一句话："对了，神仙还喜欢这个。"

裴灼灼平静表情终于出现一丝裂痕，瞳孔紧缩——不可能！

宁迦漾已经提着纸袋，不疾不徐走向神经外科楼，耳边传来男人清冽磁性的嗓音："谁喜欢这个，嗯？"

宁迦漾语气平平："等会儿你就知道了。"

哄人的事情，俨然已经抛之脑后。

Ni bu guai

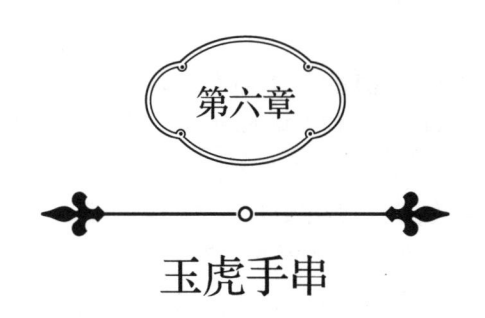

第六章

玉虎手串

下班时间，医院人不多。

直到五分钟后，宁迦漾将一大袋子东西倒到商屿墨那张冷淡风格的办公桌上。

随即宁迦漾用两只柔软掌心用力撑在冰冷的桌面上，探身盯着靠坐在黑色办公椅上的男人，气势汹汹道："现在知道了！"

男人修长如玉的手指捏起一个盒子，漫不经心说道："发什么脾气？"

"有时间见别的女人，没时间下去给我开车门？"

害得她在停车场站了大半天，腿都酸了。

她本来没打算拎着这一大袋子东西来办公室，谁知，这人半天联系不上！

她的表情全都写在脸上，商屿墨抬起那双狭长的浅褐色眼眸看了她一会儿，清清透透，仿佛能洞察所有。

看得宁迦漾那劲快要歇了时，忽然男人伸出那双修长有力的手臂，将她从对面直接抱了过来。

宁迦漾眼瞳放大，惊呼了声。

"哗啦"，桌面上的东西被扫到了地上。

下一秒，女人纤细柔软的腰肢被半折着，被迫仰躺在冰凉的桌面上，余光瞥见桌沿一抹亮色，闪了她的眼睛。

宁迦漾没来得及顾及自己此时的情形，想去拿那枚男士戒指："这……"

话音未落，戒指便被男人随意丢进垃圾桶："垃圾。"

宁迦漾眼睫乱颤，想到裴灼灼刚来，轻轻哼了声："垃圾也可以再回收利用，丢了干吗，卖了钱捐出去呀。"

商屿墨长指贴着她的脚踝，正慢慢往上："随你。"

宁迦漾被他指腹逼得没心思去想戒指，想要甩掉存在感极强的手指，却怎么都甩不开："门没锁，被人看到了怎么办！"

男人嗓音染着几分清幽："看到了，又怎样？"宁迦漾抱住他的手腕，能屈能伸："老公，我们回家好不好？"

半响，男人陡然低低笑了声，磁性中染着低哑，俯身在她耳边低语："商太太想什么呢，我只是给你揉揉腿罢了。"

宁迦漾："……"

入目的是他长指按在自己站太久而发麻的小腿侧，心无旁骛按摩的画面。这能忍？

宁迦漾恼羞成怒，顿时朝他扑了过去。

商屿墨抱着她往休息室走去，轻轻松松将她丢在自己偶尔休息的床上，而后站在边上，当着她的面，将身上干净无比的白大褂缓缓解开，露出里面靡丽的黑色衬衣。

休息室内光线暗淡，四周充盈着淡淡的消毒水味道，从床单到墙壁都是雪白的。男人微长的黑色短卷发下，那双浅色瞳仁格外妖异，衬得肤色都是病态的苍白。

陵城已然入夜，一轮圆月跃出墨染般的云海，将休息室的方寸天地照得如同白昼。宁迦漾眉眼带着靡丽之色，慵懒蜷缩在白色床单上，一头乌发在半边枕头上铺散着，几缕发梢垂落至床沿。

潋滟的桃花眸没有焦距，她偏头望着窗外那轮明月，缓了许久，睫毛才轻颤一下。

商屿墨从浴室出来时已经穿戴整齐，不疾不徐地收拾完休息室，完全对床上活色生香的美人视若无睹。

宁迦漾对男人这副姿态很是不满，懒懒地抬起一双细而精致的手腕："你脱的，你穿回来。"

商屿墨气定神闲地关上抽屉，这才看向她，薄唇微抿起极淡弧度："商太太，需要我提醒你，你今天是来做什么的吗？"

宁迦漾：对……她是来请罪哄人的！

静默几秒，宁迦漾睫毛缓慢上抬，眼睛对上男人那双清透无比的眸，仿佛将她一切心思都看在眼里，等着她上钩。

宁迦漾顿时不高兴了，小声咕哝了句："反正不是来跟你谈情说爱的。"

"哦，原来是我会错意了。"

话音未落，宁迦漾已经忍无可忍，从床上起身去捂他那张形状完美好看的唇，然而指尖刚触碰到男人微凉的薄唇，身上随意搭着的黑色衬衣顺着嫩滑的皮肤滑落，像是在雪白肌肤上绽开一朵浓郁至极的墨色莲花。

她明明感觉到了他眼底的幽暗深意。男人双手按住她纤润肩膀时，学她方才那样，顺势下滑，将衬衣提回她肩膀上，又心无旁骛地一颗颗将扣子系好。

直到离开休息室，宁迦漾才发现办公室门居然一直没有锁！

宁迦漾姿态慵懒，坐在商屿墨办公椅上，闲闲地望着男人收拾地上那堆东西，庆幸没人看到。

宁迦漾的手肘撑着桌子,一只手把玩他的钢笔,小嘴说道:"你后面还有笔筒,啧,都摔坏了,别人还说商神清冷寡欲的,实则啊,背地里却是这副模样。"

她一本正经地胡说八道,商屿墨竟还云淡风轻地"嗯"了声,放下手中东西,打算坐实这控告。

谁知,刚直起身,突然办公室门被推开。"商医生,我来……"找你蹭网。

最近这段时间,秦医生只要晚上值班,都会来蹭网,早就习惯不敲门。万万没想到,往常会看到一丝不苟看病例的商医生,此时坐在办公椅上的人居然变成了他女神!

他怀疑自己是不是最近熬夜熬得出现幻觉了。秦望识用力揉揉眼睛——靠在办公椅上穿着明显是男士衬衣的人,依旧是他的女神。

"嘭",是秦望识的手机掉在地上,屏幕四分五裂的声音。

素来抠门的秦医生顾不上他新换的手机,张大嘴,磕磕巴巴终于冒出来一句:"女、女神?"

只要自己不尴尬,尴尬的就是别人,极致尴尬的面前,宁迦漾突然就放松了。被忠实粉丝在老公的办公室里遇到,是种怎么样的体验?

宁迦漾红唇勾起,露出一丝笑意,支在桌上那只纤细小手,宛如招财猫似的,朝着秦望识挥了挥:"秦医生,真巧。"

巧吗?在自家医院碰到光芒万丈的女明星,巧吗?

秦望识大脑彻底"宕机",好半响,才缓慢恢复运行,下意识环顾四周:素来干净整洁堪称全院卫生模范的商医生办公室里,现在这些是什么!

虽然他是单身狗,但也认识地上那堆东西是什么,还有,为什么书跟病历也全都在地上?

以及女神身上那不合体的黑色衬衣,不正是商屿墨今天穿的那件!

"你、你们……"

秦望识已经不会思考了,在他看向宁迦漾时,被站起来的商屿墨挡住了视线。商屿墨声音极轻:"先出去,有事明天再说。"

秦望识麻木地转身往后走,一脚踩到了自己手机上,原本只是屏幕碎了的手机,彻底报废。

商屿墨顺势将门反锁,宁迦漾唇角的笑陡然消失,一脚踹向男人的小腿:"早干什么去了,现在锁有什么用?!"

商屿墨单手抱她回到休息室:"穿好衣服再出来。"

宁迦漾瞬间明了:占有欲真强,别人看都不能看。

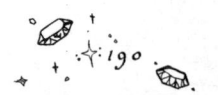

直到穿好衣服离开医院，宁迦漾都没再遇见秦望识。此时的秦医生，正蹲在墙角，默默消化被他撞破的这个大秘密。

今天发生的事情太多，一桩桩，一件件，让宁迦漾彻底打消了哄男人的心思。

她现在更需要被哄！仙女罢工了！谁没有点小脾气。

宁迦漾甚至气到忘了问裴灼灼的事情。

翌日上班时间，陵城医院论坛出现一个爆红的帖子——《裴淼淼在医院公开道歉，网传玫瑰美人与商神同款的婚戒是她偷拿送给姐姐的》。

小师妹干吗要偷婚戒，还送给她姐姐，她脑子有问题吗？

据说是因为心疼姐姐暗恋商神多年，为了给出国的姐姐留个念想，一时糊涂做了坏事。

别骂了，裴医生已经主动辞职了。

幸好她有个好爸爸，对商神有师徒之恩，不然偷盗贵重物品可是犯罪！

本院第一冷美人不愧人美心善。

陆尧看到这些不知内情的人夸自家老板人美心善，忍不住摇头。

裴淼淼并不是辞职这么简单，而是退出医学界，否则便会面临被起诉巨额盗窃。

裴家清流世家，只能选择放弃这个女儿。

幸而，裴家还有个在医学界惊才绝艳的裴灼灼。

此时，宁迦漾已经在棚里，等着拍宣传照和视频，拍完这些后，真人秀《热爱的生活》也该正式开拍了。

宁迦漾昨晚没睡好，化妆台前，她卷翘的睫毛低低垂着，灯光照在她脸上，显得肌肤细腻又白皙，美得空灵如仙女。

宁迦漾正趁着他们准备道具时合眼小憩。

忽然，小鹿凑过来，惊了声："姐！快看陵城医院论坛的今日热帖！

"天哪，真是太不可思议了！"

宁迦漾松松垂在掌心的玉兔手串被蓦地握紧。

满脑子都是关键词：陵城医院、热帖、不可思议！

她记得秦医生是个网络小达人，陵城医院论坛之所以这么热闹，其中一大半要归功于这位经常曝光各种料的"小秦记者"。

他不会把昨晚的事情发帖了吧！

直到小鹿将标题念给她听，宁迦漾才长舒一口气：哦，是裴淼淼偷戒指，不是她和商屿墨的事情。

等等，谁偷戒指？宁迦漾立刻反应过来，接过小鹿的手机，把这个帖子看得明明白白。脑海中浮现出昨天下午那个站在道德制高点指责自己的美艳女人——她和商屿墨关系匪浅，不然怎么会那么清楚玫瑰庄园的事情。

宁迦漾精致眉头微微蹙起：所以，这个帖子里说裴淼淼为了姐姐偷窃，是真的，还是……

没等她细想，工作人员敲了下门："宁老师，景搭好了，您可以来拍摄了！"

宁迦漾将手机还给小鹿，提着长长的裙摆，往满是拍摄机器的布景中间走去。

工作时，她状态在线，眉眼之间的慵懒倦怠一扫而空。

陵城医院里，今日格外热闹。神经内科新来的裴医生在早会期间当众跟商屿墨道歉，说一时鬼迷心窍拿了他的婚戒，而后又宣布辞职。

走廊，裴淼淼含着眼泪："师兄，我看你不在意那个戒指，真不知道那是你的婚戒。

"当时姐姐病得很重，一直喊你的名字，但我知道师兄不可能特意去看她，只好出此下策。

"对不起，师兄，我真的错了。"

商屿墨步伐依旧不疾不徐，丝毫没有为她的话有任何停留的意思。

听到裴灼灼重病过，也没有任何情绪波动，最后只淡淡留下句："错了，就得付出代价。"

裴淼淼看着他冷漠无情的背影，眼泪一下子滚了出来："师兄！"

秦望识跟着商屿墨一同回了办公室。

"啧啧啧，裴医生哭得那么惨，还是一起长大的小师妹，你都不怜香惜玉？"

经过一夜消化，他已经可以正常面对商屿墨了。

商屿墨从抽屉里拿出个最新款手机："我太太赔给你的。"

听到"我太太"这三个字，秦望识原本修复好的小心脏，再次四分五裂。

"哐……"

半晌，秦望识反应过来，双手捧着手机，喃喃自语："我女神送我的？"

商屿墨薄唇轻扯，纠正道："赔你的。"

秦望识把宁迦漾"送的礼物"珍而重之地抱在怀里，随后语重心长道："商医生，这我得批评批评你了，身为女神的丈夫，最基本的要求就是大度。

"你瞧你这斤斤计较的样子，迟早被女神厌弃！"

商屿墨没答，不疾不徐地穿好白大褂，临出门前，忽然喊他一声："秦医生。"

秦望识正在犹豫要不要拆手机盒，乍然听到商屿墨这么正儿八经喊他，下意识应了声："怎么？"

商屿墨轻而清晰地落下几个字:"日后,请你自重。"随即云淡风轻地拿着病历夹出了办公室。

今天有个术后病人,得他亲自去看情况。

秦望识一脸蒙:品了许久,才品出这六个字的意味深长。

想到自己每每在女神老公面前各种激情安利,好像,确实是挺不自重的。但,怎么哪里不太对劲呢?

几分钟后,路过的实习生们听到商医生办公室内传来一声巨响。

"商屿墨你这个'活体醋精'!"

实习生们面面相觑:商医生?商大佬?"活体醋精"?是他们听错了,还是听错了。一定是听错了。

很快,小秦医生用实际行动告诉他们,没听错。

商某人就是个"活体醋精"!秦医生用女神"送"的手机发布了今日第一条论坛帖子——

《带你深入了解本院第一冷美人》。

深入了解!本院商医生的爱慕者基本全都聚集在论坛,一看这标题,纷纷拥入。

然后……被狗粮喂饱后杀了吃。

楼主:同志们,中午好,如题。

今天小秦记者带大家深入了解一下本院冷美人商医生的隐藏"活体醋精"属性!

一、我昨天无意遇见商太太来探班,震惊之余,不小心摔了手机。

商太太人美心善,今天让商医生送了我一个新手机!没错就是送!你们知道商医生说什么吗?他居然抠字眼儿!非说不是"送",而是"赔"!

秦某忍了。

二、我最忍不了的就是,就因为在办公室里多提了几次商太太的名字,这位哥刚才居然说:"秦医生,日后,请你自重!"

我算是见识到了。有的人表面光风霁月,冷情冷性,实际上骨子就是被醋泡的!

这个帖子一出,直接把当天关于裴淼淼道歉那条帖子的风头压下去,成为今日最热帖!

宁迦漾工作的时候,小鹿刷着帖子被甜到"嗷嗷"叫。脑海中浮现出上次在度假岛看到商医生的画面。他生了张昳丽俊美的容颜,性子却清冷薄情,偏偏这样的人,居然私下这么会吃醋!

反差萌!就在小鹿激动的时候,忽然搁在旁边宁迦漾的手机振动了下,她下意识看了眼,然后这一眼,就再也移不开眼睛了。

193

看到宁迦漾手机里的转账信息，小鹿瞬间从嗑糖的梦中惊醒过来，自言自语："难道是诈骗短信。"

"什么诈骗短信？"

宁迦漾中场休息，懒洋洋拖着后摆极长的裙子走来。她难得穿这种前短后长的白纱蓬蓬裙，乌黑长发也被卷成海藻般的大卷。她戴着一顶精美至极的银质藤蔓王冠，缓缓走来时，像极了精致的洋娃娃。

若是之前，小鹿还有心思欣赏自家仙女的美貌，但现在已经被银行官方发来的那条消息惊到了："姐，现在骗子连银行官方号码都能模仿了吗？"

宁迦漾接过手机，因为捧着冰块拍摄时间太长，细嫩指尖带点凉飕飕的潮湿，差点没滑开手机屏幕。

上面是一条转账消息，宁迦漾睫毛低垂，看着转账备注的几个字——十月玉雕购买基金。

两人纷纷陷入了沉默，别说是小鹿，就连从小被娇养着长大的宁迦漾，都被这转账给惊到了。

重点是备注：十月玉雕购买基金。

小鹿也看到了，喃喃道："现在骗子都准备长期钓大鱼吗？"

十月，难道还有十一月、十二月……甚至连"大鱼"的喜好都摸得这么透彻。

宁迦漾自然知道不是骗子，哪个骗子这么傻，先转钱到她账户。

所以，谁转的？她亲爹？

不对，宁总银行卡余额估计还没有她的多。当年爸爸被妈妈收管财政大权，也是因为太宠着她这个爱好，差点把家里可支配资金挥霍光，宁夫人温柔地让他滚去睡了两个月书房。

后来，宁迦漾就自己赚钱了，自己的爱好自己负责，基本没再跟爸爸妈妈要过钱。

直到陆特助微信弹了出来："太太，转账收到了吗？"

"这是每个月固定的基金。"

宁迦漾脑子里仿佛已经飞出来一个又一个的可爱玉雕投向自己怀里，蓦地摇头——不行不行，仙女不能被这样的糖衣炮弹迷惑！

商屿墨连嘴上都不会吃半点亏，突然这么大方，定然有鬼。

宁迦漾稳了稳，冷静回复："他想要什么？"

陆尧："……"

万能特助看到这条消息，先是蒙了，而后迅速反应过来："老板能有什么坏心思，不过想要哄您开心罢了！"

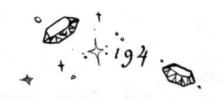

宁迦漾红唇翘起一边弧度，很快抿平，心想：他平时少说两句话，仙女就开心死了。

倒是小鹿，终于回过味来了：

"商医生转的？！"

"啊啊啊！"

"商医生太太太会了吧。"

这是什么绝世神仙老公啊！看小鹿跟中了邪似的，宁迦漾睫毛抬起，微微一笑："印钞机比他还会。"

重点是，印钞机不会说话。

小鹿眼神不赞同："印钞机可不会吃醋！"

很快，宁迦漾就从帖子里知道今天商某人的所作所为。原本故意抿成一条直线的红唇再也克制不住露出笑意，桃花眸弯成漂亮的月牙状。

算了，仙女大度，原谅他了。

这时，摄影师叫她们去看今天拍摄的宣传照。宁迦漾跟他要了几张，用微信发给商屿墨。

小浪花漾呀漾："商屿墨，有时候真羡慕你，有我这样肤白貌美的仙女老婆。"

医院食堂后的蔷薇树下，商屿墨若有所思地看着照片里那简陋的银质王冠。

几秒后，忽然想起前段时间穆星阑发给他的拍卖会清单，里面恰好有一顶镶嵌蓝宝石的钻石皇冠。

这时，男人手机屏幕再次弹出一条微信消息。

小浪花漾呀漾："围绕着我刚才发的那张照片，以及'仙女超美'这个主题，写个不低于一千字的作文，写到你的仙女老婆满意为止。"

商屿墨薄唇漫不经心勾起，这次很快回复，是言简意赅的两个字和一张照片："去吗？"

照片上，是一顶惊艳绝伦的蓝宝石皇冠，以及拍卖会介绍。宁迦漾下意识摸了摸自己此时戴的银质藤蔓皇冠，顿时觉得好简陋。

小浪花漾呀漾："去！"

那才是属于仙女的皇冠！她立刻忘了不低于一千字小作文的事情。

保姆车内，言舒第一段话便是："我刚才收到消息，梁予琼也有意出演《浪子》的女主角。她最近可是风光得很，就差个重量级奖项，便能坐稳一线小花的位置。"

NN这部电影，单单就剧本而言，甚至比《白露为霜》还要出彩，文艺的同时，兼顾商业价值，简单来说，就是非常有可能创票房纪录！

宁迦漾想到上次梁予琼差点打了贺清奈的画面，忍不住嗤笑了声："她脸皮到底是越来越厚了。"

"脸皮厚点，才有饭吃。"言舒一语双关。

"既然你们和好了，你也脸皮厚点，商医生早晚是你的裙下臣。

"没有男人能抵御得了仙女的主动出击。"

说白了就是，既然和好，就赶紧说服家属，定下这部戏，免得被中途截和。

NN编剧指名要宁迦漾出演女主角，这就是她最大的依仗，但有时候资本的力量比编剧的更大。

宁迦漾把玩着掌心的玉兔珠串，用指腹慢慢摩挲凸起的兔耳雕刻，眼睫慢悠悠抬起。

"舒姐，如果跟他说了，他绝对不会同意。"昨晚宁迦漾算是彻底了解了这位的占有欲。

她穿着衬衣被秦医生看了眼，他都不高兴了呢。

言舒与她对视一眼，而后试探着问："总归也不是什么大尺度床戏，我看也就是亲亲抱抱，要不……"

两人从彼此眼中看到了同样的四个字——先斩后奏。

宁迦漾轻描淡写道："你问问NN编剧，亲密戏能不能借位。"

全剧本这场床戏是最精彩的，宁迦漾自然不会任性地要求删除。

言舒唇角一抽，希望破灭："还以为你要先斩后奏！"

宁迦漾微笑："本仙女是一家之主，不需要奏。"

几分钟后，"一家之主"宁仙女给家属发消息。

小浪花漾呀漾："你都不知道我为你牺牲了什么！"

"所以，让你答应我一件事，不过分吧？"

周六那天，商屿墨难得放假。偏偏，早晨六点就被一向爱睡美容觉的商太太亲醒。

没错，是亲醒。

商太太蹲在床边，漂亮的眼睫颤呀颤："睡美人果然要被亲醒。"

商屿墨用长指揉着眉心，看了眼墙壁上挂着的钟，素来清冽的嗓音染上几分未睡醒的沙哑："又闹什么？"

宁迦漾拉长了语调，拽他被子："老公，你还记得要答应我一件事吧。"

下一刻，外面传来管家的敲门声："太太，节目组提前来了。"

管家声音不高不低，足够里面的人可以听清楚。宁迦漾见他背过身去，膝盖跪在床边，凑到他耳边说："听到了没，节目组来了。"

男人侧脸贴着雪白的枕头，眼睫垂着，漫不经心从薄唇溢出一个慵懒的单音节："嗯。"

"那你答应我的事情还算数吧。

"非常简单，就是你去书房藏一天，别出声，我到时候让管家给你送吃的。"

宁迦漾安排得非常明确，然而，没有丝毫回应。

宁迦漾伸手，再次拽被子，入目的是男人那张精致完美的面容，薄唇微微抿着，很是清冷薄凉，只是额头蓬松微卷的小卷毛柔和了那冰冷锋利的眉目，因为睡了一夜，发梢还微微上翘，反差极大。

此时他双眸合着，像极了一只高傲嗜睡的猫科动物——居然还能睡着！

宁迦漾盯着他的睡颜看了好几秒，忍着心软，轻扯了一下他的小卷毛："这都能睡着，你是小懒猫吗？

"快点起床。

"商懒猫，起床啦！"

女人语调像是沁透了糖丝儿，大概比水蜜桃还要更甜一点，然而商屿墨听到最后宁迦漾给他起的新外号，慵懒修长的身躯顿了下，眼眸合着，声音懒散地开了口："我不记得答应过。"

随即，他将宁迦漾扯乱的被子重新盖回自己身上，整个人像是长在了床上。

宁迦漾："……"开始回忆。

他当时有个紧急病人，没来得及回复她消息，事后就这么过去了。

宁迦漾桃花眸紧紧盯着他那张俊美侧颜，似乎是要把他盯出花来，然而商懒猫不愧于这个新名字，安然入睡。

好气哦！宁迦漾伸出"狼爪"，用掌心很用力地揉他额头上那翘起的小卷毛，发泄自己的怒气！

谁知，下一秒，细而纤弱的手腕陡然被原本那个已经入睡的男人攥住，随即整个人天旋地转。

"唔……"伴随一声惊呼，宁迦漾整个人重新躺回床上，大概是因为力道太重，纤躯还弹了一下。

而后男人长指把她扣在怀里，用被子蒙住："睡觉。"

宁迦漾被他这操作弄蒙了，等到反应过来时，整个人已经被锁在男人怀里，呼吸之间全都是他身上清冽幽淡的尾调冷杉香。

睡什么觉！外面节目组都来了！

最后商屿墨这觉还是没睡成,因为不单单是宁迦漾真人秀节目组的人来了,《无畏的承继者们》录制组也来了。据说又是江导搞的新方案,突击进嘉宾家里,这一期拍摄他们的日常生活,让观众更全面地了解嘉宾。

商屿墨随意披了件睡袍,眼底睡意消散,站在落地窗旁接电话。宁迦漾坐在花瓣形状的坐垫上,正悄悄往外看,从这里,能清晰地看到清鹤湾最外侧两队人马会聚的画面。

她纤软的指尖捂住脸蛋:"完蛋了……"

倒是商屿墨淡定地垂眸看她一眼,挂断了电话,然后看着她双手合十,开始求神拜佛。

商屿墨把她的碎碎念听得清清楚楚。

男人俯身,用修长冷白的指尖碰了碰她低垂的卷翘睫毛:"不用这么麻烦。"

宁迦漾眼睫轻颤了下,而后缓缓抬起,对上男人那朝阳映衬下映丽如画卷的侧颜,漂亮眼瞳写满疑问。

下一秒,只见男人朝她微微一笑:"求我就行。"

宁迦漾瞳仁陡然放大,立刻反应过来,攥住男人睡袍下摆,顺着力道跟跟跄跄地直起身子:"宝贝,老公,你有办法?!"

宁迦漾双手环住商屿墨的劲腰,就着这个姿势,蹭了蹭他微凉的皮肤。灵动的双眸闪烁着潋滟波光。

商屿墨用两指轻抵她的额头,往外推了下,徐徐道:"求人办事,来点实际的。"

…………

与此同时,清鹤湾外,两队人马聚集。

江导看着以拍摄真人秀而闻名的卫导,还想跟他取个经,没想到居然这就碰上了,立刻上前寒暄:"卫导也在这里拍摄?"

卫导虽比不得江云愁声名显赫,倒也算是同辈。

"没错,这次是一档生活类真人秀,主要录制嘉宾的日常生活。"卫导解释道,"所以就来嘉宾家里拍摄。"

"巧了不是,我也是来拍摄嘉宾的日常生活,你们平时是怎么……"江云愁正愁商屿墨要是不配合怎么办,于是一边走,一边跟卫导取经,该如何解决刺儿头嘉宾。

其他工作人员跟在两位导演身后,然后越走,发现越不对劲。

十五分钟后,两队人马在同一栋别墅前停下,然后面面相觑,两位导演异口同声:"你没走错?"

没答,下一秒,又同时异口同声:"你拍谁?"

卫导："宁迦漾。"

江导："商屿墨。"

听到彼此答案之后，身后跟着的一群工作人员顿时躁动了。

不会是……

哟！有人已经开始大胆动脑了！

江导听到宁迦漾的名字，作为唯一知道商屿墨和宁迦漾有一腿的知情人，自然不会傻到以为是走错了！

现在这些年轻人都这么大胆吗？一个有男朋友，另一个已婚，就直接同居了？

江导突然后悔自己来突击拍摄，重点是……为了保证真实性，他还开了直播……

江导默默转身，看着扛着摄像机直播的那个工作人员。工作人员也愣了，他们是不是曝光了什么大秘密。

此时，直播间弹幕已经炸开了——

我偷摸着粉的"养鱼"夫妇或许是真的？

啊啊啊，做梦都想宁仙女的男朋友是商医生，现在你告诉我，他俩住一个地方？

江导你看镜头干吗，快点敲门！

快快快，我要看大美女和大帅哥在一起的样子！

开门呀开门呀开门呀！

刚智能手表检测到我心跳破了200！

开门！

卫导还没有意识到问题，很单纯地问旁边副导演："是不是咱们走错了？"

副导演比较年轻，经常网上冲浪，此时手都有点抖，翻着手机："没错，是这里。"

这一幕要是拍下来，绝对能成为最佳预告片！他们这个节目再次翻红不是问题！

而后卫导给摄像师使眼色，让他提前开机！陆尧匆匆赶来时，差点把肺都跑废了，一看到别墅门口是这种情况，扬声道："江导！"

众人齐刷刷看向他，见惯了大世面的陆特助都差点绷不住表情。

隔着刚拉上的窗帘，宁迦漾半跪在柔软的地毯上，呼吸微急："怎么还没好，他们要进来了。"

一切结束……室内清幽淡香，缓缓萦绕上了淡淡的麝香，神秘蛊惑，勾人极了。

宁迦漾眼尾覆上了一层薄薄的绯色，而后被男人拉着手站起来，丢了魂似的，一同进了浴室。

水池旁，宁迦漾抬眸，看着干净的镜子映照出他们并肩洗手的画面，有那么一瞬间，宁迦漾脑海里想的竟然是——即便是被拍到，好像也没那么可怕。

顶多……她的演艺事业会麻烦点，毕竟已婚女演员，在选择角色上，会有很大的限制。

　　短短时间，宁迦漾已经想到未来艰难的事业生涯，却见男人给她擦干净手后，打开了洗手台下方抽屉。

　　宁迦漾眸色微惊，原本放备用牙刷的地方，此时摆放着一个个打开的戒指盒，里面装着的全都是对戒！

　　而且她很眼熟，是她在度假岛看过那个小册子上的实物。

　　商屿墨随意挑了一枚粉钻女戒，托起女人雪白纤软的小手，慢慢地将它推进了她的无名指根部，尺寸刚刚好。

　　宁迦漾睫毛颤了下，意识到他在做什么，而后默不作声地准备拿起那枚与粉钻戒指同款的男戒，却被男人按住了手腕。男人挑了另外的一枚简单的白金指环，嗓音极轻："这个。"

　　宁迦漾睁着一双水润眼眸，意外地看着不同款对戒。

　　戴戒指，不是要公开吗？没等她问，商屿墨自顾自将男戒戴上后，便解开睡袍上早已松垮的系带："我洗个澡，你去录节目。"

　　宁迦漾直到下楼，都没弄懂商屿墨是什么意思。

　　管家已经将早餐准备好了，宁迦漾落座后，看她递来平板电脑上的监控。恰好看到陆尧过来，不知道说了什么，带着江导那一队人离开了这里。

　　管家："太太，可以把其他人放进来了吗？"

　　宁迦漾捏着勺子的指尖顿了几秒，下意识仰头看向空荡荡的淡金色楼梯，红唇微启："好。"

　　节目组一进来，就被偌大的别墅以及那些训练有序的保姆惊住了，这确实是女明星的家？

　　彼此故作冷静地寒暄之后，卫导指挥人安排好摄像机——

　　忽然，原本安静坐在沙发上的女明星起身，镜头中，她提着月白色的薄绸裙摆跑向二楼拐角处，拉出了个挺拔修长的男人。当众，踮脚吻了上去。

　　众人："……"

　　二楼走廊拐角，光线昏暗，靠近尽头那扇窗户是从来都关闭的。镜头远景中的男人露出半边的侧影，仅惊鸿一现，很快便消失不见。

　　楼下工作人员眼睁睁看着这一切发生，静默几秒，瞬间炸开了。

　　导演他们还算克制，而几个摄像师和跟拍导演立刻要跟着宁迦漾冲上二楼录制："顶级女神宁迦漾的神秘男友大曝光！"

　　此时此刻，大家脑回路趋于一致，仿佛看到了爆炸性的新闻标题！

　　节目组进门就跟宁迦漾确认了开直播一事，半分钟前刚点进来的粉丝们恰好看到了那一幕，还以为是来到什么大型偶像剧直播现场——

早……早起的鸟儿有狗粮吃？

摄影师、导演！你们都愣着干吗，快点去拍啊！

急死了急死了，都发什么呆！跟拍啊，你们是真人秀啊！卫导！你们节目组不是以最敢拍而著称吗？怕什么，上！

啊啊啊，这男人到底是谁，快要看到了，冲冲冲，给我冲！

节目组终于反应过来，不能错过这个特大爆炸级画面。几个工作人员一拥而上，素来稳重的管家猝不及防，反应过来后赶紧阻拦。

此时拐角处，女人纤白指尖拽着男人黑色的衬衣领口踮脚亲，不知不觉，姿势变成了男人倚在墙壁上，修长如玉的手搭在女人盈盈一握的腰肢上。

宁迦漾听着楼下动静，眼睫低垂，顺着栏杆看了眼，渐渐缓过来后，睁着那双水色朦胧的桃花眼，故意小声在他耳边道："我们像不像偷情？"

女人薄薄的气音恍若在撩拨，商屿墨没答，微凉的指腹用力摩了一下她湿润的唇角，清冷眉目之间平添旖旎之色，用指腹慢慢摩挲着她戴了婚戒的那根柔嫩手指，嗓音低幽："嗯，合法偷情。"

宁迦漾被他摸得手指隐隐发烫，唇角翘起。她已经猜到了商屿墨的用意，他分明是想宣示主权，又怕影响她的事业，才会选择戴不同款的婚戒。

真是……秦医生完全没说错，就是"活体醋精"。

楼下动静越来越大，眼见着有个工作人员打算绕道从另一侧楼梯偷偷摸摸爬上来看。

两侧楼梯全部被堵，宁迦漾意识到情况不太对劲——这个节目组怎么回事？一点都不讲究，竟然还想跟上来拍！

宁迦漾刚才还很冷静，此时睫毛颤了颤："合法老公，要不你先跳窗跑吧。"

宁迦漾瞥向他身后那紧闭的窗户。她刚才一鼓作气冲上来亲他，现在脑子清醒了，这合法夫妻情必须继续偷偷摸摸着进行。

商屿墨浅色眼瞳幽深——跳窗？

就在宁迦漾拉着他准备推窗户时，忽然被人按在了窗台上，男人发烫的薄唇覆了上来。

"唔……"宁迦漾惊呼了声，声音被如数吞噬。

这种刺激的环境之下，五感像是被放大了，甚至能清晰听到有人一个台阶一个台阶地爬上来，而后脚步声越来越多，也越来越乱。

要上来了！

宁迦漾下意识想要抬手去挡住男人那张昳丽容颜。

下一秒，商屿墨松开她手，当真转身打开窗户。

"宁老师！"

身后传来一道激动的声音，宁迦漾下意识回眸，小心脏跟着"怦怦"乱跳了几下。

完蛋！宁迦漾与最前方的摄影师和跟拍导演六目相对。

众人看着除了宁迦漾，空荡荡的角落，皆是满脸蒙。

人呢？那么大一个人影呢？没拦住人的管家松了口气。

宁迦漾顺着他们视线望过去，只见窗户依旧紧闭，仿佛什么都没有发生。

原本紊乱跳动的心，一下子放松了。

几秒后，她若无其事地抚平了裙摆上的浅浅折痕，精致脸蛋上写满狐疑："你们……有事？"

众人：这就是女演员的演技？要不是这位的唇瓣比上来时艳丽许多，他们可就真的信了方才无事发生。

宁迦漾才不管他们信不信，气定神闲地提着裙摆，身姿摇曳，袅袅婷婷走下楼。灯光衬着她的白皙小脸越发精致，只是随着她走动，乌发在半空中打了个旋儿，隐隐露出那泛着绯色的小耳朵。

直播间吃瓜网友们——

我要疯了！差一点，就差一点点！

虽然但是，这个墙角吻真的好甜。

还是仙女主动的！好酷！

看着弹幕，跟拍导演平复下心情，岔开话题："宁老师先介绍一下您的家？"

宁迦漾听到话后，身姿慵懒地坐回沙发，懒洋洋地上抬起睫毛："没什么好介绍的，就是普通的三层小楼罢了。

"二楼主要是卧室、书房，三楼是……收藏室。

"没了。"

刚跑了一次二楼，她累了，不想动。反正舒姐说过，这是一档生活真人秀，就是要看嘉宾真实生活。

在场的工作人员非常默契地环顾四周，沉默了。偏偏宁迦漾还不是故意谦虚，而是真的没打算介绍。她从心底里觉得太普通了，没有介绍的必要！宁迦漾抿了口管家送来的燕窝。这时，跟拍导演为了跟直播间观众互动，提问道："宁老师，粉丝们很好奇，刚才那位是？"

宁迦漾眼睫抬了抬："我男人啊。"

"难道我还能去亲别人的男人？"

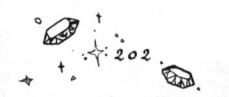

跟拍导演被噎住：她总算明白宁迦漾为什么极少参加真人秀了，因为这位小祖宗真的有一句话把天聊死的能力！

宁迦漾看到人群中的小鹿疯狂使眼色，想到言舒千叮咛万嘱咐要配合节目组聊天，细白指尖放下瓷质细腻的小碗，声音温柔："还有什么问题吗？"

小鹿倒地——您也不必演得这么敷衍不走心，拿出刚才的演技啊！

卫导团队是专门拍摄真人秀节目的，自然什么样的嘉宾性格都遇到过。跟拍导演身经百战，很快就缓了过来，继续提问："我们在这里拍摄，会不会影响到您男朋友？"

"不会，他睡觉。"宁迦漾随口道。

想到"小卷毛"睡得发梢翘翘的样子，她自己都没意识到，一侧唇角跟着翘起弧度，被镜头捕捉得清清楚楚。

粉丝们炸了——

这个时间还睡？

仙女到底是看中了他什么？

分手啊！

在外面帮谈剧本的言舒从直播间看到这幕，差点气昏过去，疯狂给她发消息。

言舒："起来！"

"带节目组去参观你家，刚好让粉丝们知道你并没有在家里洗衣、做饭、伺候男人。

"快！"

宁迦漾给商屿墨发消息问他当一回跳窗的"情夫"是怎么样的体验。没等到回复，就收到了狂弹出来的经纪人消息。

在众多期待目光中，宁迦漾终于起身了。她表情管理绝佳，微微一笑："带大家去参观我男人送的别墅。"非常善良地为商医生挽回形象。

随着直播镜头，跟着宁迦漾一起参观，粉丝们开始怀疑——

这么大的一栋别墅，你告诉我是普通人可以买得起的？还说送就送！

宁仙女是不是被那男人蛊惑了？为了给他挽回形象？

宁迦漾没看直播，并不知道网友们在说什么，刚打算进自己收藏室时，脚步顿了几秒。

想到当初商屿墨送给自己的玉雕还摆放在最显眼的地方，她立刻收回已经停在门把手上的纤指，转身就走："收藏室不看了，怕人设崩塌。"

跟拍导演："为什么？"

宁迦漾云淡风轻回："怕被说炫耀呀。

"我一直都是个低调的女演员，人设不能倒。"

工作人员：您怕是对"低调"这个词有什么误解。

一路参观，没出什么岔子，直到，直播弹幕刷出来几条：

宁仙女，你为什么在无名指上戴戒指？

姐妹们看隔壁商神的直播间，大家也在问他婚戒怎么换了，这是什么跨越空间的默契啊！

说起来我就心梗！半小时之前，还以为能看到两位神仙颜值的人，跨宇宙绝密级别大公开，谁知……

哎，单单是颜值，宁仙女跟商神真都是天花板级别的，这两人要是生个孩子，啧……

不敢想，不敢想。

别乱嗑了，都是有对象的人。

可是……他们的戒指好像啊，又住隔壁，真的只是巧合吗？

大家齐刷刷看向宁迦漾的手，粉色钻石衬得那双纤白漂亮的手指精致极了，戴在那无名指上的指环像是海浪的弧度。

而此时隔壁从未有人住过的别墅，第一次挤满几十个人。

摄像师嘀咕了句："怎么感觉怪怪的。"桌上居然连茶壶、杯子都没有。

陆尧也发现了，立刻解释道："洁癖洁癖，大家理解一下。"

这个，江导很有发言权："嗯，商医生确实是有些特殊洁癖，家里搞得跟样板间似的也正常。"符合他对洁癖的理解。

只不过，江导脑海中浮现出隔壁处于清鹤湾最好方位的别墅。在他想象中，商屿墨应该不至于选不到那栋最好的吧？

陆尧上楼时，亲眼看到商屿墨推开二楼拐角处的一扇窗户，从窗户外稳稳翻进来。他眼皮抽了下，倒是商屿墨极为淡定地掠过他准备下楼。

陆尧连忙喊住："老板！"

商屿墨侧眸，陆尧轻咳了声，指着对方唇边位置，小心翼翼提醒道："您这里，有口红痕迹。"

商屿墨难得眼底掀起几分波澜，拇指轻触唇侧。顿时，指腹晕上一抹胭脂色，仿佛烙印的朱砂，靡艳至极。

陆尧不敢多说，递给商屿墨湿巾。

三分钟后，商屿墨终于出现在了《无畏的承继者们》的官方直播间里。

此时，今日直播即将结束，弹幕几乎将整个画面糊住，却挡不住显微镜粉丝们的神眼——

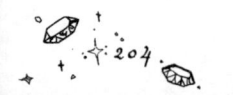

哇哇哇，商医生今天那张薄唇看起来又红又润，一看就是被他太太亲的。

向来一丝不苟的重度洁癖，今天衬衣领口怎么有点皱？

嚯，差点没看出来，婚戒好像也换了？

戒指、衬衣……新来的姐妹们，我有个大胆的猜测！

什么……

还没说完，直播陡然断开。而此时，宁迦漾那边直播也断开，开始正式的录制。

几分钟后，两个新鲜出炉的词条，同时爬上了热搜——"宁迦漾与神秘男友直播接吻""商屿墨与太太亲密后出镜，对方疑似宣示主权"。

外面天色湛蓝，薄薄的几朵云如纸片缀在上面，正极缓慢地飘着。碎金般的阳光穿过清鹤湾外那棵巨大的梧桐树，不均匀地洒在一辆辆贴着节目组标签的车的车身上。

十几辆车型一模一样的车，分成了两队，一队贴着《无畏的承继者》的标签，另一队贴着《热爱的生活》的标签，分明是两个截然不同的节目组。

巧的是，这两个节目组接了同一款车的广告。

宁迦漾站在别墅门口，遥遥望着耀眼的太阳，忍不住轻颤了一下睫毛："这么热的天，非要出去录制吗？"

小鹿在她身边低声道："这是《热爱的生活》，不是'咸鱼'的生活！"

"要不去公司排练厅练练形体？

"或者去找朋友逛逛街？"

她在陵城哪有什么朋友，就一个发小。

宁迦漾想到姜燎，桃花眸亮了下。她素来随心所欲，径自走向节目组的车："带你们去个好玩的地方。"

工作人员眼睁睁看着宁迦漾走向旁边车队，还没来得及喊。

忽然，车窗降下，露出一张俊美清隽的男人面容。他微微侧眸，与站在车门旁光芒万丈的女明星对视。

宁迦漾纤白漂亮的手指还扣在车门上，眼睫低垂，恰好与男人对视上。

宁迦漾身后是举着摄像机的《热爱的生活》工作人员，车内是同样举着摄像机的《无畏的承继者们》工作人员。

空气静下来，直到卫导在远处喊："宁老师，错了错了！

"咱的车在这！"

迎着阳光，宁迦漾那张脸越发精致莹润，五官无可挑剔，微微一笑时，美不胜收。她红唇缓缓勾起，闲谈般问："去哪儿？"

商屿墨薄唇微启，平平静静答："医院。"

"真忙。"宁迦漾冷冷睨了他一眼——忙得都没空回复仙女老婆的消息。

她随即干脆利索地松开抵着车门的手指，提着月白色的裙摆，向《热爱的生活》节目组的车队走去。

车内，摄像师见商屿墨一直望着宁迦漾离开的背影，小心翼翼地提问："商医生认识宁老师吗？"

商屿墨淡淡地收回视线："邻居。"

前排陆尧腹诽：同一张结婚证上的邻居，没毛病。

商屿墨回忆起宁迦漾方才的神情，略一沉吟，对陆尧道："告诉太太，我的手机放家里了。"

跟拍导演激动："要让商太太给您送到医院吗？"

按照以往剧本，就是这么曝光的！

商屿墨没答，倒是陆尧从车窗能清晰看到另一个节目组陆续离开的车队，忍俊不禁："别想了，商太太忙得很，没空送手机。

"更不可能露面的。"

跟拍导演可惜极了，继续道："听说商医生给太太买了很多玉雕，能让我们观众见识见识吗？"

陆尧僵了：玉雕都在隔壁女明星家里啊！

他求助似的看向后视镜，希望接收一个提醒的眼神，然而看到的是闭目养神的商屿墨，内心崩溃：到底是谁在拍节目啊！！！

二十分钟后，《热爱的生活》节目组车子停在一家刺青工作室前，工作人员差点以为走错了，却见宁迦漾熟门熟路地进门，似乎跟那些店员很熟地打招呼，不知道的还以为她是刺青常客。

直到她介绍老板姜燎时，见多识广的副导演才发现，这是位很不简单的刺青艺术家！没想到居然跟女明星宁迦漾是发小，天哪，这是什么神奇的关系网。

节目组刚想进门，便被店员拦住："不好意思，我们这边不允许拍摄，请关闭录像设备。"

导演立刻看向宁迦漾，宁迦漾还装无辜："导演，要不你们先在外面坐坐，如果要刺青的话，记在我账上。

"这里可是很难预约的。"

"带你们走后门。"

导演幽幽问："那你能走后门，让我们进去拍吗？"

宁迦漾矜持一笑："那不能，我暂时没这个面子。"

而后便像是提前下班一样，迅速摘下耳麦等收音设备，奔了进去。

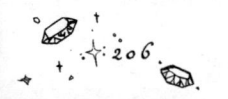

什么没这个面子！这位分明是故意的！

小鹿忍住寻死之心，负责善后："那什么，其实今天拍摄的素材也够了，要不先结束？"

卫导很倔强："不，我就在这里等！"

他有预感，跟着宁迦漾，绝对还能拍到更好的片段，这么结束，万一没拍到，岂不是可惜了！

最可惜的还是早晨跟江导在清鹤湾外狭路相逢时，没有录下来，多好的蹭热度机会！

大厅休息区里，姜燎亲自给她倒了杯果茶，笑着问："至于累成这样？"

宁迦漾眉目怠惰地窝在沙发上，漫不经心地捏了捏她随身携带的玉兔手串。

"累，比拍一场大夜戏还要累。"

四周都是镜头，无论做什么都会被录下来，这种无孔不入被盯着的感觉，她到现在都不能适应，不然也不会想着来这里躲一躲。

姜燎望着她那只拨弄珠串的白嫩指尖，忽然一笑："要不文个身解解压？"

"我记得你最喜欢玫瑰，就文当年我给你设计的那朵全天下绝无仅有的冰封玫瑰。"

宁迦漾嗤笑了声，睫毛抬都没抬："我早就不喜欢玫瑰了。"

姜燎不急不慢地问道："是不喜欢玫瑰，还是不喜欢玫瑰美人？"

宁迦漾不屑在姜燎面前说谎，言简意赅："都不喜欢。"

姜燎最了解她，她素来不会掩饰喜恶，此时说不喜欢，是真的不喜欢了。

可原本那么喜欢，为什么现在如此讨厌。

像是意识到什么般，姜燎低低笑出声，喊她："小宁总。"

"干吗？"

宁迦漾总觉得他忽然这么叫自己，不安好心。

姜燎似乎看破一切："你吃醋了，所以连带着无辜的玫瑰也讨厌上了。"

在她否认之前，下了结论："而吃醋，是心动的开始。"

这句话，落在宁迦漾耳中，无疑和"完了，你爱上他了"没有任何区别。

宁迦漾细嫩指尖按在玉兔的耳朵上，微凉的触感让她脑子清醒许多。

她没有否认，也没有承认。

几分钟后，她慢慢端起那杯已经放凉的果茶，轻抿了一口又一口，红唇润泽漂亮。

没等到她因为被戳穿小女孩心思而脸红，反而还冷静下来，姜燎有点可惜："宁小漾，你是不是没有害羞这根神经？"

宁迦漾从来不吃亏，互相伤害："'伤害'你的前女友，还没来'自首'呢？"

姜燎哑口无言。不愧是发小，太明白让彼此闭嘴的点在哪里。

宁迦漾扳回一城，懒洋洋地站起身："走了。"

总不能真的让节目组那么多人在外面等她一天，稍微放松放松就好。

姜燎没起身送她，手臂散漫地撑在沙发上："你真不刺青，不喜欢玫瑰了？我给你设计朵小浪花怎么样？"依旧是那种腔调，"皮肤那么白，不刺青可惜了。"

宁迦漾已经走出一段距离了，没特意压低声音，清软好听的嗓音毫不迟疑："我这么完美的皮肤，绝对不允许它留下任何痕迹。"

她拒绝过姜燎无数次的刺青邀请，两人都习惯了。

然而宁迦漾没注意到，路过的一个屏风隔开的休息区里面坐着生了张美人脸的清傲女人。她正翻着刺青图案，考虑文什么图案好，乍然听到这道熟悉懒散的女声，指尖陡然顿在了一个花体S的英文图案上。

店员微笑："裴小姐，您选定这个S了吗？"

裴灼灼垂眸望着自己每日精心呵护、保养才算白皙娇嫩的皮肤，迟疑许久，忽然合上翻了许久的厚厚的图案册："抱歉，暂时不想文了。"

店员没想到，有人预约了一个多月，居然临到选图案时不文了："是我们的图案不符合您的审美吗？"

裴灼灼摇头："是我个人原因。"

随即拿起放在一旁的优雅的C家经典款羊皮包，仪态万方地离开。几个店员低声讨论："玫瑰美人本人也好美。"

"你们不觉得和宁迦漾有点像吗？"

"尤其是侧脸，感觉仿佛一个模子……"

忽然一个清朗男声出现："一点都不像，作为刺青师，眼神这么差，扣半个月工资。"

姜燎晃荡着过来，又溜达着离开，张嘴就扣了半个月工资。

店员们：这年头八卦都这么危险吗？！

裴灼灼离开刺青工作室后，才收到妹妹发来的直播截图。

裴淼淼："姐姐，师兄真的喜欢上她了。"

"如果不喜欢，怎么会任由她这么羞辱……"

在裴淼淼眼里，宁迦漾拽着商屿墨亲，就是羞辱她谪仙一样神圣不可侵犯的师兄，她的指尖不受控地颤抖。

如果说之前商屿墨发的微博，可以用为了维系商业联姻表面关系来解释，那么这次亲眼看到他们的亲密，打破了裴灼灼一贯的认知。

但，怎么可能呢？

沉默了许久，裴灼灼像是想到什么，眼神恢复冷静。

一字一字地回复妹妹："放心，他绝对不可能喜欢上宁迦漾的。"

她裴淼淼不知道姐姐哪里来的信心，但她知道姐姐向来不是无的放矢的人，一定有足够的证据来证明。她轻吐了口气。只有姐姐跟师兄在一起了，她才能回国，回到她热爱的医学界。

夜色渐浓，清鹤湾别墅内。

"我临走之前让你好好配合节目组拍摄，你就是这么配合的？！"

"刚走几个小时，你就闹出这么多大新闻，是不是嫌公关部门太闲了！"

言舒恨铁不成钢："幸好卫导好说话，不然……"

听言舒巴巴儿地说，宁迦漾怀里揣着个抱枕，随口敷衍两句。

言舒深吸一口气，反讽了句："我就想知道，你还能闹出更大的事吗？"

这时，小鹿默默地把平板电脑递给她："先消消气平复一下，更大的事来了。"

就在宁迦漾抱着抱枕昏昏欲睡时，言舒一声惊天动地的吼声传来："你这膝盖怎么回事？"

"怎么？"宁迦漾还真没注意到自己的膝盖，此时被言舒强行撩开裙摆，入目的便是雪白膝盖上的一片瘀青。

宁迦漾先是迷茫，几秒后才反应过来，蓦地想起早晨的画面。空气凝滞，她檀口微启，慢慢悠悠道："我说就是单纯地被'家暴'了，你们信吗？"

没等她们开口，商屿墨不知何时已经从楼上下来，恰好听到她污蔑自己，偏轻的声音平静如水："家暴？"

随着商屿墨这简单两个字落音，偌大的客厅陷入一片寂静，言舒和小鹿觉得这种诡异的场景实在是不适合外人在场，两人起身告辞。

临走之前，言舒还道："商医生千万别手下留情，好好训妻！"

宁迦漾怀疑人生："舒姐，你是谁那边的？"

言舒的表情端庄肃穆："我是正义那边的。"随即头也不回地拉着小鹿，转身离开别墅。

商屿墨此刻已经不疾不徐地走到她面前，挺拔的身影极具压迫力。此时他刚刚洗过澡，穿着白色家居服，乌黑短卷发蓬松，眉目清隽如画，冷白皮与淡色薄唇相映衬，收敛了几分锋芒毕露的意味，多了扑面而来的少年感。

宁迦漾先欣赏商医生的美貌，直到他逼近后，才回过神来，重新撩起裙摆，指着那膝盖上的瘀青："都怪你。"

商屿墨垂眸看着这个贼喊捉贼的人，视线凝在她那双搭在沙发扶手上纤细雪白的长腿上，略一迟疑，伸出微凉的指尖碰了碰那处瘀青。在她白如雪月的肌肤上，看起来确实是极为惨烈的。

"嗷……"宁迦漾腿瑟缩了下，抬起一双黑白分明的桃花眸，睁眼说瞎话，"你戳疼我了。"

"刚好坐实。"商屿墨俯身将她拦腰抱起，从容不迫地往楼上走去。

宁迦漾：什么意思？这臭男人要来真的？

随着两个人的动作，原本放在宁迦漾手边的平板电脑滑落。屏幕亮着，微博某热搜词条清晰而惹眼——"宁迦漾节目当天膝盖瘀青"，后面跟着个"爆"字。

保姆车内，言舒面无表情地看着这条热搜将之前那条压下去，不知道该气还是该笑。

大家现在的关注点完全变了。

小鹿作为知情者，满脑子都是嗑糖嗑糖，甜炸了。

今天 n 仙女和 s 医生嗑到了吗：嗑昏头了！仙女膝盖都是青的，脑补了十万字小说场景。

宁迦漾慵懒闲适地躺在床上，一条纤细小腿半支在柔滑的真丝床单上，卧室里只开了一盏暖色调的壁灯。

商屿墨坐在床沿，指腹捻着淡杏色的药膏，正在往她膝盖上涂抹，略显暗淡的光线显得男人眉眼更加柔和，像是镀上了层温柔的薄光。

宁迦漾好整以暇地望着他给自己上药。从手腕到指尖，从眉眼到下颌，这个男人身体的每一处都完全符合她对另一半的想象，脑海中浮现出白日里姜燎说的那番话，宁迦漾若有所思地望着他，眼睛眨都不眨。

商屿墨等药膏几乎渗透进肌肤才缓慢按摩，让药膏被充分吸收，随口问："看了半小时，还没看够？"

宁迦漾这才收回视线，拿出手机，用清软鼻音轻哼了声："就你宝贝，看都不能看。"

没办法与太太讲道理，商屿墨也不打算讲，眼睫低垂，处理她的瘀青。

倒是宁迦漾被按得舒服极了，边刷微博，边支使道："商按摩师，麻烦继续帮我按按腿。"

语气理所当然。

商屿墨淡淡看了她一眼，指腹当真缓缓向下。宁迦漾唇角翘起一边，假装不在意，刷着微博，这才看到微博热搜上关于自己膝盖瘀青的那条。

啧，宁迦漾睫毛抬起看他。

男人眉目虽然清清冷冷的，却染着几分认真，宁迦漾忍不住给他拍了张照片，

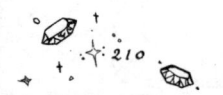

而后看着照片里的男人，思索几秒。随即将照片编辑，给他那张辨识度极高的俊美容颜精挑细选了一个狗头马赛克，保准遮得严严实实，亲爹亲妈都认不出来，这才上传微博。

宁迦漾V：放心，在给仙女按摩。

清鹤湾别墅暗蓝色的窗帘轻轻晃动，月光如水般顺着薄纱倾泻而来，漾起层层涟漪。

这一夜因为宁迦漾那条微博没睡好的不只粉丝。

陵城市中心大平层公寓的窗户旁，裴灼灼靠坐在飘窗上，唯有手机露出一点光亮，花瓶内那几枝艳丽的红色玫瑰，在阴影下格外暗淡。她仿佛自虐般，一遍一遍看着宁迦漾最新发布的这张照片，几乎将每个细节都看得清清楚楚，甚至连墙壁几何形状的壁画，她都数清楚了有几根线条。

裴灼灼最后怔怔地把目光落在商屿墨那修长如玉，此时正温柔地给一个女人涂抹药膏，甚至按摩小腿的手指上——她永远不会认错这双手。

找出微信里许久没有联系的心理医生，裴灼灼望着那黑色的没有任何图案的头像，静默许久，直到手机变暗，才低垂着眼睑，一个字一个字地输入："洛医生，你确定他不会爱上任何人吗？"

那边恍若自动回复，下一秒弹出："绝对不会。"

裴灼灼望着那四个字，手指缓慢而用力地攥紧了手机边框，仿佛下定了决心。

很快，《热爱的生活》开始录制第二期节目，这次是五位嘉宾共同录制，录制地点在风景宜人的海城。

宁迦漾散漫的性子，难得不抵触出差。因为海城与知名的玉城比邻，所以几乎每条街上都会有许多玉石铺子，甚至还有可以让顾客自己动手进行玉雕制作的店铺。

宁迦漾早就跃跃欲试，奈何一直没有机会。

言舒："这可是卫导特意为你选的录制地点，所以祖宗，你千万好好配合。"

不得不说，卫导真的很会收服嘉宾，瞧瞧这会做人的劲。宁迦漾透过车窗，看着外面鳞次栉比的玉石小店，信誓旦旦地保证："放心我会配合。"然后问，"在这之前，我能先下去玩玩吗？"

言舒想说"不能"，但她想有用吗？

几分钟后，一辆车停在一家装修很复古的玉石小铺前。

宁迦漾进去后，发现里边跟想象中的不一样。外面是柜台，摆放着各种品相一看就绝佳的玉石摆件、首饰等，中间用一面镜子隔开里面的工作室，能清晰看到里面甚至还有未切割的原石，上面贴着便笺：可以自己动手制作玉雕。

宁迦漾漂亮的眸子里像闪烁着细碎的光，红唇翘着："刚好商某人快要过生日了，我要亲手雕一只小玉虎送他。"

　　想到那晚商屿墨的过分举动，宁迦漾觉得自己真是大度又贤良的完美太太，以德报怨不说，出差还惦记着老公的生日礼物。

　　言舒想拉着她走："反正是'感情不深'的老公，生日礼物随便买个就行了，不需要仙女亲自动手。"

　　她们可不是来这里雕刻这玩意儿的，而是来参加节目的！

　　宁迦漾似笑非笑地瞥了她一眼。

　　言舒松手：任性的祖宗！

　　宁迦漾选定了一块紫罗兰种翡翠，种水近玻璃种，混着淡淡紫色，温润通透，均匀细腻，非常难得。

　　她一眼就看中这块，白中带紫，清透矜贵，非常适合商屿墨。

　　翌日，宁迦漾已经设计好了图样。她打算做一条跟自己常戴的这条玉兔手串差不多的玉虎手串，十八颗圆滚滚的小玉虎穿成一条手串。

　　之后她被言舒一早就接到了节目录制现场，宁迦漾眉眼有些倦怠，漫不经心地靠坐在沙发上玩手机，欣赏自己设计的小老虎，唇角无意识翘着淡弧。

　　因为今天要运动，宁迦漾妆容极淡，却显得五官越发优越，肤白貌美。她身穿黑色小脚裤配白色短袖，纤腰长腿一览无余。

　　往日宁迦漾出现在镜头前，都是妆容精致的形象，因此就有很多黑粉说她只适合浓妆，一旦素颜就会缺陷毕露。

　　此时，摄像师看着镜头里几乎不施粉黛的美人，即便是这副酷似小"咸鱼"的神态，依旧掩盖不住那明艳夺目的面容。

　　摄影师忍不住想：网传不实，仙女分明浓妆淡抹都是颜值天花板。

　　宁迦漾难得第一个来，很快，陈泽案第二个抵达，一看到宁迦漾，立刻示意工作人员把麦关了，这才走过去。阴影笼罩住了沙发上的美人。

　　宁迦漾睫毛懒洋洋地抬了抬，入目的是一张很清俊的男性面孔——是陈泽案。

　　"陈老师，早上好。"

　　宁迦漾缓缓坐直了身子，礼貌而疏离地跟他打招呼。

　　"宁老师，我是来跟你道歉的，上次绯闻的事情……"陈泽案当时真不知道自己经纪人居然拒绝了宁迦漾经纪人出联合声明的事情。

　　等他知道后，这事已经解决了，便没有再刻意去联系宁迦漾。

　　宁迦漾轻描淡写地笑道："陈老师，错的不是我们，是那些胡说八道的人，

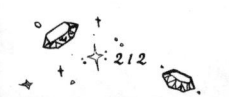

坐吧。"

陈泽案还想要说什么时，外面传来其他嘉宾的说话声，他到嘴的话戛然而止，只快速在她耳边说了句："我会帮你保密的。"

有共同的秘密，才会有共同话题，陈泽案唇角含笑。

宁迦漾桃花眸平平淡淡的，似乎并没有想要感谢的意思。

固定嘉宾除了宁迦漾、陈泽案，还有一位前辈级别的男演员顾楷，一位女唱跳歌手出身的歌手许鸳，以及一位知名娱乐节目主持人。

等人齐了之后，卫导宣布他们今天的录制内容是，通过寻找各种线索，找出嘉宾里谁偷拿了"热爱至宝"的翡翠玉佩。

说白了就是侦探游戏，所有人都是嫌疑人，谁最后指认成功，就能获得赞助商提供的这块翡翠玉佩。

用导演的话来说就是——玩游戏是增进感情最快的方式。所以大家第一次见面，先来一场游戏。

不得不说，卫导可以将生活综艺玩出花样，也是很厉害的。

宁迦漾兴致不高。寻宝，还不如让她去雕刻小老虎呢。

这时，她看到节目组那边言舒抱了个白板，上面用红笔写了两个大字：醒醒！

宁迦漾：我没睡！

听到其他嘉宾压低的笑声，宁迦漾忍不住幽幽望着言舒：仙女不要面子吗？！

言舒见她有精神了，立刻擦掉那深藏功与名的两个大字。

很快，节目组便准备到室外录制，宁迦漾带着她的拍摄团队直奔玉石小铺。

跟拍导演见她目的地这么明确，忍不住问："宁老师，您已经知道到哪里能找到线索了吗？"

宁迦漾思索两秒："范围这么大，凭缘分吧。"

录制范围恰好是宁迦漾之前逛玉石铺子的那条街，于是，一小时后，其他嘉宾在外面奔跑着找线索。

宁迦漾坐在玉石铺子里，娴静从容地跟老板学玉雕技术。

两个小时后，其他嘉宾在太阳底下开始互相试探彼此找到的线索，宁迦漾顺利上手开始磨玉石了。

跟拍导演："……"

摄像师："……"

虽然很轻松，但好像哪里不对劲。

其他嘉宾在挥汗如雨地录制游戏类真人秀，宁迦漾在录制大型非物质文化遗产科普节目。

跟拍导演提醒她要去找线索时，宁迦漾理所当然："咱们这不是一档生活综艺吗？"

跟拍导演："是这样没错。"但导演说今天玩游戏是先增进嘉宾之间友情的。

宁迦漾："那不就得了，我就想这么生活。"

"呈现给观众最真实的我。"

跟拍导演：哪里怪怪的，但是好像又没什么毛病。

"但您不跟大家交流，这样好吗？"

宁迦漾睫毛动都不动，注意力集中在玉雕上，随口道："哦，真实的我就是这么孤僻。"

略顿了一秒，她补了句："孤僻但热爱生活。"点题了。

跟拍导演无法干涉，只能请示导演，没想到卫导还挺开心："就跟着她拍，她想做什么就做什么。"

这才是他们这个节目真正的意义——《热爱的生活》，想要做什么便做什么，热爱什么便做什么，不必受规矩的束缚，毕竟，他们不是一档游戏综艺，而是生活综艺。

殊不知，宁迦漾对亲自制作玉雕的热爱，只持续了不到一天时间，在做废了十七颗珠子后结束。

最后一颗还算能入眼，最起码能分辨出这是只猫科动物，种水清润的玉老虎小小一只，几乎不见紫，比自己掌心的玉兔珠子胖上一圈，有种意趣感。

宁迦漾望着那些废掉的珠子，长相大小不一，做手串是不可能的了。

宁迦漾幽幽叹了声，典型的眼睛学会了，手学废了。最后，她跟老板要了一条精致的红绳，将这颗"独生子"用红绳穿上，勉勉强强可以挂在手腕上。

她离开时才发现，外面夕阳已然烧尽残留的那抹余烬，古镇亮起了一排排的灯笼，衬得中间的青石地板越发古朴悠远。

不远的路边搭起了戏台，婉转悠扬的唱戏声萦绕在暗夜将至的街道上，仿佛让人一夜穿越到了千年之前。宁迦漾遥遥望着喧闹的古街。坐得久了，此时竟有种恍惚感。

掌心微凉的小玉虎让她回过神来，就着灯笼的绯色光晕，照得萌萌的小玉虎水水润润，一缕紫色划过，平添了几分神秘矜贵。

宁迦漾细软指尖轻轻戳了一下小玉虎，小玉虎在半空中晃了晃。

直到一个身材挺拔的男人逆着光走来。陈泽案额头戴了条蓝色发带，极有少年感，朝她扬起笑："宁老师！"

这次，宁迦漾没有认错："陈老师。"

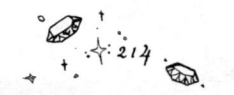

陈泽案展示自己获得的线索，然后问她：“今天一天都没看到你，你找到了多少线索？”

"我们分享一下。"

宁迦漾摸了摸小巧的鼻尖，望着他汗流浃背的样子，再看自己一身舒爽，除了一只小玉虎，两手空空。

节目有惊无险地结束，但结果让人猝不及防，盗匪居然是宁迦漾。

宁迦漾：实不相瞒，我自己都不知道自己偷了那什么玉佩。

更无语的是，因为宁迦漾一整天没出现，嘉宾们指认时，居然没有人指认她，最后盗匪藏身成功。

捧着薄而精致的玉佩奖品，宁迦漾漂亮脸蛋上也有点蒙，这难道就是，躺赢？

努力寻找了一整天，胜负欲很强的陈泽案知道宁迦漾今天什么线索都没搜集，是天上掉馅饼般获胜的。他憋出来一句："宁老师，下次能跟我组队吗？"

他也想什么都不干，然后赢得胜利。

其他嘉宾顿时反应过来："带我一个。"

"宁老师，也加我一个。"

宁迦漾就凭着"啥都没干，全靠躺赢"，成了这期节目最受欢迎的嘉宾，大家都想下期跟她组队。

原本担心宁迦漾不合群的跟拍导演见她此时游刃有余地跟其他嘉宾交流，默默吐槽了句："说好的孤僻呢……"

呵，女人！

言舒原本还想要说宁迦漾假公济私，在节目期间去给老公准备生日礼物。此时看着这个结果，素来很会长篇大论讲道理的经纪人，沉默了。

商屿墨生日亦是商从枝生日那天。一般来说，无论这天大家在忙什么，都会聚在一起给这对龙凤胎过生日。

直到各自成家后，便改成了有空晚上回陵城的商家宅邸一起吃顿团圆饭，算过生日了。

下午三点，宁迦漾才拍完新接的香水广告。

录制真人秀这段时间，她自然也没闲着，广告资源接到手软。言舒给她筛选过后，接了几个，用来填补没有拍戏的空闲时间。

宁迦漾穿着一袭淡粉色的拖地羽毛长裙，裙子是抹胸的设计，露出她完美的肩颈线条，薄背美肩，锁骨精致，挑染了银白色的长发披散在后背。温柔的裙子颜色搭配超酷的发色，她在开满蔷薇的林中跑动，微卷长发与长长的羽毛裙摆飞扬，美不胜收，恍若坠入人间的精灵。

小鹿没按捺住，多拍了几张照片，其中宁迦漾回眸笑时那张，简直撩动她的少女心！

仙女这颜值，没有最美，只有更美！

拍摄结束后，保姆车内，小鹿把自己拍的照片发给宁迦漾看："姐，快看，每次给你拍照，都无限拔高了我的拍照水平！"

"让我格外有自信。"

拍宁迦漾时——我有顶级摄影师的技术！

拍别人时——好像也就那样。

宁迦漾被她逗笑了，对那张回眸的照片也很满意，随手转发给商屿墨。

小浪花漾呀漾："生日礼物，送你一个可爱的精灵仙女。"

没等商屿墨回复，却见言舒抱着个超大牛皮纸袋上车，里面是近期粉丝写给她的整理后信件。

宁迦漾唇角翘了翘，拆开最上面那个信封，指尖却不小心碰到一个硬硬的东西，里面居然是张薄薄的内存卡。

一辆极为霸气的黑色保姆车行驶在宽阔的道路上，远处是云雾环绕的峰峦、丛林，夕阳越过林梢，恍若给车身涂上一层金色的薄光，瑰丽至极。

宁迦漾微闭着双眸躺在淡白色的车椅上，小巧精致的耳上戴着蓝牙耳机，似乎正在听什么。只是越听，漂亮眉头蹙得越紧。

前排小鹿扭头问："姐，是粉丝的录音吗？"

宁迦漾睫毛低垂，听着耳朵里熟悉至极的男人平平淡淡的嗓音，顺势摘下耳机，敷衍似的应了声，而后问："这些全都是粉丝送的？"

宁迦漾用纤白指尖再次翻了下那些信封，随手拆开几个，全都是粉丝们精心制作的手写信。

小鹿老老实实答："对，公司汇集起来，再分别送到各个艺人处。"

因为宁迦漾不收粉丝礼物，只收信件，所以一般送她手里的，只有信封、明信片之类，倒是省了前台的事，不需要检查有没有奇怪的东西。

宁迦漾睫毛低垂，闲谈般："查不到是谁送的？"

"那么多粉丝，怎么可能查到呀？"

倒也是。宁迦漾轻轻揉了揉眉梢，只是到底是谁呢，居然能录到商屿墨和他老师的对话，而且还送到了她这里。

知道她与商屿墨关系的人，不算多，但也不少。

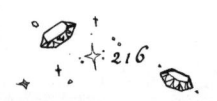

还有这录音的内容……

宁迦漾靠坐在车椅上。她思考时，喜欢用指尖一下一下摩挲着玉兔手串，侧眸望着窗外飞快掠过的连绵峰峦。

黑白分明的桃花眸像是覆上了薄薄的云雾，让人分辨不清此时的情绪。

不知过了多久，保姆车驶出景区，即将进入市中心，前排开会的言舒跟小鹿换了个位子。

她坐到宁迦漾身旁后，低声说：《浪子》那部戏已经接洽好了，不过光NN编剧满意不行，导演那边说得试镜。

"这部戏运气不错，是蒋奉尘执导的。别看蒋导不到三十岁，只要被他看中拍出来的戏，没有一部票房差的，蒋导可以说是行业内极为出名的鬼才导演。

"若是你真能被他看中，这部戏票房就稳了。"

重量级的奖项与票房对于一个女演员而言，同样重要。

如果江导那部电影可以让宁迦漾有夺得影后的可能性，那么这部电影若是票房大卖，她大荧幕的商业价值便会攀升。

"不过他眼光比较高，而且谁的面子都不给，要是试镜不满意，会直接批评。"言舒提到这位导演，便一言难尽。

"大概天才总有缺陷。"例如这位，嘴格外毒。

她记得上部戏，这位导演还说哭过一个当红小花旦，后来蔓延到微博，他被小花旦的粉丝骂上热搜。

最后这位蒋导，直接拿出试镜录像，从头到尾把这个小花旦的表演评判了一遍。

小花旦被当众"处刑"，差点退出演艺行业。

后来，那些没点演技的演员，都不敢试镜这位的戏，也间接导致了他的电影里没有凑数的花瓶，都是演技派。

宁迦漾有点心不在焉，正垂眸望着掌心那串玉兔手串，慢慢揉了几下。

言舒问她："你怎么想？"

宁迦漾随口应道："那就试镜。"

"行。"听她的话后，言舒松口气，在行程表添上了"试镜"两个字。

"想什么呢？"言舒跟剧组确认了试镜时间后，发现宁迦漾还是刚才那个姿势，忍不住问。

宁迦漾偏头，车窗上映出她那张没什么情绪的面容。她回神般轻颤了下眼睫，眸光潋滟，似是恢复了往日慵懒随意，嗓音清软，平平静静道："就在想刚才看的小说。

"觉得改编成剧本应该不错。"

"哦？"

言舒抬了抬眸："什么故事？"连她都这么感兴趣。

宁迦漾像是在回忆，将这个故事娓娓道来："男主从小智商极高，过目不忘，但如你说的那样，天才一般都会有缺陷，男主的缺陷就是天生淡漠、冷情冷性，对任何事情都不感兴趣，类似于情感缺失症。但是，成年相亲结婚后，婚内却对妻子基本予取予求，大方又纵容，后来……"

"后来怎么样了？"言舒倒是感兴趣，忍不住追问。

宁迦漾编不下去了："后来我忘了。

"你说，如果现实中有这样的男人，最后会喜欢上他妻子吗？"

言舒喷了声。讲故事讲一半，真的很让人抓心挠肝啊。

不过言舒还是回答道："小说可能还会是大团圆结局，但是现实中绝不可能。"

她语气笃定，让宁迦漾眼皮无意识地跳了下。

车内光线暗淡，却掩不住她乌黑幽静的瞳仁，红唇抿紧时，侧颜染着清冷的艳丽。

言舒语速极快："情感缺失症的人没有情绪波动，没有同理心，世界上没有任何人、任何事能引起他们的兴趣。一些聪明的，还是天生的演员，把自己包装得像正常人，其实根本没有心，永远不可能爱上一个人。"

说到这个话题，言舒有些意犹未尽："说起来我以前也有个情感缺失症的朋友，也是很擅长演戏，后来还真成了影帝。

"但演技再好有什么用，骗不了枕边人，后来跟妻子离婚，到现在都未再娶。"

宁迦漾声音极轻，似乎困了："为什么离婚？"

言舒理所当然："女人都是感性生物，天生需要被爱，所以哪个女人能受得了一个没有感情的机器人老公。

"你……"

言舒一侧眸，入目的便是宁迦漾靠在椅背上，双眸微合的画面。她压低声音自言自语："我声音有这么催眠吗？"

言舒反手拿起旁边的薄毯，给她盖上。

黑白花朵的薄毯，衬着宁迦漾脸蛋越发小巧精致。

商家在陵城亦有祖宅，就坐落在中珩公馆，如今在这个地段的所居者亦是非富即贵。

宅邸独门独户，环境优美又安静，很适合养老，陌生车牌的车得经过层层严查，才能批准入内。

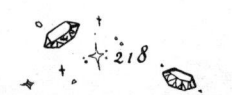

此时，位于公馆中心区的那栋最大别墅中热闹极了，大家难得聚这么齐。

商从枝在自己家里自然是懒散至极，还有端方且温润如玉的老公伺候着吃葡萄，美食、美人在怀，简直是神仙生活。

穆明澈酸溜溜地往他们夫妻身边一坐，对正在剥葡萄皮的穆星阑张大嘴："啊……哥，我也要吃！"

"你别有了媳妇忘了弟弟！"

商从枝连忙握住穆星阑的手腕，将那颗剥好的葡萄咬进嘴里，含糊道："我老公凭什么伺候你，有本事你也找个老婆伺候。"

"跟我抢什么！"

另一侧沙发上，穆明澈嫡亲的表妹傅星乔正枕着她老公谢瑾的大腿玩手机，瞥了眼这边动静道："就是，你都快三十了，还没有过初恋，丢不丢人？"

穆明澈左看看，右看看，除了他，也只有坐在单人沙发上闭目养神的寿星之一商懒懒可以安慰他受伤的小心脏了，其他全都是成双成对虐他的！

"商懒懒。"穆明澈需要人的时候，非常会撒娇。

此时他非常需要人帮他剥葡萄皮，以此来证明就算没有老婆也无所谓！

然而商懒懒眼睛抬都不抬，当没听到。

旁边傅星乔笑得在谢瑾腿上打滚："你要不要脸，为了口吃的。"

"我们商懒懒重度洁癖你不知道？别说给你剥皮，就算他老婆来了，也很难有这个口福。"

亲哥穆星阑替商从枝梳理着散乱的长发，闲闲道："连商懒懒这个注定单身一辈子的都有老婆了，云朵儿，你怕不怕？"

穆明澈：一群已婚的来虐我一个单身狗，我可真是怕死了。

"商懒懒，都是为了来给你过生日，我的小心灵才会遭受这么大的伤害，我不管，你得补偿我！"

"嗯。"

商屿墨终于慵懒地抬起长睫，随口应道，目光却扫了眼墙壁上挂着的钟，晚上六点整，商太太该到了。

客厅里一群年轻人眼睁睁望着商屿墨头也不回地离开，商夫人温喻千领着管家开始给他们上餐前小零食："漾漾还没来，晚餐先等会儿。"

她素来跟这些小辈不客气，毕竟看着他们自小长大。

他们三家的关系完全可以用"亲朋好友"四个字来概括——长辈们关系好，小辈又是一起长大的，感情自然不一样。

穆明澈霸占了商屿墨坐过的那个单人沙发，孤独自闭，人生艰难，什么时候没有老婆的人都不合群了！

宁迦漾挽着商屿墨进来后，先跟外面大厅内的长辈们打过招呼，这才来到小客厅。她素来追求精致，更何况是来婆家。

此时宁迦漾穿着一袭婀娜摇曳的淡紫色长裙，真丝雪纺的质地，身姿轻盈又曼妙，裙腰间是一颗颗手工缝上去的精致钉珠，从领口延至腰腹，完整地绕住女人盈盈一握的纤细腰肢。

没有特别隆重，却也费了心思，毕竟这是她第一次这么正儿八经地给商屿墨过生日。

去年他生日那天，他还被关在科学院研究一个医学课题，只是草草度过。

"嫂子，这边！"

商从枝翻脸不认人地推开自家老公，让漂亮貌美的嫂子坐过来。

穆星阑："……"

然而商屿墨没理她，揽着宁迦漾走到那张宽大的单人沙发旁："起来。"

穆明澈："这就是你对我的补偿？"

他还没坐热乎，就让他走开。

在宁迦漾面前，穆明澈非常大气地让出位子："弟妹你坐。"

然后随意在地毯上找了个坐垫坐下，冷冷道："商懒懒，我不管，你必须补偿我。

"最近出了一款限量版跑车……"

商屿墨懒散地瞥了他一眼，薄唇漫不经心溢出一个字："买。"

宁迦漾靠坐在舒适度极高的按摩沙发上，睫毛抬起，视线无意般落在男人那清淡从容的俊美面庞上，脑海中浮现录音与言舒的话——冷情冷性，没有情感，没有同理心，对任何人都是一样的。

以前没察觉，现在想想，商屿墨对她这个妻子和对穆明澈这个兄弟好像没什么不同，想要什么便给什么。

宁迦漾搭在膝盖上那双细嫩纤长的手指忍不住蜷缩了下。

"嫂子怎么了？"枝枝还是很关心这个嫂子的，见宁迦漾好像没在状态，担心地问了句，"是不是哪里不舒服？"

她们虽然见面不多，但相处极好，两人都是直率坦然的性格，没有什么歪心思。

宁迦漾睫毛轻颤了一下，恰好听到其他人也叫"商懒懒"，忽然意识到了什么，回过神来。

"没事。就是在想'商懒懒'是什么，你哥哥的小名吗？"

随即，似笑非笑地望着商屿墨。

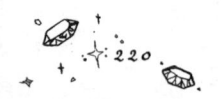

商屿墨坐姿慵懒地靠在她旁边，用修长手指拨弄着一颗水灵灵的葡萄，听到她这话后，难得顿了半秒，而后将那颗剥了皮的葡萄塞进宁迦漾唇间，神色冷静："吃。"

大家忍不住笑出声："噗……"

傅星乔反应极快："商懒懒，你不会是骗漾漾你没小名吧？"

穆明澈："哈哈哈，商懒懒，你还挺好面子呢。"

商从枝笑眯眯："嫂子我告诉你，这就是我哥的小名，懒洋洋的'懒'！因为他小时候特别爱睡觉，懒得吃、懒得哭、懒得说话、懒得动弹，所以叫商懒懒！"

商屿墨将一颗没有剥皮的葡萄塞进妹妹嘴里："就你话多。"

商从枝："哼。"

双标！给老婆的就剥了皮，给妹妹的就不剥皮。

"嫂子，我还有我哥很多小时候睡觉的照片，回头发给你。"

在这样欢快的氛围中，宁迦漾紧绷的情绪渐渐放松下来，桃花眸弯成漂亮的月牙状。

满脑子都是：商懒懒。

说好的没有小名呢？

临近凌晨，他们才回到清鹤湾。

商屿墨喜静，今晚老宅那边过分热闹，所以他们没留宿。

主卧灯光柔和，宁迦漾眉眼怠惰地斜倚在床头，指尖有一搭没一搭地把玩着红绳上的小玉虎，耳边是浴室里淅淅沥沥的水声，让她原本平静下来的心绪越发躁郁。

细嫩指腹被红绳勒出一道淡粉的印子，她似乎都毫无察觉。

宁迦漾给妹妹商从枝的礼物是一个限量款包包，里面塞了一整套钻石首饰，非常符合枝枝喜欢亮晶晶钻石的爱好。

至于给她哥哥的礼物，宁迦漾垂眸看了眼小玉虎。她特意学了玉雕，熬夜设计图纸又做了整整一天，精心为他准备了生日礼物。

而他则是交代陆尧给她买玉雕，甚至连转账都是陆尧转的。

宁迦漾卷翘的眼睫低垂，捏了捏小玉虎的耳朵，看了好一会儿做了决定：没有心的男人不配得到仙女亲手做的生日礼物。

浴室门突然开了，宁迦漾条件反射地将小玉虎塞进枕头下面，然后若无其事地看过去。

男人那张眉眼清冷却掩不住精致的面容映入眼帘，乌黑发梢微微潮湿，似是

221

没有擦干，就那么随意而凌乱地搭在商屿墨肤色冷白的额头上，往下，是被水沾湿，染上淡红的薄唇。

三种颜色碰撞，让人目眩神迷，完全移不开视线。

宁迦漾安静地上下打量他，从眼角、眉梢到下颌，再到肌肉线条，甚至那两条在睡袍下若隐若现的长腿都匀称矫健，像是冰冷无情却完美无瑕的机器人。

越看他越不顺眼，宁迦漾漂亮脸蛋紧绷，侧过头去。

商屿墨随手将擦头发的白色浴巾丢在沙发上，闲庭信步般过来。

宁迦漾没察觉，不知道什么时候，男人已经站到床边，双手抵在她身侧。

望进她的眼瞳，商屿墨脑海中浮现出下午她给自己发的那张林中仙子的照片，以及那句生日礼物的留言，薄唇翘着淡淡的弧度。

恰好宁迦漾今晚穿了一条浅薄荷绿的绸缎睡裙，睡裙细细的肩带上的蝴蝶结像是振翅欲飞的蝴蝶，衬得她肤白如玉，很有森系美人的感觉。

男人长指贴着蝴蝶结，恍若在拆生日礼物。

商太太送他的精灵仙女，自然要收下。

宁迦漾浑身都紧绷起来，往后仰了仰，似乎想躲开他，男人带着淡淡沐浴露香气的呼吸如影随形，最后还是被他得逞了。

"小礼物，躲什么？"

大概是在浴室待了太长时间，男人声音有点沙哑，落在耳中，只会觉得磁性好听，充满了成熟男人的魅力。

宁迦漾双眸染上薄薄雾气，眼尾无意识浮上殷红色，越发显得那双桃花眸水波潋滟，风情旖旎，每次眨眼，都像是带着细细的小钩子。

半晌，她红唇溢出几个字："谁是你的礼物……"

商屿墨长指不知何时已经与她的十指相扣，松松地搭在柔软的枕头上，彼此掌心的肌肤相贴："那我的礼物呢？"

宁迦漾偏头，看向旁边的枕头，那下面压着她送给他的礼物。

可是现在，她不想给了。

一时之间，宁迦漾有些恍惚。商屿墨眉头皱起，察觉到她的心不在焉，嗓音幽幽："在想谁？"

"想穆明澈。"

对上男人那双灯光下越发浅淡的褐色眼瞳，宁迦漾忽然开口："你对所有朋友都这么好吗？车子房子随便送？"

语调很平静，仿佛随口问，其实她更想问的是，在他心里，自己这个太太是不是和穆明澈这个兄弟没有任何区别。

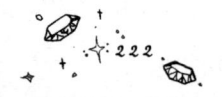

商屿墨:"又吃醋了?"现在连穆明澈的醋都吃。

宁迦漾还未开口,话便被堵了回去。几分钟后,男人松开她,声音越发低哑:"这个时候,不要想别的男人。"穆明澈也不行。

宁迦漾满脑子都是:到底谁在吃醋?

两人十指交握,手背擦过柔滑的枕头布料,商屿墨忽然碰到了一个微凉的东西。

"这是什么?"冷白指尖钩起一根红绳,上面悬挂着雕刻不怎么精细的小玉虎。

他轻晃了一下,不疾不徐问:"……老鼠?"

"老鼠"和"老虎"一字之差,却差之千里!

宁迦漾怒了,原本柔若无骨的纤指顿时有了力气,一把夺回来。

"商懒懒,你瞎了?

"这分明是一只小老虎,没看到脑门上还有个'王'字吗?!"

他就算认成一只猫都能忍,可老鼠跟猫科动物有半毛钱的关系吗!侮辱谁的雕刻技术呢!

商屿墨被她突然喊了小名。又软又倦的女声带着鼻音,分明是暴躁使小脾气的样子,他却觉得商太太这样更赏心悦目了。

…………

宁迦漾掌心紧紧攥着这只自己亲自雕刻的小玉虎,即便是睡着了,手指也无意识收紧。

"送我的?"

"别自作多情。"

没多久,一只修长漂亮的手指将小老虎从她掌心钩了出来。她的表情都写在脸上,商屿墨怎么可能猜不到——这是她亲手做的,给他的生日礼物。

就着从落地窗半开窗帘洒进来的沁凉月光,商屿墨清晰地看到这只小玉虎的全貌,雕刻技术肉眼可见的稚嫩,甚至连老虎的胡须都是长长短短的,没有规律。

商屿墨看了几分钟,最后视线落在身侧女人姣好的睡颜上。她精致眉头此时皱着,带着梦魇时的不安。

男人指腹贴着她的眉心,清冽嗓音在月光下有些低沉:"别怕。"

翌日,宁迦漾醒来时已经快要中午了,她挣扎着坐起身来。

卧室早就空无一人,徒留淡淡的冷杉尾香,清清冷冷,像极了那个没有感情的男人。

宁迦漾感官逐渐恢复,在偌大的床上找她的小老虎。她明明记得睡前握在手里了啊。她赤着双莹白漂亮的小脚下床,想看看有没有掉在地毯上。

冷灰色的地毯一览无余。红绳颜色艳丽,一眼便能看到。

然而，空空如也。

与此同时，陵城医院论坛开了新帖子——

《大新闻，商神今天手腕上戴了一根红绳来上班！》。

楼主：众所周知，商神重度洁癖，最不喜戴任何饰品，继上次婚戒后，他又戴上了手链！

大量偷拍的照片里，大部分焦点集中在那完美的"神仙手"上，其中一张照片是商屿墨洗手的画面。

清澈水流顺着男人冷白如玉的指尖滑落，往上，艳丽似火的红绳绕在矜贵好看的手腕上，放大后隐约可见垂落的一颗拇指大小的玉珠。

放大后的照片有点糊，看不清楚玉珠的形状。

急诊科护士：众所周知，商神昨天生日，所以这是谁送的生日礼物？

某实习生：商太太说，你直接打我名字出来得了。

急诊科护士：我也想啊，可商太太名字是什么？

记者小秦：深藏功与名。

巧了不是，他知道呢。

小秦别走，你是不是知道什么内幕？

小秦肯定知道什么，我刚还看到他和商神窃窃私语！

@小秦，快说，别逼我们去黑你女神！

同意楼上。

黑女神可不行！

记者小秦：我招！确实是商太太送的生日礼物，而且是她亲手雕刻的。

众人：一大口狗粮。

医院食堂，小秦同志望着商屿墨手腕上那颗可爱的小老虎，酸里酸气："啧啧啧，你这个幸运的男人。"

得到女神垂青也就算了，女神居然还对他这么上心，还亲手雕刻小玉虎。

"又是红线，又是属相，女神这暗暗的小心思。"

化身柠檬精的小秦也想拥有甜甜的恋爱了。

原本平静用餐的商屿墨，忽然看了眼手腕上那抹红色。

红绳，红线。

这时，商屿墨放在桌面上的手机振动了下，坐在他旁边的秦望识无意识瞥了眼，陡然顿住了。几秒钟后，爆笑出声，惹得整个员工食堂的医生护士都忍不住看他。

小秦医生傻了？

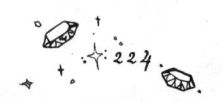

下一秒，他快速拿起手机，找出论坛帖子，猛敲几个字——

记者小秦：同志们，刚才消息有误！红绳是商医生偷商太太的，哈哈哈。

记者小秦：刚才亲眼见证了商太太在线索要失窃物品，哈哈哈。

好多个"哈"表达了他此时心情。什么酸不酸的，甜死了！

秦望识觉得自己可以再喜欢宁迦漾一万年！

不愧是他女神，连我院院草的面子都不给。

商屿墨面色平静地点开屏幕。

小浪花漾呀漾："我的小玉虎是不是被你偷走了！"

商屿墨从容不迫地敲了三个字："是我的。"

小浪花漾呀漾："不要脸！

"写你名字了吗？"

商屿墨没急着回复，反手打了一个电话给陆尧："半小时内，带一组简易玉雕工具过来。"

陆尧："是。"

中午休息时间有两个半小时。食堂玻璃墙外爬满了蔷薇花，顺着枝丫延伸而来，隔着一层玻璃，衬得男人侧颜如画。

商屿墨云淡风轻地在那颗小玉虎的腿上刻了"Sym"这三个字母，而后拍照发给"小浪花"，并附言："写我名字了。"

将这一切收入眼底的秦望识瞳孔"地震"：离谱到家了！

陵城知名温泉会所里，后院有一处私人汤泉，唯独至尊客人才能预约。走过挂着一盏盏精致仿古花灯的长廊，尽头那间屋子自营业以来便被包年了。

此时里面水雾弥漫，朦胧之间，隐约能看到三个身材婀娜有致、明艳动人的大美人慵懒地泡在温泉里，衬得汤泉恍若仙境。

宁迦漾今日恰好没有行程，便应了小姑子商从枝和傅星乔泡温泉的邀请。

宁迦漾锁骨以下都没入水中，隐约能看到雪白皮肤上那点点绯色，看得人脸红心跳。

傅星乔忍不住调侃："商懒懒这货平时懒得动弹，躺床上不到一秒就能睡过去，居然还能过夫妻生活？"

想到商屿墨平时那副不食人间烟火的仙人样子，傅星乔真看不出来，他还有另一面。

宁迦漾懒洋洋地抬了抬睫毛，湿润的红唇勾起弧度："哦，确实很懒……"

"实不相瞒，平时都是我主动。"她脸不红心不跳抹黑某个臭男人。

"噗……"

商从枝正抿了口红酒，差点被呛到。

商从枝忍不住捂住自己的小脸蛋，就很丢脸，没想到哥哥已经懒到了这种地步。

而后，商从枝游到宁迦漾面前，捧着她柔若无骨的小手，漂亮脸蛋上的表情沉重："嫂子，真是辛苦你了。"

宁迦漾想到中午臭男人发来的那张照片，对抹黑他产生不了丝毫愧疚之心。

他居然把她亲手雕刻的小玉虎刻上他的名字缩写，这是人能干出来的事情？！

于是，她幽幽叹了声："嫁鸡随鸡，嫁狗随狗吧。"

倒是旁边的傅星乔若有所思。

于是，当天晚上，商屿墨就收到了谢瑾和穆星阑同时发给他的压缩文件。

电脑打开时，差点卡死，里面装满了从古到今、从文字到视频、从真人到动漫，所有精挑细选的夫妻生活小课堂资料。

商屿墨解剖过无数人体，从来没见过人体还能这样。他自小清心寡欲，除了睡觉，对任何事情都兴趣不大。可以说连青春叛逆期都没有，更别说看这种东西。

其他朋友知道他的脾性，从来不会拉着他看这玩意儿，今晚这两个居然一起发来，总不可能同时被盗号了。

商屿墨给他们一人发了个问号，两人又同时秒回。

穆星阑："我老婆吩咐。"

谢瑾："我老婆吩咐。"

意思明显，他们都是奉命行事的机器人罢了。

穆星阑微信页面再次浮现出一句话："哥哥，在夫妻生活上怎么能偷懒，你得主动啊，要是不会的话，记得看学习教程。"

明显是商从枝用穆星阑的账号回复的，想到宁迦漾今天跟她们见过面，商屿墨略一沉吟便猜到了。大概是某个信口开河的小骗子，又胡说八道了什么事情。

商屿墨薄唇抿起极淡弧度，刚准备关上电脑，脑海中浮现出昨晚的画面。

商屿墨对人体了若指掌，却从来没有主动去了解过女性喜好。静默几秒，他拿起搁在桌面上的金色细框眼镜戴上，才缓慢地打开了文字教程。

装修清冷的书房内，办公桌后是一整面顶到天花板的黑胡桃木色书柜，里边几乎都是关于医学，以及一小部分金融经济、计算机方向的书，共同点都是晦涩、难懂。

在这样的环境下，屏幕显示的内容与坐在电脑前那眉眼清冷淡漠的男人相比，格格不入，偏偏男人还跟做功课、写论文似的在旁边做标注，例如某段文字旁边有个红叉，并且标注：不符合人体正常构造，如果强行使用，会有部分骨折风险。

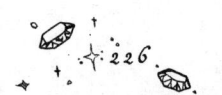

………………
就在商屿墨"做功课"的时候，宁迦漾已经在前往试镜的飞机上。

试镜地点在南城。

宁迦漾没想到自己这么快再来南城。这个城市虽然不大，却拥有全国知名的影视基地，《浪子》也会在这里拍摄。

蒋导亲自指导布景，便直接将试镜地点也设在了这里。

当初宁迦漾就是在南城爆出了已有男友的大新闻，守在南城的记者们，自然不会放过这个机会。

她前脚刚抵达南城，就被闻风而动的媒体记者围住采访，费了好大的力气，才在机场安保和保镖们的保护下离开。

坐上来接的保姆车，小鹿长舒一口气："姐，你现在真是红了。"

宁迦漾舒展着纤细的身躯，闲闲开口："我什么时候不红？"

"行了，别自恋了。今晚蒋导刚好有个局。"言舒点了点宁迦漾眼尾那抹似是未睡好的嫣红，"你赶紧闭目养神一会儿。"

宁迦漾从善如流地拉过小毯子。

晚上七点，华灯璀璨，南城的夜晚向来热闹，尤其是市中心，人影、车影不断。

宁迦漾准时抵达餐厅。毕竟第一次见蒋导，言舒盯着她认真做了造型，穿着看似随意简单的白色荷叶边抹胸吊带，配同色系不规则鱼尾裙，实则小心思很多。

右眼尾下侧用银白色眼线笔画了一朵精致的桃花，不细看，甚至与雪白皮肤融为一体，唯有在灯光下才若隐若现，越发衬得桃花眸顾盼生辉，一颦一笑，美貌招摇，就连见多了美人的蒋奉尘都被惊艳得失神了几秒。

"宁小姐本人比电视上更美。"

这张毫无瑕疵的脸蛋，就该出现在大荧幕上，无论放大多少倍，美貌都只会加倍，而不会缺少。

"蒋导，过奖。"

没有女人不喜欢被夸奖美，尤其是宁迦漾。觉得这位导演眼光不错，她微微笑道："久仰大名。"

"这边坐。"蒋奉尘似乎对宁迦漾很感兴趣，直接指着自己旁边的位子，狭长的眼眸充满着狩猎感，那眼神就如同……宁迦漾想了一下蒋导的眼神，倒是更像她平时见了珍贵玉雕的眼神。

于是，宁迦漾轻拂着裙摆落座，没在意。天才嘛，总有点特殊爱好。

想到天才，宁迦漾唇角笑意微僵，明明不想想起那个男人，偏偏处处都是他的影子。

在他妹妹面前摆了他一道后，宁迦漾直接收拾东西离开陵城，也不知道他知道了她在外抹黑后，会怎么样，大概也是不在意的吧。

毕竟……

这时，她身侧空着的位子有人落座，并且喊了声："迦漾。"

声音有点熟悉，宁迦漾回过神来，下意识侧眸看去，见着来人后，她眼底划过一丝惊讶："沁姨。"

于沁眼神慈爱，笑意盈盈："真巧啊。"

而后小声在她耳边说："原本还想着跑一趟陵城，刚巧碰到你，等会儿跟我去拿给屿墨的生日礼物。"

于沁是商屿墨父母的好朋友，从小看着他长大。因此宁迦漾在婚礼上，特意认识过这位亲近的长辈。

宁迦漾睫毛轻颤。她不愿意想起某人，偏偏又遇到了跟某人有关系的长辈。

她对长辈素来知礼，颔首应道："好。"

"于老师，您认识宁小姐呢？"敬酒回来的蒋奉尘看她们说悄悄话，随口问了句。

于沁拉着宁迦漾的手，话音亲昵："是家里的小朋友。"

蒋奉尘挑挑眉。他打算请于沁出演电影中母亲的角色，此时看到她们两个，倒觉得真有点儿母女相，明天可以让于沁跟宁迦漾对对戏。

就在他若有所思时，被人喊了声，蒋奉尘这才错开了视线，循着声而去。

于沁爱屋及乌，从小疼爱商屿墨，自然也疼爱他的妻子，拉着宁迦漾问了许多他们的事情，宁迦漾挑适合长辈听的说。

包厢内灯光明亮，即便身处在名利场的酒局之中，宁迦漾眼睛依旧是清澈见底，乌发红唇，明眸皓齿，让人忍不住看了又看。

于沁望着宁迦漾精致的侧颜，想到这是商屿墨的妻子，笑得越发宠溺，没忍住感慨道："屿墨从小性子独，连他父母都不搭理，当了医生更甚，一心奔赴他那神圣的事业，别说婚姻了，把任何事情都看得很轻。我们呀，就怕他常年在医院见过太多生死离别，对人的感情麻木，听说他愿意结婚，还把我吓了一跳呢。"

宁迦漾侧眸，静静地听她讲述商屿墨以前的事情。

最后，于沁轻拍她的手背，秀美柔和的脸庞隐约可见岁月的痕迹，眼神温和："他既然愿意结婚，想必心里一定是很喜欢你的。"

直到听到她这句话，宁迦漾平静如水的眸底深处才掀起了清浅的涟漪。

临近零点，夜色浓重。

毕竟是酒局，宁迦漾不可避免地喝了两杯，虽然是香槟，但后劲有点儿大。

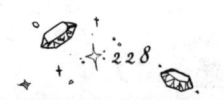

回酒店途中，宁迦漾半眯着的桃花眸逐渐混沌迷糊，像是蒙上一层白雾，脑袋越发沉，侧脸贴着车椅，才让温度降下来。

上车后她便踢掉了高跟鞋，一双珠玉般的小脚微微缩进裙摆之间，鱼尾裙迤逦而下，美人眼眸半合半睁，红唇微启，更像是一条搁浅的人鱼。

脑海中一直浮现沁姨最后那句话，宁迦漾不想这么不明不白，漂亮脸蛋染着几分委屈的意味：他哪里有半分喜欢她的样子。

可他凭什么不喜欢仙女！

宁迦漾憋着一口气，用指尖摸到自己的手机，红唇紧紧抿着，点开置顶那备注名字的聊天框——欠债的卷毛小坏狗。

视频接通，入目的是一张男人清冷俊美的面容，似在医院手术室门口，宁迦漾盯着手机里出现的男人看了好一会儿，才迟钝地反应过来，原来她把语音点成了视频。

宁迦漾不想看到商屿墨这张脸，每次看到那头小卷毛，她脑子就不清醒了，然而没等她关闭，男人对上了那双水汪汪的桃花眸——蒙眬欲醉，眼尾那抹桃花都像是晕上了浅浅的绯色，美艳至极。

商屿墨薄唇微启："喝醉了？"

喝醉的人最不想听到的一句话是什么？

那必然就是——你喝醉了！商屿墨稳稳地点中了这个雷点。

宁迦漾顿时炸毛了，睁着水波潋滟的双眸："我没醉！"

旁边正在小憩的言舒吓了一跳。她赶飞机和陪宁迦漾参加酒局后也有点困，条件反射地安抚："好好好，你没……"

没等她说完，却听到车内传来男人清冽好听的声音："好，没醉。"

宁迦漾委屈巴巴："本来就没醉。"

而后她对着屏幕竖起一根纤白漂亮的小指，比画了下："就喝了一点点。"

言舒顿时反应过来：合着半天，人家跟老公视频呢，啧。于是重新塞上耳机，闭目养神。

商屿墨刚做完手术，正回办公室准备下班，看着她这像极了撒娇的模样，目光落在她眼尾那被粉色浸透的桃花色上。男人喉结轻轻滚动，嗓音无意识压低了几分："什么时候回来？"

"我不回去啦！"

宁迦漾大声宣布，而后像是想到什么，声音越来越低："反正你又不……"最后的声音消散在唇齿之间。

商屿墨没听清楚，刚想问她，却见原本昏昏欲睡的醉美人蓦地睁开双眸，看向屏幕："商屿墨。"

商屿墨随意扯开领口，在办公椅上落座，似是漫不经心应了声："嗯？"

"你把我当什么？"

宁迦漾歪着脑袋，眼神纯净，柔顺乌黑的发丝有几缕擦过女人娇嫩精致的脸颊，发梢微微卷翘，透着不自知的纯真勾人。

片刻，男人形状完美的薄唇溢出轻而清晰的一句话："当我太太。"

宁迦漾望着男人沉静自持、冷漠不通人情的面容。永远理智，永远清醒，永远高高在上，不会有任何人能让他改变。凡人怎么能妄想改变神仙呢。

宁迦漾半闭着眼睛，醉意彻底袭来，掩下了眸底那一丝自嘲，恍惚间，她再次忆起沁姨的话。

可他并不是因为喜欢才会娶妻，只是对婚姻不在意，娶谁都无所谓罢了。

所以，他的太太是谁也无所谓，就算不是宁迦漾，也可以是别人。

第二天宁迦漾一早便懒洋洋的，与之前那种懒散不同，她现在是没有精气神儿的那种，与世无争，淡看人生。

趁着还没试镜，小鹿陪宁迦漾一起看剧本，随口问："亲密戏删了吗？"

言舒之前跟贺清奈确认过，亲密戏都可以借位，不过有一场露背的戏份不行，但宁迦漾可以接受。

仙女的后背那么漂亮，不怕露，要说宁迦漾对自己身上最满意的部位，除了那张毫无瑕疵的脸蛋，便是后背，骨肉均匀，纤腰美背，真正的冰肌玉骨，就连蝴蝶骨都生得精致完美。

宁迦漾没答，用细白指尖翻着剧本，表情漫不经心，不知道在想什么。

倒是言舒打完电话回来，恰好听到小鹿的问题，想到刚才得到已经确定男主角人选的消息，忍不住笑道："你别说，这要是真有吻戏和床戏，吃亏的还指不定是谁。"

小鹿眨了眨眼睛："什么意思？"

"难不成还是咱仙女占人家便宜？"

"那男主角得是什么绝世仙男！"

言舒笑得神秘："是仙女的偶像。"

原本眉眼懒散，没当一回事的宁迦漾，终于抬起了眼睫。

她偶像？她就一个童年偶像顾毓轻。

顾毓轻此人，是真的清风明月，是演艺行业的传奇人物。拿过无数的奖项，是影视歌三栖的全能男神。现在已经是半退圈状态了，距离上次拍电影，已经有两年的时间。

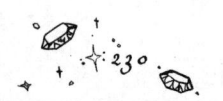

顾毓轻如今也不过三十三周岁，是一个男人最成熟、有魅力的黄金年龄。

他的粉丝无数，如今那些什么顶级艺人，都比不过他一个手指头，堪称行业"白月光"。

上一位"白月光"还是传说级男神商珩，不过早年婚后便回去继承家业了。

顾毓轻能被称为"白月光"，还因为他洁身自好的品质。入行多年，半条绯闻都没有。

宁迦漾最喜欢的一部戏就是顾毓轻的处女作《西江月》，当时二十岁的顾毓轻扮演的是一位风姿绝艳、骑马倚斜桥的少年将军。

直到现在，宁迦漾还印象深刻，经常回看这部戏。如果问她进入这行业最想合作的男演员是谁，那么必须是顾毓轻。

万万没想到，《浪子》这部电影能请到顾毓轻出演男主角。

"没错，就是顾毓轻！"

言舒看宁迦漾最近一直恹恹的，没什么精神，今天尤甚，立刻把这个好消息告诉她："听说蒋导与顾老师是多年的好友，不然怎么可能请得了这位出马。"而后拍了拍宁迦漾纤薄精致的肩膀，意味深长，"这辈子能不能跟偶像合作，就看你能不能拿下试镜了。

"听说，这是顾老师的退圈之作。"

宁迦漾原本淡淡的眼眸彻底变亮，用指尖捏紧了薄薄的剧本，有了精神："女主角肯定是我！"

啊！"小将军"啊！有生之年，她居然可以跟"小将军"演对手戏。

至于家里那只情感障碍的"卷毛狗"，暂时被宁迦漾抛之脑后。她将注意力放在剧本上。

这次试镜她拿定了。

Ni bu guai

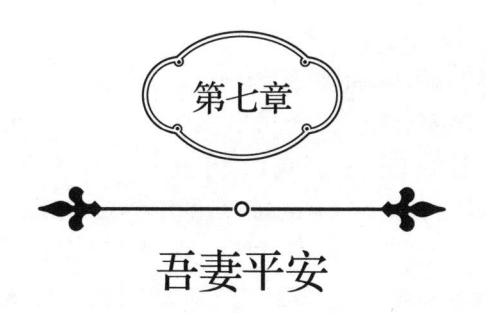

第七章

吾妻平安

试镜当天，宁迦漾穿着一袭瓷白色及踝长裙，未化精致的妆容，甚至连嫣红的唇色都特意用粉扑盖得淡了点，很符合剧中病美人的人设。

　　随着她走动，裙摆拂过精致白皙的脚踝，摇曳生姿，未曾掩住本性的张扬肆意。

　　这个妆容是为了对戏，又不是为了在戏外压抑自己的，宁迦漾很能分清楚戏里戏外，入戏快，出戏也快。

　　言舒望着她，唇间隐隐带着骄傲的笑。宁迦漾这样的演员，天生就该站在荧幕前，让观众沉浸在她的表演之中，而宁迦漾，却可以清醒地看着所有人沉浸其中。

　　试镜大厅里已经聚集了不少试镜的演员，其中还有几个一线女演员。

　　言舒压低了声音在宁迦漾耳边道："肯定是为了顾毓轻而来的！"

　　她们能得到消息，那些一线演员怎么可能得不到。"顾毓轻的退圈之作""时隔了两年的再一部电影"，这些噱头，足够让女主角被争得头破血流。

　　蒋奉尘直接放出话，无论哪个地位的人，想要竞争女主角，都得来试镜。别说是一线艺人，超一线也得乖乖排队领号。

　　宁迦漾拿着小鹿领来的试镜顺序牌，上面非常敷衍潦草地写了个"六十六号"。

　　她忍不住翘起一边唇角，开玩笑道："你说这像不像爱的号码牌？"

　　言舒无语："这么多人，别胡说！"

　　到时候被人听到，还指不定传成什么样子。

　　宁迦漾散漫地晃了晃号码牌，拉长了语调："知道啦。"

　　作为小粉丝，自然是偶像越火，她越开心啊。

　　现在顾毓轻两年没出现在公众面前，只不过一个消息放出来，就引来无数女演员冒着被蒋导毒舌攻击的危险前来试镜，可见其魅力完全不减当年。

　　倒是小鹿，作为"养鱼"夫妇坚决的拥护者，默默地拿出小号。

　　今天n仙女和s医生嗑到了吗：嗑到了！s医生即将迎来史上最强劲的情敌……

　　小鹿还没敲完，就被言舒喊了："偷偷摸摸干什么呢，去买两杯水果茶过来。"

　　小鹿望着手机，还有一半没打完呢，于是一边应答着往外跑，一边将剩下的一半敲完：……s医生加油啊！

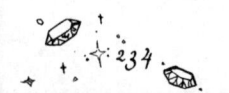

这边，贺清奈看到了宁迦漾。她穿着一袭白裙，五官虽然精致，但没什么表情，看起来有些清汤寡水的柔弱清冷美感，活脱脱就是病美人本人。

贺清奈开口一如既往直白干脆，当着那么多女演员的面，直接对宁迦漾道："就你符合我剧本中的女主。"

其他女演员打扮得精致得体，希望可以以最好的面貌遇见顾毓轻。此时听到贺清奈的话，那些自恃演技的一线女演员顿时将目光移向了原没放在心上的宁迦漾。

若不是了解贺清奈直白干脆的脾性，宁迦漾搞不好会怀疑她是来给自己树敌的，忍不住低低地笑出声，清软好听的嗓音在宽阔大厅内格外清晰。

贺清奈皱了皱眉头，也察觉到了气氛不对，抿着唇："我是不是给你惹麻烦了？"

宁迦漾莫名地在她那双清冷剔透如琉璃的眼瞳之中看到了自我唾弃，主动握住了她冰凉的手指："无所谓。

"别人的目光，我从来不在意。"

而后便将小鹿买回来的常温果茶塞过去，故意逗她："贿赂编剧大佬。"

贺清奈表情终于放松了些，这次倒是压低了声音："我的票不管用，现在顾老师同意出演男主角，那女主角得由他说了算。"

不愧是"小将军"。宁迦漾摸了摸精致的下巴，专注地翻开剧本，打算临时抱佛脚。

试镜格外快，有些演员进去不到三分钟就出来了。所以，刚到中午，便轮到了宁迦漾。

排在她前面六十五号的居然是梁予琼。梁予琼眼睛红红的，与她擦肩而过。

看到宁迦漾，梁予琼陡然停下，在她耳畔落下轻飘飘的一句话："女主角已经内定了，是拿过大满贯影后的周琪老师。"

宁迦漾明知她大概率是故意来搞自己心态的，心跳还是不受控地紊乱了下，随即眼睫低垂，嗤笑道："输给周老师，我也心服口服。"

梁予琼将她所有的反应都收入眼中，觉得她嘴硬。

"我……"

话音未落，宁迦漾已经冷冷开口："梁老师。"

现在心尖颤抖的人变成了梁予琼，每次宁迦漾这么叫她的时候都没好事。她刚打算走人，下一秒，宁迦漾不高不低的嗓音响起："强烈建议你可以去隔壁试镜舅母。

"这个角色简直是为你量身定做的。"

噗……看过剧本的不少女演员听到这话忍不住笑出声。

那个舅母就是个人丑心黑的恶毒妇女，酷爱满地打滚撒泼。当然，正是如此，恶毒愚蠢到了极致，也是电影中一个很亮眼的反派角色。

说完，宁迦漾气定神闲地抚了抚裙摆，迤迤然进去试镜，背影摇曳生姿，美人如玉，衬得瞪大了眼睛不可置信望着她背影的梁予琼像极了跳梁小丑。

偏偏编剧贺清奈满脸写着不计前嫌："梁老师，你可以去试试，这个角色也被抢破头了呢。"

凭借扮丑爆红的演员，不计其数。

梁予琼脸色又红又黑，倒是她的经纪人还真想了想，对于某些演员而言，演什么不重要，重要的是角色出彩。即便是丑角，风头也能盖过主角。

尤其这部电影因为顾毓轻的加入，已经从S级项目直接变成了S+级别，谁都没办法预判这部电影的成绩。

可想而知，这里面随便一个角色都会被抢破头，坐在评委席上的几人亦听到外面的对话，蒋奉尘旁边眉眼温润的男人温声道："眼光不错。"

蒋奉尘听出了顾毓轻的话中之意——他是说宁迦漾眼光不错。蒋奉尘抬眸看了眼云淡风轻走进来的白裙女子，而后在六十五号的名字上打了个钩，旁边写着：舅母。随即看向宁迦漾，蒋奉尘没露出什么情绪："开始吧。"

评委台在表演台前方，宁迦漾眼睫上抬，恰好与顾毓轻视线对上，她淡定地错开了目光。

她内心：啊啊啊！有匪君子，如切如磋，如琢如磨，古人诚不我欺！"小卷毛"是什么？不记得了，男神更香！

宁迦漾满脑子都是要在童年男神面前好好表现，最后居然超常发挥，十分钟的时间，试镜结束。

蒋奉尘第一个问题："能接得住他的戏吗？"

这意思问得直白，就是问能不能抵挡得了顾毓轻的魅力，会不会入戏太深爱上他。

宁迦漾迅速出戏，眼睛眨了眨，满脸无辜："蒋导，你是怕我爱上顾老师吗？"

然后被噎住的人变成了蒋奉尘……他已经够直白了，没想到这位比他还要直白，能不能有点女孩子的娇羞啊！

宁迦漾："您放心，不会。"

倒是顾毓轻扫了眼蒋奉尘："别替我自恋。"

男人音质清越如玉石之声，让人魂牵梦萦，蒋奉尘二次被噎。

顾毓轻能看出来，宁迦漾看他的眼神与那些爱慕者不一样，仿佛在欣赏一个好看的物件。

他用指尖抵着额头，低笑出声。他还是第一次被小姑娘用欣赏物件的眼神看。

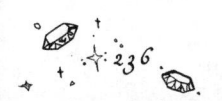

宁迦漾桃花眸微眯——男神笑什么？

下一刻，却见他手指敲了下桌面："后面的不用试了，就她吧。"

试了六十七个女演员，其中不乏演技派，但只有宁迦漾见了他，眼神是清澈的，没有任何杂念。

跟她合作，不用担心自己被占便宜，演技虽然相较自己而言稚嫩了些，却也可以调教。

十五分钟后，宁迦漾出来，漂亮的眼眸有点恍恍惚惚。她倒不是对自己不自信，而是觉得不可思议，很玄妙。

言舒见她神色不对劲，极其慌张："不会是黄了吧？"

"你没发挥好？"

宁迦漾顿时趴在她肩膀，耍赖似的蹭了蹭，幽幽地喊了声："舒姐。"

言舒快要被她急死了："你倒是说啊！"

没等宁迦漾答，导演助理出来宣布试镜取消，而后走到言舒面前："言经纪人，我们蒋导约您和宁小姐一起用个午餐，不知您有没有时间？"

这下恍恍惚惚的人变成了言舒，果然人还是要有对比的，宁迦漾冷静下来。

当天下午，宁迦漾微博上传一张照片——

宁迦漾V：圆梦。

照片上，颜值极高的男女并排坐在沙发上，齐齐看向镜头，完全展示了演艺行业男女颜值天花板带来的杀伤力！

吃瓜网友闻讯赶来：

啊啊啊？什么意思？！

妈耶，这两位的颜值真的太般配了。

等等，所以现在这是什么意思，总不能是官宣吧？

这时，微博常年"长草"的顾毓轻转发——

顾毓轻V：合作愉快 // 宁迦漾V：圆梦。

顾神，你终于想起微博密码了！男神贴贴。

《浪子》官博官宣了！

顾神重出江湖，居然是跟宁迦漾合作，这位姐的资源好成这样？

@宁迦漾，每天跟顾神这样的神仙颜值的人在一起拍戏，总能提升一下你的审美了吧！

哈哈，宁仙女的粉丝这是怨念多深。

陵城第一医院，办公室里。

秦望识在商屿墨面前念宁迦漾微博下面的评论："希望仙女擦干净眼睛，赶紧换男人。

"跟顾神待久了，审美应该可以得到提升。

"好，粉丝们不要慌，相信顾神的魅力，大家坐等仙女官宣分手。

"哇，你们看这张照片像不像结婚证件照，宁仙女在顾神面前好乖巧哦。"

秦望识念完后意犹未尽，总结发言："我院第一冷美人怎么就比不上什么顾神了，我不服。

"但是……

"女人嘛，都喜欢长得温温和和的男人，你这张脸，长得太过分了。"

过分好看！秦望识绝不承认自己是羡慕嫉妒恨。

商屿墨终于抬眸，那双浅褐色的眼眸在阳光下，越发浅淡，透着几分妖冶病态，薄唇轻启，平平静静地问："说完了？"

意思明显——说完你可以滚了。

秦望识临走前小声嘟囔："就这脾气，到底是怎么娶到我女神的？"

商屿墨拿起手机，漫不经心地看着那张被粉丝称为结婚证件照的照片，薄唇淡漠地抿起弧度，长指轻点屏幕，打出两个字：不配。

回酒店后，宁迦漾侧躺在沙发上，闲闲地翻着剧本。

巧的是，住的还是上次那个酒店房间，从落地窗前，能清晰看到酒店门口守着的大堆媒体记者，恍若回到了当时和商屿墨一同被记者围攻的时候。

不过这次记者们围的是顾毓轻。

殊不知，顾毓轻不住在这里。

言舒撩开窗帘往外面看了下，忍不住摇头："这些记者都不动动脑吗？顾老师这样的大牌怎么可能在南城没有房产。"

宁迦漾红唇轻飘飘地勾起弧度，漫不经心道："或许知道，不过也没别的地方蹲不是吗？"

"幸好你在南城也有房产，之前路过时发现玫瑰庄园已经改建完成了。不然到时候拍戏天天住在酒店被这些人蹲，也是麻烦。"言舒又想到了中午顺利把合同签下，心情愉悦，"真给姐长脸啊，那些一线女明星没拿到的角色，就这么轻松被你拿下了。"

言舒抱着那合同跟抱着宝贝似的，上次她这么高兴，还是宁迦漾拿下顶奢珠宝代言的时候。

宁迦漾原本含笑的唇角微微顿了两秒，随即若无其事地翻着剧本，声音慢悠悠道："别想了，我不住那边。"

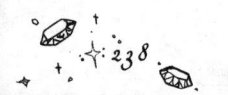

言舒一副过来人的样子，意味深长："你又跟商医生闹矛盾了吧？"昨晚喝醉了都没忘记跟老公在车上视频，现在就翻脸。

"闹什么矛盾？"

宁迦漾哼笑了声："仙女跟一只'卷毛狗'能有什么矛盾可闹。"

卷毛狗？言舒陡然哽住，想到商医生那标志性的乌黑短卷发，明明野性又绮丽，像极了漫画里走出来的美少年，怎么到她嘴里就成了卷毛狗！

宁迦漾顿时没了心思，将剧本一丢，将毯子拉下蒙住脸蛋，转身背对着言舒，只露出个可爱的后脑勺，闷声闷气："反正不去住。"

"好好好，你想住哪儿就住哪儿。"

言舒本来打算问问怎么回事，见她一副拒绝交流的小模样，歇了心思。

算了，小祖宗只要乖乖进组拍戏就行。

这可是 S+ 的资源啊！本来言舒听到那么多一线大花都有意抢这个资源，还以为要黄了。

之前也就是激发宁迦漾的潜力罢了，没想到，偶像的力量这么强大，不仅超常发挥，还被偶像亲自选中。

啧啧啧，言舒望着宁迦漾的背影，满脸笑容。

笑得旁边的小鹿咽了咽口水，岔开话题："姐，你看'院草'又发微博，好好笑。"

"我看看。"

宁迦漾一直想要把这个粉丝招来，奈何他本人太高冷，居然不回复任何私信。

今天再次"出战"所评论的，竟然全都上了她的微博热评——

某粉丝：有了顾神对比，宁仙女绝对会跟那个医生分手！

第一医院神仙院草：毫无根据。

某粉丝：哇哇哇，顾神好帅，仙女好美，俊男美女不在一起简直天诛地灭。

第一医院神仙院草：确实天地不容。

类似这种的回复，数不胜数。

大概因为他的角度过分出奇，没想到点赞数居然超级高。

上次宁迦漾跟连城珩闹绯闻时，这位在热搜下面挨个举报，并且嚣张留言"举报了"的画面依旧清晰，这次又凭借言简意赅的嘲讽性回复，再次在粉丝中爆红。

惹得粉丝们截图转发，并且还有整齐的口号："院草出征，寸草不生。"

可不就是吗？只要是宁迦漾跟其他男明星闹绯闻，"院草"必定出马。

不得不说，这次"院草"出马，不但让宁迦漾的粉丝满意，连带着顾毓轻的女友粉都满意。

毕竟，她们最不想看到的就是男神跟女明星闹绯闻，现在女明星的粉丝那边明显在撇清关系，她们心情愉快又复杂。

愉快的是撇清关系，复杂的是哪家女明星跟他们顾神沾上点关系，不是赶着蹭热度？怎么就宁迦漾的粉丝奇怪，恨不得一点关系都没有。

宁迦漾唇角翘起漂亮的弧度，不得不说，这位院草真是太合她心意了。

看着被他三言两语扭转了舆论局势，她细白指尖轻点这个用微博自带头像的账号，用她的微博大号私信——

"院草，真不打算改行？"

"宁迦漾工作室欢迎你。"

而后丢了手机，重新躺了回去。

言舒将她的动作收入眼底，知道她是肯定"院草"的行为，忍不住轻喷了声："你这是不想跟顾神炒绯闻啊？"

"我还以为你们小粉丝巴不得跟偶像有那种关系呢。"

"哪种关系？"

宁迦漾卷翘的睫毛懒懒地抬起，红唇悠悠吐出两个字："俗气。"偶像是用来超越的。

所以，眼下她得努力研究剧本，免得演对手戏时，被偶像嫌弃演技不好。

至于什么情情爱爱，跟仙女有什么关系？仙女热爱搞事业！

难得见她这么有事业心，言舒盼了好久，自然不敢轻易打扰她，甚至连小鹿都撵走了。

进组之前，宁迦漾一直住在酒店里研究剧本，偶尔会找同住在这家酒店的编剧贺清奈讨论内容，两人关系倒是一日千里，都快成好闺蜜了，小鹿都要靠边站。

小鹿酸溜溜开小号——

今天n仙女和s医生嗑到了吗：没嗑到！n仙女已经三天没有提到过s医生了！这次冷战时期有点长！并且n仙女疑似有了新欢，s医生怎么还不哄仙女！

而后，小鹿习惯地打开了陵城医院论坛，准备看看另一当事人是什么情况。

果然，医院论坛每天都有关于商医生的新帖——

《我院第一院草商神冷脸的第三天！》

楼主：如题，神经外科楼像是被冻住了，大家路过办公室都不敢大声说话。

商神什么时候不冷？不冷就不是冷美人了。

楼主：不是冷淡，是冷脸！看图！

照片上，长相俊美昳丽的男人眉目像是浸透了寒霜，冷白色的长指覆在病历本上，似乎正在说什么。神色清冷淡漠至极，与往常平平淡淡不同，明显可以让

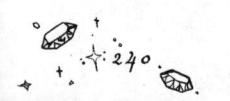

人看出来情绪不佳，闲人勿扰。

小鹿捂住小心脏，冷着脸的商医生也太好看了吧！光是这张脸，她都能多吃三碗饭！

仙女不愧是仙女，这自制力太强了，居然舍得跟商医生冷战三天。

小鹿咬着手指思考了几秒，默默把手机屏幕伸到她面前："好看吗？"

宁迦漾瞥了眼，嗤笑了声："长得好看有用吗，我向来看内在。"

小鹿震惊：一个精致的完美主义者，居然说看内在？良心不会痛吗？！

宁迦漾自然不会痛，打定主意把冷战进行到底，最好就此分居，各过各的。

不过，她这个计划没有持续太久。

这天，蒋导喊她去围读剧本，并且将地点定到了顾毓轻在南城的房产。

那是一座郁金香庄园，风景秀丽，很适合安静地创作。

除了宁迦漾，还有其他主演，能来的几乎全到了，幸好庄园顶层有个极大的会议室，可以供大家使用。

宁迦漾来得早，站在落地窗前，遥遥望着一墙之隔的蓝色浪花为设计主题，俨然一座城堡的建筑物。

与这里其他种满郁金香的庄园不同，城堡四周开辟成了泳池和喷泉，铺草坪，点缀簇簇各种低调雅致的花朵，从高处望过去会发现，四面环水，都是用了不规则的浪花形状，仿佛波光粼粼的海浪簇拥着中间那栋建筑物。

言舒见宁迦漾眺望远方，下意识随着一同看过去，迟钝眨眼："这不是你那庄园吗？"

"天哪，这城堡改建得也太妙了吧！"

不愧是商大佬，她还以为只是简单地把玫瑰花拔了，没想到居然真的是夷平了重建。

才几个月啊？

宁迦漾红唇轻轻抿着，没作声。倒是亲自端着咖啡上来的顾毓轻听到了言舒的话，意外道："好巧，迦漾也住附近吗？"

"那以后我们对戏就方便多了。"

"我发现你演技方面有几个问题。"

顾毓轻对电影质量要求很严格，所以确定了女主角之后，他将宁迦漾之前拍过的戏都看了一遍。

他的意思明显，要教宁迦漾演戏。

跟男神做邻居，还有这种好处！言舒睁大了眼睛，偷偷拽宁迦漾的衣袖。

随时跟偶像请教怎么演戏，这是什么天上掉馅饼的好事啊！

宁迦漾又不是傻子，怎么可能拒绝。什么要跟商屿墨划清界限，当一对各过各的表面夫妻，全都被宁迦漾抛之脑后。

既然他把自己当太太，那么这些都是夫妻共同财产！她用起来，毫无压力！

再说，现在这个浪花城堡在她的名下。

宁迦漾突然想通了，觉得自己之前钻牛角尖了。就因为商屿墨情感缺失不可能爱上任何人，对她和对其他人都是一视同仁，便想要跟他划清界限。

就他们这种联姻关系，关系的是两个家族，离婚是不可能的。那么只要他不做对不起她的事情，她也不会跟他索求爱情，他们就可以是举案齐眉的榜样夫妻，非常完美。

所以，宁迦漾漂亮脸蛋上的表情非常淡定："对，就在您隔壁，原本打算等入组之后再搬。"

"那搬来吧。"

"明早我们就开始对戏。"

顾毓轻是个行动派，立刻让言舒帮宁迦漾搬家了。

于是，之前死活不肯搬来的宁迦漾，当天就搬进了新建的浪花城堡里。

当天晚上，清鹤湾里。

陆尧将这个消息告诉了自家老板，然后默默补充了句："顾毓轻就住在太太隔壁。"

偌大的书房静默无声，男人坐在炽白灯光下，神色平静，仿佛没有因为自家太太与别的男人做邻居，而有任何的情绪变化，只是冷淡"嗯"了声。

商屿墨慢条斯理地翻看晦涩难懂的医学书籍，用指腹抵着高挺鼻梁上的金丝边眼镜，轻推了下。他的注意力似乎放在了书上。

陆尧悄悄关上门离开，半小时过去，商屿墨面前的书页都没有翻过。

他看书素来快，一目十行，过目不忘，从未有过注意力不集中的时候，余光不自觉地看向对面那张黑色的沙发，宁迦漾偶尔会在这里看剧本。

此时，茶几上还摆放着她打印出来的已经拍完的剧本。商屿墨平静地起身，似乎随意地拿起一本薄薄的剧本，里面掉出来一张淡蓝色的便笺，轻飘飘地落在了地毯上。

商屿墨俯身捡起，修长挺拔的影子映照在墙面上，显得有些孤寂，只见便笺纸上画了一只简笔画的卷毛小狗，上面标了五个字：卷毛小坏蛋。

商屿墨看了好几秒，随后拿起笔，寥寥几笔勾勒出一只可爱的小天鹅，画得非常传神，高贵骄傲，但顺羽毛的姿态又透着几分懒散狡黠，莫名跟宁迦漾有种神似感。

商屿墨捏着笔的指尖略顿，随后意犹未尽地在天鹅头上补了个小皇冠。

男人抿紧的薄唇终于勾起浅浅弧度——光芒万丈的小天鹅，怎么少得了皇冠。

商屿墨随手将这张薄薄的便笺塞进正在看的那本医学书中，这才下楼。整栋别墅安静得仿佛没有人，宁迦漾离家后，把家里的生气全都带走了。

商屿墨浓密的眼睫微微低垂，云淡风轻地打开手机微信页面，与"小浪花"的上次聊天，还是那通她醉后打来的视频。

指腹慢慢摩挲着手机边框，商屿墨沉吟片刻，终于敲了几个字过去。

Sym："浪花城堡，还喜欢吗？"

浪花城堡顶层里，宁迦漾懒洋洋地趴在波光粼粼的室内游泳池中，整个场馆都是单向玻璃，恍若置身于露天泳池，可以欣赏到万里星河。

这里是原来的顶层浴室改建的，当时宁迦漾还很喜欢在这儿泡澡，半面玻璃墙壁可以欣赏到外面热烈招摇的玫瑰。

改建之后，却能看到漫天繁星落入粼粼水光之中，比玫瑰更盛大灿烂。

安静的空间里，手机振动声音格外清晰，宁迦漾纤细白嫩的指尖滴着晶莹水珠，海蓝色的地面顿时溅起细碎水花。

宁迦漾去够手机之前，用浴巾擦干手指，这才看到屏幕中的微信消息，漂亮脸蛋上表情沉静淡然，言简意赅地回复："还行。"

宁迦漾也没把人拉黑，只是将手机随手扣在台面上，回身跳进泳池内。

宁迦漾穿着淡蓝色的比基尼，身姿优雅曼妙，游泳时，宛如与蓝色池水融为一体，唯独雪白如玉的肌肤，在水中格外亮眼。

商屿墨看着她不冷不淡的回复，清隽眉头微皱，修长身影懒懒倚靠在落地窗前，垂眸望着手机，肤色冷白的长指似是无意般滑过聊天记录。商太太之前每次聊天都会习惯性附带她当时做什么的照片。

等了几秒，对话框依旧只有寥寥两个字。

恰好，穆明澈来电。他接起，轻声问："有事？"

穆明澈啧了声，听听，这敷衍的腔调，已婚男人对好兄弟越来越没耐心了。

算了，猛男大度，穆明澈开门见山："听说你老婆不在，出来玩！"

商屿墨揉了揉眉梢，别墅内安静得令人发指，离得那么远，仿佛都能听到墙壁上钟的指针走动的声音。

几分钟后，商屿墨拿了把车钥匙出门。

黑色冲锋衣衬得商屿墨整个人少年感十足，随手拿的车钥匙恰好是辆暗夜黑跑车的，在月光下驰骋时，像是划过的闪电。

商屿墨那乌黑短卷发下的面容精致昳丽，如之前言舒所说的，像极了漫画里走出来的美少年，绝对不夸张。

从清冷淡漠的年轻医生到漫画里走出来的美少年，不过多一辆跑车罢了。

乍然看到商屿墨，穆明澈眼睛发亮，吹了声口哨："酷呀商懒懒。"

商屿墨短发被风吹得凌乱而肆意，他修长有力的手臂搭在车窗，眼睫上扬，似乎漫不经心地问："赛车？"

嚯，今天吹的什么风，从没见商懒懒主动要求赛车过。平时有这空闲，别说是赛车这样的激烈运动，他本人恨不得长在床上。

除了穆明澈，穆星阑和谢瑾也在，这两位已婚已育"老父亲"坚持不能给孩子做什么不好的榜样，果断拒绝他们的邀请。

最后只有商屿墨和穆明澈去专门赛车的俱乐部跑了几圈，而后几人便直接在包厢内休息。

俱乐部位于陵城郊外，道路环山而上，地处幽深，风景绝佳。

此时，穆星阑推开设计雅致的木质窗户，能清晰看到暗色天幕下那影影绰绰的云雾环绕在山巅，透着浓重的瑰丽。

商屿墨姿态懒散地靠在沙发上，无心欣赏风景，修长身躯几乎陷了进去，仿佛刚才刺激的运动并没有给他带来什么激情。他的神色冷漠至极，宛如亘古不化的寒冰。

穆星阑转身递给商屿墨一听啤酒，问道："今天这是怎么了？"

又是赛车，又是情绪不对。

只见商屿墨手指缓慢钩起易拉罐的拉环，在昏暗光线下，男人动作宛如慢动作播放，带着极致的慵懒，薄唇抿了口没什么酒劲的啤酒，才淡淡道："她不理我。"

大概是因为出去飙车又久未说话，男人清冽的嗓音染着点哑，虽然语调跟往常一样平平淡淡，但在场的过来人，全都敏锐地听出了一股子怨夫腔调。

"啧啧啧，你也有今天呢。"

穆明澈最爱看热闹，风凉话一套一套的："就你这懒懒散散、冷冷淡淡的劲，什么女人不腻。"

穆星阑冷冷瞥了自家弟弟一眼："你别胡说。"

单身狗懂什么。随即穆星阑气定神闲地往商屿墨身旁一坐："不理你是把你拉黑了？"

商屿墨想到上次被拉黑，指尖抵着眉梢，声音压低："没。"

宁迦漾那样小太阳的性格，拉黑是明确告诉你"我生气了，你赶紧来哄我"。不像现在，不冷不淡，让人猜不透她在想什么。

穆星阑循循善诱："女人是需要哄的，她不理你，你更应该哄。"

"对太太，脸皮厚点，死缠烂打，不丢人。"

穆明澈表情如窒息："这还不丢人？"无法想象商屿墨厚脸皮哄老婆的画面。哟，可怕！

另一哄老婆高手谢瑾嗤笑了声："云朵儿，难怪你单身，哄老婆怎么能叫丢人呢，这叫情趣。"

穆明澈不以为意，忽然想到什么似的："也对，最近弟妹跟'白月光'上热搜，商懒懒再不哄，老婆确实要没了。"

而后他手臂搭在商屿墨肩膀上，幸灾乐祸地拍了拍："没了也好，以后我们还能快乐地当一对单身狗。"

商屿墨睨他一眼，将酒一饮而尽，薄唇冷冷地轻弯起弧度："你自己当。"他没兴趣。

谢瑾来了兴致，把玩着酒杯直起身子问："什么'白月光'？"

"就是顾毓轻啊，全球女性的'白月光'男神。"穆明澈拿出手机，示意他们看，"你们俩不认识？傅宝贝和枝枝前两天还发朋友圈喊'白月光终于要有新作品了'，一个个的打算包一百场支持。"

这下轮到谢瑾跟穆星阑笑不出来了，因为他们根本没刷到自家老婆的朋友圈。

穆星阑和谢瑾：我老婆朋友圈竟然屏蔽我！

没有被老婆屏蔽朋友圈的商屿墨，望着她把微博那张和顾毓轻的合照也发到了朋友圈，浅褐色眼瞳透着幽深的静寂。

原本一个人喝闷酒，变成了三个人喝闷酒，穆明澈哈哈大笑，爽！

不过很快他就笑不出来了，因为临走前，穆明澈望着暗夜黑的超酷跑车："你这辆车不错，上次你生日答应补偿我的跑车，就这辆吧。"

他直接伸手跟商屿墨要车钥匙，毕竟他们平时这样都习惯了。

穆明澈并不觉得商屿墨会拒绝他，万万没想到，男人动作徐徐地将冲锋衣的拉链拉到颌骨下侧，一张苍白冷欲的俊美容颜平平静静："不给。"

穆明澈不可置信地看着他："为什么？"

商屿墨长腿轻松迈进跑车副驾驶座，语调一如既往地懒散："哦，我太太会吃醋。"

穆明澈：说好要当一辈子的单身好朋友呢？你背着本猛男脱单了不说，已婚了不说，在面前秀恩爱不说？现在居然连一辆车都舍不得赔给我！良心不会痛吗？商懒懒！

穆星阑听得清清楚楚，赞成颔首："不错。"

"已婚男人的自我修养第一要素：提前扼杀任何会导致家庭纷争的因素。"

凌晨五点十分,一个赛车论坛帖热度冉冉升高——

《看男朋友赛车,没想到居然无意拍到了商屿墨!》。

楼主:啊啊啊,如题,商医生太绝了吧,文武双全,赛车时真的超级帅,车技炫到我男朋友差点跪下!

短短的一分钟视频里,疾驰的黑色跑车蓦地停下,而后一道修长挺拔的身影出现在镜头中,大抵是没有察觉到楼主在拍摄,男人在暗夜中摘下黑白相间的赛车手套,随意地捋了两下额间散乱微卷的乌发,透着不羁的矜贵散漫,透在骨子里的荷尔蒙爆发,让人完全移不开眼睛,心脏"扑通扑通"地跳。

嗅觉灵敏的大V将这段视频搬到了微博上。

街头跑车全球协会会长V:快看这是什么!

啊啊啊啊啊啊啊,为什么会有一个男人明明什么都没露,我就开始脸红、心跳、腿软!

想在哥哥的刘海上荡秋千啊!乌黑短卷发湿漉漉的样子好性感!

我不行了,来人,快给我叫救护车!

当晚,商屿墨凭借这段甚至有些模糊的小视频,再次荣登热搜第一。

江导看到了热度,立刻官宣《无畏的承继者们》第一期首播时间,狠狠蹭了回热度。

当初商屿墨上热搜的那张很出圈的冲浪板照片再次被各种转发,连带着他原本破了两千万就逐渐因为没有消息而停滞的微博粉丝数量,再次出现喷薄式的上涨。

"啊啊啊!姐,快看啊,你老公真的帅呆了!

"呜呜呜,好帅好帅好帅!"

小鹿捂住小心脏,试图让宁迦漾认清楚她老公到底多帅、多受欢迎这个事实!不要再冷战下去了!这么优秀完美的老公,便宜了别人怎么办!

想到有虎视眈眈的裴灼灼,还有一个当初想要在剧组勾引他们"姐夫"的梁予琼,现在网上又冒出来一堆女友粉、太太粉,小鹿心中警铃大作。

客厅落地窗旁的贵妃椅上,宁迦漾懒洋洋地捧着剧本。朝阳初升,穿过透明的玻璃,像给她精致白皙的侧脸镀上一层薄光。

此时,宁迦漾睫毛低垂,入目的是平板电脑那段视频,最后视线定在视频下侧的时间上。她艳丽的红唇一点点抿平,最后变成直线。

凌晨一点,夜不归宿,出去玩乐,真没想到呢,商屿墨还有这一面。宁迦漾从容地弯腰拿起茶几上的剧本起身,准备出门。

小鹿蒙了:怎么好像更不高兴了?

"姐你去哪儿?"

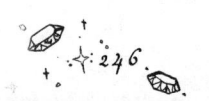

宁迦漾回眸，漫不经心答："去隔壁洗眼睛。"

小鹿反应了两秒，连忙跟上："姐！"

"偶像虽香，但您已婚啊！"

"已婚怎么了？"

八字箴言再次出场："商业联姻，感情不深。"

她爱看谁看谁，就允许他夜不归宿出去赛车，不允许她找偶像正儿八经上课学演技加对戏？

郁金香庄园里，宁迦漾等顾毓轻开门这段时间，闲散地倚在墙壁上玩手机，突然弹出来一条粉丝大V的微博提及她。

对方转发了那条关于商屿墨视频的微博，并"圈"她。

仙女棒不亮：@宁迦漾，仙女睁开眼睛看看什么才是真正的极端精致的完美主义者该拥有的男人呀！帅不帅，酷不酷，爱不爱！

宁迦漾唇角扯起一丝冷笑。

几秒后，回复——

宁迦漾V：不帅，不酷，不爱。

宁迦漾发完微博后，心口郁气散了几分，用莹润粉白的指尖轻拉页面，刷新了下评论。

刚刚发微博，评论立刻破千——

谁不说一句仙女牛？

仙女一下凡就能把粉丝吓死！

@宁迦漾，你怕不是真被那个医生给勾了魂吧？商医生这种都不帅、不酷、不爱？

我有个大胆的猜测，或许这个医生比商医生更优秀，才能让仙女这么死心塌地。

楼上你这不叫大胆，叫荒谬！又不是大白菜，有几个能跟商医生媲美的男人！

还是很多的，例如穆星阑穆公子、谢砚礼谢佛子、傅北弦傅大佬，等等！

不就这几个？一只手数完。

粉丝们别做梦了，你们仙女百分之百就是审美扭曲！要么爱得太深，要么滤镜太厚。

商医生和顾神也救不了她的审美，估计无可救药了，劝粉丝们放弃吧。

最终大粉叹气："好了，姐妹们，准备'战斗'吧。"审美再不行，脾气再不好，也是她们爱的仙女呀。自己喜欢的偶像，跪着也要爱下去！

宁迦漾只看了两眼，便听到庄园大门打开的声音，顾毓轻的管家亲自出来迎接："宁小姐，里面请。"

"打扰了。"

宁迦漾随手关机,没再管自己发的微博会引起怎么样的腥风血雨。

她素来随心所欲,至于后果……仙女无所畏惧,而后泰然自若地进了庄园。途经满是双色郁金香的小路时,她还饶有兴致地让小鹿帮她拍照。

她男神家里,连郁金香都跟别人家的不一样,超美。

小鹿见她如此淡定自若:不愧是仙女!搞得了事,更撑得住事!

只是,舒姐怕不是要气昏过去了!

顾毓轻极少刷微博,所以并不知道宁迦漾来之前还办了件"大事",只专注和她对戏,加以提点,却无意中发现不但她那张脸天生适合大荧幕,连带着在演技方面,都非常有天赋和灵气。

他私下脾性算不得多有耐心,叫宁迦漾来,起初不过是打算在正式开拍之前磨合磨合,试试对手戏,现在是真的生了惜才之心。

如果她有心在演艺行业走下去,未来甚至可能有超越自己的成就。

对这种一点就通的学生,没有老师会不喜欢,顾毓轻亦是如此。

一个专心教,另一个专心学,很快,宁迦漾就静下心来。

不得不说,顾毓轻是个很好的老师。原本宁迦漾看到顾毓轻时,带有"小将军"的滤镜,现在,他现实中的形象在她脑海中清晰完整,对于网上什么风风浪浪,早就抛之脑后。

一门之隔。

小鹿独自面对言舒的狂风暴雨,却不敢打扰宁迦漾。

舆论在顶峰的时候,商屿墨正参加一个医学研讨会。

他一早便来现场准备,此时媒体蜂拥而至,争相采访商屿墨。

镜头中,男人身着工整靡丽的黑色衬衣,领口系到顶端,克制端方,矜贵自持,外面套了身白大褂,在众多同款穿搭之中,尤为惹眼。

众人纷纷想到他凌晨还在环山路上飙车的刺激画面——跑车旁他肆意浪荡。现在穿上白大褂站在演讲台上,又是另外一副禁欲冷漠。

若非亲眼所见,众人完全想象不到,眼前这位"高岭之花"会有昨晚那一面。不过,他们更没想到的是,顶级女神宁迦漾居然会公开挑衅这位!

等到随意提问环节,有媒体迫不及待道:"请问商医生,您知道网络上宁迦漾小姐对您昨晚的评价吗?您对此怎么看?"

陆尧早晨提过他昨晚被拍,不过商屿墨没放在心上。此时乍然听到商太太的名字,他用修长指尖漫不经心地碰了下几乎垂落在掌心的小玉虎,浅褐色的瞳仁看向镜头。

只见男人薄唇微扯，徐徐开口："她说得对。"

下方陆尧差点原地崩溃：对什么对！您知道太太说什么了吗？就对！太太在讽刺您呀！

商屿墨并不在意宁迦漾说了什么，为了家庭和睦，无论什么，她都可以是对的。

下方媒体记者一片哗然，万万没想到，会得到这个答案。

采访是实况同步直播到网络的，弹幕刷得飞快：

听听，听听，还是商医生格局大，心胸宽广。

这么看宁迦漾好像有点过分了。

啊啊啊，不愧是商医生，跟某些假仙女就是不一样。

也有不知情的观众真相了：

实不相瞒，我竟听出了一丢丢宠溺？

前面你聋了。

哈哈哈，你不会还想说宁迦漾男朋友疑似是商医生吧？

年度第一笑话。某女明星别碰瓷好吗！

陆尧看着弹幕越发往诡异的方向发展，类似于踩太太捧老板，至于那个接近真相的弹幕，早就被刷没了。

弹幕全都在喊着"女明星碰瓷医学界大佬，大佬大度回应"，想到太太那脾气，陆尧深深为老板默哀。

完蛋，这次不知道要花多少力气能哄好太太。

研讨会结束，陆尧才找到空隙时间，一五一十地说清楚。

商屿墨眼神平静地看着宁迦漾发的那条微博，车内光线昏暗，男人低垂着眼睑，清隽眉目透着几分化不开的深思。而后，他重新打开宁迦漾的微信页面。思索几秒，准备发消息时，顿了顿，指腹移动，改成了视频通话。

陆尧眼观鼻，鼻观心地坐在旁边，不敢吱声，假装自己是木头人。

郁金香庄园里，宁迦漾正在中场休息，顾毓轻擅长煮咖啡，所以打算亲自给她煮一杯。

小鹿趁机将商屿墨的回应告诉宁迦漾，宁迦漾没看粉丝们嘲讽她的言论，反而将商屿墨直播回应的视频看了三遍，清楚地看到他毫无情绪的眼神。

阳光下，眉目精致的大美人红唇慢悠悠勾起，隐约染着几分嘲弄——果然啊，那男人是没有任何感情的。

因为不在意，所以根本不需要在意前因后果，像是机器人在表演作为先生应该维护自己太太的态度。

商屿墨根本就没有心，只是在机械地扮演一个合格丈夫罢了。

宁迦漾有些疲倦,按灭了手机,打算趁着顾毓轻不在小憩一下,免得等会儿不在状态。

小鹿有些担心:"姐,那舆论?"

宁迦漾语气很淡:"不用管。"

现在的她,根本不惧怕任何舆论攻击,将将闭上眼睛,掌心还未放下的手机"嗡"一声后,铃声响起。

入目的是那一长串的备注,宁迦漾眼睫轻颤,乍然看到商屿墨的视频来电,眼底划过猝不及防的错愕,但也仅仅几秒,便消失不见。

宁迦漾随即慢条斯理地坐起身,整理好微微散乱的发丝,等铃声响了几十秒后,才轻点了"接通",漂亮精致的眉眼顿时出现在屏幕里。

对面,是男人懒散靠在车椅上的画面,暗淡的光线中,男人眼眸抬起,凝视着镜头时,宛如一张古老的油画,透着几分亘古的神秘。

宁迦漾表情很平静,两人就那么对视几秒。

商屿墨薄唇微启,第一句话便是:"我没送穆明澈跑车。"

宁迦漾:你爱送不送,关我什么事?

女人秀气的眉头微微蹙起:"所以呢?"

商屿墨顿了几秒,望着她的眼睛道:"所以,别气了。"

"以后只送你。"

宁迦漾忽然笑了,眼角、眉梢都是笑意,甚至桃花色的眼尾都沁上了被她笑出来的生理泪珠,然而这笑意未曾直达眼底。

商屿墨神色微凝,敏锐察觉到她的情绪不对。宁迦漾明明在笑,偏偏那双漂亮的桃花眸再也没了往日在他面前那股灵动快活,不如不笑。

果然,下一秒,宁迦漾犹带笑意的声音传来:"随你呀。"

明明是一如往昔又甜又软的声音,偏偏商屿墨却听不出半分娇气,他薄唇微微抿起。

"你……"

没等他说完,忽然她身后房门被打开,进入画面的是一位穿着白色家居服清俊温润的年轻男人。他端着一杯咖啡推门而入,仿佛进自己家那样随心所欲。

顾毓轻并没有看到宁迦漾在开视频,进门时,随口说道:"等喝完咖啡,我们对一对那场床戏。

"顺利的话,开机后先拍这场最难的戏份。"

商屿墨原本毫无波动的眼瞳里瞬间掀起了层层波澜,这才恍然想起,浪花城堡的书房并非这种色调的设计。

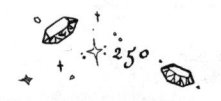

宁迦漾下意识反扣手机，回头看向自家偶像，没听清楚他说什么，直接答应："好。"

而后淡淡地对着手机道："还有事，先挂了。"

临挂断之前，商屿墨清晰地听到那边传来的对话声：

"打扰到你了？要不你休息会儿再开始？"

"不是什么重要的事，我们继续吧。"

宽大的车内，空气像是被冰封住了，连带着陆尧和司机都觉得呼吸困难。

陆尧清晰地看到自家老板那双被称为"神仙手"的长指微微用力，手背筋络清晰可见，连带着指腹边缘都泛着苍白颜色。

短短几秒后，车内响起男人冰冷刺骨的嗓音："查一查太太这部戏。"

陆尧皮都绷紧了："是！"而后冒着生命危险，说了句，"这部戏太太好像很看重。"

意思明显，您可千万别在一气之下，把这部戏给废了！

中午阳光穿过茂密的桂花树，在城堡前方翠色草坪上洒下细碎的光点，一阵微凉的风拂过，簇簇桂花飘落。浅浅淡香萦绕，浪花城堡安静得仿佛没有人居住。

隔壁郁金香庄园却热闹极了，蒋导很不客气地来找顾毓轻蹭饭。

一个鬼才导演，一个拿过大满贯影帝视帝的前辈演员，这两人随便指点两句，就足够宁迦漾受用。更何况，他们都没藏拙的意思。

宁迦漾原本跟偶像对戏，心里就有点虚——毕竟自己才拍了几年戏。现在倒是有点底气了。

在他们探讨演技时，网上关于宁迦漾碰瓷商屿墨的言论越发激烈，甚至双方粉丝都开启战斗模式。

忽然之间，对宁迦漾不利的词条全都消失了。

吃瓜网友们一脸蒙：发生了什么？宁迦漾的公关团队什么时候这么牛了？

别说是网友，就连言舒以及工作室的公关团队都是蒙的。由于宁迦漾那一条挑衅的微博，他们团队都想要摆烂了。

爱咋咋的吧，反正仙女有超级资源稳稳在手，等电影上映，一切不利的舆论，后面都可以说成是仙女心直口快。

谁知，居然有人一出手就是这样的大手笔。

很快，让人更加蒙的来了。所有关于宁迦漾和顾毓轻的微博，甚至刚刚成立粉丝数就破十万的微博超话也在同时段消失，就连宁迦漾自己发的那条官宣和男神合作照片的微博，也变成了无法查看。

吃瓜众人：谁干的？宁迦漾的技术流粉丝？这太不像是微博自家的作风了吧。

就算上面施压，顶多也就是降热度、删话题，不可能针对性这么强。

科学院单独的办公室里，商屿墨跟院长谈完上午医学研讨会的事情后，一直待在这里。

相较陵城一院的办公室，科学院的办公室更冰冷几分，并且还有许多看起来就很先进的医学研究仪器，整面墙壁的医学研究资料与书籍可以和清鹤湾书房的相媲美。

黑色办公桌前，商屿墨眉眼冷漠从容，修长如玉的指尖看似不疾不徐地敲着键盘，屏幕上一行行代码却快速出现，金融系高才生陆特助完全看不懂。

只将目光移到自家老板那张完美精致的侧脸上。都说认真的男人最好看，他们家老板认真搞事情的样子真帅！就是不干人事。

商夫人遗传给他的超高计算机天赋就是用来给老婆删微博照片的吗！

很少有人知晓，被誉为医学界天才的商屿墨，不单单医学天赋绝佳，更绝的还有他的计算机天赋，遗传自他计算机专家、科学院院士的母亲大人温喻千。

陆尧提前联系过微博那边，毕竟，违法犯罪的事情绝对不能干。

商屿墨并不觉得自己在浪费天赋，处理完后，淡淡看了眼陆尧："调查结果？"

陆尧连忙呈上："在这儿。

"这个剧本很不错，找专业人士评估过，必定是明年的现象级大爆款。"

他略顿了几秒，欲言又止："您父亲投资了这部戏。"

意思很明显，您可千万别乱搞。

商屿墨一目十行，将几万字的剧本迅速过了一遍，最后停留在第三页那段亲密戏上，久久没有翻页。

男人背对着玻璃窗，光影交错之间，他用指腹慢慢摩挲着不知何时从手腕取下来那雕工粗糙的小玉虎。

几圈红绳随意地缠绕在男人肤色冷白的手指处，极致浓艳的色彩，透着神秘的靡丽感。

当天下午，商氏集团总裁商珩接到了自家"大孝子"难得的致电。嗯，并不是为了问候老父亲。

对此一无所知的宁迦漾回到浪花城堡，本以为迎接她的应该是来自言舒的狂轰滥炸。

谁知，言舒格外淡定地看她一眼："回来了。

"啧啧啧，有些人呀，运气真是好，仗着有靠山，敢在网上随便发言。"

别的女明星要是敢这样做，早就被黑死了，就宁迦漾毫发无损，甚至还增添

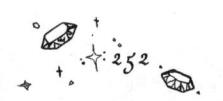

了神秘色彩。

"说人话。"宁迦漾纤薄柔软的身子没骨头似的,浑身怠惰地倒进沙发里,一双纤细白嫩的小腿搭在扶手上,难得不顾及形象。

她动了一天脑子,太累了,高考都没这么努力过,生怕被偶像当成不爱学习的小学渣!

想想还要跟顾毓轻拍那么长时间的戏,宁迦漾漂亮脸蛋上的表情陡然凝重:"唉……"

追星的快乐突然就消失了。

言舒将茶几上的电脑屏幕转到她视线范围内。

"自己看。"

"怎么,网速不好?"

看到自己最新微博那张照片变成白色,宁迦漾微微探身,用指尖轻点电脑触控板,刷新页面。

没用。

她终于意识到什么:"怎么回事?"

言舒言简意赅地将网上的情况说了一遍:"包括之前你和连城珩、周缘、陈泽案的超话,连带着新闻话题,全没了。"最后下结论,"针对性这么强,要么你老公,要么你老爸,你自己想想是谁干的吧。"

宁迦漾卷翘的睫毛低垂,眼角眉梢的旖旎艳色并没有随着倦怠消散,反而愈加动人,她的视线定在那白掉的微博合照上。

半响,她忽然笑了声。

灯光下,女人唇角轻轻翘起,眼尾那抹艳色越发浓郁。

言舒被她的笑容闪了下眼睛,覆在电脑边缘的手指停顿了几秒,而后问:"你笑什么,猜到谁干的了?"

宁迦漾重新躺回沙发上,清清冷冷的眉眼之间染着不在意的闲散,冷声反问:"是谁,重要吗?"

被她噎了下,言舒还真想了想:怎么不重要?!

宁迦漾面不改色,还从沙发椅背上拽了张小毯子盖上,语调又软又倦,隐约带点含糊:"总之,对仙女的事业没有影响。"其他无所谓。

瞧着今日无比干净的微博热搜榜单,言舒迟钝地反应了会儿:"好像确实是。"

几分钟后,小鹿幽幽地冒出来一句:"说白了,仙女不想提商医生罢了。"

言舒喷了声:"你可真是个大聪明。"迟早被祖宗炒鱿鱼,到时候她都保不住。没看到小祖宗都亲自用大号联系"院草"来应聘助理了吗?

"院草"回复之日，就是小鹿被炒鱿鱼之日。宁迦漾懒懒地抬起那双水波潋滟的桃花眸，似笑非笑看她的眼神足以说明一切。

小鹿做了个"封嘴"的手势，表示自己已经拉好嘴上的拉链了。

宁迦漾重新合上双眸，眼睫安静地搭着，掩住了眸中一闪而逝的光华，强迫自己不去想他。

占有欲与喜欢无关，不过是商屿墨的重度洁癖发作罢了。他有那么多奇特的洁癖习惯，就连自己点过的菜都不允许同一时段的其他桌点，更何况她这个商太太，不乐意她跟其他男人有绯闻，很正常。

感觉灯光有点刺眼，宁迦漾抬起纤细精致的手腕，用手背挡住了眼睛，这才觉得舒服了点。

至于那张废掉的照片，宁迦漾没再重新上传。

没必要。

她的红唇嘲弄地无意识勾起弧度。该受宠若惊吗，竟然让这位亲自出手。

直到月底，蒋奉尘选了个良辰吉日，正式宣布开拍。

宁迦漾这段时间跟顾毓轻对戏的成果立刻展现出来，居然没有被他压住角色风采，反而越来越默契。

两人的第一场戏便是那场亲密戏。

宁迦漾坐在化妆镜前，一袭霜白色的长裙衬得她眉眼带着病弱的清冷。此时他微微垂着眼睫，任由化妆师用沾了粉的刷子轻扫眼尾，压住原本隐隐自带的桃花色。

今天要拍的是男女主角在小镇客栈的戏份，这场戏充满着暧昧、悱恻、成熟男女的张力，蒋奉尘甚至早早清场，打算大展身手，亲自持镜拍摄！

之前宁迦漾和顾毓轻对过这场戏，当然，两人并没有实操，只是捋了一遍。顾毓轻发现宁迦漾对这场戏中女主角的心理反应与动作反应，甚至一些细节，都有自己的想法，并且想法都不错，便过了。

殊不知，这场戏，宁迦漾很久之前和商屿墨亲自上场操作过，也是在南城，也是在周围满是郁金香的小木屋里。

宁迦漾好久没有想到他，偏偏这场戏想要入戏，就得回忆那天下午的所有感觉。

她只要一闭眼，甚至能想起当时的细节——商屿墨俊美的面容染上了欲，恍若神明染上红尘胭脂。

宁迦漾睫毛蓦地剧烈抖动了下，惹得化妆师还以为自己弄疼了这位过分娇嫩的脸蛋。

"宁老师，对不起，是不是我动作太重了？"

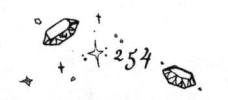

宁迦漾缓过神来开口，声音清软好听："没有。"

化妆师这才继续，说了句："您皮肤又嫩又薄，我都不敢太用力。"

好不容易化完妆，化妆师收拾东西离开："那您再休息会儿，需要补妆再喊我。"

宁迦漾微微笑，客气道："麻烦了。"

等到化妆间没人了，小鹿才递上一杯常温水果茶给她，贼兮兮地压低了声音问："姐，你不会是因为等会儿要和偶像拍亲密戏，紧张了吧？"

这段时间，姐一次都没提过商医生，俨然要把家里老公忘记了！身为坚定不移的"养鱼"党，小鹿缺"粮"缺得饥饿难言，每天都在回顾之前的"粮食"。

宁迦漾睫毛抬起，懒懒地瞥了她一眼："借位。"

"你酸里酸气干吗？"

小鹿：粉丝的倔强！

宁迦漾怎么可能看不出她心里想什么，漫不经心地揉了揉掌心那串玉兔手串，为了拍戏罢了。

既然进入这个行业，就得遵从这个行业的规则，即便接受不了真正的亲密戏，最起码借位她得逐渐习惯。

只是，少女细嫩指尖无意识用力，指腹被凸出来的兔耳印上淡淡粉色印痕，许久未消。

做好心理准备后，宁迦漾轻吁一口气。

谁知刚到达现场，便看到蒋导黑着一张脸，一副被气到不行的神色，宁迦漾桃花眸微动，随口问道："这是怎么了？"

贺清奈表情也不怎么好，本就憔悴的小脸微微泛白："刚才投资商那边给了修改后的剧本，把这段戏全删了。

"改成用外面下雨来抽象表达这场戏。"

资方那边理由非常充分：这段具体演绎过不了审，必须全删，高级的电影艺术不需要用这种场景来诠释。

专业人士蒋奉尘："简直一派胡言！"

殊不知，这个正儿八经的"一派胡言"，还是陆尧想破头，好不容易才想出来的。总不能说，是因为老板醋劲大，不愿意老婆拍这种片段，借位都不行，才要删掉的吧。

宁迦漾心情很复杂，心理暗示白做了，那个无情无欲的男人也白想了！本来是想着他来入戏的，这下，戏不用入了。

场务问："那蒋导，还需要清场吗？"

静默几秒，忽然，蒋奉尘从椅子上站起来："清！

"清完立刻开拍，到时候不能用再说！"

宁迦漾用指尖轻抚了下垂落在颈侧的乌黑发丝，清澈的眼眸划过一丝若有所思。

倒是顾毓轻洞察力极强，看出来宁迦漾情绪不对，温声安抚："放心，等会儿只是……"借位。

话音未落，从布景外侧走进来一个西装革履的精英型男人，年纪不轻，倒也儒雅，是他们剧组神出鬼没的制片人安总。

安总听到了场务依旧在安排清场，温和道："蒋导，一些注定会被删除的片段，没有拍摄必要，您觉得呢？"

蒋奉尘：我觉得可以拍，但你最后这句威胁是怎么回事？我是那种会受威胁的导演吗？

安总见他油盐不进，暗暗无奈，只好把他拉到一边窃窃私语。蒋奉尘眉头紧蹙，意味深长地看了眼宁迦漾。

后来，不知道安总是怎么说服他的，总归，这场戏没拍。

宁迦漾被蒋奉尘的眼神看得眉心跳了跳，这眼神是什么意思？

要说这场戏不拍了现场最高兴的是谁，务必是小鹿，默默拿出手机切换小号——

今天 n 仙女和 s 医生嗑到了吗：时隔半个月，终于再次嗑到了！！！上天注定仙女要为 s 医生保持身心纯洁！这是什么天定缘分！

与此同时，商屿墨已经踏上了前往 F 国的飞机。这次是对某个偏远小国家进行为期一个月的医疗救援。

陆特助送走自家老板之后，默默取消了前往南城的航班。

这段时间，宁迦漾专心拍戏，偶尔会请假一两天录制那档真人秀节目。

大概是因为宁迦漾努力搞事业，粉丝们都能看到，知道她没有沉迷恋爱，粉丝们坦然了许多。

《浪子》剧组按部就班地拍摄，只是蒋导一直没放弃那场亲密戏，偏偏神出鬼没的安总不知道怎么回事，天天待在剧组盯着，让他没机会开拍。

这天，整个剧组前往南城与临城交接的山区内取景，戏中男女主角开着房车，开始了两个人的旅行。

因为这段戏有很多山里的场景，白天晚上都有，所以今天暂时定下要拍一天一夜。

临上大巴之前，副导演皱眉看了看天色："蒋导，天色有点阴，可能会下雨。"

蒋奉尘随意摆摆手："下雨更好，刚好有一场雨中戏，不需要用人工降雨了。"

"万一下大了怎么办？"

蒋导早就做过功课，哼笑了声："南城这个地方，秋天就没下过什么大雨，都

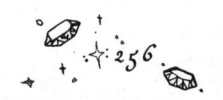

是秋雨绵绵。

"山中听雨，带你们感受一下如梦似幻的雨中美景。"

远处，小鹿吐槽："万一下雨遇到危险怎么办？

"蒋导真是浪漫的幻想主义者。"

宁迦漾正提着裙摆往外走，听后不紧不慢地吩咐："上车吧。"

虽然她平时生活中娇气，但对工作，她也是最敬业的，该做什么便做什么。

几十人的车队带着布景的东西，浩浩荡荡从拍摄基地出发，进入绵延的山脉之中，大抵是天气原因，越往上，越云雾环绕，走到最上面，众人几乎看不清楚几米之外的山路。

幸而他们雇的都是南城本地的司机，比较熟悉山道。

南城十几年没有下过暴雨，所以即便是本地人也没觉得今天上山会有什么问题。

大家却没想到，真被小鹿这个乌鸦嘴说中了。

他们刚刚深入山区时，布景才搭好，还没来得及拍摄，忽然暴雨如注，短短几分钟，雨势愈加大，随即宛如海水倒灌一般倾泻而下。

下一秒，惊叫声伴随着"轰隆"巨响几乎穿透暴雨。

当天新闻报道——

南城二十年一遇的暴雨导致山路塌方，某剧组前去取景，全员被困。

山路被塌方巨石阻挡，暴雨不止，营救难度加大。

救援队伍已经第一时间组织前往，目前伤亡情况未明。

很快，神通广大的网友便抽丝剥茧，扒出取景的正是《浪子》剧组，从导演到演员，以及工作人员，消息全无。

当这个消息一出，微博直接崩了。无论是顾毓轻，还是宁迦漾，都是演艺行业里数一数二的演员。

可想而知这个消息带来的震撼感。

"南城暴雨塌方"热搜词条下，千千万万的网友等着他们回归——

漾漾仙女定然会平安归来！

顾神还要创造"神迹"，怎么可能停在这里，绝对不可能！

仙女一定要平安归来啊！

救援团队已经很努力了，大家等待奇迹发生。

三个小时了。

呜呜呜，千万不要出事。

四个小时了，救援队伍还没有找到人。

因为暴雨一直不停，搜索难度很大很大，而且随时会面临二次塌方的危险，救援队已经在努力了。

二次塌方更危险，尤其暴雨持续不断，可能性很大……

虽然不愿意相信，但是现在只能祈祷会有奇迹发生。

F国。

商屿墨第一时间接到南城暴雨塌方的消息，素来冷静自持的男人的俊美映丽的面容陡然变得苍白，清淡如皓月的眼神不复从容。

陆尧了解自家老板，早就提前订好了机票："现在来不及调私人飞机，刚好有一班前往陵城的客机，还有位子。

"不过只有经济舱，您……"

想到商屿墨的重度洁癖，陆尧也不敢确定。

商屿墨从薄唇溢出冷冷的两个字："订票。"

明明身处在盛夏的沙漠之中，这两个字却让人如坠寒潭，透着深入骨髓的清寒。

挂断与陆尧的电话，商屿墨出发前往机场，路上他不断拨打着宁迦漾的电话，每次都是："您所拨打的电话不在服务区，请稍后再拨……"

司机从反光镜中看着这个奇怪的亚洲人。随着车的行驶，车窗外的风景快速划过，男人沉默地低垂着眼睑，一遍一遍拨打着那个打不通的电话号码，却从没有想过放弃。

司机偶然看到他那双浅褐色的眼瞳时，一层鸡皮疙瘩浮起，这个眼神好吓人！

回国的经济舱内，难得出现商屿墨这样气质与皮相绝佳的乘客，他徐徐进入客舱时，像是突然闯入黑白画卷中的一抹浓烈色彩。

幸而他乘坐的这班航班里只有寥寥几个华人，暂时并未有人认出他。

商屿墨坐在临窗的位子，飞机起飞之前，依旧拨打着电话，想到十几个小时的飞行时间，男人用长指用力抵着眉心。

商屿墨第一次有了后悔情绪，后悔不能第一时间赶到她身边，只能靠这种徒劳无功的方式，拨打着永远接不通的电话。

深夜夜色浓重，起飞后，偌大的客舱内说话声逐渐变小，取而代之的是杂乱的睡觉时的呼噜声，以及孩童吵闹的声音，其中夹杂着各国语言。

飞机穿行在仿佛能吞噬一切的乌云之中，商屿墨侧眸望着窗外，浅色瞳色幽邃如深渊。

他蓦地想起某次做完手术后，一位病人家属跪在手术室外，认真虔诚地抄写着佛经。每写一句，便会默念一声："我佛慈悲，保佑手术顺利。"

当时他漠然地望着那些家属——如果佛祖真能保佑手术顺利，那么要他们这

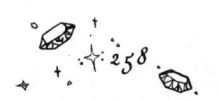

些医生有何用。

而此时,他无比庆幸自己过目不忘,即便是纯粹的唯物主义者,也清晰记得佛经上的每一句话,每一个字。

空姐路过时,男人许久未说话的嗓音嘶哑至极:"帮我多拿几份纸笔,谢谢。"

深夜,大部分乘客都已入睡,唯独经济舱靠近机舱门的那个位子,依稀亮着微弱而昏黄的灯光。

身姿挺拔的男人端坐在椅子上,用长指握着笔,清隽面容沉静淡漠,认真默写着祈福的佛经。

整整一夜,写完一卷又一卷。明明写着让人心绪平静的佛经,偏偏男人书写速度越来越快,字迹越来越凌乱,从洒脱的行书变成了龙飞凤舞的草书。

忽然商屿墨冷白的手指用力,用几乎折断笔杆的力道,一字一句写下:

若是世间真有佛祖,唯愿庇佑吾妻平安。

机舱光线暗淡,空姐走过,一张带着墨痕的薄纸在半空中打了个旋儿,缓缓落在过道深灰色的地毯上。

纸张正面朝上,那两行力透纸背的字迹清晰可见。

右后方醒来正在摆弄相机的华人摄影师猝然看到熟悉的汉字,还是这样行云流水的字,眼底划过惊讶之色,下意识举起相机,不经意连带着俯身捡起那张薄纸的男人侧影也拍进了镜头。

摄影师发怔间,俊美清隽的男人已经重新坐回去,仪态端方,垂眸书写经文,淡漠眉眼隐隐带着几分虔诚之色,与周围歪靠、斜倚等各种舒服坐姿的乘客形成鲜明对比。

这幕过分独特,摄影师重新拿起相机,再次拍了一张。

商屿墨眼睫低垂,手持着笔,沉静至极,只有这样不断地默写经文,才能度过漫长的飞行时间。

陆尧接到商屿墨时,迎面接过一堆纸卷,一卷一卷,用麻绳系着,足足有两大袋。

他认得出商屿墨的笔迹,几秒后,蓦然反应过来,陆尧深吸一口气,小心翼翼将这些经文收起来,希望真的能保佑太太平安无事。

"现在是什么情况?"

商屿墨嗓音比之前还要哑。十几个小时不眠不休,甚至连口水都没有碰过,形状完美的薄唇此刻隐隐有些干,他却像是无所察觉。

路上,陆尧将南城塌方的情况全部说明。

"目前雨已经停了,按照您登机前说的,我派人去找了您母亲,调集了最先进的信号探测设备,用于搜寻幸存者。"

商屿墨眉头蹙起,对"幸存者"这三个字感到非常不悦,眼神清冷:"找到了吗?"

陆尧有内部消息:"虽然新闻上还没有公开,但已经初步确定了幸存者的位置,他们运气比较好,恰好拍摄布景的地方靠近山洞,下雨时,他们进入山洞避雨,后来山脉塌方,将山洞出口堵死了,没有伤亡,太太百分之九十九可能平安无事,您可以放心。"

放心?距离塌方已经十几个小时。她那么娇气,即便没有受伤,但暴雨过后,山洞阴冷潮湿,也极容易生病。

看到塌方的现场照片,商屿墨心脏像是被什么攥紧了,嗓音压得极低:"我要的是她百分之百安全无恙,毫发无损。"

陆尧:百分之九十九的可能性,其实已经证明太太平安无事,偏偏老板连一丁点风险都不愿承受。

商屿墨自从到了科学院,从来没有要求过什么,这是第一次,他要求亲自深入塌方现场。

院长坚决不同意,在电话里果断拒绝:"屿墨,你身为医生,心怀慈悲,想要救人之心我很明白,但那边的情况我了解过,虽然暴雨停了,但不代表危机解除,非常可能持续塌方。

"你的安危是关系整个医学界的,我绝对不可能看着你冒险。

"至于你,切不要为了一时慈悲之心,让自己身陷险境。"

商屿墨遥遥望着蔚蓝的天空,一架军绿色的直升机映入眼帘,院长还在试图说服他。

忽然,手机听筒里夹杂着噪乱轰隆的直升机降落声,院长清清楚楚听到他近乎凉薄的话语。

商屿墨薄唇微启,声音又轻又静:"我无慈悲之心,亦无救济苍生之心。"

伴随着他登上直升机,电话戛然而止,院长气得吹胡子:"没有慈悲之心,没有救济苍生之心,为什么要冒着生命危险深入塌方内部?!"

真是气死他了,总不能是年纪轻轻想寻死吧?

南城郊外,山路绵延,唯一的出入口被众多从山上滑下来的巨石堵住,外侧皆是救援车与救援人员。

然而由于地势险峻,加上水深路滑,救援难度并没有伴随着雨停而降低。

营救过程中，救援队不敢用大型机器挪动巨石，一旦引起再次塌方，山上巨石持续滚落，不单单里面的人有危险，就连深入中心的救援团队亦是危险重重。

剧组所在的山洞十分潮湿，近乎密闭，他们看不到外面的救援过程，不断有巨石滚落的声音，让人心惊胆战。

大家挤在一起取暖，有个女场务眼睛红红，哭着说："我们不会死在这里吧？"

如今十几个小时过去，他们还没有见到阳光，其他人眼神亦是惶惶不安。

避雨仓促，大家甚至都没有带吃喝用品，如今巨石将山洞堵得严严实实，没办法送任何东西进来。饥饿与寒冷，足以逼疯每个人。

顾毓轻轻声安抚大家："不会的，你们听，外面是救援人员努力的声音，我们也要坚持下去。"

宁迦漾倒在小鹿肩膀上，脑子昏昏沉沉，格外想睡觉，可每次睡着了，都会被冷醒。

小鹿环抱住她的肩膀，特别懊恼自己的乌鸦嘴，没想到真的出事了，带着哭腔："姐，你别睡了，万一生病怎么办？"

"嗯。"宁迦漾软软地应了声，眼皮却很不听话。

这时，已经写完遗书的副导演忽然道："你们谁要写？"

大家都不吭声了，副导演给他们每个人发了一张纸，笔轮流用。

宁迦漾看着被撕下来的潮湿的笔记本纸页，眼神有点恍惚，依旧还有不现实的感觉——真的会死吗？

宁迦漾脑海中第一个浮现出来的人影居然是商屿墨。如果她死了，他会为她伤心吗？

随即，宁迦漾泛白的唇瓣勾起。她在胡思乱想什么，有情感缺失症的人，像是没有心，又怎么会伤心。

没等她接到笔，忽然外面传来欢呼声："开了开了！"

"里面的人在吗？！"

"在！"副导演率先跑到洞口，对着开了一条缝隙的石头喊道。

从缝隙中清晰看到外面穿着橙色救援服的救援队员，大家顿时生出劫后余生之感。

很快，洞外比较窄小的石头被挪动，露出更大的口子，大家屏气凝神，生怕山石再度滚落。

顺着洞口，大家排着队在救援队员的帮助下，一一走出山洞。

不过很快，密密麻麻的小雨忽然从天而落，而且有变大的趋势，救援队员连忙大喊："动作快点，要下大雨了！"

如果暴雨再次侵袭，救援会更加艰难。

与此同时，一个身着衬衣西裤，外披白大褂，眉目俱是矜贵自持的男人从直升机上下来。漫天暴雨之中，他恍若徐徐走来的贵公子，又恍若高高在上的神仙下凡，拯救苍生。

身边跟着的保镖狼狈追赶着帮他打伞，可见这位"神仙"有多急多快。

宁迦漾一身红色薄绸连衣裙格外显眼，裙子后背是镂空设计，即便大雨都掩不住她肤白貌美，是废墟中最醒目的存在。

她正踩着巨石准备下去，谁知刚走到一半，脚下因雨水打滑，她一个趔趄没站稳，蓦地滑了下去。

巨石之下有个救援人员踩出来的极深泥坑，宁迦漾膝盖一软，跪倒在泥地里，露在外面的肌肤亦沾上泥痕，原本在雨中美貌惊人的女明星刹那间滚落泥地，变成小泥人。

宁迦漾又被溅起的雨水呛了个正着，溺毙感猛然来临。就在这一瞬间，一双修长冷白的大手把她从满是污泥的坑里拉出来，男人干净如玉的手指瞬间沾上泥污。

大雨滂沱，宁迦漾视野模糊不清，本能地伸手抓住了这根救命稻草。她努力呼吸，除了潮湿的雨水，隐约闻到了极为熟悉的冷杉尾调香。

仰头望向来人，宁迦漾一双乌黑灵动的桃花眸陡然睁大，带上不可置信——她是知道商屿墨在国外出差的。

现在，本应远在近万里之外的男人突兀地出现在危险重重的坍塌现场。

素来洁癖的男人，此时身上的白大褂被倾泻而下的雨水浇得湿透，乌黑短卷发亦是湿漉漉地贴在额头，俊美面容多了几分苍白。

那双被誉为医学界最宝贵的"神仙手"，把她从泥地里拉出来，上面布满了伤痕与淤泥。

她双唇轻颤，缓缓从唇齿之间溢出这个不可思议的名字："商、屿、墨。"

商屿墨被她用力握着手腕，薄唇紧抿，被雨水打湿的眼睫低垂，入目的是宁迦漾那张溅上泥污的漂亮脸蛋。在满是巨石嶙峋的地方，雨中的少女像是一个精致雪白的瓷娃娃，却沾了薄泥，乌发贴在隐隐被雨水洗去泥泞的雪白脸颊上，湿润睫毛上抬，透着让人心疼的破碎。

听到她喃喃不信的声音，男人气息冷滞，像是灵魂被重重敲击过。矜贵自持的男人俯身，小心地将泥水里的少女打横抱起来，完全不顾自己被她红裙上的污泥蹭到。

商屿墨身姿挺拔修长，从容淡漠地离开了这满是泥泞的坍塌废墟之地，他眼里、心里，仿佛都只有怀中的红裙少女。

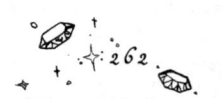

宁迦漾红裙上的污泥被大雨冲刷，裙摆飞向男人雪白湿漉的衣袖，而他们身后，一块巨石蓦地从山上滚落，砸进了方才宁迦漾待过的泥坑里。危险从未消失。

他逆着人群而来，从险境之中救回了他的小泥人，商屿墨没有回头，手臂却用力抱紧了她。

宁迦漾贴在他胸口，清晰听到男人紊乱至极的心跳声，感受到他传递到自己身上的温度，有那么一瞬间，那些自己曾经过分在意的事情，失去了意义。

白茫茫的天地之间，仿佛只剩下他们两人。

再次坍塌之前，救援人员成功将所有人救了出来，此时大家坐在救援车上，愣愣地望着这幕。

蒋奉尘皱眉："这谁啊，就让他把宁老师带走？"

脑海中顿时浮现出安总的话，难道是安总说的那位？未免太年轻了吧！

雨势极大，周围皆是雾蒙蒙的一片，他们都没看清楚商屿墨的长相，眼里只余下那殷红色裙摆与白大褂在半空中交缠的画面。

小鹿裹着张毯子，哆哆嗦嗦道："她男人。"

呜呜呜，"养鱼"粉丝又站起来了！

商医生真的太帅了！要不是手机没电，这里也没信号，她真想拍照发到微博小号，记录下这一幕！

随时跟拍的新闻记者记录下雨中这一幕：乌团似的云海翻滚肆虐，暴雨如注，冲刷着摇摇欲坠的山脉巨石，漫天雨帘之下，身着白大褂的男人身姿挺拔，双手横抱着红裙的昳丽少女，缓缓从塌方废墟的险境中离开。

虽是背影，甚至只能隔着蒙蒙的雨水隐约看清两人的身形，偏偏这情景看哭了无数网友——

呜呜呜，"险境之中，你从未放弃过我"，哭了。

这张照片真的可以封神了。

啊啊啊啊啊，这是漾漾仙女啊！被困之前，小鹿发过一张她在车上的照片，就是红裙！

天哪，仙女平安无事？

快看，官方新闻发布最新进展了：全员得救，没有伤亡！

世界上最美的情话：没有伤亡。

这句话太好哭了！

果然是漾漾仙女，真的平安无事，我就知道仙女是有仙术护体的！

我要给救仙女出来的这位白衣天使寄锦旗！

虽然这个时候嗑糖不太好，但你们有没有觉得，这张照片中的两人超般配……

南城暴雨塌方事件全员救援成功，这张照片也成了媒体的转发必备图，各大平台开屏及头条大图也用了这张。

不单单某个粉丝察觉到了两个人的般配，那些嗅觉灵敏的媒体更是一眼看出了端倪。

这不是普通的救援照片，偶像剧都没这么拍的。

网上各种言论都有，但大部分都是对于他们剧组劫后余生的祝福。

浪花城堡主卧浴室内热气袅袅，白雾迷离。

宁迦漾无力地趴在宽大的浴缸边缘，任由站在浴缸旁的男人用花洒给她冲洗着乌黑顺滑的发丝。

男人指腹微热，缓慢而温柔地顺着水流的方向按摩她的头皮。

"别睡，手抬起来。"见她睫毛垂着，昏昏欲睡，商屿墨平静磁性的嗓音响起，隐隐带着点嘶哑。

宁迦漾下意识按照他的话抬手，而后被抱出了浴缸。水珠顺着她细腻的皮肤如数溅落回去，发出细微的声响。

商屿墨拿起旁边宽大的浴巾裹住她，像是对待易碎的瓷器，用布料吸干水分，没有伤到雪白娇嫩的皮肤一丝一毫，浑不在意自己身上依旧潮湿的衬衣、西裤。

浴室光线炽亮若白昼，宁迦漾懒懒睁开双眸时，入目的便是男人身上湿透的白色衬衣。

薄薄的布料几近透明，贴在腰腹上，漂亮完美的肌肉轮廓清晰可见。

宁迦漾刚看了几秒，忽然眼前一片白茫茫。

"闭眼。"随着商屿墨偏轻的声音响起，用宽大的浴巾盖在她头顶，蓦地挡住了宁迦漾的视线。隔着微潮的布料，她清晰感受到男人掌心覆在发顶的温度。

随后商屿墨轻轻擦拭着她的发丝，宁迦漾下意识闭眼，卷翘湿漉的睫毛微抖。

宁迦漾整个人没什么精神，他说什么，她便乖乖做什么。

直到商屿墨将宁迦漾抱回柔软的床上，刚打算去浴室处理一下自己身上湿透的衣服，却见她虽然闭着眼睛，白皙干净的指尖依旧牵着他的衣角。

商屿墨知道她这是没有安全感的表现，呼吸凝滞几秒，商屿墨声音压低："我去洗澡，十分钟后回来。"

也不知道宁迦漾有没有听到，片刻后，她指尖轻轻松开，转了个身背对着床沿。

商屿墨看着女人纤薄的背影，没急着离开，反而抽出床头的纸巾，慢条斯理地掰开她手指，擦拭因攥自己衣角而残留的潮湿水迹。

擦完之后，商屿墨看似不急不慢地进了浴室。

宁迦漾没睡着，能清晰感受到他的细致贴心，心脏像是被暖化了，什么录音，什么情感缺失症，都比不上他在泥泞中朝她伸出的那双手。

躺在温暖柔软的被窝里，宁迦漾思绪逐渐飘忽，不知道过了多久，纤细腰肢忽然被一双修长有力的手臂环着，抱着她坐起来，清淡好闻的粥香扑面而来。

宁迦漾呼吸间有男人身上熟悉清冽的气息，她眼眸半闭半合，启唇含住勺子里不冷不热、入口即化的燕窝粥。

卧室主灯熄灭，仅开了盏光线柔黄的壁灯，床上相拥的影子映在冷色调的墙壁上，却因为男人亲手喂食的动作而添了缱绻之意。

商屿墨换了身触手柔滑的睡袍——宁迦漾皮肤又薄又嫩，贴着他身上的布料，可以靠得更舒服。

商屿墨喂完粥后又将温度刚好的白开水给她漱口，一切都没假手于人，来送药膏的管家都搭不上手。

被困十几个小时，宁迦漾身上除了不小心摔下来时在膝盖上留下的那两块瘀青，并没有其他的外伤。

商屿墨掀开半边薄被，露出宁迦漾两条纤白漂亮的长腿，用微凉的指尖轻轻触碰淡紫色的瘀青，却见她白皙的小腿瑟缩了下。

半睡半醒的宁迦漾意识模糊地张了张红唇，溢出拉长语调的单音节："疼……"

商屿墨扣住她的脚踝："很快就好。"

宁迦漾膝盖上的瘀青面积不大，也没有伤口，瘀血揉散了会好得快。她无力地挣扎着，胡乱伸手去够他的指尖，格外娇气缠人："不要揉……"

商屿墨长指顿住，再也下不了手，倒是女管家道："先生，要不我来吧，您抱着太太。"

望着她雪白肌肤上那刺眼至极的青紫痕迹，商屿墨轻轻吐息了几下，转而将人拦腰抱在怀里，掌心托住她的腿弯。

宁迦漾痛觉极为敏锐，被按了几下，便疼得用贝齿紧咬着下唇，额间都冒出晶莹的薄汗。

商屿墨干净的手指抵住她的唇齿，随即薄唇覆在她紧蹙起的眉头上轻碰了下，嗓音越发低哑："别咬唇，乖。"

宁迦漾无意识咬住抵在她齿间那根白皙如玉的手指。商屿墨却像是没有痛感，神色变都未变，冷静地指导管家如何上药才能让宁迦漾既没那么疼，又能化开瘀青。

管家动作干脆利索，再加上有专业医生的指导，更是事半功倍，很快便上好了药。

商屿墨怀里的少女已经软绵绵地顺着他的胸口往下滑。她皮肤极滑，尤其又出了身薄汗，商屿墨揽了好几下，才重新将她抱入怀中，拿着女管家递来的柔软毛巾，简单给她擦了擦。

宁迦漾钻进被子里，还迷迷糊糊想：这个洁癖狂居然没有把她再丢回浴室洗一遍。

看宁迦漾睡着后，管家压低了声音道："您别忘了给您的几位长辈回电话。"

"嗯。"商屿墨望着宁迦漾的睡颜，给她掖了掖被子，语调恢复往日冷静淡漠。

管家不再多言，转而离开主卧，房间重新陷入静谧。

宁家父母远在南极度假，接收消息迟缓，没想到自家女儿居然遇到了这么大的事情，正连夜赶回国。

商屿墨倚靠在床头，给长辈们群发了消息，这才熄灭了仅存的一盏灯光。

偌大的房间陷入黑暗，商屿墨刚躺下，怀里忽然钻进来一个馥郁香软的身躯。他手臂肌肉微僵了瞬，才缓缓将她揽入怀中。

宁迦漾用力抱他，指尖去摸着寻找那被自己咬过的手指，虽然很困，但还是喃喃道："我都准备写遗书了呢。"

商屿墨贴着她肌肤的长指陡然收紧，薄唇蓦地咬住她的唇瓣，宛如沉睡的猫科动物苏醒过来，带着极强的侵略性，凶猛妄为至极。

短短几十秒，却仿佛过了许久许久。宁迦漾呼吸急促，眼睫抬起，混混沌沌的脑子逐渐清醒过来："你是不是打算先救我出来，再憋死我！"

男人从揽着她，变成了手臂撑在她脸颊两侧的姿势。呼吸交汇，他就那么静静地望着她那双依旧灵动、水色潋滟的桃花眸。

商屿墨无法想象她写遗书的画面，更无法想象，如果没有奇迹出现。

商屿墨想到了自己彻夜写的那些佛经，他宁愿相信——世间真有佛祖，会永远庇佑他的太太。

直到肌肤相贴，听到彼此心跳的声音以及呼吸的声音，两人同时有了真实的感觉。

南城的深夜，外面依旧是乌压压的暗云翻涌，宁迦漾听着噼里啪啦的暴雨声音，此时她没有在冰冷又潮湿的山洞内，而是在男人炽热的怀抱里，一点都不冷。

这场侵袭而来的暴雨仿佛积蓄了许久，如今终于逮到了机会，肆意挥洒着所有力量。

宁迦漾不小心碰到他手腕上垂落的那颗小小老虎形状的玉珠。迷糊之间，她脑海中浮现一个念头：早知道他这么喜欢这只小玉虎，当时雕刻的时候就再用心点了。

男人微哑的声音响起:"专心。"宁迦漾指尖忽然用力,本能地攥住了小玉虎。

凌晨三点,这场雨才将将歇下。

商屿墨望着躺在床上眉眼慵懒餍足的漂亮女人,薄唇微微抿起浅浅弧度,长指想要触碰她微颤的睫毛,却被挥开了手。

宁迦漾更困了,用薄薄的被子将自己裹起来,闷声闷气:"伺候得不错,下次别来了。"

几分钟后,宁迦漾呼吸逐渐均匀,累极而眠。商屿墨即便已经将近两天两夜未眠,此时依旧毫无睡意。

落地窗外,黑压压的云团逐渐散尽,露出久违的月亮。

开了盏昏暗台灯的落地窗茶几旁,男人跪坐在垫子上,过分绮丽的五官在昏黄摇曳的灯影下,蒙上了层薄薄的云雾,衬出了几分淡漠冷情。旁边是上好的笔墨纸砚,墨香与纸香萦绕在空气中,似乎让人心绪都静了。

商屿墨眉目沉静虔诚,工整漂亮的行楷小字跃然纸上,很快一卷佛经便写完。就着微凉月色,男人长指再次翻开一卷,相较于之前近乎龙飞凤舞的字迹,这次写经者明显心绪平静从容许多。

翌日一早,陆特助再次收到一大袋手写佛经,明显还是他们家老板的笔迹。

商屿墨站在主卧门口,用指腹慢条斯理揉着眉心:"你去查查,南城有什么寺庙。"

"您要做什么?"陆尧没忍住,问出口。

商屿墨薄唇溢出平静的两个字:"还愿。"

陆尧满脸蒙。还……什么?愿……什么?一大早出现幻听了?

没等陆尧反应过来,却听到房间内传来女人软软的声音:"商懒懒。"

大概是因为没有安全感,宁迦漾一醒来就找昨晚陪着她的男人。

商屿墨最后落下一句,示意:"拿去寺庙供奉起来。"

陆尧恍恍惚惚:"是……"

而后,门倏地在他眼皮底下关闭,商屿墨毫不留恋,果断回房间哄老婆去了。

陆特助张了张嘴。他还没说重要事情!而后看了眼那重重的一袋子新出炉的经文,长叹了一声。

算了,在老板眼里,现在最重要的大概就是哄老婆。

经过一夜调整,宁迦漾早晨醒来除了腰酸,没别的感觉,又活蹦乱跳了,倒是身体素质比她好的小鹿却感冒了,整个人恹恹的,一晚上用光了两包抽纸。

看着小鹿那红彤彤的鼻子，宁迦漾眼睫轻颤了下，要不是商屿墨，她估计现在也得这样。

　　客厅内，言舒双手合十，念念叨叨："谢天谢地你们平安无事，真是吓死我了！"

　　她这次没跟组，只留下小鹿和几个保镖，却没想到会发生这种意外，差点吓得她猝死。

　　"大难不死必有后福。"

　　当时全网都觉得没有消息，基本是人全没了。没想到，他们居然刚好在山洞避雨，一个伤亡都没有，这是什么好运气。

　　现在全网都在拜《浪子》剧组的所有"锦鲤"，甚至还越传越离谱，看《浪子》电影，就可以蹭"锦鲤"剧组的福气。

　　可想而知，这部戏上映时，会有怎么样的惊天热度。

　　现在脑子灵活的已经开始往剧组塞人了，趁着剧组元气大伤，赶上东风。

　　宁迦漾抿了口管家递过来的甜汤，闲适地靠在沙发上："确实有好运气，可以放假一星期。"

　　言舒：小祖宗的关注点怎么总是跟正常人不一样，现在重点是放假吗！

　　言舒放弃："算了，刚好没事，我方才听陆特助提到南城有个非常准的寺庙，到时候我也带你去拜拜。"

　　没等宁迦漾开口，小鹿擤了鼻涕，嗓子几乎说不出话："那是月老庙。"

Ni

bu guai

第八章

我要你的心

鹿城知名心理咨询诊所里。

女人穿着一袭经典小香风粗花呢套裙，精致的浓妆衬得整个人艳丽无比，此时她低垂着眼睛，正在看那张在网络上传遍了的照片。

旁人认不出，但她能轻易认出宁迦漾和商屿墨。前者她从十几岁在宴会初见后便时时观察，后者是她爱了许多年的男人。

裴灼灼心绪难以平静，抬头看向洛南书，见他正若无其事地拨弄博古架上那个复古钟的指针，压抑着不安与躁郁："洛医生，你不是说他不会爱上任何人吗，那这是什么？"

洛南书转身给她倒了杯水，语气带着让人心情平静的和煦："这只是一张照片，不是吗？"

"既然你确定他得了情感缺失症，就该放心，这样的人一辈子都不会懂爱是什么，又怎么会爱上。"

裴灼灼懂他的意思。她亲耳听到商屿墨与导师的对话，所以非常确定他有情感缺失症。

但是每每爆出来的商屿墨对宁迦漾所做的一切，都让她不安极了。裴灼灼从未见过商屿墨对谁这么好过，她太怕他会爱上宁迦漾。

气质清傲、容颜艳丽的女人看着照片背景里那满是废墟的塌方地点，唇瓣微动："为什么宁迦漾没死在那里呢？"

如果她消失了，那自己的一切担忧都将不存在。

洛南书笑容如沐春风，伸出手掌盖住她的手机："别看，别想，想些开心的过去。"

男人声音仿若带着蛊惑，裴灼灼原本躁郁的心绪逐渐平复下来："开心的事情……"

她最开心的就是过去和商屿墨在同一所学校时，每天都会见到他。

裴灼灼却没想到，在她准备和他告白前夕，从父亲那里得知他即将结婚的消息。双方门当户对，谁都阻止不了。

她的眼神逐渐执拗，喃喃自语："他们只是商业联姻……"

洛南书淡淡地看着她的脸，以及微僵的五官，目光隐隐透着几分悲悯。

浪花城堡，客厅内。

宁迦漾迎接来看望她的蒋导和自家偶像，蒋奉尘一进门，就出其不意道："你住在这里，倒是比老顾还会享受。"

"外面那泳池、草坪真不错，非常适合烧烤。"

噗……从厨房走来的小鹿差点没端稳托盘，这么浪漫的地方搞烟熏火燎的烧烤？

塌方前那个听雨的浪漫主义蒋导去哪儿了！

管家扶了托盘一把："我来吧。"而后接过放着几杯咖啡的托盘，稳稳地走到客厅茶几旁，又迅速端正地摆放整齐，不卑不亢道："请慢用。"

一系列熟稔的动作，看得出来专业管家与小鹿这个兼职的天差地别。

"谢谢。"顾毓轻客气道，无意般多看了眼这里训练有素的管家与保姆，微微垂眸，若有所思。

宁迦漾在偶像面前，向来坐姿端庄，也没懒洋洋地窝着，非常大方："顾老师想要烧烤的话，我倒是可以同意。"

蒋奉尘酸了："还是我们老顾面子大啊。"

"顾老师是'白月光'男神，蒋导，我劝你不要自取其辱哦。"宁迦漾调侃道。

蒋导是那种"爱之欲其生，恶之欲其死"的性子，若是入了他的眼，私下极好相处，并没有传说中那般妖魔化。

顾毓轻洞察力强，看出来这里并不是什么普通女明星可以拥有的地方，自然不会顺势答应，只岔开话题："这几天好好休息，复拍后就没假期了，专心拍戏。"

宁迦漾点头保证："我绝对不会拖后腿。"

蒋导戏谑："你确定？"

"要不到时候先拍场亲密戏给你们找找感觉？"

话音刚落，没等宁迦漾开口，忽然，楼梯那边传来脚步声，不轻不重，熟悉至极。

宁迦漾蓦然反应过来，跟两位客人说了句"失陪"后，便提着裙摆跑上楼，跟刚才精致优雅的女明星判若两人。

此刻的她像是被突然注入了灵魂，灵动极了。

蒋奉尘忍不住八卦之心，想扭头去看，相较而言，顾毓轻淡定喝咖啡的动作格外显眼。

蒋奉尘问他："你就不好奇？"

顾毓轻："不。"

271

他大概猜到了，全世界能有几个年轻医生有本事空降塌方现场不被阻拦，还有本事将玫瑰庄园变浪花城堡。

顾毓轻唇角翘起，同住隔壁，他最清楚，这座浪花城堡是怎么一点一点在短短几个月内成型的。

"无趣。"蒋奉尘自诩聪明，但每次在顾毓轻面前，总觉得自己是个傻子，完全看不穿他的想法。

旋转楼梯上侧，商屿墨站在楼梯上，将客厅所有场景收入眼底，但客厅里的人却看不到他。

宁迦漾三两步冲上来，直接撞到了男人怀里。

"毛毛躁躁。"商屿墨随手把她抱到比自己高一个台阶的位置，用指腹揉着女人疑似撞疼的鼻尖，"急什么？"

宁迦漾习惯了他的温柔，仰头眨了眨眼睛："剧组导演跟男主角来了。"

"所以？"商屿墨薄唇微启，不疾不徐地吐出两个字。

宁迦漾心思几乎写在脸上。商屿墨神色自若，漫不经心道："我长得见不得光？"

你自己长成什么样子，心里没点数？宁迦漾看着商屿墨那张俊美如画的面容，忍不住吐槽。

她最怕蒋导嘴上没个把门的，说出她和顾毓轻拍亲密戏的事情！这不就翻车了吗？！

宁迦漾顿了几秒，水波潋滟的桃花眸无辜地望着他，突然轻轻喊了声："老公。"

她站在比商屿墨高一个台阶的位置，也比商屿墨矮点，想凑到男人耳边说话，于是用细嫩指尖拽着他的领口，微微用力。商屿墨配合地弯腰，让她可以轻松地在自己耳边说话。

商屿墨想听听商太太还能编出什么鬼话。

果然，商太太没有让他失望，商屿墨似笑非笑地看向她，没急着回屋。

宁迦漾额头都快要冒汗了，生怕下面万一什么时候有人上来，尤其是蒋导，唯恐天下不乱。

他们是贵客，管家也不好阻拦。

下一刻，商屿墨眼底划过一丝意外，薄唇被印了软软的"仙女亲亲"，而后被宁迦漾推着往房间里走："你再去睡一会儿，饿的话，我让管家给你送吃的。"

商屿墨当作没看到她又白又嫩的耳根上那抹绯色，在进房间之前，忽然在她耳侧低声道："商太太。"

"你像不像在金屋藏娇。"

仙女无语：什么金屋藏娇，分明是金屋藏小懒猫！为了哄他听话，忍了！

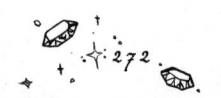

宁迦漾控制住表情，嗓音又甜又软："好好好，快进去吧，商娇娇。"

她内心：睡到下午才醒，真没愧对他商懒懒的小名。

半小时后，宁迦漾有惊无险地送走了两位贵客——今天又是没有被揭穿的一天呢。

从那天开始，宁迦漾天天眼巴巴盼望着商屿墨离开南城，以免自己突然被揭穿，实在是太不安全了。

她只是想安静低调地拍个戏而已，为什么要迎来这尊"大佛"坐镇。

第二天。宁迦漾早早起床准备看剧本琢磨人物，却发现某人懒散地窝在床上继续睡觉，气不打一处来。

这种自己很忙，枕边人却很悠闲的对比，让人心里格外不平衡！

"你不忙吗？"

"病人都不找你吗？"

"没有棘手的手术吗？"

"最近研究新课题了吗？"

宁迦漾趴在床沿，用细白指尖钩了一下他乌黑卷曲的额发，小嘴不停地说，最后总结："好多人等着您这位医学界'宝藏'去拯救啊！"还不赶紧去上班。

商屿墨最近大白天总是睡不醒的样子，要不是他晚上陪自己一起睡，宁迦漾真怀疑他是不是偷鸡摸狗去了。

商屿墨半眯起眼眸，伸手握住她细而精致的手腕，往床上一拉，嗓音倦怠："别说话。"

宁迦漾："啧……"

"五天了，你还不回去上班？"

自从结婚后，她就没见商屿墨休息这么长时间。商屿墨眼睛都没睁开，拉高被子盖住自己，言简意赅："休年假。"

"多久？"

"两个月。"

"带薪？"

"嗯。"

宁迦漾秀气的眉头蹙了蹙，表情怀疑——带薪假期一休就是两个月？不是产假才有这个待遇吗？！

她双眸默默移向床上存在感极强的身影，用力推了他一下："你骗谁呢？！"

"你又不是怀孕休产假，哪有年假放两个月！"欺负她没上过班是吧！

然而宁迦漾没听到回答，掀开被子，她才发现，他居然又睡着了。

男人睡姿极好，双眸合着，睫毛几乎与额前小卷毛纠缠在一起，少了几分清醒时的理智冷漠，眉眼之间多了秀逸的少年感，让人不忍心吵醒。

宁迦漾看了他几秒，最后还是无奈放弃，刚打算给"小卷毛"盖上被子，让他继续睡。

等等，产假？怀孕？宁迦漾像是想到什么，猝然睁大眼睛："啊啊啊！这几天我们没做措施！"

"商屿墨！"

乍然听到宁迦漾的话，商屿墨只是抬起了手。朝阳撞破蔚蓝色的天幕，沿着敞开的窗帘，照到大床上那用手腕挡着眼睛的男人身上。

男人的手腕线条绝佳，处处透着矜贵，淡金色的光线恰到好处地衬得他骨节处都有如玉般好看的光泽，任何配饰都像极了累赘。

偏偏此时他肤色冷白的手腕上缠了一条艳丽至极的红绳，垂下来颗雕工稚嫩的圆润小玉虎。

原本高高在上，出淤泥而不染的谪仙，顷刻间染遍红尘烟火气。

宁迦漾望着商屿墨无动于衷的样子，气得踹他一脚："我说我怀孕了！"

行动灵敏，活蹦乱跳，跟孕妇没有半毛钱关系。

半晌，男人喑哑的嗓音终于响起："商太太。"

"干吗？"宁迦漾漂亮脸蛋上面无表情，正用手机搜索航班，"别打扰我带娃跑。"

带娃跑？她哪儿来的娃？

商屿墨静默两秒，依旧保持之前的姿势，徐徐道："书架从下往上数第五排，从左往右数第六本。"略顿了下，他语调越发懒散地补充，"仔细看看第一百二十八页第三段。

"补补常识。"

什么意思？宁迦漾敲手机的指尖顿了几秒。

商屿墨讽刺她？嫌她读书少？

宁迦漾见他居然又睡了，深吸一口气。算了，仙女冷静，不要跟一只懒洋洋的猫科动物计较。

拎着剧本离开房间之前，宁迦漾给他拍了张侧颜照片，然后当作他的来电显示头像，并且修改备注：卷毛小懒猫！

顺便把微信备注也改了——欠债的卷毛小懒猫。

说他是"卷毛小坏狗"真的抬举了，这位配不上温顺勤快的犬科动物，就是一只高傲又嗜睡的大型猫科动物！她之前不了解这位的脾性。

宁迦漾用力揉了下他额间翘起的小卷毛，转身快速跑路，生怕被他逮回床上。

城堡书房在二楼，虽然并不是久居之地，但藏书依旧众多，办公桌后的整面墙壁上是深蓝色的触顶书柜，边缘雕刻着浪花纹样，细节满满。

靠外墙体用的是单向玻璃，类似于之前度假小岛别墅的设计，能清晰看到城堡外池水清澈，草坪繁花盛放，景色绝佳，安静极了，很适合办公阅读。

宁迦漾正儿八经地坐在办公椅上看剧本，没想到看了几页就开始走神，总惦记着商屿墨说的那本书，红唇抿了抿，嘀咕了句："不会是装模作样骗我的吧？"

他来浪花城堡才几天，怎么可能对这里的书了若指掌得精确到页数。

宁迦漾决定"打脸"，果断将剧本一推，从椅子上起身，仰头看向书架："往上数第五排，从左到右第六本。"

宁迦漾的细白指尖陡然顿在那个厚厚的黄色书脊上，偌大的黑色书名通俗易懂——《中医妇产论》。

居然还真是关于怀孕的书。商屿墨的记忆力太强大了吧。

宁迦漾顿时来了兴趣，抽出这本几乎把她手腕都能压弯的书，找到第一百二十八页第三段。

映入眼帘的一段话，上书："受孕前提……月事正常……适时结合，方能有孕。"

宁迦漾一时之间没看懂，皱着秀气的眉再次读了几遍这拗口的话，不想承认自己看不懂。

直到，某种熟悉的感觉忽然从小腹涌下，她黑白分明的眼眸蓦然收缩，终于反应过来。

难怪臭男人这两天那么嚣张啊，笃定她不会怀孕，宁迦漾把手里那本《中医妇产论》丢回书桌上。

什么"适时结合，方能有孕"？直接说她"经期临近，几乎不可能怀孕"这种人话很难吗？

等她去洗手间处理好后下楼时，恰好遇到端着红糖姜茶上来的女管家。宁迦漾桃花眸闪过意外，表情几乎写在脸上，女管家恭恭敬敬地解释道："先生昨晚让厨房备下的。"

宁迦漾沉吟几秒，表情严肃地思考过后，得出结论——所以，商屿墨这只卷毛小懒猫怕不是除了医术，还能掐会算吧，不然怎么这么笃定她今天来月事。

接过瓷白的小碗，宁迦漾垂眸抿了口又甜又辣的红糖姜茶，袅袅雾气濡湿了她的睫毛，衬得她美艳招摇的眉眼娴静下来。

宁迦漾心情复杂：有这样的老公在，仙女以后怕不是什么隐私都没有了！惆怅……

所以临复拍之前，言舒提议去庙里拜拜，宁迦漾点头同意，都是神仙，月老除了红线的事，应该也能管管其他业务吧。

这天清晨，黑白两辆商务车前后离开浪花城堡，没人注意到树后闪光灯一闪而过。

白色商务车内，小鹿问道："姐，来月老庙，你怎么不喊着商医生？"

"喊什么喊，人家忙着呢。"

宁迦漾哼笑了声，今天起床就没见着最近天天赖床的商某人。

他要么天天睡觉，要么不见人影，跟猫科动物习性一模一样。

这段时间，小鹿与宁迦漾、商屿墨同住浪花城堡，小鹿简直吃饱了"养鱼"的粮，她小号最近更新极为频繁。

例如，昨天发的——

今天n仙女和s医生嗑到了吗：嗑到了！仙女看"书"累了，躺在那里眼巴巴看着s医生，一句话都没说，s医生秒懂仙女意思，直接单手把她抱上楼，单手啊！这臂力！这腰力！

再例如前天发的——

今天n仙女和s医生嗑到了吗：嗑到了！仙女膝盖受伤上药怕疼，s医生就把她搂在怀里盖住眼睛，让人上药，仙女喊疼的时候，s医生那眼神，我发誓——他绝对是心、疼、了！

类似这样的微博还有许多，这些小段子，简直让人嗑得上头。

小鹿此时听宁迦漾略带嘲弄的笑都能品出甜味，于是，小鹿偷偷摸摸地拿出手机，继续敲——

今天n仙女和s医生嗑到了吗：嗑到了！仙女背着s医生来月老庙求姻缘啦！希望月老能把他们的红线系得死死的，再打一万个结！

发完之后，小鹿抬起眼睛，余光瞥向窗外时，惊了下："咦，那好像是陆特助的车？"

她这几天经常看到陆特助开这辆车出没在城堡附近，等宁迦漾懒洋洋地抬眸去看时，黑色商务车已经扬长而去。

小鹿嘟囔："商医生不会也来月老庙了吧？"

宁迦漾捏着玉兔珠串的指尖微微用力，懒得胡思乱想，直接给商屿墨发了条微信："你在哪儿？"

半小时前。

商屿墨站在月老庙下，薄唇透着凉淡寒意："陆特助，哪位神仙告诉你，佛经放在月老庙供奉？"

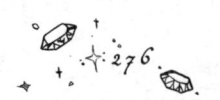

陆特助知道自己搞错了，灵机一动："电视剧不是说仙佛一家嘛，南城这座月老庙香火特别旺盛！"

"您看这些还愿的喜饼，都堆满了！"

"要不您顺便去求个红线，保佑您和太太百年好合、长长久久。"

商屿墨浅褐色的眼瞳沉静，静静地看着这座不算大的月老庙。

商屿墨不说话，陆特助额头汗珠越来越多。他哪知道这最旺盛的寺庙居然是月老庙啊！还带商屿墨来这里还愿。

原以为商屿墨会不悦离开，却没想到，他脚步一转，竟然真进了这庙。

"哎，"陆尧拎着几袋子手写佛经跟上，"您……"

没等他说完，商屿墨一如既往清清冷冷的声音传来："来都来了。"

陆尧：这可真是个好借口，求就求了，还来都来了。

等到再次出来时，商屿墨神色自若，倒是陆尧累得不轻，刚才趁着商屿墨进了月老庙，跑去找庙里的工作人员。

得知陆尧来供奉佛经，工作人员表情十分古怪，最后沉默许久，还是收了一卷。

陆尧拎着剩下的佛经，气喘吁吁道："要不剩下的这些佛经送到慈悲寺供奉吧，北城慈悲寺是千年古寺，据说里面都是真正的大师，如今慈悲寺避世已久，只接待有缘人。"

"我觉得您肯定是有缘人！"浑身上下透着功德金光的医生要是无缘，那谁才有缘。

商屿墨薄唇微启，轻声应了："好。"

千年古寺，佛门圣地，总算不是月老庙。

上车后，安静的私人手机陡然振动了下。

商屿墨随意靠在车椅上，正准备开视频会议——陵城医院一个病患突发疾病，需要各科室开会讨论治疗方案。

陆尧正在调整笔记本电脑视频："老板，可以了。"

几秒后，陆尧没听到回答，以为商屿墨又睡着了，下意识看过去，入目的便是亮起屏幕上显示的"小浪花"备注。他立刻收回视线，自言自语："太太查岗呀。"

查岗？这个词倒是新鲜。

商屿墨活学活用——

Sym："查岗？"

小浪花："说人话！"

Sym："医院视频会议。"

宁迦漾看着这六个字，睫毛轻颤了下，差点被小鹿带歪——商屿墨怎么可能来月老庙。

她原本想要按灭手机,不再回复,聊天屏幕上忽然闪出一条新消息:"你呢?"

宁迦漾红唇错愕地微张,这是商屿墨首次接她话呢。

他们即将抵达月老庙,宁迦漾慢条斯理地敲上四个字。

小浪花漾呀漾:"求神拜佛。"

…………

宁迦漾虽然到最后也没拜,但还是进去溜达了一圈,长长见识。她还是第一次来月老庙呢。

小鹿去求了根红线绑在自己手腕上,然后问:"姐,你真不去求姻缘呀?"

"非常准。"

顺着她的示意,宁迦漾看到案桌上那高高摞起的还愿喜饼,润泽如花瓣的双唇轻抿了下。

想到商屿墨,她略一迟疑,黑色渔夫帽帽檐下的眼睫低垂,最后还是摇摇头:"不了。"

姻缘不是求来的。

从月老庙出来,刚刚上车,习惯性刷微博的小鹿第一时间发现宁迦漾又上热搜了!

"姐,快看!你被拍了!"

"天哪,这些狗仔真是无孔不入。"

她们已经这么小心低调了,居然还会被拍!宁迦漾漫不经心地斜倚在座椅上,及踝的黑色吊带长裙荡起撩人的弧度,莹润如珠的小脚在浅棕色毛茸茸的拖鞋内若隐若现,即便是这样散漫的姿态依旧掩不住宁迦漾的美丽精致。

若不是商医生说过因为她的膝盖,半个月内不能穿高跟鞋,宁迦漾还能穿双12厘米的细跟高跟鞋逛街。

啧,现在这样要是被拍了,会不会显矮?宁迦漾也很忧心。怕那些狗仔没把自己拍好看!

宁迦漾打开自己手机,刚进微博,就看到推送——《劲爆!宁迦漾死里逃生第一件事居然是去月老庙求姻缘,与男友关系情比金坚》。

细品这标题,搞得就跟她是什么极品恋爱脑似的——为了谈恋爱不要命。言舒头疼。

她迅速点开热搜,原本还吊车尾的热搜词条,刷新一下便上涨好几位排名,就这个速度下去,不用十分钟,就能爬上前位。

宁迦漾欣赏着那张自己微微俯身下车的远景照片,放心了:"这狗仔拍摄技术

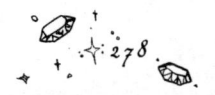

不错，像给我开了长腿特效。"脖子以下全都是腿！

宁迦漾指尖轻点评论，里面内容倒是出乎意料——

啊啊啊，戴着帽子、墨镜依旧能看出来身材好绝，跟路人完全不是一个画风！

对不起，我只想沉浸在仙女姐姐长腿细腰的"攻击"中。

看到新闻标题，我还以为神秘男友终于曝光了呢，啧，哗众取宠！拍一个人算什么情比金坚？

这都快要半年了，居然没有一家媒体把宁迦漾那位神秘男友挖出来？这也太不行了吧！

这次哪家媒体能把宁迦漾那位神秘男友拍到，绝对是本年年底第一爆炸新闻。

欣赏完仙女的身材和美貌，"散会"。

灰色保姆车内，几个依旧跟着宁迦漾车的记者也看到热搜后续，面面相觑——这年头娱乐新闻都这么卷了吗？

女明星拜月老哎！这新闻不特别吗？

"要不咱们把宁迦漾住在顾神隔壁的事情爆出去？"

"你傻啊，现在爆出去，肯定也没水花，现在大家最想看的就是宁迦漾的神秘男友，我们继续跟！不信跟不到。"

他们偷偷摸摸跟了宁迦漾很久，这才查到她住在顾神隔壁。

只是这些庄园里住的人都非富即贵，他们不敢深入，只能在外围拍摄。

"早晨看到有一辆和宁仙女同款的黑色商务车离开，你们说会不会就是她男朋友？"

"快看，那辆黑色商务车跟宁仙女的车并排进去了！"

"哟……这世界上，绝对没有无缘无故的巧合！"

"我们怎么办，要跟上吗？"

"暂时不跟，记下车牌号，等他们放松戒备了再跟！"

几个人讨论之后，果断停车，以退为进。摄影师擅长爬树，于是他爬到外面最高那棵梧桐树上，借着茂密的树叶，将机器切换成远景模式，隐约能拍到里面的场景，不过非常模糊。

下午两点半，宁迦漾她们顺利回到错落有致的庄园区域，在几栋郁金香庄园衬托下，浪花城堡是最显眼的。

一黑一白两辆商务车同时在露天停车场停下，摄影师将镜头焦点切换到黑色商务车上。

没多久，从车里下来一个西装革履的男人，看起来很年轻，不过大包小包地拎着很多东西，跟宁迦漾聊了几句后，便率先往里走去。

摄影师狂按拍摄键："个子还行，气质也还行。"

旁边两个同行的记者和记者助理只能干着急，他们也想看啊！摄影师嘟囔了句："就是感觉跟拎包小弟似的。"被宁仙女的气势完全压下去了。

"哎哎哎，腿麻了……"

摄影师并未注意到，黑色商务车降下的车窗里，露出的那张矜贵俊美的男人侧脸。

男人神色自若，薄唇微启，吐出一个个让人听不懂的医学名词。宁迦漾看着商屿墨，他确实是在进行视频会议，讨论手术方案。

言舒拖着宁迦漾回去："发什么呆，小心被狗仔拍到。"

"他们无孔不入！"

言舒一边走一边压低声音问："这样被跟，商医生迟早会被发现，你到底怎么想的？"

"你现在是事业上升期，我不建议公开。"

"公开的话，婚姻关系也瞒不住。"

毕竟商屿墨之前公开过自己已婚的消息。

"最近有个关于医生题材的献礼剧找你，众星云集，你的角色是个医学生。你想想看，如果爆出已婚，你这个角色百分之百要给年轻小花旦。"

能够参加这种剧，是一种荣耀和肯定，不是任何时候都有机会。

言舒苦口婆心："所以，你别缠着你老公了。"

"而且他不是医生吗？瞧瞧忙得，都在车里开视频会议，还抽空来陪你。"

"赶紧放人回陵城吧。"不在南城就拍不到他们同框了！

道理宁迦漾都懂，问题是……她顿了几秒，红唇幽幽溢出一句话："说出来你可能不信，他假期有两个月……"

言舒差点昏过去——这什么医院假期两个月？这么天才的一位医生，闲成这样！

"还有，我没缠着他，是他缠着我！"宁迦漾撂下这句，悠闲地离开，路过站在隔壁门口浇花的顾毓轻还打招呼："男神，中午好呀。"

大中午浇花，不愧是她男神，爱好真独特。

顾毓轻擦了擦手上的水迹，淡色的唇瓣含笑："有空吗？下午来对戏。"

想着明天就要复拍，男女主角对戏找找感觉是必要的，宁迦漾自然不会拒绝。

"就是怕打扰您。"

顾毓轻："不打扰。"本来他一个人也很无聊。

商屿墨开完视频会议，天边余晖几乎燃尽，天色渐暗，回到客厅时，发现安

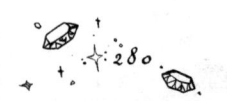

安静静，只有言舒在办公。

"她人呢？"商屿墨不轻不重的话语传来。

言舒刚准备开口，便听到训练有素的管家道："太太去隔壁跟顾毓轻顾先生上演技课，估计今晚不回来用餐了。"

顾毓轻？商屿墨肤色冷白的指尖抵着眉心，终于想起来这个人了。开了一下午会议，他眉目之间染着几分倦怠，语气极淡："叫她回来用餐。"略顿了几秒，"说我在等她。"

言舒再次把蓝牙耳机戴上，忽然有了小鹿嗑糖的快乐。商医生这是在宣示主权啊！

郁金香庄园里，原本宁迦漾已经答应和顾毓轻一起用晚餐，用完之后，再分析女主设定。

却没想到，她前脚答应，后脚管家亲自来叫："先生等您一起用餐。"

管家着重在"先生等您"这四个字上。

在顾毓轻眼神注视下，宁迦漾唇角弯了弯，似乎有点无奈："抱歉，家里那位，有点黏人。"

"真没看出来。"顾毓轻轻笑了声。

"那我就不留你了。"

宁迦漾带着礼貌微笑离开郁金香庄园，回家后，一见到坐在餐厅的男人忍不住道："啊啊啊！你让我在男神面前丢脸死了！"

"男神？"商屿墨长指正握着杯水，慢条斯理地抿了口，抓住了关键词。

"这是重点吗？"

"是。"

宁迦漾哑口无言。商屿墨嗓音极轻，平静问："商太太这是精神出轨？"

这段时间被他的温柔乡给迷惑到，宁迦漾有些恍惚。今天忽然打破那层滤镜，他好像还是那样理智冷静，骨子里透着漠然清寒。

就那么定定地对视了几秒，宁迦漾很轻很轻地笑出了声，忽然问："商屿墨，你是吃醋还是单纯的占有欲发作？"

商屿墨没答，浅褐色眼瞳对上她那双漂亮到仿佛燃烧着浅色火焰的桃花眸，想到她来了月事，思索了几秒，难得退让："是我错了。"

极度缺乏睡眠，素来高傲淡漠的男人嗓音染着几分慵懒，而后亲自给她盛了一碗汤。

好似一拳打在棉花上，宁迦漾有点泄劲，难得没在意精致完美的形象，跟喝

281

酒似的，一口气把那碗清淡的枸杞鸡汤喝得干干净净。

美人喝汤都是美的，尤其红唇沾了汤，越发莹润有光泽，在餐厅昏黄的灯光下，漂亮脸蛋面无表情，整个人透着清清冷冷的美艳。

宁迦漾蓦地将白瓷碗放在桌上，发出轻微声响。

商屿墨沉默了半秒："再来一碗？"

"我是水牛吗？"宁迦漾白了他一眼，转身往楼上走去。

算了，放弃了。商屿墨看着女人理直气壮发小脾气的背影，眉头深皱，出去"招猫逗狗"的是她，所以她为什么生气？

宁迦漾没有回卧室，而是改道去了书房。这段时间她都在这儿看剧本，原本精致却略显冷清的房间内，多了好几个蓬松可爱的抱枕坐垫。

落地窗旁边的沙发上，宁迦漾窝在这没动，用细白柔嫩的指尖一下一下拨弄着玉兔珠串。

很久很久，房间内寂静无声，隔着透明的玻璃，外面乌云翻涌，似乎又将迎来暴雨。

宁迦漾无意看到茶几上那本反扣着的《中医妇产论》，探身拿起。其中某页被摩挲过，有点旧了，她脑海中浮现出这几日受伤时商屿墨无微不至的照顾，恍若他真的爱她。

可今晚宁迦漾发现他好像跟以前没有区别，即便把她从隔壁喊回来，又质疑她"精神出轨"，都那么云淡风轻。

宁迦漾忽然懂了上次言舒说的，情感缺失症的人都是天生的演员。

商屿墨在表演丈夫对妻子的在乎以及占有欲，永远理智，永远冷静，高高在上地俯瞰着世人的七情六欲。

书籍极重，压在她戴着珠串的手腕上，印出了深深的印记。

宁迦漾低眸，安静地看着手部白嫩肌肤逐渐泛上清晰的绯红色，随意抛在腿旁的手机响起铃声。

望着来电显示，她眸底的冷色消散，表情平静地接通了电话。

"喂？"宁迦漾素来清软的声音染上了零星沙哑。

对面传来姜燎亦是有些疲倦低哑的声音："小宁总，你让我帮你确定的那个录音，我找了不少鉴定中心，结果都是非人工合成。"

"哦。"宁迦漾对这个结果并不意外，"辛苦了。"

姜燎站在医院天台上，遥遥望着远方耸立的高楼，毕竟在调查录音，所以他知道是怎么回事。

一时之间，两人都未说话，只余彼此轻轻的呼吸声。

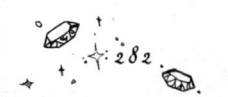

莫名地，宁迦漾竟觉得姜燎今天有点奇怪："你……"

话音未落，耳边传来姜燎最后一句话："小宁总，别做让自己后悔的事情。"

听着"嘟嘟嘟"的声音，宁迦漾指尖微微收紧。

后悔吗？她现在就后悔了。后悔因为暴雨中他的温柔，而错估了自己。她以为可以不在意他不爱自己，只要他对她一个人好就行。可是，拥有的越多，越贪心。她想拥有商屿墨全部的爱，不然宁可什么都不要。总比每天这样患得患失，失去了自我要好。

将近凌晨，宁迦漾才推开主卧房门，偌大的房间只余下一盏台灯，黑暗中灯影摇曳。

男人浓浓倦怠的嗓音响起，缠绕着缱绻的低哑："小浪花。"

宁迦漾望着床上的男人，心尖忍不住颤了颤，突然亲昵的称呼差点击垮她耗费半夜做好的心理准备。

她双眸轻轻闭了闭，放轻了呼吸，一步一步极慢地走向床前。暗淡的灯光中，男人那双浅褐色的双眸半眯着，撑起手臂，打算起身。

蓦地，一双冰凉的小手抵住他的肩膀，女人就着这个姿势贴了上来，下巴搭在他肩膀上，慢悠悠喊了声："商懒懒。"

"嗯。"

商屿墨放松手臂，修长有力的身躯靠在床头，用长指顺势扶住她的细腰，眉眼懒散应了句。

宁迦漾细滑精致的下巴贴着他的脖颈，缓慢往上，只要一偏头说话时，红唇就能擦到男人耳侧。

她这才发现，商屿墨耳骨位置居然有颗极小的红痣，如朱砂烙印在冷白如雪的肌肤上，浸透着神秘旖旎感。

戴着玉兔珠串的纤指轻碰了他那颗撩人的小红痣，微凉的玉质触感让商屿墨微微蹙了眉，刚准备攥住她乱动的小手。

忽然，那双手突兀地掠过他的睡袍边缘，颗颗分明的玉珠贴在了他炙热的肌肤上，随着她的手腕轻轻晃动。

原本眼眸半合的男人彻底清醒，身躯绷紧到极致："你……"薄唇微启，还未来得及说话，宁迦漾一只干净指尖竖起抵在他的唇间："嘘。"

那双眼尾晕了胭脂色的桃花眸像是带着细细的钩子，红艳艳的唇角翘起一边弧度，暗淡光线中，撞进他的眼瞳。她缓声道："商屿墨，我们要个孩子吧。"

话音刚落，原本缱绻暧昧的房间猝然静下来，唯有呼吸间萦绕着淡淡的冷杉尾调香。

宁迦漾从商屿墨眼神中看不到丝毫的波动，男人修长手指握着她的手腕，摩挲着她的掌心，指尖相贴的肌肤烫得吓人。

不知道过了多久，宁迦漾忽然俯身，细细吻着他，话音模糊不清："要个孩子？嗯？"

他眼眸合着，控制住她后颈的修长手指微微用力，手背筋脉突起，却语调极冷静地点出："你在生理期。"

商屿墨疑惑为什么她大半夜突然缠着他要孩子。

"如果不在呢，我们要个孩子吗？"宁迦漾没停，继续问。

想到她晚餐时情绪便不太稳定，商屿墨任由她的动作，却不再对这样有目的的亲密做出反应，呼吸几下，起伏的胸膛逐渐恢复平静："你在事业上升期，不适合要孩子。"

商屿墨侧了侧脸颊，与她唇瓣相触，声音温沉磁性："松手，睡吧。"

见他这个时候都可以冷静分析自己的用意以及事业发展，宁迦漾唇角嘲弄地勾起弧度，这次是真的停了。原本沁凉的玉兔珠串已经变得温热，从女人精致雪白的手腕上垂下来。

商屿墨探身去关台灯，房间骤然陷入一片黑暗，随之而来的是女人强忍着怒气嗤笑道："不想要孩子，当时为什么要答应联姻？"

安静的房间内，她声音带着深深的嘲弄，格外明显。

商屿墨眉头微皱，适应了黑暗的眼眸能清晰看到她双手环抱，似是没有安全感的戒备姿态。

望着她紧绷的侧颜，男人沉吟半晌，徐徐问道："商太太，你是不是误会了什么？"联姻跟孩子有什么关系。

宁迦漾一字一句，用红唇溢出寡淡的讽刺："误会什么？误会商业联姻还是误会不想要孩子？"

"或者误会你任何时候都能保持绝对的理智冷静？"

宁迦漾方才不过是孤注一掷的最后试探罢了。果然，这个男人没有心。

那是男人最容易被情感操控的时刻，他竟然也可以理智分析一切。情感缺失症的人永远都以理智优先，所以，他们永远不会爱上任何人。

自从听到了那个录音后，宁迦漾便觉得自己好像越走越远，变得越来越不像她。

当他对她好一点的时候，她就会猜测他是爱自己的，偶尔看他清冷淡漠的眼神，又会怀疑，他根本不会爱。

如果再这么下去，她将永远被这个男人的情绪操控，永远活在患得患失之中。

身为极端精致的完美主义者，宁迦漾对选择爱人要求严格，对自己要求更严格。她绝对不允许自己变成小时候最厌恶的那种女人——唯唯诺诺,悲悲戚戚,被男人控制心绪。

"离婚吧。"冷着表情,宁迦漾言简意赅地撂下三个字,起身下床。

听到她忽然提离婚,商屿墨清隽眉眼跟着淡下来:"像这种无理取闹的诉求,无论从道德还是法律层面,都可以驳回。"

宁迦漾没理他,径自走向浴室。浴室灯光炽白透亮,隔着磨砂玻璃,女人这段时间单薄了的身影被映了出来,模糊之间,隐约能看到她漱口、洗手。

商屿墨用长指将腰间被她扯松了的绸带系回去,脑海中浮现出她方才俯身亲吻的画面,轻叹了声:"小浪花,我们谈谈。"

"小浪花"用薄荷味的漱口水漱完口,睫毛上抬,淡淡道:"我没道德。

"所以,商医生,我们和平离婚。"

商屿墨听到她一而再,再而三地提离婚,耐心彻底消失,嗓音透着冰冷霜寒般,不悦道:"我不同意。"

没等宁迦漾开口,下一刻,他的工作手机发出刺耳铃声。

在黑暗中,铃声几乎穿透脆弱的心脏。

宁迦漾知道这个铃声,是医院出现紧急病人时才会响起的。商屿墨立刻一边接电话,一边扯下身上的睡袍往衣帽间走去。

几分钟后便穿戴整齐,路过床边时,商屿墨眼神沉重几分,听到电话那边的声音后,没停留,继而开门离开。

其间他语速极快,说的都是宁迦漾听不懂的医学用语。

偌大房间陡然空荡,让人很不适应。

宁迦漾坐在床边,卷翘漂亮的睫毛安静地垂着,缠绕在自己雪白指尖的那串最喜欢的白玉手串,莹润可爱的玉兔被她拨弄时,更是灵动活泼。

楼下传来汽车启动的声音,很快,再次恢复安静。

不知道过了多久,宁迦漾忽然用力将那串碰过男人的玉兔手串砸了出去。"嘭"的一声,手串从墙壁跌落至冰凉坚硬的地面,十八颗玉兔珠子碎了一地。

看,再挚爱的东西,也没什么可留恋的。

商屿墨连夜回了陵城。

翌日,陆尧来浪花城堡给自家老板收拾昨晚没来得及带的行李时,被宁迦漾塞了几张刚刚打印出来的离婚协议书。

等等,什么东西?

陆尧惊呆了:"太太,这?"

285

宁迦漾一夜未睡，指尖习惯性地想要拨弄珠串，却摸了个空。她手指微微蜷缩，唇角凉薄地勾起弧度："不识字？"

陆尧听到这冷冷的语调，忍不住咽了咽口水，实不相瞒，此时他巴不得自己不识字。

陵城第一医院里。

陆尧抵达时，已经临近夜晚。医院地处市中心，从神经外科楼的走廊往外看去，入目的是璀璨华灯，然而医院的安静向来与那些热闹格格不入。

商屿墨刚刚结束第二场手术，病人昨晚有大出血的症状，他连夜赶回来后没耽误，直接进了手术室。

办公室内，男人正拿着消毒湿巾一遍遍擦拭修长白皙的手指，见陆尧把行李送来，却待着不动，扫了他一眼："有事就说。"支支吾吾像什么样子。

陆尧深吸一口气，硬着头皮把太太吩咐的那份她已经签过名的离婚协议书递过去："太太给您的。"

商屿墨淡漠眼眸里终于掀起波澜，接过他递来的牛皮信封袋。办公室光线极亮，衬得他那双长指有几分苍白的病态，宛如慢动作回放般打开牛皮信封，取出里面的几张打印纸。

动作矜贵从容，偏偏让人看了心慌慌的。

看清楚最上面居中几个黑色大字后，商屿墨薄唇溢出清晰的冷笑声。

下一秒，商屿墨将这份签了宁迦漾名字的薄纸，慢条斯理地折起来，塞进一旁的碎纸机里，不疾不徐地启动。

陆特助看着碎成纸屑被丢进垃圾桶的离婚协议书，一时之间，表情蒙然。

商屿墨拍了拍掌心碎屑，用幽暗沉郁双眸睨着僵住的陆尧，语调极淡："还有事？"

陆尧愣了几秒："啊……没，应该没了吧……"

陆尧这才回过神来，不愧是您！简单粗暴。

就是太太知道了，一定会生气。

陆尧定了定神，忽然想起来："还有一件事。"

说着他将之前在南城截到的几个媒体记者拍摄的照片递给商屿墨看："昨天您和太太去月老庙，被这几个记者跟拍到浪花城堡。

"昨晚您离开时，还跟拍您到机场，后来被保镖截下的。"

当时商屿墨一直到上飞机都跟医院那边保持通话，保镖自然没机会汇报。

商屿墨翻了几页照片，几乎都是他的侧脸、背影，熟悉的人完全可以认出他

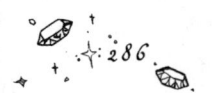

来，用手指漫不经心地敲了敲放置照片的桌面，半晌，道："让他们闭嘴。"

懂了，这是不公开的意思。

陆尧刚要把这些照片收走，却见商屿墨拣了两张，反扣在桌面上。

他回忆了一下，发现老板拿走的那两张好像是记者昨天偷拍到宁迦漾站在月老像前的照片。

商屿墨拿起手机，清隽如画的眉眼低垂，沉吟了几秒，又放下。用手机说不清楚，等过几天见了面再说，她也该冷静冷静。

却没想到，他刚处理完陵城医院这个重症病号，便被科学院院长用连续几个紧急电话喊了回去，进行封闭式项目研究。

《浪子》剧组也准时复拍，复拍次日，宁迦漾接到商屿墨一条微信消息。

Sym："封闭项目，归期未定，见面再谈。"

如今倒是知道跟她这个太太说一声行程。宁迦漾想到他们刚刚结婚那段时间，商屿墨参加医疗援助也好，项目研究也罢，从来不会跟她提，各过各的。

当时她还期待着婚后生活甜甜蜜蜜，没想到被泼了一桶冷水。商屿墨用实际行动告诉她——商业联姻，感情不深。

宁迦漾似笑非笑，红唇扯起弧度，没回复，平静地将他所有联系方式拉黑。下次见面之时，就是他们谈离婚细节之日。

自从复拍开始，宁迦漾状态越发好了，与顾毓轻搭戏也越发得心应手，甚至有几场戏的精彩程度超越拿了"最佳男主角"大满贯的演技之神顾毓轻。

后来宁迦漾之前拍摄的那个顶级珠宝广告上线，效果出乎意料地好，使得宁迦漾又连续接到了好几个一线杂志封面的资源，以及其他高奢品牌代言人邀约。俨然就是情场失意，职场得意的典型。

这天宁迦漾请假拍摄国际一线时尚杂志 VML 封面。她穿着一袭淡金色重工钉珠刺绣长裙，裙子衬出她婀娜玲珑的身躯，红唇雪肤，艳光四射，乌黑发丝松松绾起，随意又透着慵懒劲。

宁迦漾整个人斜倚在复古的黑色书架上，手持一把精致的小折扇，美目转动，顾盼生辉，又美又艳。

小鹿小心脏怦怦跳："啊啊啊，姐，你这套造型太美了！"

"是吗，我看看。"

中场休息时，宁迦漾接到小鹿拍的几张照片。看完之后，她非常满意，挑选了其中最美的一张，准备转发给之前某个置顶的微信账号。

宁迦漾指尖刚刚点击"转发"，忽然顿在了屏幕上。她唇角轻抿。他们好像很久没联系了，久到她差点忘了已经把他拉黑了。

想到自己刚才习惯性的动作，宁迦漾淡淡地笑了笑，带着几分自嘲的意味——习惯真是一件可怕的事情。随即若无其事地松开指尖。

小鹿将她方才一系列动作收入眼里，知道她原打算给商医生发照片，因为每次有这样漂亮的仙女照，姐都会习惯性地发给她老公欣赏，并且要收到一千字的夸夸小论文才算满意。

这段时间，宁迦漾表现得看似很正常，实则绝口不提商医生。

虽然不知道他们发生了什么，但自从上次商医生从浪花城堡回陵城后，姐的状态就不对劲了，甚至连平时随身携带的玉兔珠串都砸碎了。

看着之前还如胶似漆的小夫妻忽然这么冷下来，言舒还问过怎么回事，小鹿想到仙女当时的表情就忍不住心疼。明明在意，却硬是说得不在意——"我们打算离婚。"

自那之后，宁迦漾便专注演戏。

现在两个人这么久都没联系，不会真的要离婚吧？现在是离婚冷静期？

小鹿打开停更了两个月的小号，深深叹息一声。两个月没有糖嗑了！呜呜呜，"养鱼"夫妇不会就这么掰了吧？小鹿心里慌慌的。

倒是宁迦漾极为淡定，换了身新造型后，重新进入拍摄状态。

远远望去，宁迦漾身姿摇曳，顾盼生辉，艳色无双，依旧是那个骄傲明艳、光芒万丈的女明星。

三个月后。

商屿墨终于从科学院出来，那张本就冷白如玉的面容由于久不见天日越发苍白，乌黑卷发变长，刘海几乎挡住了视线。他用修长手指随意整理了下，露出俊美瑰丽的五官。

那双浅褐色的眼瞳在阳光下，越发浅淡，偏偏薄唇颜色殷红，穿着雪白的白大褂，徐徐走来。

陆尧他们乍然见到商屿墨，都忍不住心尖一抖——这谁受得住！

这张脸！这卷发！一个字：绝！

其他跟他一块儿关进去搞研究的同事各个面如菜色，胡子拉碴，颓废至极，衬得商屿墨那张脸以及气质越发突出。

同事们之前天天搞研究没心思关注这些，现在发现来接他们出来的人眼睛眨都不眨地望着商屿墨，也跟着望过去。众人脑子里同时浮现出两个大字：禽兽！

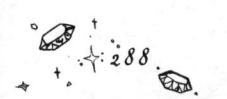

啊啊啊！商屿墨这个禽兽啊！熬了几个月，居然越熬越好看，他们找谁说理去！

这次研究圆满成功，功劳主要在商屿墨身上。科学院院长看他的眼神，简直比看光宗耀祖的亲儿子还要热切："不错不错。"

商屿墨眉目怠散："休两个月假期。"

院长噎了一句，他原本还打算让商屿墨休息两天就回来上班。静默几秒，他轻咳了声："屿墨啊……"

商屿墨看了眼许久未碰的私人手机，三个月商太太没有发过一条微信消息。他眼神微凝，忽然意识到宁迦漾那份离婚协议不是闹脾气，而是认真的。

院长苦口婆心地劝他，年纪轻轻要以事业为重，不要总是想着休假，等退休了有的是时间休假。

商屿墨等他说完，用指尖捏了捏垂落在腕骨位置的小玉虎，淡淡地喊了声："院长。"

院长："怎么？"

商屿墨言简意赅地说出请假理由："我太太要跟我离婚。"

科学院一堆大龄剩男，这大概是除了研究项目，院长最头疼的事情。乍一听这话，院长脸色蓦地一变，怀疑是因为商屿墨最近加班太久，人家夫妻才会不和。

旁边听得清清楚楚的陆尧：老板为了假期真是拼了，这话都敢说。

等庆功宴散了，黑色宾利车内，商屿墨靠在车椅上，神色平静地听陆尧汇报这三个月宁迦漾的行程。她拍过的每一张杂志照都如数出现在商屿墨面前的平板电脑上。

男人长指滑过张张照片，最后停在她曼妙纤细的身躯舒展优美地倚在黑色书柜的那张上，视线定住。

陆尧眼观鼻，鼻观心，适时道："明晚是《浪子》剧组的杀青宴，蒋导邀请您参加。"

商屿墨作为投资方，这种场合，蒋导自然得邀请。主要是蒋导真的很想见见，投资方到底冰清玉洁到什么程度，居然见不得一点亲密戏！拍都不行！

这几个月，蒋导差点被制片人安总折磨死，每每想要偷偷摸摸拍一场男女主角的亲密戏，都会被逮住。导致现在全剧杀青了，连一场借位的吻戏都没拍成！

商屿墨自从上次致电老父亲后，就成了这部戏实打实的投资方，蒋导邀请的自然也是他。

陆尧试探问："您参加吗？"

商屿墨冷冷瞥了他一眼："你说呢？"

陆尧秒懂："这就给您订机票！"

"保证您可以第一时间见到太太！"

这话刚落，陆尧忽然意识到自己说出了心里话，立刻闭嘴，生怕被迁怒。

翌日傍晚，杀青宴在南城最大的会所里举办。

由于投资方出席加买单，所以蒋导非常大气地挥手包下会所顶楼的宴会厅。

此时，宴会厅内已经众星云集，场面堪比大型晚会。毕竟这部电影开拍时，很多演艺公司都恨不得把自家艺人塞进来打个酱油，出演露个几秒镜头的角色都愿意。

就连梁予琼都拗不过经纪人，还是出演了那个舅妈的角色。这种丑角都会有当红女艺人抢破头，可想而知，这部电影的含金量有多高。

梁予琼为了有极致的反差感，今晚可谓在造型上下足了功夫，身穿一身红裙亮相，可谓惊艳全场，收获无数夸奖。她正到处找宁迦漾，打定了主意要艳压对方："咱们女主角呢？"

同剧组演员告诉她："宁老师好像说里面人太多，去外面透气了。"

就在梁予琼一边到处当交际花，一边找宁迦漾时，宁迦漾提着裙摆，正打算去走廊尽头的落地窗旁的休息区安静待会儿。

与梁予琼那条在颜色上用足了心思的红裙不同，宁迦漾穿了条银白色吊带开衩长裙，随着她的走动，裙子上手工缝制的亮片波光粼粼，低调又华丽。

纤细雪白的长腿在裙子开衩的位置若隐若现，宁迦漾从容自在地行走在灯光暗淡的走廊里，莫名勾人，偏偏她自己毫无察觉。

刚到走廊尽头的拐角，宁迦漾迎面撞到一具修长有力的男性身躯，她细高跟鞋一个不稳，差点摔倒在地。幸而男人扶住了她的腰肢，顺势将她带进了旁边的包厢内。

随着一声响，包厢门陡然被反锁，一系列动作又快又急，宁迦漾甚至还没有反应过来，便被抵在了冰凉的门板上。

顷刻间，呼吸间满是熟悉的冷杉尾调香，夹杂着淡淡的陌生酒味。

是他。

宁迦漾愣了好几秒才适应了眼前的漆黑，察觉到男人俯身，薄唇顺着她脖颈缓缓往上。

他微长的卷发一点点蹭着女人又薄又嫩的颈部皮肤，让宁迦漾忍不住往后躲了躲，秀致的眉头蹙起："商屿墨，你喝醉了。"

她一字一句强调："我们马上是前夫前妻的关系，希望你自重。"

商屿墨浅色瞳仁变得幽深，缓缓站直了身子。

她果然，是真的想要离婚，即便过了三个月，依旧没有改变想法。

漆黑安静的包厢内，只有彼此静静呼吸的声音。

宁迦漾望着他几乎被卷曲额发挡住的双眸，看不清他的表情。但男人近在咫尺的面容，让她呼吸一窒。

这"卷毛狗"，怎么几个月不见，越长越蛊惑人，尤其是微长的卷发，昳丽却不女气，眉目清隽淡漠，带着极致惊艳的男性魅力。

宁迦漾差点又迷失在他那张脸中。她强迫自己冷静。脸虽然好，可惜没有心，再好也不属于她。

两人就那么对视许久，下一刻，商屿墨清冽的嗓音低低响起："为什么？"

那天晚上没来得及问，他很想知道，到底为什么。

话落，男人的唇带着酒香的气息，重新覆上了她的唇瓣，长指控制着她的脖颈，不允许躲开。

片刻，他垂眸看她："你看，你并不厌恶我。"

商屿墨："所以，为什么？"

宁迦漾乌黑的眸子清清透透，仰头望着男人，看着他似乎不解的眉目，冷淡道："那你呢，你对我有感觉吗？"

没等商屿墨回答，她便帮他回答："你没有。"

话音刚落，却见男人闷不吭声地松开钳制着她的长指。宁迦漾以为他承认了，松口气的同时，又忍不住紧抿红唇。

下一秒，她冷下来的眼眸划过迷茫："你干吗？"

昏暗光线下，男人冷着那张俊美面容，一颗一颗地解开自己衬衣扣子，露出冷白完美的肌肉线条。

乌黑卷发衬得他又冷又欲，像极了一个白玉无瑕的宝贵瓷器，只适合用来供奉欣赏。偏偏他主动跑下神坛，甚至拉住她的手主动要求自己被玷污。

商屿墨握着她的手腕，声音深沉磁性，缓缓道："我对你有感觉。"

宁迦漾被他的动作震惊到了，然后顿了两秒，宁迦漾抽出自己的手，往上轻轻点着他胸口的位置，桃花眸恢复风平浪静："身体有感觉，心呢？"

包厢内光线极暗，男人站在暗红色的丝绒沙发旁边，黑色衬衣几乎与夜色融为一体。

商屿墨乌黑卷发下那昳丽眉目微皱，垂眸看着女人那根纤细葱白的指尖毫无阻隔地点着他的胸腔。

她静静望着他，红唇轻启，一字一句："我要你的心。"

隔着薄薄的皮肤，商屿墨原本平稳的心跳，忽然紊乱了几下。

要他的心？一时之间，素来冷静的男人，眼瞳像是浮上翻涌的乌云，幽幽沉沉，晦涩不明，似是在思索世间最难解的问题。

他自小生于底蕴深厚的家庭，智商奇高，天赋过人。在双胞胎妹妹还在幼儿园玩泥巴时，他已经开始学习天才课程，稳稳迈进天才儿童的行列。

然后他的青春期就在不断吸取各种知识中度过，没有暗恋，没有早恋，甚至情窦初开都没有过。

学业、事业，甚至整个人生，皆是顺利得不可思议。

商屿墨前半生，宛如身处云端，高高在上地俯瞰众生，真真正正没有人间烟火气。

当所有人都仰望着他时，面前这个女人，却极淡然地轻点着他的心脏，如此直白地向他索要感情。

原本就空旷的房间，陡然陷入寂静，静得仿佛能听到彼此的心跳声。

见他沉默不语，宁迦漾指尖微顿，悄然放下。忽然细而精致的手腕被男人微凉的手指握住，重新按了回去。

宁迦漾猝不及防，柔软掌心蓦地抵住他的心脏位置，从喉咙溢出单音节："你——"

话音未落，缠绕着酒气的冷杉尾调香覆过来。他没亲她，只是用额头抵着她的额，偏轻的嗓音压低几分："从未有人向我索要过感情，若是你，我愿意学着……"

"给你。"

最后两个字明明说得很轻，却重重压在宁迦漾的心尖上。

柔嫩掌心触着男人胸腔位置，宁迦漾可以清晰地感受到他从平稳到紊乱的心跳，一下一下，仿佛敲打着她耳膜。

原本淡忘的情愫如燎原之火，顺着血管蜿蜒至全身，她想要逃离，却又无处可逃。

宁迦漾从未想过，永远清醒理智、没有七情六欲的神仙居然会回应她。

有那么一刹那，她恍若身处梦境。

女人桃花眸浮上一片迷茫的雾色，像是迷路的麋鹿，茫然而无措。

商屿墨似是蛊惑的声音响起："所以，别离婚，好不好？"

由于额头相抵，男人说话时，薄唇几乎碰到她的红唇，微醺的酒香勾勾缠缠，对上那双妖异的浅褐色眼瞳，越发让人脑子不清醒。

宁迦漾卷翘的睫毛轻颤，条件反射地想摇头。不能这么轻易被这"小卷毛"迷惑，男人天生就会演戏，谁知这是不是骗她别离婚的把戏。

但内心深处一个声音告诉她——他是认真的，商屿墨不会撒谎。

宁迦漾向来正视自己的内心，既然有了答案，便不会磨磨叽叽。抵着对方胸

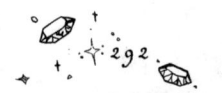

口的指尖缓缓用力,一把将他推离自己的面前。

站了太久,宁迦漾腿有点酸了,于是提着裙摆,绕过男人压迫感极强的挺拔身影,没离开,反而去外侧沙发上坐下。

想到商屿墨的情感缺失症,心头划过一丝怀疑。情感缺失症的人,怎么可能信誓旦旦地要学着把心给她。这样的人,不是没有心吗?

宁迦漾审视般睨着他:"你没有心,再怎么学也学不会,怎么给我?"

商屿墨189厘米的身高在黑暗中极具侵略感,尤其是俯视着她时,影子沉沉压下。

男人眸色更暗:"你不相信我?"

他学东西极快,从来不会有人说他学不会。

第一反应骗不了人,宁迦漾确定,商屿墨不知道他的情感缺失症,不然反应不该是自己不相信他,而是会联想到被她知道了他情感缺失症的秘密。

想到录音里他亲自承认情感缺失症,宁迦漾秀美的眉头轻轻蹙起。

虽然已经猜到,但宁迦漾沉吟两秒,还是问道:"所以,你没有情感缺失症?"

商屿墨揉了揉眉心:"我没病。

"你从哪儿想到这些稀奇古怪的病症。

"回去给你看我的体检报告。"

宁迦漾现在这条裙子没地方放手机,不然可以直接把录音放给商屿墨听。不过既然确定他并不是不会爱,而是不懂爱。她红唇压着笑意,双手环抱,靠坐在暗红色沙发上,银白色亮片长裙迤逦至地,宛如一只骄傲的小天鹅。

宁迦漾下巴微微抬起,语调依旧平淡:"离婚的事,看你表现再议。"

至于录音,等拿到手机再问。

宁迦漾现在有了兴致,心情放松,上下打量他一番。若是换了其他男人,额间卷毛刘海长得几乎挡住眼睛,一定特别非主流,偏偏在商屿墨身上,越发邪异勾人。

商屿墨见宁迦漾没离开包厢又盯着自己的额发看,略顿了几秒,而后用长指慢条斯理地插进发间,往后梳理。

顷刻间,那张冷白如玉的精致面容完全展露出来。黑暗中,男人衣衫半解,又是刻意地撩拨,让宁迦漾差点回不过神来。

这"小卷毛"怎么回事,靠美色蛊惑仙女?

"等等,你在干吗?"宁迦漾越欣赏越觉得不对劲,仰头望向眼角眉梢都写满从容不迫的男人。

商屿墨将早已敞开的衬衣甩到沙发上,淡定自若:"我在表现。"

这是哪门子表现？

商屿墨忽然弯腰，下颌搭在宁迦漾纤薄的肩膀处，薄唇贴着她的耳朵，低低道："你嫌弃我的地方，我也会学。"

随即见他如同一只慵懒的大型猫科动物，蹭了蹭女人薄嫩修长的天鹅颈，亲昵而熟稔，仿佛做了无数次。

宁迦漾蓦然僵住，一些回忆浮了上来。为免在这里发生些什么，宁迦漾红艳的唇瓣紧抿，伸出素白漂亮的小手，将男人的衣服放到他身上。

宁迦漾纤嫩葱白的指尖与黑色上衣形成强烈的对比，她的心跳声仿佛都变响了许多。

宁迦漾望着沙发上的男人，道："穿好。"

"你，半个小时后再出去。"

说完，她轻飘飘地抚了抚裙摆，往包厢门口走去。纤薄身姿摇曳动人，高开衩的裙摆设计显得一双长腿若隐若现，让人移不开眼睛。

靠坐在沙发上的男人低垂着眼睑，阴影打下时，衬得整个人有些郁郁。

商屿墨没动盖在身上的衣服，语调幽幽："你就这么走了？"

已经走到门口的宁迦漾听到这话后，回眸看他，忽然视线凝住。

暗红色沙发上，男人眉目清隽绮丽，乌黑卷发凌乱搭在额头，修长双腿支在地面上，上身被随意丢了件黑色衬衣，有种颓靡慵懒感。

有那么一瞬间，宁迦漾怀疑自己刚才对商屿墨做了什么。神明在上，她什么都没干，所以，不这么走，还能怎么走。

宁迦漾警惕："想碰瓷？"

没等商屿墨开口，宁迦漾忽然听到外面传来脚步声，开门的指尖顿住。

梁予琼的声音隐约传来："宁迦漾跑哪儿去了？"

"不是在休息区吗？"

助理："顾老师也不在，不会私会去了吧？"

梁予琼："宁迦漾这个小妖精……"

就在宁迦漾仔细听外面动静时，背部忽然覆了一个微热的胸膛。她今天穿的这条修身长裙是半露背的，后背贴着男人未穿衬衣的胸膛，肌肤相贴。

男人如幽灵似的："跟谁私会？嗯？"

吓得她一个激灵，然后不小心撞到了门板，发出一声响。

还能跟谁私会？除了你这只又懒又坏的大型卷毛猫科动物！

走廊外，原本已经离开这个包厢门口的梁予琼又退了回来："你刚才有没有听到声音？

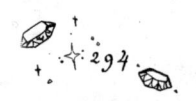

"好像是从里面传来的。"

助理跟着退回来，望着紧闭的门扉："啊，不可能吧，据说投资方喜欢安静，把这层也全部包下来了，不可能有人。"

"难道真是在偷情？"梁予琼自言自语，她确定了自己听到声响，伸手去拧门把手，还喊了声："宁老师，是你在里面吗？"

宁迦漾被商屿墨抵在门上，甚至能清晰感受到，这边门把手也跟着晃动，她呼吸凝滞，极轻地说了声："别……"

梁予琼在外面不间断地敲着门，隔着薄薄的门板，宁迦漾察觉到商屿墨那双被称为"神仙手"的长指，顺着她的骨骼，一节一节地探摸。

走廊外。

梁予琼看着紧闭的房门，第六感告诉她，这里很不对劲。她敲门加拧门把手，把手都弄红了。

梁予琼看到自己养护了许久才白嫩几分的指尖，心疼极了，轻轻吹了吹，提着飘逸鲜艳的红裙，后退了两步，侧身对旁边助理示意："你踹门。"

助理大惊失色："啊，梁姐，这不好吧？"

梁予琼讥诮一笑："你不说没人吗？怕什么？

"踹坏了我赔！"

助理见她态度坚决，不敢不从："那、那好吧……"

梁予琼拿出手机，打开拍摄模式，对准了房门，力求可以拍摄到关键画面。

她有预感，宁迦漾一定在里面。

毕竟她找了一圈，大家都说在这层看到过宁迦漾。偏偏这层悄无声息，唯独这间包厢发出声响。

她举着手机视频拍摄，还扬高了声音："宁老师，你不开门是不是有危险啊，我来救你了。"给自己完美加戏。

一门之隔，宁迦漾只能触碰到男人光滑的肌肉，完全没有可以抓的东西，最后顺着他的后颈往上，十指插进他乌黑发间，桃花眸睁大："她、她要踹门——"

男人神色一如既往，从容淡定："怕什么？

"我们又不是偷情。"

望着密闭漆黑的空间，宁迦漾偏头一口咬住他的指尖，用力磨了磨牙："这不是偷情是什么？！"总之是见不得光的关系。

宁迦漾环顾四周，找地方："别浪费时间了，怎么办，你有没有地方躲一躲？"

放眼望去，偌大的包厢内，只有几个错落有致的暗红色沙发，以及尽头的黑色实木牌桌，简单到一目了然。

完蛋。宁迦漾满脑子都是这两个字。

"不用躲。"商屿墨纹丝不动，握着她的手腕。

今晚的商太太过分美貌。就连生气瞪着人时，那双漂亮的桃花眸里都带着细细小小的钩子。

宁迦漾完全没想到他居然这么无所畏惧。她现在突然庆幸自己按捺住了，没被"小卷毛"蛊惑。

单薄的脊背贴着门板，宁迦漾甚至能想到等会儿会有怎么样的修罗场。

下一秒，外面传来陆尧的声音："两位女士，你们有事吗？"

宁迦漾蓦地看向商屿墨，却见他慢条斯理地开始系着衬衣扣子，似乎早就料到了。

男人薄唇轻松地抿起弧度，扣子已经系到胸口后顿住长指，抬眸看她，诚心诚意地问："还想看？"

"陆尧早就在外面了！"宁迦漾咬牙切齿，这个臭男人就看她一个人惊慌失措。

所以他根本不会让梁予琼她们踹门进来，难怪这么淡定，果然还是那个芝麻馅的腹黑"小坏狗"！什么幽怨，装可怜，都是假的！

等外面陆尧把人引走后，宁迦漾白了他一眼，头也不回地开门走人。银白色的长裙衬得身姿曼妙婀娜，灯光下，流光溢彩，美不胜收。

只是美人冷着一张脸，让人不敢上前。

陆尧站在门口，恭恭敬敬喊了声，给她指引方向："太太，您可以从这边上去。"

陆尧察觉到她表情不对，心里打鼓，难道老板没哄好？不应该啊？

他与商屿墨是一丘之貉，宁迦漾对陆尧也没什么好脸色，冷冷应了声："哦。"

陆尧挠头：老板到底干了什么，竟然害得他也被连累。

包厢内，商屿墨神色怠惰地窝在沙发里，没有立刻出去。

修长如玉的手指在黑暗环境中点开手机，入目的是与发小的微信群里刷了99+条的消息。

谢瑾："@商懒懒，老婆哄好了？"

"昨晚给你上了一晚上课，用上没？"

云朵儿："什么课？"

谢瑾："如何利用美色让老婆消气的九十九招。"

傅宝贝："@谢瑾，你平时就是这么骗我的？"

谢瑾立刻跪下，秒回："@傅宝贝，老婆大人息怒，这不叫骗，这叫情趣。"

枝枝不是吱吱："哎，现在嫂子跟顾'白月光'拍戏，男神温柔体贴，优秀迷人，商懒懒这个宇宙直男直接被比到了地底下，毫无优势。"

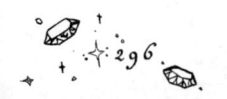

穆星阑:"放心,商懒懒还是有优势的。"
枝枝不是吱吱:"什么?"
云朵儿:"什么?"
几个人在后面都跟着刷问号。
穆星阑不紧不慢回复:"岳母给他的天才基因和岳父给他的那张脸。"
意思明显。商懒懒能吸引宁迦漾的,也就是"未来孩子或许是天才"这个念想,以及他那张堪称绝色的脸。
群里顿时被"哈哈哈"刷屏了。
枝枝不是吱吱:"可怜的哥哥现在已经沦落到靠孩子和脸才能留住嫂子了吗?!"
商屿墨随意看了几眼,薄唇冷冷地勾起弧度。
此时,陆尧走进包厢,见没开灯,顺势打开,问道:"老板您还不出去吗?"安总找他好久了。
商屿墨懒散地抬眼,漫不经心计时:"还有十分钟。"
陆尧:"什么?"
商屿墨:"如何哄太太第九十九招,听太太的话。"
陆尧:"……"
真没看出来您听话,都把太太气跑了。商屿墨说十分钟出去,就十分钟出去,丝毫不在意安总给陆尧打了无数个电话催促。
包厢灯光有点暗,且陆尧离得远没看出来,等一出门,走廊炽亮光线下,他清晰看到自家老板薄唇旁边那一抹胭脂红。
陆尧"呃"了一声:"您嘴没擦……"
陆特助已经养成随身携带纸巾的习惯,默默递上去一张。
商屿墨气定神闲地擦了擦。

宁迦漾进入宴会厅后,看着厅内觥筹交错的盛大璀璨的场景,眼睫轻颤了一下,意识到不对劲的地方——这两层被剧组的投资方包了,商屿墨到底是怎么带着陆尧上来的,而且陆尧还三言两语把梁予琼这个难缠的女人给赶走了。
直到梁予琼的声音打破了她的思绪:"宁老师,你刚才去哪儿了?"
宁迦漾想到梁予琼方才差点踹门的"壮举",缓缓转身,用那双漂亮的眼眸瞪着,微微笑着:"梁老师,小明爷爷活了一百零三岁,你知道原因吗?"
满心惦记着要跟宁迦漾比美,顺便说她私会的梁予琼,一时之间没反应过来。
"啊?"
"跟我的问题有关系吗?"

"对啊,所以我去哪儿跟你有关系吗?"宁迦漾接过使者递来的一杯香槟,葱段般纤白柔嫩的指尖搭在玻璃杯上,优雅又矜持。她随即转身,乌黑发丝划过旖旎弧度,雪白脖颈处的淡粉痕迹转瞬即逝。

留在原地的梁予琼蒙了,唇瓣张了张:"她什么意思?"

经纪人头疼:"她的意思是让你别多管闲事,活得长!"

她怎么这么不长记性,每次在宁迦漾这里吃亏,下次还去。

经纪人苦口婆心劝道:"你以后离她远点吧,《浪子》上映之后,你跟她就不是一个地位的了,再去招惹,才是真的登月级别碰瓷。"

其实经纪人话说得有些含蓄,因为现在梁予琼跟她就不是一个地位的。顶级代言,时尚资源,以及代表作,宁迦漾全都有了,再过段时间,电影上映,她的地位直逼一线,甚至超一线。

而梁予琼呢,除了当初从宁迦漾手里抢走那个高奢广告,没有半点进展。

梁予琼冷笑了声:"在这个行业,站得越高,跌得越惨,这个道理,你不会不懂吧。"

"我等着她跌下来。"

忽然,梁予琼想到宁迦漾脖颈一侧那个吻痕,表情愣住,脑海中浮现出半小时前在包厢前的画面,眼神逐渐兴奋——终于抓到了她的把柄。

"你去喊几个相熟的记者过来。"

经纪人眼看着梁予琼又追着宁迦漾过去,见她这么笃定,难不成真抓到把柄了?

这次杀青宴剧组自然也邀请了不少记者媒体。蒋导是一个很会玩弄热度和流量的导演,不然不可能拍出来那么多商业价值极高,票房屡创新高的电影。

宁迦漾现在更想知道商屿墨到底是谁邀请来的。

"迦漾,过来给你介绍咱们的投资方。"蒋导来得早,提前跟投资方聊过一轮了,此时好不容易逮到宁迦漾,"怎么一晚上没看到你?"

"找了个包厢睡了一觉。"宁迦漾提着裙摆,窈窕的身影出现在璀璨灯光下,桃花眸,柳腰身,美貌招摇,勾唇笑时,让人移不开眼睛。

蒋导社交极多,听后有点嫉妒:"你倒是轻松。"

"顾老师呢?"

"他呀,有点急事,早走了。"

两人闲谈时,其他演员也围上来。毕竟一起拍了几个月戏,大家都很熟了,很快就一起笑笑闹闹。

只不过他们依旧保持着仪态,毕竟今天蒋导也请了不少媒体进来呢。若是仪态不佳被记者拍了发布到网络上,那也只能自认倒霉。

大家聊着之前剧组里好玩的事情，等杀青宴结束，大家就真的各奔东西，下次再见或许就要等电影上映后了，很多人可能几年都见不着。

除了梁予琼——她正找机会试探宁迦漾。

就在这时，大家齐刷刷安静下来。宴会厅香槟色的门从两边打开，身着黑色衬衣配西裤的男人映入眼帘，衬衣唯有领口以及袖口边缘有精致的暗纹刺绣，袖口上还有着银白色的贝母珐琅袖扣，显得男人低调矜贵。

身形挺拔修长的男人进入这众星云集的场合，依旧能夺走所有人的目光。

商屿墨那张脸，完全不逊于在场的任何一位男明星。他眉目如画，气质清冷淡漠，徐徐走来时，冰雪为神玉为骨，宛如谪仙下凡，赴一场人间盛宴。

"那是……商医生？"

"是他是他，天哪，本人比网上视频照片还要绝！"

"本以为素人都是见光死，是我见识短浅了，商医生不但长得好，身材也好绝，身高超高啊。"

"啊啊啊，第一次看到男人有这样的卷发还能不食人间烟火！"

"忽然想到之前有个帖子，《想看商医生坠入爱河是怎么样的画面》，我突然也想看了……"

宁迦漾听着身边这些人议论纷纷，脑海中浮现出几十分钟前的画面。

商医生坠入爱河吗？她看到了。

突然之间，宁迦漾久违的占有欲再次冒出来，于是看商屿墨那张脸，怎么看都不顺眼，长得着实招人！

在众人用惊艳、仰慕的眼神看着商屿墨时，唯独宁迦漾用那双乌黑润泽的桃花眸狠狠瞪了他一眼。

商屿墨薄唇扯起淡淡的弧。

众人："啊啊啊，他朝我笑了！"

"明明是朝我笑。"

"是我！"

宁迦漾漂亮脸蛋越来越垮，用眼神警告他：不准笑。

旁边的陆尧对这群女人如狼似虎的眼神非常熟悉，压低声音提醒："太太不想让您笑。"

商屿墨眉目沉垂："我笑了？"

陆尧点头："笑了，而且笑得特别……嗯，迷人！"看那些女人的表情就知道了。

过了几秒，他们即将迈入人群时，陆尧听到他家老板意味深长的话："所以，她吃醋了。"

陆尧沉默：总算知道太太为什么冷着脸出去了。

蒋导之前见过商屿墨，端了两杯酒迎过去："商先生。"

他们喝的可不是女士喝的没什么度数的香槟，而是烈酒。

"蒋导。"商屿墨接过酒杯，语速一如往日不疾不徐，冷淡中透着漫不经心。玻璃杯装着透明的液体，他轻轻晃了晃。

望着这样不染尘埃的"高岭之花"，蒋导总算懂了为什么这位投资方见不得一点亲密戏了。

"迦漾，来来来，认识认识咱们这部戏的投资方。"蒋奉尘没忘记给宁迦漾引荐，"商先生，这位就是咱们剧组的女主角宁迦漾宁老师。"

"宁老师。"商屿墨嗓音压低，仿佛在喉间打了个圈才溢出，清冽声音含着若有若无的笑意，"你好。"

宁迦漾扛住了这男人故意的撩拨，云淡风轻地举杯："你好。"

她满脑子都是——商屿墨居然真的是投资方，那么那些亲密戏原来他早就知道。

难怪他要把制片人找来天天跟组盯着蒋导，她就说哪家投资商这么像神经病，专门派人盯着，不让导演拍借位的亲密戏和吻戏。

"在剧组里怎样？"商屿墨不动声色地接话。

宁迦漾没说话，蒋导以为商屿墨是想要了解剧组状况，立刻打开了话匣子。

宁迦漾全场淡漠疏离，将"生人勿近"表现得明明白白。蒋导年纪轻轻就对她生出了"恨铁不成钢"的老父亲情绪。

这么好的机会，宁迦漾居然冷着脸。

为此，杀青宴结束后，蒋导还给她发消息："你跟商先生有仇？"

他原本因为安总模棱两可的话，还怀疑投资商是不是跟宁迦漾有什么特殊关系，但经过这段时间的相处，他看出宁迦漾并不是那种为了往上爬而不择手段的女孩。

如今见了商屿墨，蒋导更笃定他们没有那种关系。且不说商屿墨一副不食人间烟火的谪仙模样，不会轻易婚内出轨，就说他们俩这见面相处，哪里像是有亲密关系的样子。

凌晨两点，会所停车场空荡荡的，唯独一辆黑色迈巴赫嚣张跋扈地停在中间。

宁迦漾被陆尧带到这里，商屿墨没着急上车，反而将她抱上了车头。

宁迦漾难得不用仰头看商屿墨，想到刚才看到的蒋导那条微信，哼笑了声。

有仇？确实。

指尖轻轻摩挲着方才离场时小鹿给她送来的手机。她不想翻"投资方"这个旧账，因为如果开始翻的话，商屿墨肯定会用亲密戏来反驳。

预判了他的预判。宁迦漾现在怕他翻旧账，不然干吗突然让陆尧把她叫来。

于是宁迦漾果断地打开手机，找到一段录音。这个时候，找另一件重要的事情岔开话题才真的有用。

商屿墨将她的表情变化收入眸底，饶有兴致地欣赏美人变脸。不过很快，神色沉重的人变成了他。

熟悉的声音从宁迦漾手机里传来，是他的声音，商屿墨自然听得出来。另外一个声音，是曾经指导过他的老师裴麟。

裴老爷子是医学界泰山北斗的人物之一，尤其擅长神经内科。若非商屿墨后来对神经外科更有兴趣，当年差点成了他的直系弟子。

他们聊的是关于商屿墨疑似有情感缺失症的话题。

裴老爷子："你的情感缺失症很可能会影响你成为神经外科医生，你确定要选择神经外科？"

商屿墨："我对神经外科更感兴趣。

"它不会成为我的弱点。"

后来还有几句对话，但这是最关键的两句，几乎证实了商屿墨有情感缺失症。

他终于明白，宁迦漾之前在包厢里，为什么会提到这个病了。时隔多年，记忆力强大如他都不记得这场跟裴老爷子无聊的对白。

所以，是谁录下来的？又怎么会到宁迦漾手里？

商屿墨眸色冷郁，听完后，双手撑在女人身侧，那张蛊惑人心的面容逼近了她，浅褐色眼瞳直视："所以，你就是因为这个录音，才要跟我离婚？"

方才还矜雅温和的男人，面色陡然冷下来。

宁迦漾猝不及防。她怎么可能承认因为喜欢他，却发现他根本不可能喜欢自己，所以患得患失，就想抽身走人。

爱情之中，谁先承认喜欢，谁便失去了先机，同时也失去了理性。骄傲如她，不允许自己成为这样的人。

她指尖下意识地想要拨弄自己手腕上的玉兔珠串，却摸了个空。

几个月了，她居然还没习惯已经失去小胖兔子，想到逝去的小兔子，再联想到商屿墨此时的表情，就知道自己的兔子白砸了，顿时也有点不高兴了。

一双漂亮且水色潋滟的桃花眸睨着他："你吼我？！

"你居然吼我？

"商懒懒，你忘了自己现在的身份？

"离婚预备役，您现在处于实习阶段！

301

"懂？"

商屿墨也看到了她的动作，这才发现，女人纤腕上那个玉兔珠子没了，此时手腕空荡荡的，没有任何饰品。他压下脾气先问道："你那串宝贝兔子呢？"

"丢了。"宁迦漾白了他一眼，而后推开他，准备跳下去。

丢了？商屿墨有些烦躁地揉了揉眉梢，却还帮她开了车门，掌心随意抵在上面，免得她撞头："录音我会调查。"

商屿墨说调查便没浪费时间，从宁迦漾手里要来那个内存卡后，便直接把事情交给陆尧。

当时他们交谈的地方是裴老爷子在鹿城大学附属医院神经科内办公室，来往人员众多，且时间久远，锁定嫌疑人需要点时间。

车窗外不知道什么时候已经飘起了雪花。

隔着暗色的玻璃，雪越下越大，越来越绵密，大抵是因为夜色过浓，路上仿佛只有他们这一辆车，薄雪像是给黑漆漆的马路铺上了层白色的绒毯，两侧的景观树上也积满了雪，天地之间，白茫茫一片。

宁迦漾没想到，今年的初雪居然还能与商屿墨一起看。她纤薄柔软的身子像是没骨头，懒懒地趴在窗口，看着外面，忽然道："送我回酒店。"

这段时间，宁迦漾没住浪花城堡，而是一直住剧组酒店。遭遇塌方后商屿墨陪她的那段时间，这个男人仿佛在浪花城堡的每个地方都留下过痕迹。

宁迦漾无论走到哪里，他都无孔不入，最后她果断搬进了酒店。

商屿墨没答，望着她大片大片光滑细白的肌肤暴露在空气中，眼神平静地将工整的西装外套展开，披到她肩膀上。原本蜷缩在椅背上的女人，几乎完全被阔大的黑色外套包裹。

唯独西装下摆边缘露出迤逦至地的银白色裙摆，让人隐约可猜里面风光旖旎。

商屿墨没说话，兼职司机的陆尧也不敢擅作主张，依旧开往浪花城堡。

宁迦漾没拒绝西装。一张漂亮脸蛋与身上披着的清冷禁欲的西装形成极度的反差，碰撞出了靡丽暧昧感。

尤其是她顺着西装下摆慢慢伸出只做了美甲的纤指，指甲透着淡淡的粉色。她用白嫩的指尖轻挠了一下商屿墨垂落在腕骨处的那颗小玉虎。

挠的分明不是他，商屿墨喉结却无意识滚动了下，眸色深暗。

宁迦漾眼底带着点倦意。今天信息量太大，她确实是累了，因此声音有点软软的："去酒店吧，明天就要回陵城，别折腾了。"她在陵城还有个访谈节目。

听到宁迦漾的话，商屿墨眼睫抬起，嗓音微哑："去酒店。"

宁迦漾这才放心，整个纤细的身子蜷缩在车椅里，昏昏欲睡，并没有和以前

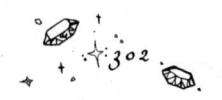

那样，随意把他当人肉靠垫。

明明方寸之距，两人硬生生染上了隔山隔海的疏离感。

商屿墨侧眸就能看到女人轻颤着的长睫，她似乎睡不安稳。商屿墨缓缓抬起那根在包厢内被她咬过的食指，想要触碰她的睫毛。

这时，前面陆尧忽然表情凝重："老板，后面那辆白色小轿车好像在尾随我们。"

商屿墨淡淡地看了一眼，而后顺势将已经睡着的宁迦漾的身子平放到自己膝盖上，语调极轻，却带着不容置喙的凌厉："让于奏去处理。"

于奏是商屿墨的保镖，早先被他塞进宁迦漾的保镖团里。

（未完待续……）

图书在版编目（CIP）数据

你不乖 / 臣年著. —— 贵阳：贵州人民出版社，2024.9

ISBN 978-7-221-17949-4

Ⅰ.①你… Ⅱ.①臣… Ⅲ.①长篇小说–中国–当代 Ⅳ.①I247.5

中国国家版本馆CIP数据核字(2023)第178517号

NI BU GUAI

你不乖

臣年 著

出 版 人	朱文迅
策划编辑	文 茵 苏 打 袁青也
责任编辑	赵帅红
封面设计	Laberay 淮
责任印制	蔡继磊

出版发行	贵州出版集团 贵州人民出版社
地　　址	贵阳市观山湖区中天会展城会展东路SOHO公寓A座
印　　刷	河北鹏润印刷有限公司
版　　次	2024年9月第1版
印　　次	2024年9月第1次印刷
开　　本	700毫米×980毫米 1/16
印　　张	19　8页彩插
字　　数	361千字
书　　号	ISBN 978-7-221-17949-4
定　　价	49.80元

如发现图书印装质量问题，请与印刷厂联系调换；版权所有，翻版必究；未经许可，不得转载。